译文纪实

LIFELINES
A Doctor's Journey in the Fight for Public Health

Leana Wen

[美] 温麟衍 著

步凯 译

生命线

一个医生的公共卫生之战

上海译文出版社

献给我的爱人，塞巴斯蒂安。

献给伊莱和伊莎贝尔。你们是我们生活的全部。

孩子是信使，通往我们注定难以企及的未来。问题是，我们如何将他们送往未来？我们能保证他们的身体康健吗？能让他们充满希望吗？还是我们会剥夺他们的命运、尊严和梦想？我们会不会在他们有机会走向未来之前，就已经剥夺了他们的健康和获得成功的可能？

不，我们不能那样，我们不会那样，我们绝不应该那样。

——联邦众议员伊莱贾·卡明斯（Elijah E. Cummings，1951—2019）

公共卫生：由个体向群体的叙事转向

——《生命线》推荐序

张孔来

写下这篇序言前不久，世界卫生组织刚刚宣布新冠疫情不再构成"国际关注的突发公共卫生事件"。在交通、信息传播、医药技术高度发展的今天，新冠疫情阻隔了人群中的正常交往、缩短了他们的生命并极大地降低了他们的生活质量。流行病的影响、公共卫生的议题，前所未有、大张旗鼓地涉入了当代人的生活。公共卫生是我们的生命线，每个人心中各有独特体验。这条生命线，不是空想出来的意念，而是心怀社会、摇旗呐喊、躬身力行所勾画出的波澜图景。

通过参与社会倡导活动和公共卫生实践的亲身经历，作者将公共卫生工作的真实场景呈现给读者。它没有高高在上的技术话语与说教训导，而是每个人身边的生活故事。随着作者的成功、失落，读者得以体悟一位公共卫生工作者的赤诚之心，也得以窥见哪怕是不起眼的公共卫生项目所涉及的方方面面。也正因此，无论是了解公共卫生工作，还是反思公共卫生实践，这本书都能够让我们有所收获，走近公共卫生这一伟大的人类事业。

公共卫生彰显着人类命运共同体的价值。健康是全人类的共同渴望，医学超越了意识形态和领土疆界，是把全人类联系在一起的纽带，是人类社会构建和谐体系的基石。医学的叙事中，公共卫生无疑占据着极为重要的位置。公共卫生的故事弥补着社会治理的缺憾，面对着人性的短板，保障着弱势群体的需求，坚守着健康公平的理念。

大约一百年前，北京协和医学院与京师警察厅合创公共卫生事务所，此后陈志潜先生等协和师生又参加了晏阳初先生的定县实验，将统计防疫、环境卫生、日常卫生保健、卫生护理和健康教育融合在一起，利用在地的人力物力资源，解决公众的基本卫生需求，通过公众集资、政府投资，建立了联结最基层的三级卫生保健网，直接影响了全球范围的公共卫生实践模式。基于中国的经验，1978年，来自134个国家以及世界卫生组织等国际组织的代表集体通过了倡导初级卫生保健的《阿拉木图宣言》，明确指出：初级卫生保健是实现"2000年人人享有卫生保健"目标的关键和基本途径。初级卫生保健至少包括（1）对当前流行的卫生问题以及预防及控制方法的宣传教育；（2）改善食品供应保障营养；（3）安全饮用水及基本环境卫生；（4）妇幼卫生保健；（5）主要传染病的免疫接种；（6）地方病的预防及控制；（7）常见病伤的妥善处理以及基本药物的供给。一些发展中国家开始实践由他们自己设计、摸索，并取得积极成果的崭新道路。

如今，远处的饥荒和无情的战火依然见诸报端，但我们依然怀抱明天会更好的希冀，也坚信公共卫生具有护佑人类苍生，保障人性尊严的力量。

公共卫生事业需要弥合裂痕。公共卫生具有天然的跨学科属性，确实是一项"身着白大褂，握紧拳头"的事业。它既融合了多学科的研究与实践，也融合了临床个体和社会群体，从书斋里的思考延伸到社会中的改良，探究改善人类健康的最佳路径。公共卫生具有鲜明的公共性，开放性，致力于打破学科壁垒，不容将研究领域圈成个人研究领地的营苟算计。正是沿着这样弥合裂痕的路线，本书作者在求学道路中渐渐认清自己的梦想，在临床医学的学习及从业中关注社会问题，与伙伴通力合作，致力于公共卫生与政策倡导。

胡大一教授认为，坐堂行医，等人得病，前不防，后不管，是一种苍白无力的被动式、碎片化和断裂的医疗服务链，可能导致医疗费用的无序快速增长。弥合裂痕的价值正在于弥补这一短板，促使我们重新审视、发现促进群体健康的方法，充分利用现实可及的资源，从预防、诊断、控制、治疗、康复等方面，实现从个体到群体医学意义上的长远健康效益最大化，了解患者的需求和问题，理解人性，达到身体和精神健康的完好状态。

这样的理念虽然新鲜，但其运用并不陌生：协和医学院的公共卫生课，特别是现场实习，转向着眼乡土的公共卫生事业，曾被认为是"唯一的让学生认识中国本土健康问题"的课程。20 世纪 90 年代，北京协和医学院流行病学教研室先后在北京市东城区和通县建立了城乡两个公共卫生现场教学基地，并开展医学生的公共卫生现场工作，从区、街道办事处、居民委员会（城区）和县、乡、村（农村）三级水平上，了解城乡卫生保健网络卫生资源及其职能情况，学习开展疾病控制（慢性病、传染病和职业病防治）、妇幼及老年保健、卫生监督管理和促进健康的工作，尤其是农村常见病及传染病的防治，推动学生亲自参加一项调查研究，初步掌握在社区中开展疾病控制和促进健康的基本原则和方法，领悟到何为群体观念、社区观念和预防观念，形成疾病控制的完整思想。解决管天管地管空气，就是不管人的症结。

也就是说，实现健康中国的构想，不只是运用基础和临床医学知识去诊断和治疗疾病，还应该运用公共卫生知识、社会科学方法和人文的视角，对疾病发生、发展的个体及社会环境间的关系进行诠释，对常见疾病以及发病率、死亡率较高的严重疾病和多发疾病进行预防并促进健康。

公共卫生事业锤炼着个人的品性。20世纪40年代，我七八岁的年纪，和家人住在兰州，突然发高烧，全身凡有皱褶的地方颜色变黑，生命垂危，当地没有人见过此病。张查理、杨宜两位教授判断可能是黑热病，但兰州从来没有出现过黑热病。父母心疼独子，没有同意骨髓穿刺检查病原体，同大夫商量，最终决定通过试用毒性较强的药物验证诊断。注射两针药物后，体温迅速下降。两位大夫马上请同事帮助在印度流行黑热病的地区购买高效、便宜的药物，另外请中央卫生实验院派专家到兰州做流调。协和医学院的何观清教授承担了这项任务，最终摸清了利什曼病原虫由狗经白蛉子到人的传播路径。这是公共卫生和流行病学实践挽救我生命的一次经历。

过往的经历指引着个人选择。自1952年进入北京医学院学习公共卫生开始，我已经是这一领域的"老"兵，在基层和公共卫生领域工作了六十余年。记忆中最辛苦的一天是背着行李走了九十里只吃了一顿饭！抱着服务人民的信念，公共卫生工作者经常自己找"苦"吃，但我们深知自己工作的价值，尽管鲜为社会舆论所见，鲜有高光时刻，但我们从心里感到甘甜和愉悦。

公共卫生专业人员深入现场，奋斗在防控疾病的一线，一切指向都在于服务人民。为公众服务是公共卫生的准则，关怀弱势群体是公共卫生的应有之义，扎根基层，与基层的公众同吃同住同劳动，是每一位"公卫人"的必修课，也是对个人品性的锤炼。本书的作者也是如此，成长过程中的切身经历，让她关注少数族裔、妇女儿童、药物成瘾人群等弱势群体，目标明确，致力于改善公共卫生和健康服务。

公共卫生不是浮华的事务，它容不得官僚的风气，容不得精致利己的钻营，需要我们有真本领，有真爱心，追根溯源，穷尽学理和社会的思考。

中国亟待这样的公共卫生叙事。从书中我们确实看到了真实的记录、思考与情感表达，这是非虚构写作的灵魂。

与国外同行相比，中国公共卫生人讲述的故事太少了。数十年来，我国控制血吸虫病、天花等流行，消灭脊髓灰质炎流行、在全球率先消灭丝虫病，达到世界卫生组织消除新生儿破伤风的标准，克山病、大骨节病等重点地方病基本消除，居民人均预期寿命从新中国成立前的 35 岁上升到近 80 岁，孕产妇死亡率、婴儿死亡率显著下降。对于我们这样的人口大国，这些都是享誉世界、彪炳史册的公共卫生创举，从"东亚病夫"到健康中国，几代人付出了艰辛努力，感人肺腑，气壮山河。

这些成就的背后，一直安顿着那些我们未曾谋面，却从文章、书信以及友人处相识并敬仰的灵魂。讲述每个人的公共卫生之旅，汇聚出的就是民族、国家、人类进步的福祉华章。

2023 年夏

北京朝阳惠新北里

目　录

第三部分　转变

序　言

一声尖叫传来，这往往是出了什么问题的先兆。

"什么声音？"我打开公寓的房门时，克里斯蒂娜低声说。我们一家、克里斯蒂娜一家，还有另外两家人合住在这栋公寓楼里。又有声音传来，这次是一种低沉而浑浊的喘息声，我和克里斯蒂娜疑惑地对视着。

紧接着传来了急促的西班牙语的喊叫声。我抓住克里斯蒂娜的手，向发出声音的房间跑去。

那是克里斯蒂娜家隔壁。房门敞开着，是托尼发出的声音，他上小学三年级，比我和克里斯蒂娜小两级。托尼如木板一般坐得笔直，紧紧抓着摇椅的两侧，脸憋得通红，表情痛苦。他急促地喘着气，一次比一次短，伴着短促尖锐的气喘声。

托尼瞪大了眼睛，脸上淌满了汗水，看起来很害怕。

是哮喘。我很清楚那种感觉。

托尼的祖母大喊着，恳求我们帮忙。地板上有瓶吸入剂。我抓起它，举到托尼的嘴边，我按了一下，但是没有什么效果。

我从背包里拿出自己的吸入剂，撑开托尼的嘴唇，按了两次，然后又试了一次。

药物从托尼嘴里滴了出来。他缓缓闭上了眼睛，呼吸越来越慢，嘴唇变得青紫。几乎已经听不到托尼的喘息声了。

克里斯蒂娜的母亲听到了声音。她手里拿着电话："我们得打911!"

"不，不，不!"托尼的祖母喊道，"不能叫警察，不要叫警察!"

"不是叫警察，是叫救护车。看病，医生，911!"

我抱着托尼，他瘫在我的怀里。他的祖母摇着他，拍着他的背，抓着他的头发，求他醒过来。

克里斯蒂娜的母亲在来美国之前曾做过护士。她接过了托尼，让他平躺在地板上，开始做人工呼吸。

最终，她后退几步，摇了摇头。托尼的祖母开始嚎啕大哭。

一整夜，老人家都在尖叫和哭泣。

"如果我们把托尼送到医院，他会活下来吗?"躺在床上时，我小声问妈妈。我出生在上海，还在上海时，我就患上了严重的哮喘，几乎每个月都要去医院。为了吸口气而挣扎是种很可怕的经历，但我知道，只要到了医院，医生总会让我好起来。

"也许他病得很重，没有人能够帮助他。"母亲说。

"那911呢?在学校，老师们总是说只要打911，救护车就会来。"

"谁知道来的是不是只有救护车?也许警察也会跟着一起。托尼一家可能都会被驱逐出境，被遣返回墨西哥。"

"所以如果你出了什么事，我不应该打911，因为你会被遣返回中国?那爸爸呢?如果他胃溃疡出血，病得很重怎么办?"

"想想你父亲的遭遇。"

"但这说不通啊，"我记得自己当时非常困惑，"为什么别人可以叫救护车去看医生?为什么我们就不同呢?"在那一刻，母亲的回答决定了我的未来选择："对某些人来说，生活正是如此。也许有一天，你可以做些什么，帮助诸如托尼和你父亲这样的人，改变他们的境遇。"

那天晚上，我下定决心要成为一名医生，这样当我遇到另一个托尼时，他的生命就不会终结于一次本可避免的死亡事件。

十五年后，我确实遇到了另一个"托尼"，他也上三年级，也患有严重的哮喘。他的母亲每周都会带他来急诊科，有时一周会来好几次。他总是有同样的症状：气喘、咳嗽、呼吸不畅。情况特别糟糕时，他的眼睛里会流露出一种我已经习以为常的惊恐表情，那种担心会不会背过气去的表情。

每一次，我手边都备着各种治疗设备。我给他戴上氧气面罩和雾化器，给他服用类固醇药物，监测他的呼吸。大多数时候，不出几个小时，他的情况就会好转，然后回家。

但他总是来到医院，周而复始。他和母亲无家可归，居无定所，在避难所和亲戚朋友家借宿。孩子的衣服总是散发着烟味，母亲的男友和亲属们都抽烟。有一段时间，他们有了自己的住处，但男孩的哮喘并没有什么改善——他们住在一栋空荡荡的连排住宅楼里，房屋里藏有霉菌和其他过敏原。两个街区外，一座焚烧炉正在排放有毒气体。

这个男孩能够在美国顶尖的医院接受治疗。每次他发病的时候，我们都能让他转危为安。但医学对他所呼吸的恶劣空气束手无策。医学也无法改变他和母亲在生活中遭遇的贫困、流离、压力与无奈。这个小男孩再一次证明着这样一个观点：生命的长短度量着社会的不平等。

这是我在童年时就深有感触的现实境况。我和家人从中国来到美国，带的钱还不到 40 美元，父母每月的工资仅够勉强度日，我们总为支付房租而发愁。不平等在我认识的每个人身上都留下了烙印：我的同学成为枪支暴力的受害者；他们的亲属因吸毒成瘾而死亡；

我们的邻居早逝于本可治疗的疾病。

我成为一名可以救助托尼的医生。我选择急救医学，是为了能够给每个人治病，无论是害怕被驱逐出境的移民，还是无力支付医疗费用的穷人，都不会被拒之门外。但在急诊室工作的时候，我也注意到了医疗服务的局限性。我可以抢救一位因枪伤而奄奄一息的年轻人，但对于街头的暴力，我又能做些什么？街头暴力如此严重，以至于小学取消了户外休息。我可以缝合一个孩子的伤口，但我能为她肚子的疼痛做些什么？她上一次吃饭还是两天前在学校吃的午餐。我可以开出治疗糖尿病和心脏病的药物，但我如何能说服病人健康饮食？病人赖以生存的街角商店并不出售水果或蔬菜。

病人需要的不仅仅是医疗服务，病人的健康也需要公共卫生的保障。公共卫生意味着住房、食物、清洁的空气、教育，也意味着改善不平等的竞争环境，还意味着提供社会支持，让每个人获得最适合自己的生活机会。对许多人来说——事实上，对我们所有人来说——公共卫生是我们的生命线。

有句话说，今天是公共卫生拯救了你的生命，只是你不知道而已。公共卫生在我们不知不觉中发挥着作用，因为它阻止了一些危险事件的发生。它是一个被遗忘的话题，很少受到关注。政治家们不会把公共卫生作为竞选纲领。预算没有把公共卫生放在优先位置。即使在美国的医疗保健系统之中，公共卫生也如同被遗忘的继子，美国的医疗保健总支出中，只有不到3%用于公共卫生事业。

国会议员伊莱贾·卡明斯在世时常说："无所作为并不意味着免于付出。"忽视公共卫生的代价是人们的生计和生命。当下，我们前所未有地经历着这一忽视造成的悲惨后果。美国和全世界都遭遇了我们有生以来最大的公共卫生灾难：新冠病毒引发的大流行病，已经造成数十万美国人死亡，并引发了一场经济危机，公共卫生投资的长期缺乏以及科学否认主义，正在使情况变得更加糟糕。

我的生活经历是一场奉献于公共卫生事业的旅程。我在这本书中所讲述的故事，旨在彰显这项关键但往往被忽视的工作。2014 年起，我被任命为巴尔的摩市的卫生部门负责人，在这一职位上工作了近四年，每天都能看到公共卫生直接且深远的影响，既来自这一事业本身的收益，也来自忽视这一事业所酿成的后果。像许多其他城市一样，巴尔的摩也面临着经济不平等的挑战，这直接反映于糟糕的卫生条件以及巨大的健康状况差异。某个社区出生的孩子平均预期寿命为 65 岁，而在几英里外出生的孩子预期寿命则达到了 85 岁——高达 20 年的差距。预期寿命较低的社区往往还伴随着较高的婴儿死亡率、更多的药物过量致死案例、较高的凶杀率、较低的教育水平以及更明显的集中贫困，这并非巧合。

如果说寿命长短的差异反映出社会的不平等，那么贫富的差距则预示着卫生条件的不一致。

作为这座城市的卫生官员，我每天都在努力改善巴尔的摩居民的健康和福祉。他们不是素昧平生的陌生人，而是我的邻居和社区成员。每一个问题都有其特殊性，但它们都有可能通过公共卫生工具得以解决：直接提供服务，比如为那些没有健康保险的患者、老年中心、学校提供健康服务；开展公共教育运动；制定卫生政策，推动所在州和城市的变革。

工作的角色使我成为一名享有发言权的倡导者，针对最为严重的伤害及其成因，将社区的需求转化为政策改革和工作计划，例如抗击阿片类药物流行、降低婴儿死亡率、将枪支暴力视为公共卫生问题，等等。我和团队毫不畏惧，将种族主义视为公共健康问题，并解决童年创伤、大规模监禁等系统性不公正。总有更多的事情要做，要启动或扩大更多的项目，制定更多改善公众健康的政策，服务更广大的公众。尽管这项工作深植于贫困和创伤的残酷现实，但在巴尔的摩，我见证了人们的韧性和奉献精神，他们将一切奉献于社区。

公共卫生的不同寻常之处，在于它跨越了科学、宣传、医学和政治的世界。通过这一工作，我了解到如何通过改善卫生政策促进公平的目标，以及如何将这些政策转化为对基层的直接服务。公共卫生与社会各方面都息息相关，社会各阶层需要共同努力，增进健康。

在巴尔的摩的那段时间，我形成了一套倡导病人权益、改善医疗服务、应对全国公共卫生危机的方法。我把这种方法带到了一个名为计划生育协会（Planned Parenthood）的全国性组织，成了这一机构的领导者。当时，计划生育协会面临着资金削减的威胁，这可能导致数百万低收入妇女和家庭无法进行癌症筛查、艾滋病病毒检测，无法享受其他预防保健服务。成为这一机构的领导者提供了一个机会，我可以努力构建一个新的卫生健康图景：医疗保健最终将被视为人人享有的一项基本权利，而不是部分人享有的特权。在这一工作中，我见证了这个国家不断增长的分歧，看到了美国的核心决策层不断升级的意识形态斗争对医疗保健事业的威胁。

2019 年 12 月，一种新型冠状病毒迅速传播，席卷美国，这一教训非常值得深思。日复一日，公共卫生灾难不断恶化，联邦政府故意混淆视听，党派意识形态僵化顽固，高级公共卫生官员受到钳制，这些糟糕的应对措施加剧了危机的恶化。

受影响最严重的依然是最脆弱的人群，也是那些我一直希望服务的群体。凭借卫生应急和公共卫生专业知识的背景，我加入了抗击大流行病的战斗，分析和指导政策，为企业和学校提供建议，帮助他们应对挑战，保障员工和学生的安全，并通过媒体向公众传播健康知识。从很多方面来说，应对新冠流行是我的使命，我所作的一切准备都归根于这一目标。

在这本书里，我还要讲述另外一个故事：我自己的故事，这既是个人的旅程，也是不可思议的独特的美国故事。在我不到八岁的时候，父母把我带到美国，离开了中国的家庭和生活，他们在美国洗碗、打扫酒店房间、送报纸，竭力让我和妹妹有机会过上更好的生活。我们依靠医疗补助和食品券度日，入不敷出，经历过无家可归的时光。

我的生活经历是公共卫生事业的一个佐证。我出身卑微，能够取得目前的成绩，有赖于父母的辛勤付出和巨大牺牲，以及在关键时刻支持我的导师。社会保障同样发挥了重要的作用，在我们最需要的时候提供住房和食物、教育和健康照护。后面这些都属于公共卫生的范畴。它保护你的生命免受传染病的侵袭，改变生活环境对你的预期寿命的影响，以及出生地、肤色对你的命运的定义。公共卫生是促进健康、社会进步和社会正义的有力工具。住房、教育、贫困和暴力，这些都是公共卫生问题。而且，正如我们在新冠流行中看到的那样，人口普查、投票，甚至邮政体系，都与公共卫生问题密不可分。

我分享自己的故事，也想让那些在困境中成长的年轻人知道，他们也可以抱有远大的梦想，并为之奋斗。书中的内容并非都在讲述成功的故事，也包括面对困境的韧性、勇气和坚守。

写作这本书的最后一个原因是呼吁行动。我们通常认为，公民参与指的是投票或竞选公职。这并不是公民在生活中发挥作用的唯一途径。在社区组织、地方政府和志愿服务中，人们做了基础性工作。在工作中，我遇到了许多鼓舞人心的故事——曾经被监禁的人、克服毒瘾的人，以及那些从难以想象的恐怖经历中幸存下来的人，他们成功地将自己的幻灭和痛苦转化为行动的目标和使命。

那些深深扎根于社区的人应该说出自己的想法，让别人听到。他们了解社区成员的希望和梦想，知道什么工作有效，什么措施无效。他们的诉求必须得以表达，使政策阐述反映当地人民的需求。在工作和人生经历中，我遇到了不少因我们这个时代的分裂而彼此疏远的人，但也有一些人在寻求共识，并制定了切实可行的方法，改善所有人的健康和福祉。

我们正处于历史上的一个关键时刻，有机会将不确定性和焦虑转化为争取公平和健康的持续动力。我们如何确保同胞不再被剥夺几十年的生命？如何确保儿童能否生存下来不再取决于他们的居住地？我们怎样才能给后代创造一个新的世界，在那里，各项健康事业都成为需要保障的基本人权，没有人因为贫困或他人的政治意识形态而被剥夺获得医疗保健的机会？我们如何才能使宇宙的弧线向正义弯曲，使人们不再因为贫穷而失去健康？

第一部分　学习

一 吃苦

在普通话中，它的意思是"吃苦"（to eat bitter）——做出牺牲，付出巨大的艰辛。我的祖父母总是在后面加上一部分：苦尽甘来。

我出生在中国上海，儿时的记忆美好而温馨。我和奶奶爷爷住在一起，他们在繁华的黄浦区中心地带有一套单间公寓，所有的孙辈常常聚集在那里。我是最小的孩子，我会帮奶奶包饺子，看着爷爷看书，直到表哥表姐们放学回家一起玩耍。

我们的居住空间颇为局促，公寓只能容纳一张床、一个梳妆台、一张小桌子和一张竹席。厨房和盥洗室都在走廊上，由十几个家庭共用。我父母刚结婚时，他们与爷爷奶奶住在同一个房间里，只用一块帘子把床隔开。我出生后，爸妈搬到了走廊尽头的另一间公寓里。

在上海时，我的母亲并不常回家住。她在爷爷任教的大学学习英语专业，先后攻读文学学士学位和硕士学位。邻居谈起我母亲时都不住称赞。在那个年代，上大学的机会很少，非常难得。"文化大革命"开始时，我母亲正在读小学，所有学校都停课了。她的母亲——我的外祖母——偷来书本，在烛光下教母亲和我的小姨学习。

"文化大革命"结束后，母亲和我小姨都考上了大学，尽管她们小学毕业之后就没有受过正规教育。外祖母的辛苦付出得到了回报。

她们必须超越数以百万计的竞争者，争夺令人羡慕的稀缺的大学名额。

大学生们一般住在校园里。因此，我每隔两周才能见到母亲。

有一次，她离开的时间更长。她回家时，我甚至不知道和她说什么。

奶奶催促我给妈妈一个拥抱。"问问妈妈学得好不好。"她小声对我说。

"你学习怎么样?"我问。

我的母亲不喜欢拥抱或闲聊。她与我保持着距离。

"多多的头发好长啊!"她对奶奶说，用的是我的小名。"多多"这个名字多少有些讽刺的意涵，"多多"的意思是"很多"（too many），在子孙满堂的家庭中，大人们常这样称呼孩子。我是在中国的独生子女政策实施后不久出生的，所以我注定是唯一的孩子。"多多"并不意味着一个孩子已经太多，而是意味着我承载着所有长辈的诸多期望。

"今晚得给你理个发，短发看起来更好看。"我母亲转向我。我感冒了，正在努力压制咳嗽。"别咳嗽了。回头你哮喘又犯了。"

那天晚上，我们正在吃奶奶做的清蒸鱼，我的胸口开始发闷，然后开始咳嗽，很快就喘不过气来了。奶奶拿起吸入剂，告诉我吸两口。这是惯例。我们先试着用吸入剂，然后她打开呼吸机，给我戴上呼吸面罩。如果发作非常严重，我会吞下三颗药丸，然后再次戴上面罩。

"是不是吃太多药了?"母亲叫了起来，"我们不应该去看医生吗?"

"不用，先试试吃药，"奶奶说，"一般我们不需要去医院。"

奶奶把面罩扣在我脸上。我吸了几口气，然后奶奶把它拉下来，以便我能够咳嗽。

母亲抓住我的手。"她快要窒息了！我们必须去找人帮帮她。"

"她很好！"奶奶坚持说。他们俩都看着我。

"我不想去医院。"我说。泪水顺着我的脸流了下来。

"别哭，"我母亲说，"啜泣会加重哮喘。"

"我没有哭，是呼吸面罩的雾气。"我气喘吁吁地争辩着，每个字都要花上一口气才能说出来，胸口很紧，再紧一点就要窒息了。

我被吓坏了，望着奶奶。

"没事的，没事的。"她把我抱在怀里，开始唱幼儿园里那首关于猴子和小鸭子的歌。

我的呼吸没有变好。下一次咳嗽时，母亲开始大叫，说我的脸已经变得暗红。

"多多病重了，"她说，"我现在必须带她去医院。"

"我会去，但我想和奶奶一起去。"

奶奶给我讲的一个故事总是让我做噩梦。有一个漂亮的女人，是个万人迷。追求者愿意为她赴汤蹈火。他们奉承她，送她礼物，一心想要娶她。他们不知道的是，这个女人其实是个魔鬼，当她感到厌倦时，就会杀死他们。厌倦的时刻总会出现，她会剥下自己美丽的面具伪装，露出可怕的白脸食尸鬼的真容。

奶奶告诉我这个故事是为了让我小心陌生人——他们并不总是像自己表现出来的那样。有时我做梦，梦见这个女人变成了我的母亲，当我想象着她的脸被剥掉时，我会瞬间惊醒，全身都被汗水浸湿了。

那天晚上，母亲盯着我的时候，她的脸色就像故事里的白脸食尸鬼。奶奶把我抱在怀里，母亲跟着我们出了门。泪水顺着我的脸颊流下，母亲也哭了。

那时候，我不明白为什么妈妈和爸爸总是不在家。爷爷和奶奶告诉我，那就是所谓的吃苦：父母生活艰辛，是为了让我生活得更好。

当我问及爷爷奶奶年轻时的生活时，他们给出的也是同样的答案。尽管我并不了解爷爷奶奶的故事，但我还是能从姑姑和我表哥表姐的讲述里，拼凑出一些细节。他们在中国南部广州市附近的一个贫穷村庄长大，十几岁就结婚了。爷爷坚持上学，刻苦学习、拼尽全力，上了大学，成了上海著名的语言学学者。

在"文化大革命"期间，他和其他学者被视为资产阶级精英分子，成为迫害对象。在学生面前，爷爷被捆绑起来殴打，然后被关进监狱。奶奶被迫离开她的孩子，孩子们被送进劳改营。当时，20多岁的父亲逃跑了，之后他被抓住，关进了监狱。这些都是多年后我才知道的。

奶奶总喜欢讲述我父母相识的故事。"文化大革命"结束后，她和爷爷在上海重新开始了生活。奶奶担心她唯一幸存的儿子，他快40岁了，仍然没有娶妻生子。

她让当时已经恢复大学教职的爷爷为我父亲介绍对象，把父亲介绍给学校的一位学生。在那个年代，未婚男女不应该结伴出去。在他们第一次约会时，那位女生带着她的室友做伴。

那位做伴的室友，后来成了我的母亲，她和父亲一见钟情。父亲比母亲大11岁，英俊潇洒，而且具有反叛精神。认识几个月后，他们就结婚了。

人们对这场婚姻看法不一。外祖母不同意他们交往，但没人知道原因。我一直听大人们说，父母没有举办婚礼，但后来姑姑给我看了一张母亲穿婚纱的照片。我向奶奶询问此事。她马上把照片收起来，拒绝再谈论这个问题。

我父亲长期不在家。他一回家，很多朋友就会来探望他。我不知道他们的名字，管他们所有人叫叔叔。有一天，我问其中一个叔叔，他是否也像我父亲一样，是位工程师。奶奶非常生气，把我带到外面的走廊上，打了我一巴掌，这是她唯一一次打我。"永远不要跟任何人谈论你父亲。"她说。

当父亲在家时，他重新进入我们的日常生活，就像从未离开过一样。他白天去工作，晚上和家人在一起。奶奶和我的姑姑们对他关爱有加，总有人做他最喜欢吃的糯米排骨饭。

有一天，父亲带我去公园。那里有一个荷花池。伸手去捞鱼的时候，我失去了平衡，掉进了水里。当时是冬天，我冻僵了。池塘可能不过几英尺深，但我被吓坏了，大脑一片空白。我记得的下一件事是，父亲和我一起在池塘里，他把我抬了出来，我自豪地向奶奶和爷爷报告是爸爸救了我的命。

在那之后的几个月里，每次奶奶带我去公园，我都会向荷花池望去，希望能看到父亲的身影。有一次，我故意踏进水里，确信父亲会出现并把我救起来。可能是我长高了，或是池塘变浅了，水仅仅是没过了胸口。父亲并没有出现，过了一会儿，我自己爬了出来，浑身湿透，失望极了。

在我七岁的时候，母亲告诉我她要离开了。

那是新年过后头一个阳光煦暖的日子。我们在黄浦江边散步。我记得母亲从路边的小贩那里买了两个冰激凌。我的冰激凌正在融化，母亲拿出纸巾给我擦手。她的也化了，脸上沾满了冰激凌。我们互相指着对方笑了起来。

"多多，我得告诉你一件事，"她说，"自从我和你父亲相识后，我们就一直在寻找出国的方法。"她解释说，父亲在"文化大革命"

期间被贴上了政治异见分子的标签，这个标签在"文革"后一直没有摘除。

"你肯定也注意到了，我们家的情况与别人家不同。"

我点了点头。在"文化大革命"期间，父母和祖父母的同辈们几乎都经历了巨大的苦难，但我注意到我们家有些不同寻常。虽然父亲离开时表现得若无其事，但他们从不谈起他，在他们的沉默中，我感受到他们的焦虑。父亲回家的时候，他总是消瘦而憔悴，眼睛下面有黑影。奶奶和姑姑们对他嘘寒问暖，但邻居们都避之不及。放学后原本会来玩的同学也不再来了。

"我嫁给你父亲时就知道，只要是在这里，我们的生活一直会是这样，"母亲继续说，"这样的生活并不幸福，你的前途也可能因此受到影响。人总需要向前看，不能总活在阴影里，因为过往而焦虑。这就是为什么我如此努力学习，我希望能够到美国去念大学。"

后来，我了解到这是当时有限的几种出国的方法之一，而且从我父母第一次见面时起，这就是他们的计划。我母亲一定知道这是必须完成的任务，也知道父亲和我们整个家庭对她有多大的期望。

他们花了一年时间申请，又花了一整年时间从亲戚那里借钱支付签证和机票的费用。计划终于有了结果。他们凑够了机票的钱，既包括母亲的，也包括我和父亲随后赴美的机票，母亲的签证得到批准，她即将赴美攻读博士学位。

事实上，妈妈同时被两个博士项目录取了。一个在芝加哥的伊利诺伊大学，继续英国文学方面的研究。另一个在犹他州立大学，研究教育心理学。中国高校的教授们对伊利诺伊大学了解不多，一位教授的同事知道有人曾在犹他州学习过。此外，母亲认为，心理学可能比英语语言学更为实用。"英语在中国很有用，但到了美国，谁会想要一个专门学英语的中国人？"

因此，她选择了犹他州。还有几天，母亲就将赴美，去一个叫洛根的地方。

"多多，我们要去美国了，"她说，"你要成为一个美国人了。"

很快，她就走了。没有人能预测我什么时候能再见到妈妈。爷爷奶奶给我看了一封信，说母亲已经安全到达。他们表现得若无其事，就像她还在上海本地上学时一样。我知道这并不一样，按照我们的计划，我和父亲将在随后离开中国投奔母亲，但没有明确的时间点。这取决于父亲何时回家，以及我们的签证能否通过。

等待的日子一天天过去，玉兰树开出了娇嫩的花朵，花瓣一点点变成了金黄色。

随着时间的推移，我越来越确信，我不想离开自己熟悉的生活。我和好朋友们声嘶力竭地朗读着关于友谊永恒的悲伤诗歌，发誓要保持联系。我告诉亲戚家的兄弟姐妹，想和他们住在一起。那些日子里，我的日记中有大段大段的为什么不想去美国的记述。

我恳求爷爷和奶奶让我留下来。爷爷试图安慰我，但奶奶态度强硬，毫不让步。

"你知道你妈妈为什么去美国吗？"奶奶问，抿着嘴唇，眉毛紧锁。"你妈妈在那里举目无亲，这多么不容易，她之所以这样做，是因为想让你过得更好，"奶奶递给我一条毛巾，"擦干眼泪，再也不要说你那些自私的想法。从现在开始，你要有些超越自身的大格局。"

如果我的父母在为我吃苦，我也需要学会为了家庭吃点苦。

关于中国的生活，我还有不多的另外两个记忆犹新的故事。一个在医院。我被带去见我的父亲。护士拉开围帘，我没有认出床上的那个人。他的眼睛是黄色的，嘴里和鼻腔各插着一根管子，通向喉咙里。我看着护士给他换床单，床单被洇成了黑色，闻起来像放了一周的鸡肝。在日后的临床工作中，我学习到那是典型的消化道出血的气味。每次闻到它，我眼前都会浮现出这样的场景，父亲孱弱无助地躺在那张床上，我也无助地盯着他。

另一个记忆是我们在中国的最后几个小时。父亲出院的第二天，我们直奔机场。当我们穿过候机楼时，父亲靠着姑姑，奶奶陪在我父亲的另一边。

很快，照看父亲就会成为我的工作。在我母亲离开后的几个月里，爷爷一直在努力教我基本的英语短语。我学的还不够多，几乎没法交流，所以我们想出了另一个方案。爷爷给了我二十张纸条。一面写的是中文，另一面写的是英文。

"我父亲患有出血性胃溃疡。他刚刚做了手术，还输了血。请叫医生。"这是一张。还有另外几张纸条，解释我们有签证，我母亲在等我们，等等。我和爷爷演练了每种情况，他给了我一本英汉词典，以防我需要翻译纸上没有的内容。

登机前，我们开始告别。奶奶曾警告我不许哭。我一直坚持着，直到我发现她自己竟忍不住哭了。我拥抱了爷爷和奶奶。我们知道今生可能再也见不到对方了。

值得庆幸的是，那些纸条没有派上用场。1990 年 12 月 12 日，我和父亲抵达了洛杉矶国际机场，顺利通过了移民局核查。移民官问我的名字，我告诉他我叫琳达（Linda）——这是爷爷和我共同决定的名字，与我的中文名字 Linyan（麟衍）最为接近。移民官写下了莉娜（Leana），和我现在名字的发音一样。这就是我的新名字。我的父亲，Xiaolu（小鹿），成了路易斯（Louis）。我的母亲，也就是以前的 Ying（英），开始被称作"桑迪"（Sandy）。

我们还需要转机，经历一次短途的飞行。当路易斯和我到达盐湖城时，我们看见一位高大的白人男子和我母亲站在一起，妈妈介绍说这是她的合作教授，也就是她的论文指导老师，还是她签证的担保人。直到很久以后，我才意识到，一位教授主动提出驱车近三个小时来接一位学生的家人，这是多么非凡的善举。在美国，我们受益于诸多善举，这是第一个。

我们的新家位于犹他州立大学的研究生宿舍，在一组低矮建筑的二楼。这套一室一厅的公寓，面积足有奶奶家在上海的房子的五倍大，很宽敞。母亲带我看了厨房和浴室，在公寓里面、仅属于我们一家的厨房和浴室！楼里每家都关着门，非常安静，除了邻居来到院子的时候，我完全听不到他们的声音。

只有一个问题让我感到困扰，那就是天气实在是太冷了。办理完机票和签证后，父母的全部积蓄只剩40美元。那是他们来到美国的全部家当。这对他们来说是个大数目，足足够得上在中国一年的收入。暖气是我们根本负担不起的奢侈品。房租中包含了电费，但不含暖气和热水，所以我帮助母亲在电炉上烧水，用烧的热水来做其他事情：做饭、洗手、给浴缸注上洗澡水。

我们手洗了衣服，把衣服晾在阳台上。第二天，一切都被冰柱覆盖。想把衣服拿下来的时候，我把父亲的衬衫弄破了。为了出门，我穿了五层裤子，还有更多层毛衣。走过雪地时，我的运动鞋和裤子很快就湿透了。晚上，我们挤在一起睡觉，相互取暖。

大概一周之后，突然有人敲门。去开门时，外面空无一人，但门口放了一个巨大的棕色袋子。里面有几双靴子，还有冬衣、手套、帽子，外加一条厚厚的羽绒毯。

里面的便条写着：欢迎回家。

显然，当地教堂为我们家举行了一次衣物捐赠活动。教堂每逢节假日都会招待我们吃饭，招募志愿者教我英语，并为父亲筹集住院费用，治疗出血性胃溃疡。

"美国人真好！"我父母经常说，"我们太幸运了。"爸爸推测，大概是因为犹他州需要吸引更多的人在那里生活，所以会对外来人口好些。与拥有 2400 万人口的上海相比，洛根确实是太小了，只有 3 万人口，几乎都是白人和摩门教徒。但事实上，父亲的推测并不正确，这里只有少数几个像我们这样的移民家庭，而且都与当地的大学相关，也就是说，欢迎我们绝非出于增加人口的目的。

我母亲觉得，这是因为美国是一个移民国家，每个人的亲属都可能曾经经历过人生地不熟的境况。她还把我们受到的欢迎和关照归因于教会。教堂对我们来说是一种全新的体验，每周日，我们周围的人都会去教堂，慢慢地，我也有了这样的习惯。我被教导的价值观，比如宽容、尊重和同情，正是我母亲的导师、我们的邻居和我们社区的其他人所共同表现出来的价值观。虽然我还理解不了摩门教与其他基督教教派（或其他宗教）之间错综复杂的关系，但能够落脚于这样一个具有信仰和团结精神的社区，我确实颇为感激，它是我成长的基础。

几周后，我开始在希尔克雷斯特上学，那是一所当地的公立小学。我在学年的中期插班进入三年级。那天早上，我在镜子前练习自我介绍——"你好，我叫莉娜"，穿着新受赠的冬衣，里面还套着三件毛衣和四条裤子。

母亲陪我走到新学校，把我介绍给老师。

"你好，我叫莉娜！"我说，并向她鞠了一躬。她对我说了一些我听不懂的事情。她看到我疑惑的表情，又放慢速度说了一遍，但我还是不明白。

这种情况持续了一整天。我开始怀疑爷爷教给我的那些话到底是不是英语。每个人说话的语速似乎是我学英语时的 50 倍。我也觉得越来越热，到了晚上，我已经脱下了一堆毛衣和裤子。

我还很饿。在中国的学校里，每个学生都会分到一份午饭，包括米饭和蔬菜，有时还有一些猪肉片，然后我们会去指定的餐桌吃饭。而在美国，我走进食堂的时候完全手足无措，同学们看起来在挑选不同的食物，但都是我以前没见过的东西。

我试着模仿别人，挑选食物。走到队伍最前面时，我看到了收银机。但我没有任何钱，我把挑好的午餐放在柜台上，躲在卫生间里，直到铃声响起。

就这样，之后的两周，每天中午吃饭的时候，我都躲到卫生间里。直到一位老师在卫生间里发现了我。她帮我报名参加了一项免费午餐计划，并告诉我如何把食物放在托盘上。我慢慢了解到，在美国，人们喜欢把食物放在不同的餐盘里，青豆与鸡肉和土豆分开，而不是全部混在一个碗里。我也知道了，在美国，牛奶会装在一个小纸盒里，有一种方法可以把它打开，而不会使牛奶溅得到处都是。

我还发现，在美国，有爱心的不仅仅是成年人。在我第一次吃学校午餐的时候，有四位同学陪在我旁边。

"你好，我叫贝基，"其中一位同学说，"想在课间休息时一起玩吗？"

我不确定那是什么意思。她比划着跳绳，那是我喜欢的运动。我急切地点点头。"哦！好！"

"那是跳绳。"她说。

"我喜欢跳绳！"我很激动，那是我第一次真正与美国人对话。

每次课间休息，我都和贝基还有她的朋友一起玩。放学后，她邀请我去她家做客。贝基有几个兄弟姐妹，他们也带来了各自的朋友。她妈妈会给我们切好苹果片，偶尔还会有奥利奥饼干。我们会坐在她和姐姐睡的双层床上。从学校和我的新朋友那里，我很快学会了英语会话，不久就能和贝基讨论我们各自的家庭。她的家族能追溯到约瑟夫·史密斯（Joseph Smith）以及向犹他州大规模流亡的时期①，他们家族的故事令我着迷。同样地，她也被我关于爷爷、奶奶和那片似乎很遥远的土地的故事所吸引。

就像我在中国一样，我还是很喜欢上学。老师给我布置了额外的家庭作业，我每天晚上用爷爷给我的词典背诵 20 个新单词。我和贝基的家人一起去教堂，讲解《圣经》的老师也会在礼拜后留下来辅导我。大人和年长的孩子会特意和我说话，帮助我学习英语。他们的努力得到了回报。两年之后，我就在年级的拼写比赛中得了第一名。

在那些日子里，很多人帮助过我。时至今日，就像当初在中国的朋友一样，我和贝基、《圣经》学习小组以及其他老师早已失去了联系。我希望能够找到他们，告诉他们，他们的慷慨和善意对我的生活产生了多大的影响。

我当时也并不知道，在那些困难的日子里，我的家庭是多么依赖公共保障来获得帮助。母亲在一所公立大学上学，学校为她免除了学费，并给予我们住房补贴。我参加了学校的午餐计划，从小学到大学都在公立学校上学。我们有医疗保险，依靠能够减免费用的诊所获得基本医疗服务。后来，我们还在特别困难的时候申请过食品券和住房援助。

对我们来说，我们从未觉得这些公共援助是我们"应得的"，我

---

① 19 世纪中期，数万名摩门教派的信徒为了结束常年遭受的迫害，从艾奥瓦州出发西进，最终落脚于犹他州盐湖城。这是 19 世纪美国西进运动史上规模最大的迁徙之一。——译者（本书脚注均为译者注，以下不再做特殊标注。）

的父母没有钻过公共援助的空子，他们尽力靠自己的努力维持生计，而这些项目确保我们的基本需求能够得到满足。我的父母并不想永久地依赖政府援助。事实上，母亲经常说她对"占便宜"感到羞耻。在她看来，公共援助是留给最需要的人的，由于政府提供的援助总量有限，妈妈努力让我们不再靠援助生活，以便这些保障可以更多地惠及他人。

她和我说过，"永远记住这个国家对我们有多好，美国是我们选择的地方，是我们的家。我们应该致力于服务我们的国家和公民"。正是这种精神促使母亲重新成为一名公立学校的教师，并选择在洛杉矶一些最具挑战性的地区工作。

我们一家三口终于团聚了，但我们彼此的生活仍然鲜有交集。母亲白天学习，晚上去小镇另一头的宾馆打扫房间，每日早出晚归。我睡着以后她才到家，而我还没起床的时候，她已经出门了。

我的父亲也一直执意想找到一份工作。不过，他和母亲不同，虽然母亲的口音很重，但至少能说流利的英语，而我父亲不会说英语，也无法像我这样在儿时成长于英语的语言环境。他是一个非常骄傲的人，不愿意承认自己的缺点，在新环境中有些止步不前。这里没有外语课程供他学习，即使有，他也会先考虑赚钱，而不是去上课。他其实已经掌握了足够的基本交流技能，可以考取驾照，但当人们叫他时，他会不好意思地涨红脸说："对不起，我不会说英语。"

每天早上，我父亲都会离开家去找工作。他的工程学科背景似乎没有什么用武之地，但他手脚麻利，愿意尝试各种工作。他给邻居做杂工，直到当地的水管工人要求他停止。他给市区的几家企业打零工，打扫卫生和整理货架。还有一段时间，他去了另一个镇上，为一家奶酪厂工作。他从不谈及奶酪厂的事情，但一两个月后，他回家告诉我们，他不能再去了，工作了不短的时间，他还是受不了奶酪的味道。

不少晚上，我都被父母因为钱和工作的争吵声吵醒，父亲谈及他过得很不开心，想要搬到另外一个城市，这样他可以学有所用，还可以赚钱。他有一位从上海来的朋友住在洛杉矶，他也想去那，因为洛杉矶有更多工作机会。我母亲则反驳说，她在洛根过得很好，需要读完学位。另外，我们一家一直聚少离多，应该珍惜生活在一起的时光。妈妈恳求爸爸，为了多多留下来，为了女儿，吃点苦又怕什么。

不过，还是有一天，父亲去了洛杉矶。我在日记中写道，他和妈妈一定吵架了，他没有跟我们再见，就这么走了。我们共度了短暂的时间。我有些担心，不知道什么时候能再见到他。我们没有钱打长途电话，只能通过写信联系。我告诉他学校的近况，他则回信告诉我们洛杉矶的情况。那里的人一样很好，有更多的工作机会。

妈妈博士毕业后，父亲回来接我们。我已经 10 岁了，准备开启一段新的生活。我们把所有家当装进车里，一路西行，还绕道经过了黄石国家公园。

在黄石公园游玩的时间很短——开车南下之前，我们在汽车旅馆住了两晚，但在我的记忆里，这是我们一家人最为快乐的一段时光。我保留着一张喂松鼠的照片。我举起右手，小心翼翼地看着松鼠。父母站在我身后，虽然没有在照片的对焦范围内，但能够看出他俩手牵着手，甜蜜地笑着。这是我对一家人在黄石公园共度时光的永恒记忆，我们享受着彼此的陪伴。

这是我们第一次也是唯一一次自驾旅行，是我们一起度过的第一次也是唯一一次假期。

洛杉矶的生活完全不是我所期望的那样。最初几个月，我们住在爸爸的朋友家。爸爸为一家中国公司送报纸，母亲则在一家翻译公司找到了工作，那家公司承诺为她的工作签证提供担保。很快，他们攒够了钱，在一座复式公寓里找到了一间两居室，那座公寓里住着另外三个家庭。

　　然而，好景不长，没过多久，我们就不得不搬了出来。父亲的面包车被偷了，他也被解雇了。母亲的公司突然倒闭，有一天早上她去上班，发现办公室已经人去楼空。她甚至无法拿到被拖欠的工资。

　　母亲恳求房东，希望能够宽限几个星期。难道他不能宽限几天，让我们找到新的住处吗？房东给了我们一周的时间，但是增加了租金。我们付不起这笔钱。其他家庭也是如此，我们一起被驱逐了。

　　这一次，在我们走投无路的时候，没有人伸出援手。父亲的朋友本来有意帮忙，但他家里也陷入了困境。没有教会团体，没有善良的教授，没有学校的朋友，也没有包容、富有同情心的陌生人。这里已经不是洛根了。

　　我们找到了一个落脚之处。价格便宜，但一分钱一分货：街区里相邻的房子大都被封死了。公寓的楼梯上散落着避孕套和针头。公寓紧挨着铁轨，每天晚上，我们都能听到周围的警报声以及火车的轰鸣声。有一天，家里进了贼。我们回到家，发现抽屉里的东西被洗劫一空，地上一片狼藉。现金都丢了，窗户都被砸碎了。窃贼留下一张纸条：中国佬（chinks），滚蛋。

　　在洛杉矶的头几个月里，我们至少又搬了四次家。总是因为钱，因为我们没有钱。

　　有一段时间，我和母亲住进了一家只收容妇女和儿童的救助站。

父亲找到了一个收容男性移民工人的地方。每天晚上，我和妈妈都会在这个救助站寻找床位。有一天，母亲回来得很晚，救助站的工作人员说，不能再给我们提供床位了。妈妈恳求他们，但他们不能破例。

后来，我们用仅有的积蓄找到了一家汽车旅馆。房主是越南人，也带着年幼的孩子，她很同情我们，让我们在那里住了一个月。我们尽己所能多付些费用，妈妈帮忙做一些清洁工作，我也在前台帮忙。

再后来，母亲在音像店找到了一份工作，我们又能自己租个房子了。那是一家出租成人录像带的商店。妈妈一定感到很羞愧。她从未告诉我那家录像店是做什么的，但我听到父亲对她非常不满，认为这份工作不成体统。妈妈则会回击说，至少她有工作，在养家糊口。

我还知道，母亲在遭受老板的虐待。她经常哭着回家，我看到她手腕上的瘀伤。她不会说起自己到底经历了什么，但我能感觉到她的无力和蒙受的羞辱。我知道她是为了我们——为了我才不得不忍受这些。

家里的经济状况越糟糕，父母的争吵就越严重。我蜷缩在墙边，假装睡着了，而他们则互相叫骂。妈妈责怪爸爸找不到工作，因为他不懂英语；而爸爸则反问，如果妈妈找不到更好的工作，岂不是白受了这么多年的教育。

还有一个常与经济问题同样存在的困扰：我们的移民身份。父母经常谈及这个问题。回到中国并不可行，所以我们的签证不能逾期。母亲最担心的事情是我们可能失去移民身份。

她几乎每天都会说，"我们不能成为非法移民"。我们知道，很多家庭都是"黑户"，那不仅阻碍了他们的工作机会，更限制了孩子接受教育的机会。

我很乐观地认为，这个问题会随着母亲找到工作迎刃而解。好几家雇主都曾经同意为她担保工作签证，但是，每一次，当雇主意识到这个过程颇费周章，他们最终都会反悔。

像过去一样，母亲总会做两手准备。有一天，我从学校回来，发现她正在收拾衣物。

"我们要搬去加拿大。"她说。

加拿大？这是我第一次听到这个名字。母亲解释说，加拿大的移民政策比美国更宽松些，我和母亲获得了进入加拿大的签证。这就是母亲的备选方案。原本寄希望于父亲申请政治庇护，但那样不确定性更大，过程漫长，几乎不太可能成功。几年前父亲已经递交了申请，但一直没有回音，我们的签证已经快到期了。

"如果爸爸的申请得到批准，那么我们所有人都可以留下来，"我母亲告诉我，"但我觉得这很难成功，我们等不起了，得另作打算。我和你爸爸会办理离婚手续，然后他可以和有签证的人结婚。这叫纸上婚姻，很多人都这样做。"

我无法理解她在说什么。我只知道，事已至此，别无他法。

我开始恳求母亲。告诉她我想爷爷奶奶，但终于习惯了在美国生活。我想念洛根的小伙伴，但终于熟悉了洛杉矶的感觉，我在学校里表现得很好。"你为什么要毁掉我的生活？"我问妈妈。

"这不只是你一个人的事，"妈妈终于转过身来，看着我说。从她的面部表情可以判断出，她要告诉我一件非常严肃的事情。"多多，你能保守一个秘密吗？"

"如果我守住秘密，我们可以留下来吗？"

她叹了口气，坐到床上，示意我坐在她旁边。她拉着我的手，放在她的肚子上。

"这是我的秘密，"她说，"摸摸你的小妹妹，你不能跟你爸说这个事。如果他知道了，我们的计划就泡汤了，他不会想离婚，不会让我们分开。"

我一时语塞，无言以对。

"听着，多多，我也不想离开这里重新开始生活，我正在很努力地在这里创造我们新的生活。这只是一个小挫折，仅此而已。你能帮助妈妈一起渡过难关吗？"

那天晚上，我们把所有能装下的东西都装进了四个行李箱。母亲说我们的新家在加拿大艾伯塔省的卡尔加里。我从图书馆借了一本法语词典，开始学习法语词汇，认为加拿大人都讲法语。同时，我开始和朋友们告别。

在启程去加拿大的前几天，父亲收到了参加移民听证会的通知。会前的最后一刻，一位朋友说服他请一名律师同去。

最终的结果证明，这是关键之举。与移民局官员呆了不到一个小时，我们的庇护身份就得到了批准。

我想，一切终于结束了。我们可以留在美国。我们一家人可以呆在一起，不必再从头开始。

确实，一切都如我的预想，只有一个例外。1994 年 4 月，我的小妹妹出生了。我当时 11 岁，家里终于有了一个小伙伴，我非常兴奋，给她取名叫安吉拉（Angela），对我来说，她是个天使，是来自天堂的礼物。我筹划着如何照顾小妹妹，希望她不像我那样，希望她成长过程中有所有的家人陪伴，我要全心全意地爱护她，要让她远离我所经历的所有麻烦，这样她就不必再吃苦了。

父母则有一个不同的计划。他们决定送安吉拉回到中国，由爷爷奶奶抚养。只有三周大时，安吉拉就离开了我们。

我感到心痛，乃至愤怒。我不明白父母怎么忍心把亲生骨肉送走。我在日记中写道，我妈妈一定是压根就不喜欢孩子，不论是我还是妹妹。如果她喜欢孩子，怎么能忍心把小妹妹送走？

多年之后，我才终于理解父母忍痛割爱的艰难抉择和他们付出的巨大牺牲。

二　寻找归属

在洛杉矶，我们曾经与其他三个家庭共住一栋复式公寓楼。墙壁很薄，我们可以听到每一家人说话，每家人都说着不同的语言，我们完全不明白墙那边说的是什么。克里斯蒂娜一家与我们同住一层；另两间公寓分别住着一对越南老夫妇和从墨西哥偷渡而来的一家人，因为一次哮喘病发作，墨西哥家庭的小儿子托尼去世了，而那次发作本不致命。

在托尼去世之前，我就明白，人们的社会地位并不平等。像我们这样来自他国的穷人，并没有受到像普通人一样的尊重。我们不属于这里，在很多方面，我们并不重要。周围的人都在苦苦挣命。父亲的同事突发心脏病，却没钱支付住院费。我们楼里有位阿姨得了肺炎，但一直没有去看医生。他们都过世了，家人悲痛难抑，我记得自己曾想过，如果不是走投无路，如果不是因为非法移民的身份，他们和托尼是不是就能够获救了。

长大后，我总在想，我能够给予所有人关心吗？尤其是那些无处可去的人？我能成为一名医生，一名治疗师吗？对于我的邻居和所有那些被社会所抛弃的人来说，我能够改变他们的现实境遇吗？

人们知道我 13 岁开始上大学时，会做出很多假设。他们或认为我一定很聪明，或认为我觉得高中非常无趣，抑或认为我可能很难融入同学们。

事实上，我那么小就上大学，只有一个原因，与我是否聪明或我的高中生活毫无关系。

主要是因为钱，钱是日常生活的必需品。妹妹被送回中国一年后，我们家的生活状况逐渐稳定下来。妈妈白天在一个富裕的家庭做家教，晚上则努力学习，拿到了教师资格证。爸爸为一位中国老板工作，老板很欣赏他修理东西的能力。我终于不用频繁转学，能坚持在一所学校完成一年的学习。我认识了不少朋友，甚至加入了学校的管弦乐队。

医疗是我们负担不起的奢侈品。父亲的胃溃疡突然发作时，他得坚持工作，无法去看医生，所以他吃着从中国带来的已经过期很久的药。过期药吃完后，一位中医给他调了一服药，以此作为支付给父亲的维修费。由于长期服用类固醇药物治疗哮喘，我的牙开始出现问题，但看牙医太贵了，妈妈只能找个小诊所。那个人自称在中国时就是牙医，他的厨房成了他非法行医的场所，为其他贫穷的移民提供服务，每次收费 10 美元，没有麻醉。当他给我补牙的时候，我哭了，而当我不得不再次回去做根管治疗时，我又感到了难以忍受的疼痛。直到三十多岁，我才逐渐克服对牙医的恐惧。

爸妈总是因为我们家拮据的经济状况吵架。大概就在妹妹被送走的时候，我开始慢慢学着给家里挣钱。我年龄太小，没办法合法地获取报酬，但我有别的办法补贴家用。家附近有个教堂，我为周末的礼拜活动弹钢琴，教堂付给我 5 美元。如果我在钢琴上放个篮子，信众还会凑些零钱，我每天差不多能得到 20 美元，好的时候能得到 30 美元。

有一天，一位妇人小声对我说，站在超市外面可以赚更多的钱。我见过有人在那里乞讨要钱，决定去试试。

放学后，我走到超市，站在停车场。当人们出来时，我对他们说:"我们一家刚搬到这里,我父亲失业了,我们需要钱付房租。你能帮帮我们吗?"

大多数人都拒绝了,但有几个人真的给了我些钱。一对中国夫妇把他们准备存入超市找零机的所有多余硬币都给了我——总共将近10美元。一位年长的白人老奶奶给了我50美元。"拿着这个。你比我更需要这个。"她说。

第一天,我赚了100美元。我以为自己已经想出了解决资金问题的办法。当超市的顾客开始问我为什么总是在那里时,我转移去了另外一家市场,然后去了几家餐馆。我编了不同的故事情节。有时我父亲需要做手术,有时是我母亲生病了,不能工作。

不久后,我听说某个地方有个富裕的白人经常光顾的购物中心。我坐了一个多小时公共汽车,去那边要钱。我开始逃学,把钱藏在衣橱的一个旧背包里,等待合适的时机拿给父母。

几周之后的一天,父母又为钱吵了起来,像往常一样,房租不够付,他们互相指责。

这一次,我准备好了。"别吵了,"我说,"我们有钱。看!"我拿出存好的一捆现金。"我还攒了更多的硬币!"

父母盯着我。

"你从哪儿弄到这些钱的?"妈妈问。"工作。"我说。

"什么? 工作?"

"弹钢琴。"

"不许撒谎。弹钢琴赚不了那么多钱,这些钱到底是从哪儿来的?"

"你别管了。我们有钱付房租了,你俩不要再吵了。"

"这些钱到底是哪来的? 是你偷的吗?"妈妈情绪非常激动,"如果你还在上学,你怎么会有时间挣钱? 你是不是逃学了?"

我告诉她我什么都没偷。路人给了我钱。我确实逃了几节课，但我能补习回来。

母亲完全不淡定了，不仅厉声斥责我，还对我父亲大吼大叫。"我真不敢相信。我们为她放弃了一切，她居然逃学。简直是忘恩负义！"

"我还不是为了你！"我叫道，"我也不想这样，但这样能帮助我们家！"

"没人要你这么做！你想想爷爷奶奶会说什么？我们来美国就是为了让你成为一个乞丐？"

"我只是想帮帮忙。"眼泪顺着我的脸颊流了下来。妈妈向前走了一步，好像要扇我一巴掌。父亲把手放在她肩上，她停了下来。

"多多，你看，"爸爸开始说话，"这不是你的错。但你不能这么做。所有人都在努力工作赚钱。但君子爱财，取之有道。你不能这样撒谎，让我们整个家族蒙羞。你得去上学。"

"你知道我在你这个年纪的时候有多想上学吗？"妈妈问，"外婆在黑市上买书，我自学英语，因为这些是我必须做的。你父亲和我挣钱谋生，这也是我们必须做的。我们没有走捷径去乞讨。你也不能。"

我回到学校，再也没有逃过一天课，但我一直在思考如何帮助父母解决家里的经济问题。最终，母亲找到了一份稳定的小学教师工作，我们搬到了圣盖博谷（San Gabriel Valley），住进了一个中产阶级社区。尽管如此，父母依然每天都在为钱而争吵，毫无迹象表明他们会把安吉拉接回来。每当我问起的时候，妈妈会说，他们得先把我教育好，直到我找到工作或上了大学，才能算安定下来。

有一个两全其美的解决方案。八年级的时候，班上有位同学的姐姐在加州州立大学洛杉矶分校读书。那是当地的一所公立大学，勤工俭学项目可以抵消一些学费、生活费开支。我发现自己已经达到了这所大学的入学年龄标准，只要通过一系列考试就可以入学。

这比我母亲参加的考试简单多了，与她所感受到的生活压力相比，学习算不了什么。我非常努力，妈妈的话给我的印象是，进入大学是我们家定居美国的入场券。我不再想逃学——我进入了一所不错的学校，结识了一群好朋友，窥见了"正常"生活的样子。

当我最终通过考试，并被提早入学项目（Early Entrance Program）录取时，我的想法其实非常矛盾。这是我的目标，我很高兴能够实现，但我也意识到自己又要跟"正常"告别了。那年秋天，我没有上高中，而是直接上了大学。我可以通过勤工俭学养活自己，父母则可以集中精力把我妹妹接回来。

1996年秋天，我刚上大学不久，一位中国朋友把妹妹带回了美国。我们一家三口去机场接她。当妈妈看到一个幼小的孩子坐在一堆行李箱上时，她哭了。我们跑向妹妹，妈妈抱起她，然后又把妹妹交给我。我们都哭了。安吉拉终于能够留在我们身边了。

也是差不多那段时间，爷爷给我写了一封信，讲述了他的童年。村子里没有学校，他不得不赤脚走8公里去上学。全家只有一条裤子，虽然他有时会穿裤子，但更多的时候，是用几块打结在一起的旧抹布遮体。然而，不管风有多大，不管他高烧多少度，他总是能按时上学。很小的时候，他就明白，对他和家人来说，教育改变命运。

爷爷的故事让我想起了中国的一句谚语："百善孝为先。"孝顺，也许可以直接翻译成"尊重和服从"。

"你很孝顺父母，"他写道，"你是一个懂事、听话的孩子。"

我其实并不认为自己的行为有什么尊重或顺从可言。那段时间，我经常和父母吵架，尤其是和妈妈。回首过往，我为自己说过的话感到后悔，为自己的愤怒感到后悔，也为自己隐瞒了许多事情感到后悔。但即使在吵架时，我也知道，对于家人所作的牺牲，我应该永远怀有敬意。

我上大学的目标很明确——获得学位，然后赚钱来补贴家用，并非为了交朋友，扩展社交圈子。我比身边的同学小太多了，知道自己不可能融入其中。与其被拒绝，我索性没有做出什么尝试的努力。

有几十个和我年龄相仿的学生进入了提早入学项目。我也从未试着与他们交朋友。我想提前上大学大概是他们早就制定的目标。他们可能是来自权贵阶层的天才少年，希望接受智力挑战，挖掘智识的潜能。直到多年后，我才知道，我的想象并不准确，一些同学的经历与我有不少相似之处。我当时错失了和他们交朋友的机会，也许我本可以找到让自己有所归属的社群，而不是完全相信自己的猜想。

事实证明，如果你只想埋头学习，加州州立大学洛杉矶分校是个好地方。这是一所拥有三万多名学生的非住宿制学校，其中大多数学生来自少数族裔家庭。英语并非母语，许多人已经过了应该上大学的年纪，有些人有自己的孩子，而且几乎所有人都有其他工作。他们在这里只是为了修完所需的课程，获得一个学位，努力奋斗出比父母一代更好的生活。

虽然独来独往，但我确实没有怎么感到孤独。我去上课，学习。课余时间，我申请了学校实验室的勤工俭学岗位。

那时候，我已经坚定了成为一名医生的想法。我想服务于这个世界上的"托尼"们，工作于我儿时成长的那种底层社区。立下这个宏伟的愿望当然不错，但我不知道如何才能真正实现这个目标。

家中没有人从事医疗工作。父母有个朋友，在中国当过医生，但在美国，他也只能像我父母一样，为了找到一份卑微的工作而苦苦挣扎。刚上大学的时候，哪怕只是说说自己想成为一名医生，也是件荒唐可笑的事，我认识的唯一一位医生是在中国为我治疗哮喘的儿科医生，我有什么资格认为自己可以从事医疗工作？

参加勤工俭学项目的面试时，项目主任雷蒙德·加西亚（Raymond Garcia）教授问我想做什么。加西亚博士是一名退伍军人，从事生物化学研究，气质不凡，落落大方，声音洪亮。我有点害怕他，更担心如果告诉他自己的梦想，他会笑话我。

我说："我想成为一名实验室技术员。"这听起来是一个更现实的目标。父母有位朋友获得了科学学位，然后就成了实验室技术员。我觉得这么说更妥当，毕竟，我正在面试实验室的工作。

我想，加西亚博士接受了我的回答，我被录取了，被安排在他同事唐纳德·保尔森（Donald Paulson）博士的实验室里。保尔森博士的研究领域是无机化学，我对此一无所知。他和他的研究生们表现出了极大的耐心和善意，从洗烧杯，使用移液器，到最后独立操作实验，他们手把手教会我每一件事。

保尔森博士和加西亚博士都会忍不住问我真正想做什么。他们并不相信我的目标是成为一名实验室技术员。我跟着他们学习了一年多，才真正承认自己想成为一名医生。我想他们也猜到了，他们开始介绍我认识一些已经转入医学院就读的学长学姐。那些学生同样来自少数族群，求学之路并不平坦：大多数人在第二次或第三次申请后才被录取，每个人都强调医学院入学考试（MCAT）的成绩等级和考试分数非常重要。

其中一位前辈对我说："我到了医学院，发现其他人都知道游戏规则，但是没有人教过我。"我一遍又一遍地听到类似的说法。我所在的学校有一个医学预科指导办公室，规模比其他大学的同类机构小得多。在成千上万名渴望成为医生的学生中，只有少数人最终被医学院录取。医学预科指导办公室似乎把大部分时间花在劝说学生放弃临床医学，转而从事其他相关职业上，比如护理和药学。毫无疑问，对于许多学生来说，这不能算是错误的建议，他们最终找到了稳定而有意义的工作，但我还是忍不住想，如果学生们都能得到支持，都能被鼓励去实现他们最初的愿望，是不是会有更多的学生最终成为医生。

保尔森博士和加西亚博士介绍给我认识的那些前辈毕业生跟我强调，要坚持下去。他们中也有些人曾被医学预科指导办公室建议改变职业路径，但他们坚持自己的梦想，最终成功。他们直言不讳："你要知道，我们的家庭背景和教育经历，注定了我们处于不利的地位。我们必须更加努力，才能接近公平的竞争环境。"

通过这些前辈，我联系到附近医院的急诊科，开始了跟班学习。如果不是前辈的提醒，我根本不知道这一点，这是申请过程中一个关键但不成文的要求。我攒钱参加了医学院入学考试课程培训，这也是我之前完全没有考虑的事，直到他们强调这些课程对掌握具体的应试技巧至关重要。（在医学院里，我成了卡普兰医学预科课程的老师，亲眼见证了这些技能所发挥的作用。经济能力允许的学生毫不犹豫地在这些课程上花费数千美元，他们的基础起点比那些没钱参加培训的学生高得多。）在朋友的妹妹确诊患有罕见的白血病后，我组织了一次骨髓捐献活动，吸引了数百名捐献者。这完全是我业余的工作，但医学院的前辈告诉我，申请中我需要特别强调类似的活动。

我非常感谢这些关于职业规划的速成辅导，但我似乎是为数不多的有机会听到这些建议的人，其他成千上万的预科生却不得不自己摸索门路，这似乎并不公平。因此，在第三年，我和其他几个同学一道，在加州州立大学洛杉矶分校成立了美国医学生协会（AMSA）分会。我们每月组织一次系列讲座，请来附近医学院的招生委员会成员，讲述他们对申请人的要求。鉴于大多数协会会员都有日常工作，还有不少家庭琐事，我们在校园献血、学生健康节等活动中设置固定的志愿者服务位置，专门提供参与社会服务活动的机会。

随着对分会会员情况有所了解，他们的成长背景和从医动机令我印象深刻。他们中的大多数人也是移民；许多人是家庭中第一代大学生。像我一样，他们的亲属中没有人学医，但他们都注意到医疗服务的重要价值。我很幸运，在进入大学时有坚实的数学和英语基础，但不少学生并没有。他们为几门基础课程苦苦挣扎，这种情况即使能够在几年内有所改善，但他们的绩点仍然太低，无法达到医学院的分数线要求。

加西亚博士也关注到了这一现象。他制订了一项计划，在关键的第一学年帮助这些少数族裔的医学预科学生。我成为这些学生的同伴和辅导员，许多人在最开始就得到了针对性指导，进步迅速。

加西亚博士经常对学生们说，"有志者，事竟成"。我打心眼里相信这一点。我也意识到，我们的社会并不缺乏有能力的人，但并不是人人都有机遇。无论我取得什么样的成绩或成就，也只是因为其他人赋予了我这样的机会，一个许多其他学生无法得到的机会。我永远对加西亚博士、保尔森博士和校友们心怀感恩，我从他们那里得到了资讯、支持和指导。作为回报，我觉得自己负有某种义务，为后来的人提供资源，帮助他们获得公平的竞争环境。

申请医学院的时候，我其实完全不确定自己能否被录取。我的成绩不错，有丰富的课外活动记录，包括通过竞选获得的学生会职位。此外，我参加了考试培训课程，考试成绩轻松地超过了入学门槛。不过，我还是注意到学校的招生统计数据：上一年，有一些学生有着差不多的考试成绩和丰富的课外活动履历，却没有被任何一所医学院录取。

医学预科顾问告诫我，即使我申请了 40 所学校，也要做好全部被拒绝的准备。加西亚博士听到后说："那你就申请 41 所吧！"

我听从了他的建议，即使被所有的学校拒绝了，也要打起精神，来年再次申请。不过，存在一个麻烦：申请费。基本费用，加上每个学校各自收取的费用，平均下来，一家学校的申请费高达 100 美元。如果我通过了第一轮申请，还需要进行面试，这将产生额外的差旅费用。也就是说，如果我真的申请了 41 所学校，然后去十几所学校进行面试，将会花费大约 1 万美元。

这对我来说是一笔巨款。许多同学也为之所困。这其实只是在医学院学费的基础上又增加了一项额外费用，但也足以使许多人对学医望而却步。即使是在二十多年前，我申请学校的时候，医学院的学费也高达每年 3 万美元左右。对无力支付学费和生活费的学生来说，这很容易产生超过 20 万美元的债务。这是一个许多家庭根本无法想象的天文数字。

迫于这样的现实，我意识到，申请临床/科研型博士联合培养项目（MD/PhD combined program）是我能够就读医学院的唯一途径。尽管这些项目的竞争非常激烈，但大多数项目提供全额学费和生活费。我很喜欢在保尔森博士实验室的工作，虽然我不确定自己是否能对实验室工作一直充满热情，但我知道自己不能为了上医学院而背上 20 万美元的债务。现在回想起来，这绝不是攻读博士学位的好理由，但我确实一次又一次地看到，对于来自贫民阶层的学生来说，我们的教育和职业选择是由经济因素驱动的，因为我们必须这样。

为了支付申请费，我削减了选修的课程数量，并将我在实验室工作和做家教的时间增加了一倍。虽然最终我延期毕业了一年，但终究攒了些钱，好在我依然还算年轻。通过卡洛斯·古铁雷斯（Carlos Gutierrez）教授的推荐，我申请了两项奖学金，进一步解决了费用问题。之后，我开始陆续收到面试通知，我从一位教授的女儿那里借了一套西装，又在慈善商店买了一个手提包。我总是选择最便宜的旅行方式，并与同学们呆在一起，那是了解新学校环境的一个好方法。

最终，我被 13 所医学院录取。大多数是直博项目，提供全额学费和生活津贴。我选择了自己认为最合适的学校——位于密苏里州的圣路易斯华盛顿大学。华盛顿大学的学生团结友爱，教师团队热情尽责。在面试时，我见到了约翰·阿特金森（John Atkinson），他既是一名医生，也是实验室的负责人，我很敬仰他，希望能够成为他的学生。圣路易斯也有其他吸引我的地方，在那里有一种归属感，是在洛杉矶感受不到的。时至今日，我仍然对圣路易斯心有所爱，除了巴尔的摩，没有别的城市能比圣路易斯更能给予我家一般的感觉。

我也确实急于离开洛杉矶，躲开我的家人。我和母亲的关系越来越差，已经到了剑拔弩张的地步。我们经常争吵。她对我的大学成绩表现出各种不屑，说我进入医学院只是侥幸，只能算是运气好，不能总是挑战自己，而是应该谨慎为上，专注于不要失败。我则用一些过去的事情反唇相讥，比如她不关心我和妹妹，并试图把父亲逐出家门。

有一天，母亲非常生气，把我所有的东西都扔到了街上。我冲出家门，几乎一年没有回家。直到本科毕业前几天，我才邀请家人参加我的毕业典礼，但母亲拒绝参加。

不过，不管怎样，我还是开始了新的生活。2001 年，18 岁的我开始了在华盛顿大学医学院的学习生涯。经过多年的努力，我终于找到了成为一名临床医生的道路。

充满挑战是我对医学院第一年学习的全部印象，学业的问题首当其冲，根本顾不上考虑别的。我想跟上同学们的进度，从来没有如此努力地学习过，但仍然是班级的倒数几名。许多同学在本科或研究生阶段都已经接触了一些相关课程（解剖学、组织学、免疫学），而我对这些课程一无所知，完全是第一次接触相关知识。

为了让学生适应紧张的学习生活，让那些教育背景一般或基础不好的学生迎头赶上，华盛顿大学对一年级学生的测评分为合格/不合格两类。我通过了测评，但只是勉强通过。我着实很担心自己能不能完成学业，会不会让加西亚博士、保尔森博士和所有那些对我充满信心的教授失望。我开始觉得母亲说的是对的，也许我只是侥幸被医学院录取，老底很快就要被揭穿了。我患上了冒名顶替综合征，虽然当时我并不知道这个词，但恰如其分，就是那样的心境。我整天都在怀疑自己是否真的应该进入医学院，也许我压根配不上一流的学校，扛不住这样的学习压力，我不属于这里。

我焦虑至深，以至于当加州州立大学洛杉矶分校的医学预科协会邀请我回去与在校学生交流时，我几乎没有勇气出现。我回到了曾经的校园，但我非常抗拒走上楼梯，不想进入教室。

我正准备离开时，一个年轻女子拦住了我。我认出了她，她是医学生协会分会的一位新会长，接替了我的位置。

"听到你的消息，大家都很兴奋，你成功了，我们都想像你一样。"她说。

经历挣扎和奋斗，最终可能会失败——这就是他们所说的榜样吗？但她滔滔不绝，说在我身上看到了自己的影子。她也是第一代移民，从小到大从不认识任何医生。正是因为看到了我的成功，她正在申请医学院。我们有着相似的成长背景，而我正在做着她梦寐以求的事情。

我想起了母亲常说的一句话。尽管我们吃了很多苦，甚至付出了很大的牺牲，但总有人比我们更需要帮助。她说："你依然需要在力所能及的地方做出改变，有人可能会因此得到帮助。"

在洛根，她接待新来的中国研究生，帮助他们和家人安顿下来。在洛杉矶，她总是给教堂和无家可归者的收容所提供点东西——手头宽裕时给钱，能力有限时给些食物或衣物。那是曾经帮助过我们的地方，我们有义务给予回报。

对母亲来说，成为一名公立学校教师是一份完美的工作，这份工作结合了她最喜欢的两件事——教育和帮助他人。她选择在康普顿和东洛杉矶的小学教书，这些地区的孩子大多有着极其不利的成长环境。她很喜欢学生们，她也能想起自己，这些年轻人有无穷的潜力，但前进的道路上障碍重重。她尽己所能帮助学生克服障碍，做好未来生活的准备，她对我和安吉拉也是这样做的。

她会告诉学生："总是有人羡慕着你，仰望着你，以你为榜样，对你有所期待。"

在那一刻，那位年轻女生可能正仰望着我。我可能一直在怀疑自己能不能算是个医学生，但有这么多预科生希望像我一样得到机会，我需要像其他人帮助我一样去帮助他们。

我完成了演讲，然后回到圣路易斯，开始更加努力地学习。在第一年里，我的大部分时间都用来适应医学院的节奏，赶上同学们。

每当自我怀疑时，我都会想到那些以我为榜样的加州州立大学的学弟学妹。

我还想到了母亲。尽管我们的关系紧张，但我对她深感钦佩。母亲从来不轻言放弃，我也一样。

三　身着白大褂，握紧拳头

第一学年结束时，我开始在约翰·阿特金森教授的实验室工作。这正是我想加入的研究实验室。我追求"临床医生—科学家"的职业路径，亟需向前辈学习，阿特金森教授是一名执业医生，他为患有特殊疾病的病人看病，同时还从事相关研究工作。

阿特金森博士既是一位富有同情心的医生，也是业内知名的科学家，享有盛誉。在风湿病学的临床实践中，我跟随他学习治疗补体缺乏症这一罕见的免疫系统疾病，见证了临床专业技能所发挥的作用。患者很感激他，不少患者已经搬离了圣路易斯地区，但为了找阿特金森看病，不惜往返数百英里。此外，像保尔森博士一样，阿特金森也是一位经验丰富的教育家，他负责的实验室发表了高质量的科学文章，吸引着来自世界各地的年轻科学家。

我很快就进入了临床实习阶段。第一个轮转科室是神经内科。一次，我被叫到急诊室进行会诊。急救人员正要把一位三十多岁的男子送到抢救室。他叫埃里克，同事发现他倒在洗手间的地板上，不省人事。

当我和神经内科的住院医生赶到时，急诊团队正在全力以赴地工作着。一名护士按住埃里克，另一名护士试图给他戴上氧气面罩。他的眼睛忽开忽闭，牙齿紧咬，嘴里冒出白色泡沫。他的肘部弯曲着，腿随着担架的晃动有节奏地摇摆，金发上沾满了血迹。

急诊医生正在指导抢救团队开展工作。"他还在抽搐。监测生命体征，测血糖。再推一针安定。"

抢救团队按照标准的癫痫发作处置流程工作，神经内科住院医生开始向护理人员询问更多信息。病人是什么时候发作的？从被发现到现在已经20多分钟了。不过同事们其实从早上的员工会议开始就没再看到他。

这样的时长非常令人担忧。持续发作5分钟就可以被视为癫痫状态，足以威胁生命。病人身上的血液已经干了，他可能已经发作了几个小时。如此长时间的癫痫发作几乎注定会导致脑损伤。

他有其他症状吗，发烧了吗？这一点很重要，因为脑膜炎可能会传染。没有，那天早上还很好。最近没有出过国，也没有与其他病人的接触史。流血很可能是在癫痫发作后撞破头导致的。

埃里克是做什么工作的？他是一名律师助理，从事文职工作。没有接触过危险化学品。

其他病史？没有糖尿病史，血糖正常。没有吸毒史。同事不知道他以前是否犯过癫痫，但他的钱包里有一张药卡，上面列明了癫痫药物的名称。

送往医院的途中，埃里克已经注射了两剂抗惊厥药物，到急诊室又注射了一剂。但没有作用。需要更强力的药物。

然而，新的药物会导致他停止呼吸。急诊医生已经完成了喉咙插管，连上了呼吸机。很快，呼吸机开始工作，替代自主呼吸。

一名护士正在和门外的一名穿着粉红色工作服的年轻女子交谈。那是埃里克的妻子，在我们医院呼吸科工作。她证实，丈夫有癫痫病史。最后一次癫痫发作已经是几年前了，他们的双胞胎女儿已经三岁了，自从女儿出生，丈夫从来没有发作过。

"他在服用什么药物？"我问道。

"有两种，但我觉得他可能从来没吃过。"她还告诉我们，埃里克不久前被原公司解雇了，目前在做一份不提供健康保险的临时工作。保险公司规定，如果埃里克加入妻子的健康保险计划，每个月要多花一千多美元，因为他有癫痫的"既往病史"。而没有保险的话，每月治疗药物的花费是数百美元。

"他可能隔三岔五吃次药，也可能根本就没吃过，我不确定，"她说，"他已经习以为常，他说会好起来的……"她拖长了声音。握住丈夫的手，注射了药物之后，那只手不再颤抖，肢体都已经平静下来。

"我丈夫不会有事吧？"

癫痫发作的危险性完全无法为这位妻子提供明确的答案——不幸的是，一个毁掉她生活的结果就要来临了。

一小时后，埃里克被转到了重症监护室。化验结果显示，血液中无法检出两种药物含量，这意味着他没有服用过那两种药物。他的妻子后来证实，家里的药瓶是空的，已经几个月没有装过药了。神经内科专家对埃里克进行了各种测试，但都无法检测到大脑活动。

埃里克再也没有恢复意识。那一周晚些时候，妻子决定撤销生命支持系统。埃里克去世时，妻子和女儿们都守在床边。

不论是埃里克还是托尼，他们的离世都困扰着我。两人的境遇都不是因为医学本身辜负了他们，而是我们的医疗保健系统出了问题。如果托尼能及时得到医疗救护，他肯定还活着。同样，如果埃里克能够负担起药物的花销，可能根本就不会癫痫发作。两个人的悲剧令人心碎，而恰恰因为这样的结果本不应该出现，给人带来的感觉更为糟糕。两个人的生命过早地结束了，他们的家庭永远被摧毁了。

医学教育正在教给我所要学习的东西：如何减轻痛苦，拯救生命。我就读于世界顶尖的医学院，师从于世界顶尖的医生，他们掌握着最尖端的技术，最先进的治疗方法。每天，华盛顿大学的附属医院都为数以千计的病人提供医疗照护，而我正在接受训练，致力于成为医疗照护的提供者。

但是，如果遇到仅靠医学无法解决的问题怎么办？如果使人生病的是医疗保健系统本身，我是不是也有义务改革这个系统？怎样才能学到那样的技能呢？

肯定也有其他同学在纠结这样的问题，但大家都把这样的疑惑埋在心底，很难发现同道中人。医学是一个保守的行业，传统和等级制度的观念深植于医学教育之中。医疗训练步骤明晰，前两年是前临床阶段，主要是课堂教学；接下来的两年是临床阶段，在医院的病房里学习。毕业后，有三到七年的实习和住院医师培训，可能还有额外的训练阶段。攻读博士学位或其他高等学位的同学，通常需要在课堂阶段或临床阶段就开始自己的研究。

从入学开始，我们就清楚地知道，我们的目标是成为优秀的临床医生和科学家。我们也心知肚明，我们要做的是在既成的体系中努力工作，而不是寻找其中的问题，更别提试图改变它。坦率地说，确实有太多太多知识需要学习，医学院的首要任务是为学生临床执业、从事科学研究打下坚实的基础，完全不鼓励学生从事什么社会倡导活动。许多教授认为，行动主义根本不是医生应该涉足的领域，医学生应该专注于埋头学习。

我很快就意识到，对医学院的教授们来说，提出像医疗保险的可负担性这样的问题，有些太政治性了，更不用说类似于全民享有医疗保健的权利等议题。我越来越多地关注并思考类似问题，不仅因为我的家庭经历过经济困难，还因为我越来越清晰地意识到，更广泛的社会变革是必要的，在我的价值观里，只有通过这样的社会变革，才能实现医学本应该实现的价值。当我和几个同学试图发起一个名叫"医学生的选择"（Medical Students for Choice）的社团时，我们被告知，"选择"这个词太有争议了，名字必须更中性化一些。我们最终采用了"成长路径教育会"（Reproductive Options Education）的名称，具有很易识别的首字母简写"Roe"。

一些更活跃的学生还参加了华盛顿大学的美国医学生协会分会，与我在加州州立大学工作的社团属于同一组织。医学院每年都会资助一些学生参加美国医学生协会大会，由于我本科时期的工作经历，我有幸参加。

毫不夸张地说，这次大会完全改变了我的职业生涯轨迹。在四天里，我聆听了医学生、住院医生、执业医生的各种发言，他们谈及困扰医疗行业的系统性问题，还介绍了一些正在积极开展的工作。与一千多名医学生一起，我悉心聆听了维克托·赛德尔（Victor Sidel）和杰克·盖格（Jack Geiger）的发言，他们是医生社会责任协会（Physicians for Social Responsibility）的共同创始人，在冷战期间，这一组织因阻止核武器扩散的工作而获得了诺贝尔奖。我也见到了昆廷·杨（Quentin Young），他长期倡导单一付款人医疗系统（single-payer health system），是支持该系统的最有发言权的医生之一。在这种系统下，政府是国家医疗服务的唯一资助者，通过统筹税收和个人医保费用来分配资金。他发言指出，"医疗保健是一项基本人权"，获得了热烈的掌声。

菲茨休·马伦（Fitzhugh Mullan）发表了最为激动人心的主旨演讲。演讲结束后，我向他做了自我介绍。马伦医生，后来我也称他为菲茨，曾任助理卫生部长，也曾领导新墨西哥州的卫生部门和国家卫生服务队。20 世纪 60 年代在医学院上学时，他对医生在面对社会正义问题时选择独善其身深感震惊，这些问题包括民权斗争、对健康产生影响的贫困状况等。他和几位同学成立了学生健康组织，该组织对美国医学生协会的成立起到了重要的推动作用。

我曾读过他的书《身着白大褂，握紧拳头：美国医生的政治教育》（*White Coat*, *Clenched Fist*：*The Political Education of an American Physician*）。我告诉菲茨，希望长大后能像他一样，拥有发自心底的激情，为病人的权益奔走呼喊。他当时就邀请我和他一起工作。在上学和住院医师培训期间，我一直参与相关的工作，住院医师培训结束后，我就搬到华盛顿特区，加入了他在乔治·华盛顿大学的团队。

会议中最具影响的部分是由医学生主持的分组会议，会上介绍了同学们为实现医疗保健服务普遍可及所进行的倡导活动，以及为增强医疗行业的多样性和包容性所做的努力。我参加了小组讨论，学习如何在自己的学校开展类似的活动，第一次感到自己找到了志同道合之人。这些同学从医的原因和我相似，他们都想成为伟大的医生，但他们也都对医疗的现状感到失望，传统的医学教育不足以使我们具备推动系统性变革的素养，而医疗行业的系统性变革才是病人所需要的。

确实，美国医学生协会的口号是"要成为一名医生，需要的不仅仅是医学院"。医学院可能会教授必要的技术和科研技能，但作为一名医生，我们也要为病人奔走呼号。

美国医学生协会注重培养学生的领导力，这是我颇为看重的一点。协会由学生运营，学生领导，这足以令协会成员感到自豪。大约 30 位出色的专业工作人员，负责管理会员、会议计划、拨款和其他相关业务，但董事会完全由学生组成，董事会成员通过学生选举产生。协会主席和董事会主席都是学生，他们从繁重的医学训练中，专门抽出一年时间来领导这个组织。

在那次全国大会上，我深受鼓舞，决定竞选全国董事会的职位。出乎意料，我居然当选了，并开始代表我所在的中西部地区。我开始前往其他地区的医学院，在密苏里州、堪萨斯州、内布拉斯加州、艾奥瓦州、明尼苏达州、南达科他州和其他邻近的地区介绍协会的工作，并宣传医生参与社会倡导的重要性。2004 年总统初选期间，我带领一支医学生团队到艾奥瓦州"猎鸟"①。我和几位同学现身早餐会和市政厅，要求各位民主党候选人承诺为抗击艾滋病提供资金，并加强为没有医保的公众提供医疗服务。确实有几位候选人做出了承诺，不少艾奥瓦居民也支持鼓励我们继续开展倡导活动。

第二年，我被选为特邀理事，并在两年时间内先后担任代表委员会副主席和主席。代表委员会的职能在于组织分会领导人开展政策辩论，并通过相关决议。协会制定的政策已经先人一步，远远领先于其他医学专业组织：在全美主要医学组织中，我们率先支持全民医疗保健，致力于通过制定政策，减少医疗错误，让病人享有更安全的医疗服务。

我想带领代表委员会制定相关政策建议，契合更广泛的社会正义议程。无论是国家领导者，还是 LGBTQ 权利和生殖健康领域的倡导者，都已经提出了令人信服的数据，表明污名以及医务人员的误解导致宫颈癌诊断延迟，艾滋病病毒感染率居高不下，低收入女性、少数族群女性和 LGBTQ 人群的健康需求无法得到满足。我们通过决议，呼吁社会各方关注这些问题，为医学教育改革铺平道路，强调适应群体文化、具有包容性的医学照护。

---

① bird-dog，严密监视，发现问题。指被委派观察某一活动，以便随时发现问题。

制药行业和医学界之间的关系问题总能引起激烈争论。当我刚进医学院时，医药公司的销售代表随处可见。他们资助午餐会，参加大查房，分发宣传资料，这些资料与我们研讨的学术论文如出一辙。他们还会提供免费的钢笔和听诊器，上面醒目地印有药物的名称。医学生和医生都很乐意使用这些"免费"的工具，他们变成了行走的广告牌。一些教授被医药公司聘为专家，获得了去世界各地度假的全额资助。学生们谈论着这些现象，希望有朝一日也能享受这些福利。

医药代表无处不在。起初，我并没有觉得有什么不妥，直到2002 年，美国医学生协会的一次活动中，两位受人尊敬的医生——"没有免费午餐"（No Free Lunch）组织的创始人鲍勃·古德曼（Bob Goodman）和《新英格兰医学杂志》（*New England Journal of Medicine*）的前编辑玛西亚·安格尔（Marcia Angell）介绍了一些研究，指出医药公司的广告对医生处方行为的影响。参加药品促销活动的医生，也就是接受那些所谓的"医学资料"的医生，更有可能开出比普通药物贵得多的大牌药物，而这些昂贵的药物往往并没有独特的治疗效果。医药公司知道这一点，事实上，他们的营销支出是新药研发支出的两倍。

研究中最有趣的一点是一种被描述为"众人皆醉而我独醒"的现象。当被问及医生是否受到药物公司广告的影响时，医生会回答说，是的，医生当然会受到影响，这是人的本性。但当他们被问及自己是否会受到这些广告的影响时，这些医生都说不会。这就是问题的症结所在——我们认为别人会受到影响，但自己不会，这也就意味着，即使存在明确的利益冲突，我们也认为自己的行为可以不受影响。

当古德曼博士和安格尔博士介绍这些发现时，大家冷眼相对，完全没有什么共鸣，还有一些人愤怒地提出了反对。可以理解，人们不愿意承认自己的罪责。即使是医学生协会的成员，也有着自己的心理防御机制。一些与会者指出，我们只是学生，连处方权都没有，这些事和我们无关。还有人指出，许多医学生面临着学费贷款的压力，免费午餐和听诊器能够减少学业支出。总之，听众们认为，需要做出改变的是学校和附属医院；作为学生，我们无能为力。

尽管遭到了相当一部分会员的强烈反对，美国医学生协会董事会还是采取了大胆的措施，成为第一个秉持"不与医药公司发生联系"（PharmFree）立场的主要医学组织。协会不再允许医药公司在我们的会议或出版物中宣传药物，不允许医药代表参加协会的活动并随意接触我们的会员。协会启动了全国性的倡导运动，对正在接受训练的医学生开展有关利益冲突的教育。许多会员签署了"不接受免费午餐"的承诺书，一些会员甚至开展了"反推销"活动，拜访执业医生，倡议他们避免参与医药行业赞助的推广活动。

美国医学生协会董事会明确指出，我们的目标并非妖魔化医药公司，不可否认，药企在医疗保健系统中发挥着重要作用，问题不在于医药公司资助研究或赞助项目，这些研究项目会明确注明利益关系。我们的目标也绝非羞辱医生。正视现实，这些是稀松平常的事。我们是想表明我们注意到了新的证据，希望为病人提供更好的医疗服务，许多病人难以负担昂贵的处方药费用，无法得到重要的医疗护理服务。医生应该为病人的最佳利益着想。我们认为自己是在恢复这一职业所应有的诚信、所应该享受的公众信任。

我们曾被认为是一群标新立异的活动者，纠结于这些无关紧要的边缘问题，不过，在接下来的几年里，我们的草根运动衍生出了一套指导医药公司和医疗行业互动的新标准。越来越多的医学生拒绝参加医药代表赞助的午餐会，并敦促他们的朋辈关注无偏倚的医学研究建议，医学院也开始审视相关的政策。

几年之内，医学生对我们的看法出现了转变。2006 年，安格尔博士再次受邀在美国医学生协会的会议上发言，演讲现场座无虚席，演讲结束后，学生们排起长队向她表示感谢。2007 年，我从医学院毕业时，其他几个全国性的医学组织也开始响应我们的号召，制定新的利益冲突政策。大型医药公司开始改变营销方式，2012 年，美国国会通过了《阳光医生法案》(Physician Sunshine Act)，立法要求医生披露医药公司给予的薪酬津贴。

从这场运动中，我又学到了一些重要的经验。第一，反对传统的观念非常困难，这一点在运动初期尤甚。许多学生谈到，尽管可能同意我们的观点，但他们并不愿意做出头鸟，更不想惹出麻烦。我很钦佩那些一直致力于这一运动的学生，如果被学校管理部门贴上麻烦制造者的标签，他们可能得不偿失。不过，长远地看，我们知道自己站在了历史正确的一边，我们总是以病人的最佳利益为导向，这赋予了我们坚持下去的动力。

第二，虽然这一运动是由美国医学生协会董事会领导的，但推动这一运动的是众多基层会员。总部层面提供了目标方向和活动资源，但如果没有全国各地几十所学校数千名学生扎根基层的努力，我们的工作绝不可能成功。如果没有他们在前线的工作，我们的观念就不可能广泛传播。

第三，持反对意见的人并非要"划清界限"的坏人，改变他们的想法需要渐进的努力。初次听到我们的诉求时，他们的反应自然是怀疑和防卫。为了改变他们的想法，我们需要展示证据，但同样重要的是，我们需要理解对方的立场和出发点。

这需要约束那些观点激进的倡导者，他们认为，与企业实体的任何接触都是"出卖"医生的职业尊严。我们花了很多精力相互交流，达成合理的妥协。毕竟，我们的目标是团结一切可以团结的力量，而不是尽可能让别人疏远我们。

成功还需要接受渐进式的变化，不能急于求成。许多人怀有"不成功便成仁"的激进心态：他们制定了成功的目标，如果最终的成果未能达到这一目标，便是对价值观的妥协，完全不能被容忍。但是，成功并不是一蹴而就的，每一次微小的成功都值得庆祝，应该被视为笃行于正确方向的重要一步。我们接受医学训练，必须学会专注于切实可行的目标，因为我们的愿景是推动系统性的变革。

我和美国医学生协会的其他领导者也就如何普及医疗保健服务进行了类似的激烈辩论。彼时，美国有超过四千五百万的人没有医疗保险，还有更多的人只负担得起保障额度很低的保险，获得医疗服务的机会有限，而这些人就是我们每天需要面对的病人，我们每天都能看到医疗系统受到了破坏，病人因此而死亡。我完全理解为什么相对激进的团队成员认为我们需要对这一已经支离破碎的医学系统进行彻底的改革。理性地说，我确实注意到加拿大和其他一些国家实行单一付款人的医保制度，这一制度确实具有吸引力，它节省了行政费用，确保每位公民都能获得基本的医疗保健服务。

不过，与此同时，也要注意到，实现全民医疗保健的途径很多，单一付款人制度只是其中之一。它可能是最有效的途径，但它也需要对医疗保健系统进行彻底的改革，而在可预见的时期内，这困难重重，难以实现。时下，病人需求紧迫，那些正在经历疾病煎熬的病人指望不上多年后的全面变革。

医学生协会的许多领导者也抱有类似的观点。我们认为，筹建一个单一付款人制度需要太长时间，因此并不现实。我们敦促进行渐进式改革，这样至少我们可以帮助一些病人获得保险，并享有更好的医疗照护。作为一个组织整体，我们最终接受了两种立场。总的来说，我们与国家医保的倡导者保持一致，认为这是"最理想"的最终策略，但我们的日常工作则侧重于推动在此期间可能发生的更实际的改革。我们一直抱定目标，即高质量的、可负担的和可获得的医疗照护，且并没有拘泥于实现这一目标的单一策略。在之后的几年里，奥巴马政府提出了《平价医疗法案》（Affordable Care Act），致力于通过改善现有系统而不是全面改革来实现全民医疗，法案提出后不久，美国医学生协会就表明了全力支持的立场。

2005 年，在董事会工作三年后，我通过竞选，当选为医学生协会的全国主席。我休学了一年，搬到了位于华盛顿特区的组织总部，全身心地投入到卫生政策的制定和倡导之中。我代表 65000 名医学生会员向国会陈情，我还监督全国办公室的运作，并访问全国各地的分会。"不与医药公司发生联系"和全民医保是我们主要推动的全国性运动，协会还专门设立了杰克·拉特利奇奖学金（Jack Rutledge Fellowship），每年资助一位医学生休学一年，全职投入到全民医保的倡导活动之中。

那一年奖学金的获得者是我在华盛顿大学的好朋友蔡高平（Kao-Ping Chua）。高平比我晚一年入学，在他入学第一周，我就招募他加入了协会。我们成为挚友，我很高兴能在华盛顿与他一起工作。高平和我，以及总部和分会的领导者组织了集会，邀请官员加入我们的行列。我们讲述了自己作为新生代医生的共同愿景，致力于确保医疗保健是一项全民共享的基本人权，而不仅仅是个别人可以享受的特权。

我永远难以忘记，当我们在纽约市布鲁克林大桥上游行，宣布我们正在为一个"全民共享、一个都不能少"的世界而奋斗时，成千上万的协会会员所展现出的能量和希望。我们不是在等待别人站出来，我们是带头的行动者。

在我之前的几位主席曾敦促国会立法，限制住院医生的工作时间。这一努力使得医院接受了每周最多工作 80 小时的规定，保护了住院医生的工作权利，也保障了病人的安全。在此基础上，协会的立法事务主任克里斯·麦科伊（Chris McCoy）和我一道，努力推动关于全民医疗保健和学生贷款债务减免的立法。我们起草了一份框架文件，希望以参与社会服务换取贷款减免，同时还提出了一个结合公共卫生和社区卫生培训的新方案，我们称之为"公共卫生医疗学院"（Public Health Medical College）。我们与其他组织或是老师，包括菲茨·马伦，共同倡导加强卫生保健人才队伍的多样性。

既能在全国层面领导政策制定，同时又能在地方层面体验学生活动的草根能量，我为这项事业感到兴奋。我走访了全国几十个分会，遇到了那些原本作为旁观者，后来加入我们队伍的医学生。他们打破常规，表明立场，每个人都在以自己的方式做出改变。他们强化了我在协会工作期间所秉持的核心观念：面对社会不公，医学生和医生不应该视而不见，闭口不言。我们有义务站在最前沿，为我们所服务的病人斗争。

也许最重要的是，我亲眼见证了确实发生的变化。正如圣雄甘地常说的一句话："首先他们忽视你，然后他们嘲笑你，再之后他们与你斗争，最后你赢了。"

越是参与政策倡导工作，我就越是确信自己并不适合在实验室里从事医学研究。我仍然热爱科学事业，喜欢教学工作，但我更想站在第一线为公众提供更好的医疗照护。实验室的同事们很喜欢自己的工作，但我是个例外。当我意识到可以通过社会倡导活动帮助四千五百万没有保险的人时，我无法在实验室里待上四年或更长时间。

放弃临床/科研型博士联合培养项目的轨道是一个艰难的抉择。首先，我需要告诉自己非常尊重的阿特金森博士。他为我争取到了博士期间的资助，并且已经悉心教导我两年时间。我担心他对我违背加入实验室的承诺感到失望和愤怒。

与我的预期相反，他不仅理解我的决定，还告诉我他根本不觉得惊讶。他已经注意到我的变化，并在等待我自己做出这个决定。

他对我说："我完全相信你会在政策和倡导方面大有作为。这是你命中注定的事业，我很高兴能够在你做出决定的时候，陪在你身边。"

我和阿特金森博士一直保持着联系。2017年，在我毕业十年后，我作为演讲嘉宾再次来到华盛顿大学，参加医学院的毕业典礼。我见到了阿特金森博士，告诉他我渴望像他、加西亚博士和保尔森博士一样，成为老师，帮助学生找到梦想并发挥自己的潜力。在我自己没有觉察的时候，他们都在我身上看到了一些闪光点，尽管我想从事的工作并不总是他们所擅长的，但他们鼓励我走好每一步。我没有良好的家庭背景和人脉关系，正是这些老师使我的生活发生了变化。

放弃临床/科研型博士的培养方向意味着我不得不放弃全额奖学金。我曾听说有的学校会要求学生偿还头两年的学费。华盛顿大学从未对我提出这样的要求，事实上，学校还帮助我重新找到了基于个人所长和个人需求的奖学金组合，涵盖了剩余几年的大部分学费。

现在回想起来，医学院的管理人员如此支持我，确实不可思议。时任医学院院长威廉·佩克（William Peck）在密苏里州共和党机构中声望很高，他几乎完全不同意我正在萌芽的政治观点。然而，他对我接受政策培训的愿望非常感兴趣，并鼓励我努力追求医学课程之外的机会。当我请假时，学校的行政部门也给予我支持，为我联系贷款延期事项，提供旅行奖学金。一年夏天，当我没有医疗保险的时候，佩克院长亲自帮忙，让我获得了健康保险。就我个人的医学教育来说，没有任何一所医学院能够媲美我的母校。

医学教育对我意义重大，还有另外一个原因：正是在医学院期间，我终于敢于直面伴随自己的最大耻辱。

我有口吃。现在提起这个问题已经轻松多了，但直到 20 多岁时，我还不能接受这个事实，可以说，这个问题支配了我生活的各个方面。

在中国时，我的口吃非常严重，以至我经常说不出话来。印象最深刻的一次是在小学课堂上讲述罗马帝国的故事。我可以感觉到自己在讲到"罗马"这两个字时出现了口吃，我无地自容，用铅笔戳伤了自己，想逃离课堂。那截铅笔芯至今还留在我腿上。

学习英语时，我意识到自己可以使用一个技巧。我知道哪些发音会给我造成麻烦，就尽量避开那些单词。我从来没有要过铅笔（Pen），因为"P"是最难的。我从来不吃三明治（Sandwiches），因为那些以饱满的"S"音开头的单词经常让我感到力不从心。我尽可能不做自我介绍，只是想要尽量避免名字的发音。我变得如此善于隐藏，周围的人很少注意到我的口吃。但我一直生活在恐惧之中，担心自己会被发现。

我绞尽脑汁，绕开我不想说的话，找到其他的表述方式，熬过大学本科和医学院阶段的大部分课程。总有些时候，我觉得自己的问题要被发现了。"N"是另一个导火索，我不知道该如何在神经内科（Neurology）轮转时介绍自己。（我变得非常有创意，例如，开玩笑地解释说我是"中风小组"的成员。）

还有一次，我需要在一场大型讲座中回答一个问题，答案是一种特殊的寄生虫，即"血吸虫病"（schistosomiasis），对不口吃的人来说，这也是一个难词。我最终没能把这个词说出来。

　　教授开玩笑地模仿了我的窘态。"schi-schi-schi，是 schistoso-miasis，你可以等不那么紧张的时候再来回答。"有几个学生笑了起来。我的自尊心有点受伤，但我还是松了一口气，仍然保守住了自己的小秘密。

　　这其实一点也不理性，更算不上坦然，但这些年来我一直带着这个秘密东躲西藏。而且，这一担忧仍然支配着每一次行医经历。如果病人发现我有口吃，不希望由我来治病怎么办？我为成为一名称职的医生付出了艰苦的努力，但会不会因为口吃而最终功败垂成？还有，我该如何成为一名社会权益的倡导者，为病人呐喊？——谁希望一个话都说不利索的人为自己代言？

　　在我担任医学生协会全国主席的那一年，事情败露了。在各种重要会议上，我代表协会发表演讲，尽力维持自己的形象，保持流利的发言。不过，越是努力隐藏口吃，演讲就越糟糕。一次董事会会议上，差不多一半字母都给我造成障碍。很快，我几乎都说不出话了。不久之后，我就推掉了几乎所有的会议。在我看来，我让大家失望了，我想辞去职务，不想在人前丢人现眼，无地自容。

　　有生以来第一次，我接受了语言治疗师的治疗。幸运女神两次眷顾了我。我去找的第一位医生评估了我的情况，告诉我，她并非帮助我的合适人选。她说："我可以提供些许帮助，让你开始正常的表达，但是另外一位大夫更为擅长，对方是成人语言障碍方面的专家。你肩负重任，需要找到最好的大夫。"

　　我一直都记得她的话。这些话展现了她的谦逊，她对自己局限性的认识，以及对一位专业同行的慷慨赞许。我付费向她问诊，她有适任的从业资格证书，她当然可以继续挣我的钱，把我看作她的客户。但是她没有，她介绍了更合适的医生，把病人的利益放在首位。

正是因为她，我认识了我的语言治疗师薇薇安·塞丝金（Vivian Sisskin）。进而，我了解到自己是一个隐性口吃者，能够隐藏自己的口吃，因此听起来并不明显。然而，隐藏的能力加剧了羞耻感，因为它允许我躲在表达流利的表象之下，这往往导致更大的压力和更严重的自我怀疑。解决问题的关键是什么？那就是首先要承认，我是一个口吃患者。

我在马里兰大学薇薇安的办公室里接受了几次私人治疗，她明白，我并没有准备好改变自我认知。她没有给我下最后通牒，而是邀请我参加每周末在她家举行的小组活动。

我记得自己坐在车里，正在犹豫是否应该进去，一个中年男子敲了敲车窗。

"你、你、你、你要去薇薇安家吗？"他问。

我以前听过有人口吃，但从未见过有人如此轻松自如地口吃。我跟着他进去了。在那里，我遇到了十几个病友，他们来自各行各业——一位庭审律师、一位美国宇航局的航天员、一位脱口秀演员、一位大学生、几位退休人员。有的人明显口吃，或是重复，或是断断续续。还有一些隐性口吃者，他们和我一样，听起来讲话很流利，但实际上只是善于替换词语。我们都有一个共同点：我们有口吃，而且我们不再想因为口吃而生活在恐惧和羞耻之中。

接受口吃的现实过程艰难，治疗持续了几年时间。有一次，我意外地释放了心理压力。当我在电话中和母亲谈起时，她沉默了一会儿，然后告诉我，奶奶在我小时候就发现了这个问题，并希望我接受矫正。妈妈则认为随着年龄的增长，这个问题能够自愈，来到美国后，她也确实没有听到我口吃。

"那是因为我向你隐瞒了口吃，"我告诉她。"但是奶奶是怎么知道口吃和治疗口吃的？"

"因为你父亲也有口吃。"她说。这让我大吃一惊。这么多年来，我居然一直努力向家人隐瞒他们已经知道的事情。我不禁想，如果我早点接受治疗，情况可能会大不相同，我是否可以免于这些年经历的心理痛苦和自我怀疑？

接受治疗的过程中，我敏锐地意识到，医学院极少关注语言障碍和其他能力障碍。虽然近20％的美国人身有残疾，但只有四分之一的医学院将残疾教育作为医学课程的一部分。毫不奇怪，研究表明，残疾人遇到许多获得医疗照护的障碍，先后两任卫生部长在报告中建议针对这一领域进行更多的专业培训。

我开始就这一问题发表意见。逐渐地，我开始谈论自己的口吃问题，以及围绕语言障碍的偏见和误解。我也开始指导那些有口吃的年轻人。有一位大学生，既是我的听众，也是接受薇薇安治疗的病友，他和我一样，很害怕因为口吃而被迫放弃成为医生的梦想。如今，他已经是洛杉矶的一名内科医生。

正如薇薇安所预测的那样，康复的关键在于坦然接受自己口吃患者的身份。我仍然不时地挣扎于保证话语的流畅性，而且仍然偶尔幻想自己不必应付口吃的问题。但我也看到，一生的耻辱感构建了我自我认知的一个核心部分。作为一名医生，我遇到许多患者，他们觉得自己成了社会的边缘群体：无论是与毒瘾作斗争的人、艾滋病病毒感染者，还是那些无家可归的人、那些有精神疾病的人。我可能无法了解他们全部的生活境况，但我知道自己可以帮助他们放下羞耻感，让他们重新找到归属，表现出对每一位患者的尊重和人文关怀。

四 打开潘多拉的魔盒

2006 年，在医学院的最后一年，我决定选择急诊科作为自己的专业领域。急诊科的工作既能碰上常见病，更需要处置突发情况，我的个性适合快节奏、高强度的工作环境。

急诊科吸引我的另外一个原因在于，这是一个"有求必应"的科室，服务于每一位有需求的病人，不会拒绝任何病人。那还是在《平价医疗法案》生效之前，我从来不想因为病人的保险状况或无力支付医疗费用而拒绝提供救治。急诊是医疗照护体系的底线。在这里我能够帮助最脆弱的人：那些需要维持生命的危重病人，以及那些无法获得基本公共服务的人。

进入急诊科也是一个战略性的职业选择。我致力于从事卫生政策方面的工作，而急诊科能够让我发现医疗保健系统的问题。通过多年在美国医学生协会的工作，我已经认识到，如果致病的原因不仅仅在于疾病本身，更在于医疗系统的不足，那么仅仅为病人提供照护远远不够。我有义务推动政策变化，帮助所有病人获得高质量、可负担的医疗服务。在医学院期间见到的病人——比如埃里克，如果能吃得起癫痫药物，他本可以好好活着，抚养孩子。如果法律能够保障病人在生病时获得医疗照护的权利，那么托尼以及很多我童年时代认识的人，都可能会有完全不同的生活轨迹。

我还注意到，如果享有获得医疗保健的基本权利，人们可以享受更好的生活。在临床实习时，我照顾过刚刚年过四十的艾琳，她发烧了，到急诊看病。那时，她刚刚开始做肾透析，虽然发烧可能是由于季节性流感引起的，但肾内科的医生需要排除肾透析感染的可能。

我问艾琳，她对肾透析怎么看，毕竟这是生活的重大变化，她以前一直在工作，也照顾着小孙子。而现在，她每周得花三个下午做透析。

"其实我也不知道该怎么说。说实话，当医生说我的肾功能已经完全丧失的时候，我真是松了一口气！"

我不敢相信自己的耳朵。"松了一口气？"我问。

"是的，松了一口气。或者说，挺高兴的。"

艾琳告诉我，她患有高血压和糖尿病。和埃里克一样，她也有"既往病史"，医疗保险的价格高得吓人。每个月她都要节衣缩食，购买降血压药和胰岛素。每隔半个月，她都会把药物减半，降低胰岛素的剂量，只有如此才能勉强维持服药。医生告诉她，她的血压和血糖水平并未得到控制，虽然她知道需要如何治疗，但经济水平不允许。

她说："虽然我开始接受透析，但这也意味着我有资格获得医疗补助了。"现在，艾琳不必再担心药物的花费。作为代价，她每周要被拴在机器上三天。她还需要做能力障碍登记，不能再工作，也不能再像以前那样照顾孙辈了。但至少她有了医疗保险。

人们生病了，却对生病心有感激，仅仅是为了能够得到医疗照护，这样的医疗保健系统显然有些问题。这一"以疾病为中心的医疗照护系统"主导着我们的医疗体系。当然，提供"疾病照护"非常重要，急诊室的病人需要接受即时的、最高质量的治疗。但是，工作期间，我也在思考到底有多少病人本可以避免这样的"疾病照护"，支离破碎的医疗照护体系是否对此负有责任。换言之，如果医疗照护体系完善，病人本可以生活得更健康。我的工作在于治疗即时发生的"疾病"，同时也要努力推动长远的政策变革，提供所有人都能负担得起的医疗保健服务。

我也逐渐认识到其他一些需要改变之处：决定个体健康状况的因素很多，而不仅仅在于人们享有的医疗照护，医疗照护体系以外的问题同样深刻影响着人们的健康和福祉。

这一认识源于国际卫生领域的相关工作经历。除了请假担任美国医学生协会全国主席的那一年，我还请假参与了一年的社区卫生工作。在美国医学生协会工作期间，我认识了安东尼·苏（Anthony So），他是一位医生，也是杜克大学公共政策学科的教授，激发了我对全球卫生的兴趣。他负责一个全球健康访问学者的项目，安排我到位于日内瓦的世界卫生组织工作，在那里，我参与了提升基本药物可及性的项目。我去了卢旺达，在那个饱经十余年前大屠杀之苦的国度，参加该国国防部的卫生项目，照顾感染艾滋病病毒的妇女。

2007 年，从医学院毕业后，我参与了《纽约时报》（*New York Times*）专栏作家尼古拉斯·克里斯托夫（Nicholas Kristof）发起的"赢在旅途"征文比赛，有机会与他一起旅行，并学习新闻写作。尼古拉斯是一位出色的媒体记者，才华横溢，能够将全球视角融入新闻写作之中。即使读者远隔千里之外，读了他的报道，也能有所深省并付诸行动。我想近距离跟随他工作，尝试应用这种技能，提升自己的号召力和感染力。

尼古拉斯和我还有另外的惺惺相惜之处。他和妻子伍洁芳（Sheryl WuDunn）曾驻中国工作。我的母亲很爱读他们的作品，是他们的粉丝，甚至将"Sheryl"作为我的中间名。我被选为征文比赛的两名获胜者之一，我既惊讶也荣幸，将与尼古拉斯一起去卢旺达、布隆迪和刚果民主共和国旅行。在刚果，尼古拉斯拦住行色匆匆的路人，询问哪里发生了屠杀。他们会指向某个方向，可能会说，"几英里外有几十个人被杀"。听到这些，正常的反应是避之不及，赶紧逃走。但这不是尼古拉斯的本能，他会走向事件发生的中心，一探究竟。正是这样，他才得以追踪别人不知道的故事，分享给全世界的读者。

在一个名叫马勒赫（Malehe）的小村庄里，尼古拉斯请村民把我们带进一个受内战影响最严重的家庭。他们带我们到一间小屋，我们看到一位只剩下皮包骨头、非常虚弱、几乎不能站立的年迈妇女，但她还并不是最需要帮助的人。

她年仅 41 岁的女儿尤哈尼塔（Yohanita）境况更糟。我们被带到小屋后面，尤哈尼塔只有 60 磅重，躺在一张干树叶床上，瘦弱的身形还不及孩童，完全不能动弹。几个月前，士兵掠夺了家里的土地，她已经数周没有进食，濒临饿死。无法动弹，当我给她翻身时，我看到她身上有很深的感染性褥疮。

尤哈尼塔是我作为一名新晋医生治疗的第一个病人，她所需要的治疗远非我们在村子里能够提供的。我们把她带到附近的一家医院。她输了液，服用了抗生素，深层褥疮也得到了处理。

短期之内，她恢复得不错，但我们很快就发现，治疗手段太少，介入太晚。她去世了。死因是营养不良和感染，但这些是由于她周围的内战引起的。

尤哈尼塔的死亡是场悲剧，在大多数读者看来，甚至有些戏剧化，但这实际上只是一个稍显极端的情况，其实质与许多病人在美国所面临的困境别无二致。就在我见到尤哈尼塔几周前，在医学院的最后一年，我在圣路易斯照护过一位病人，因为肺积液，她几乎无法呼吸。她还患有肾衰竭，正在接受透析，但那一周错过了全部三次透析。通常带她去诊所的儿子被捕了，她没钱支付出租车费用。

事实上，她也付不起医药费，家里的电也被切断了。

她几近窒息，濒临死亡，并非因为她的健康情况已经恶化到必死无疑，而是因为她的生活状况。

当我把这个故事转述给主治医生时，主治医生打断了我。他说："你的工作不是打开潘多拉的盒子，如果工作的目标并非寻找这些问题的答案，就不要提出那些问题。"

对于这样的表态，我已经习以为常。一直以来，我常常担心病人，并对自己的职业感到失望。我非常清楚病人家庭被迫做出的选择——在器官移植与吃顿饱饭之间，在药品和房租之间。我们怎么能否认这些取舍确实导致了疾病的发生？同时，我也理解专业卫生人员所处的困境，以及主治医生所表达的观点。我们对这些社会因素无能为力，为什么非要哪壶不开提哪壶？

在急诊室，我也遇到过患有心脏病的病人。我可以建议对方注重健康饮食，多做运动，但她也会告诉我，最近的杂货店要坐两趟公交车才能到，而且在街上走路并不安全。我还可以帮助一个患有哮喘的孩子，但一周后母亲又带他来看急诊，因为他们无力处理家里的霉菌。许多病人前来就诊，他们的境遇不仅仅是由病理意义上的疾病引起的，更是由医学范围以外的社会因素所导致的。

就人的健康和福祉来说，这些"健康的社会决定因素"发挥着重要作用，事实上应该说是主要作用。研究表明，预期寿命90％取决于这些因素，只有10％取决于医疗照护服务。

公共卫生领域的工作恰恰在于改善影响健康的社会因素。公共卫生关注疾病预防，首要的工作是防止人们求医问药。公共卫生敦促政策制定者、卫生专业人员和病人把教育、住房、食品和交通都视为健康问题的一部分。公共卫生就是要维护和保障公众的健康。

我以前并没有关注过这个领域，但我开始注意到，如果想为病人代言，发出最有效、最有力的呼声，需要两方面的关键技能。一是接受卫生政策方面的正式培训，进而帮助建立更完善的卫生照护系统。另外还要学习公共卫生的专业知识，进而改善决定健康和整体福祉的社会因素。

许多知名机构都开展了卫生政策和公共卫生领域的专业培训。我心中的目标是牛津大学。

牛津大学的教学水平不需赘言。不过，还有一个更重要的原因促使我选择了牛津大学。我希望赢得罗德奖学金，也希望体验从未正式经历过的大学生活。我想结识新的朋友，希望能有一次"正常"的校园生活。

在医学院期间，我读了比尔·克林顿（Bill Cliton）的自传《我的一生》（*My Life*）。克林顿总统写道，牛津大学的经历不仅让他增长了学识，更促成了他的政治觉醒。获得罗德奖学金让他得以结识一些社会名流，对于一位来自阿肯色州工人阶级家庭的年轻人来说，那本是不可企及的。

这种种因素触动了我。医学院传授了技术和技能，但我需要更宽广的知识背景和医学领域之外更广阔的社交网络，这些对于倡导政策改良的目标颇为重要。最重要的是，我沉迷于克林顿总统对牛津大学经历的回忆，他说自己在这里结下了相伴终生的友情。

我非常渴望收获友谊。在此之前，我只有一两位真正的朋友。我认识了不少人，也和他们共事过，但很少让别人真正地了解我。可能因为我对口吃深感羞耻，或是因为年龄太小给我带来的不安全感。医学院毕业时，我终于接受了口吃的事实，而且已经 24 岁了，这个年龄让我不再显得格外幼小。如果能够赢得罗德奖学金，我可以重新开始，可以坦诚面对自己和周围的人，开始收获真正的友谊。

每年，美国有近千名申请人争夺 32 个奖学金名额。尽管认为机会不大，但我还是绞尽脑汁写了一篇自荐信，并按要求准备了八封推荐信。我进入了最后的面试，那是一次令人紧张的经历，第一个环节是与所有候选人及评委共同参加一场鸡尾酒会。说实话，我觉得自己在酒会和第二天的面试中表现得很好，但我还是与奖学金失之交臂。

　　我对自己很失望，我本该意识到，像医学院录取时一样，奖学金的申请也有一些不成文的规则。面试中，我发现顶尖大学往往设有专门办公室帮助学生准备罗德、马歇尔、富布赖特和其他著名奖学金的申请材料。一起参加面试的同学似乎都联系了诸多罗德奖学金的获奖者，一些获奖者还为他们写了推荐信。而我没有。事实上，在面试之前，我连一位罗德奖学金的获得者都没见过。

　　接下来的几个月里，我反复斟酌，思考罗德奖学金到底是不是自己心之所向。我认为是的。于是，就像申请医学院那样，全力申请奖学金成了我的任务。我询问了所有认识的人，看他们是否认识罗德奖学金的获得者。最终，我联系到六位获奖者，他们与我分享了自己的经验和建议。我再次提交了申请，这一次，我成功了。

　　第二年，在面试过程中，我认识了另一位参加面试的同学亚伦·默茨（Aaron Mertz），他也是华盛顿大学的校友，从华盛顿大学毕业后，正在耶鲁大学攻读物理学博士学位。亚伦和我相见恨晚。鸡尾酒会当晚，我们聊了几个小时，并约定无论面试结果如何，都要保持联系。第二天，我们都通过了面试，成为我们区域入选的两名获奖者。从 11 月面试的那天起，直到第二年夏天开学，我们每天都会通电话。

　　我们都想通过罗德奖学金建立个人和职业关系网络。奖学金项目提供了很多机会，从"出发前的美好周末"（Bon Voyage Weekend）

开始，全美罗德奖学金的获奖者得以相互认识。曾经，全部 32 位同学会一起乘船横渡大西洋，并在旅途中了解彼此。而现在，乘飞机横跨美英只需要 6 个小时，远洋航行已经被出发之前最后一个周末的各种正式和非正式活动所取代。我入学的这一年，我们与包括最高法院法官戴维·苏特（David Souter）、参议员迪克·卢格（Dick Lugar）、保罗·萨班斯（Paul Sarbanes）等在内的多位知名校友举行了非正式会议。晚上，我们参加了由英国驻美国大使和罗德信托基金驻美负责人主持的盛大招待会。

我总觉得那个周末如同做梦一般。就在 17 年前，我和父母来到美国，身无分文，只带着我们的希望和梦想。17 年后，我在罗德奖学金的活动现场，见到了我曾经关注过的、学习过的、崇拜过的人。

课程也拓展了我的学识，让我走出了医学教学的结构化世界，深入思考了社会、文化和政治问题。我攻读了两个硕士学位，广泛接触了经济学、历史学和人类学等跨学科的课程。我在阿夫纳·奥费尔（Avner Offer）等顶尖教授的指导下学习，他们鼓励我打开潘多拉的盒子。受益于他们的帮助，通过卫生政策和公共卫生的视角，我寻找着那些在临床训练期间困扰自己的问题的答案。

牛津大学的两年时光赋予我成长的时间和空间，也让我收获了深厚的友谊。亚伦也经历了类似的个人转变，他是我的室友，也是我最好的朋友，就在赴牛津大学学习之前，他出柜了，公开了自己的同性恋取向。罗德奖学金项目也让他第一次活出了真实的自我。和他共度的这段经历令我永生难忘，无论是彼此之间，还是对待我们结识的新朋友，我们都可以真实地、毫不掩饰地表达自我。

我完成了学业，有生以来第一次没有纠缠于成绩的高低，没有执着于课本上的知识。我已经从医学院毕业，推迟了住院医师资格考试；我并不担心成绩，也不担心是否能攻读更高的学位。我更希望认识他人，也让人们认识我。

我会悠闲地在玫瑰咖啡馆喝茶，在草坪酒馆喝啤酒，深夜在默顿休息室喝波特酒，与同学们谈天说地。为了认识新朋友，我还加入了学院的赛艇队，报名室内音乐表演，参加英国各地的一日游。我敞开了长久以来一直自我封闭的一面，同学们拥抱了我，我也拥抱了他们。我感受到一种前所未有的平静。

二年级前的那个暑假，我遇到了生命中最重要的人。

那年夏天，不少好朋友都呆在伦敦，我也一样。我成功申请了雷曼兄弟公司的实习职位，希望能够更深入地理解医疗照护产业的运行情况，我还计划利用后半段假期去南非旅行。我一直对南非的风土人情充满好奇，也想了解南非的医疗保健体系架构，并进行创伤医学方面的轮转实习。

在我出发前往开普敦的两天前，周六早上，我走进了查令十字路的弗伊尔斯（Foyles）书店。早前一直沉迷于和牛津大学的朋友们混在一起，对南非之行完全没有准备，我得买一本旅游指南。

当我在《孤独星球》（*Lonely Planet*）和《福多》（*Fodor*）之间做决定时，身后传来一个声音："对不起，请问您是来自中国吗？"

我没有抬头看，多少觉得受到了冒犯。就像在美国一样，陌生人以为我来自亚洲国家，常常随便说些亚洲语言作为问候。通常，是"ni hao"或"konichiwa"①。

我以为这个人也要这么做。"不，我是美国人。"我回答说，然后扭回头去接着看书。

没想到，他继续寒暄："你要去南非吗？也许我能提供些帮助，

_____

① 日文，"你好"之意。

我就是南非人。”

我回过头，终于看清了那个和我说话的人。他很高，比我高出一英尺，深棕色的头发，面带亲切的笑容。我开始想了解更多关于南非的事情。

我们在书堆旁聊了一会儿，接着去咖啡厅继续闲聊。他叫塞巴斯蒂安·沃克（Sebastian Walker），出生在约翰内斯堡，毕业于南非威特沃特斯兰德大学航空工程专业。大学毕业后，他移民英国，在路透社担任房地产项目主管。他马上要参与一个中国项目，所以也在寻找旅游书籍。

巧合的是，路透社的大楼就在雷曼公司对面，我们彼此的办公室恰恰就在正对着的同一楼层。我们完全没有共同的朋友。他痴迷于板球运动，还是橄榄球迷；这两项运动我一无所知。而他则从来没有去过美国，既没有去的想法，更没想过在美国生活。如果不是那天的书店偶遇，我们这辈子都认识不了。

尽管没有什么共同爱好，我们还是找到了一些共同话题。我们取消了当天的各种计划，一直聊到晚餐。这是我经历过的最好的一次“约会”。第二天我们又见了面，转天一大早我就去了南非。

在南非时，我们几乎每天都会给对方发短信或电子邮件。回到英国后，我们变得形影不离。我们一起回到美国波士顿寻找住处，因为我要在布莱根妇女医院和马萨诸塞州总医院做急诊住院医生。我们也去了南非，在约翰内斯堡见到了他的母亲维罗妮卡和他哥哥一家人。然后，塞巴斯蒂安来到洛杉矶，见到了我的父母和妹妹。许多琐碎的事情需要安排，但我们彼此心中都坚定地维持着恋爱关系。

从牛津大学毕业并开始住院医生工作后，我们开始了一段跨越大西洋的恋情。大多时候都是塞巴斯蒂安飞来看我。每个月，他都会在波士顿待上一周左右，同时还要兼顾在伦敦的工作。而我则经历着辛苦的住院医生工作，我们两人都非常疲惫。

第二年的一天，塞巴斯蒂安突然来到了波士顿。那天我已经在急诊加班了三个多小时，临近午夜才回到家。我身心俱疲，还需要完成工作记录，8小时后又要回去接班。

走进公寓时，我发现塞巴斯蒂安坐在楼梯上。

"你来干吗？我还得填一堆表格，然后得睡觉。"据塞巴斯蒂安回忆，我当时就是这么说的。（我觉得自己当时并没有这么无礼，只是单纯地表达了我看到他的惊讶。）

他拉着我的手。"和我一起走走吧。"他说。

塞巴斯蒂安回忆说，我本来拒绝了他，因为天气太冷，且临近午夜。我不记得这部分了，但我记得深夜走到波士顿公园的情景，在那里，他求婚了。

又过了一年，我们在南非开普敦外的一个葡萄园里举行了婚礼。亚伦是我的"伴郎"。安吉拉，塞巴斯蒂安的哥哥阿拉斯泰尔（Alastair），来自美国医学生协会的高（Kao），牛津大学的密友陈莉（Lyric Chen），都参加了婚礼。

经过三年的跨洋恋爱，塞巴斯蒂安终于搬到了波士顿。为了我们的感情，他付出了很多。

罗德奖学金改变了我生活的方方面面。我遇到了最亲密的朋友，并终于找到真正的自己。而且，如果没有罗德奖学金，我就不会遇到塞巴斯蒂安。他如此体贴、善良、慷慨，能与他相遇，我心存感激。对于家庭，我们有着完全相同的价值观，他一直全力支持我的职业发展。正如许多人所说，你最终选择与谁建立家庭、共同生活，是你做出的最重要的决定。

我完全同意这一点。如果没有星期六早上在书店的偶遇，这一切都不可能发生。

五　为患者赋权

童年和青少年阶段，我与母亲的关系并不好，即使委婉些说，也可谓充满挑战。我很尊敬她，总是寻求她的认可，但她一直吝啬赞美之词。如果我得了 99 分，她会问我做错了什么，为什么这么粗心。如果我得了 100 分，那一定是考试太简单了。我喜欢音乐，弹钢琴，拉小提琴，但如果我参加比赛，却没有获胜，那么一定是别人做得更好。而在我偶尔获奖时，她会说学音乐浪费时间，影响学习。

在我的印象里，她从未夸我做得好，而且完全没有听她说过为我感到骄傲。与爷爷奶奶不同，她不喜欢和我有什么身体接触。在我还是婴儿时，她抱着我拍过照片，但我不记得她牵过我的手，更别提拥抱过我。

母亲有其他表达爱的方式，而我当时并不理解，更不知感激。刚来美国时，她天天盯着我学习，她知道我需要恶补英语，而且必须尽快赶上。每天晚上她都会给我灌输词汇。她下班到家时，我大都已经睡着了，她会叫醒我。我昏昏沉沉，但她肯定比我累得多。如果我有什么抱怨，她会用自己和父亲为我做出的牺牲教育我。

"我们这样做是为了你，我们放弃了一切，现在你必须争气。"

的确，她和父亲工作非常努力。节约时间，节衣缩食，从未做过任何被认为是"浪费"的事情。他们没有买过新东西。衣服要么是同事们穿剩下的，要么是从旧货市场淘来的，家具是从垃圾箱里翻来的。我们从没有下馆子吃过饭，甚至连快餐也是我们买不起的奢侈品。父母没有所谓的"空闲时间"：如果有时间，就意味着他们可以从事另一份副业。

母亲尤其如此。孩子是支持她坚强生活的动力。我比她的生命还重要，安吉拉出生后，我们两人就是她的命根子，只是她从来不用语言表达这些。她表达爱的方式是对我们严厉要求。毕竟，她就是这样长大的，这个世界对她颇为苛刻。

理性地说，我能够理解母亲的做法，但我还是积累着怨恨。我会对她大发雷霆，说她是一个糟糕的、不关心孩子的母亲。在安吉拉被送回中国的那段时间，我会故意谈起妹妹，知道这样会让母亲难过。安吉拉回来后，我对母亲说，我永远不会做出把孩子送走的事，我要带给孩子们温暖和爱，我也希望我的母亲能够那样。我发誓永远不会成为像我母亲那样的人。

许多年后，我才认识到，自己残忍的言语肯定给她带来了不小的伤害，也开始发现母亲的许多性格特征在我身上同样根深蒂固。她诠释了什么是坚持不懈，坚韧不拔。她小时候，在中国，大学的入学率不足千分之一，她一直努力学习，最终成为少数考上大学的佼佼者。然后，留学美国的可能性微乎其微，但她同样做到了。在美国，当求职一次又一次遇到挫折时，她依然坚持，从未气馁，因为她永远无法接受失败的结果。

然而，每当努力工作收到回报时，她从来不会邀功。她总会说，这是因为"我们很幸运"。她会提醒我，我们一直受到幸运女神的眷顾。如果当时的政治庇护没有通过，我们不知道会漂泊到哪里，也许会住在加拿大，也许会继续在美国生活，成为非法移民，而我也会成为合法身份受到威胁的 50 万人之一，追寻着虚无缥缈的美国梦。

成长过程中，我过于关注日常的冲突，也过于固执，没能认识到我近乎偏执地希望得到母亲的爱和认可。去读医学院的时候，我和母亲已经不说话了。我在圣路易斯的第一年几乎都没见过她，直到我回家给妹妹过 8 岁生日。我带安吉拉去了动物园，回到家时，父亲让我和母亲一起去吃晚饭。我们去了圣加布里埃尔的一家中国餐馆。上菜之前，我们就吵了起来，不欢而散。

然后又是几个月没有说话。我偶尔发一封语音邮件，让家里知道我过得很好。

有一天，母亲给我打电话。这是她第一次主动给我打电话。我甚至不知道她有我的电话号码。

"多多，可能出了点问题。"她说。

我以为她在说父亲，他胃溃疡总是反复发作。"父亲在医院吗？"我问。

"不，他很好。是我病了。"

她告诉我，她总觉得浑身乏力，气喘吁吁。到了每天的中午时分，她就已经非常疲惫，撑不下来下午的课程。上午下课后坐到车里时，就已经筋疲力尽了。

"你去看医生了吗？"

"看过了，大夫说这是一种病毒感染。我班上的孩子们就经常生病。"

"如果是病毒，应该会自愈的。症状持续了多长时间？"

"有一段时间了。"

"一段时间是多长？几周？几个月？"

她叹了口气："大概有半年了吧。"

也就是说，我们最后一次见面时，她已经病了。"在洛杉矶的时候你为什么不告诉我？"

"告诉你能怎么样？你还只是个学生。"

"我可以帮你啊，带你一起去看医生。"

"好吧，我现在告诉你了。"

她已经又去看了医生，大夫开了些化验单。母亲说不清是哪些检查，但说抽了血。我猜应该是些基本的检查，看看是否有贫血、甲状腺功能减退以及肾脏问题。"大夫认为我得了抑郁症，给我开了些药，但我并不抑郁啊，可能还是身体出了问题。"

我的担心与日俱增。这是我第一次看到母亲对她自己的事情表现出担忧。她曾经在上学的同时，打着三份零工，每晚睡眠不超过四个小时。她在剖宫产后立即回到工作岗位，还经历过老板的虐待。但我从未听到她有任何怨言，从未听到她寻求帮助。

一定是出了什么问题。我不知道是什么，但我知道绝非感冒或抑郁那么简单。

第二周我就飞回了洛杉矶，为她预约了另外一位医生。医生需要看她的病历，我们照做了。

母亲和我坐在候诊室里，她提出了一个要求，那是一个我一辈子都后悔同意的要求。她让我在见医生时保持沉默。

"不要让医生生气，我只是想听听大夫的想法，而不是要发生争执。"她说。

我解释说，提问是病人的权利。医学院也是这么教给学生的，这是医生所期望的。

她很坚持："不要给我制造麻烦。我的身体我做主。你只管听。"

我照做了。我听着医生问问题，然后做出诊断。大夫还是认为母亲是心理问题。他看到之前的处方，认为母亲正在服用抗抑郁药物，但母亲没有告诉大夫自己并没有服用。大夫以为之前药物似乎不起作用，开了另一种药：安定。

"你母亲只是焦虑，"我们离开时大夫对我说，"她会好起来的。"

然而，情况并没有好转。下一次看病时，她已经开始咳血了。这一次，她住进了医院，做了一系列检查，一项一项逐一排除，很快就做了活检，然后做了手术。

最终的诊断结果是，她得了乳腺癌，而且扩散到了肺部、大脑和骨骼。那是一种罕见的癌症，扩散迅速，难以治疗。

母亲当时 47 岁。医生说她大概还能活六个月。

中国有一句谚语，大致可以理解为"从哪跌倒就从哪爬起来"。这可能是母亲的座右铭。历经各种磨难，她一直勇于面对，敢于斗争，无数次战胜了困难。毫无疑问，她会直面癌症的挑战。

首要问题是，在哪里找到最积极的治疗方法，这就是她最迫切的需求。手术、化疗、放疗、试验性免疫治疗——不管是什么，她都愿意尝试。癌症不会让她放弃，在她心里，没有失败这个选项，癌症也不例外。

她说："你妹妹只有八岁，我不会在她长大成人之前死去。"

母亲美丽的浓发日渐稀疏，脸颊日渐消瘦。喉咙出现了溃疡，疼痛难忍。她的血细胞计数越来越低，在重症监护室里与一波又一波感染斗争了数周。

我回到洛杉矶，陪她去做治疗。华盛顿大学非常理解我的境遇，允许我远程参加考试并进行自学。通过观察医院对母亲的照护，我弥补了课堂教学中错过的内容。

病人和家属的需求与医生和护士的工作之间存在严重的脱节，我每天都在为之震惊。误诊的医生们肯定不是故意要砸自己的饭碗，但他们对母亲的症状置之不理，导致诊断延误了一年。母亲犹犹豫豫，没能表达出自己的意见，我有时忍不住在想，如果她和我在早期就诊时坚持要求进一步检查，情况会不会有所不同。

医疗实践与患者需求脱节，影响严重，类似的例子不胜枚举。有一次，我刚从圣路易斯飞回家，得知母亲在急诊室。当我到达医院时，母亲躺在走廊的手推床上，穿着一件单薄的长衣，蜷缩成一团，瑟瑟发抖。她因脱水而入院，正在输液。几个小时前她就请求得到一条毯子，但没有人给她。工作人员肯定很忙，被千头万绪的各种要求压得喘不过气，但是简单的举手之劳可能会对病人的照护产生很大的影响。

我开始理解为什么公众总会批评缺乏人性化的医疗服务，病人和家人恰恰在特别脆弱的时候，需要这种人情味。我和母亲经常讨论这个问题，这是为数不多的不会引发争论的话题之一。

母亲接受癌症治疗，让我们享受了从未有过的相互陪伴的时光。当然，一起相处仍难免拌嘴。每次就诊前，我们都会为应该询问医生多少问题而争吵。她仍然认为，医生和病人的关系类似于父母和孩子。医生有最终决定权，如果病人有什么意见就是不听话。

她说："我不希望把医生惹生气，他们可能再也不给我看病了。"

"不会的，他们不可能那样做。"

"他们可以敷衍我，不给我最好的药。"

"那他们就犯了渎职罪。在美国不会这样的。"

"你怎么敢肯定？你还是学生，不是一个真正的医生。"

我们反复争论。有时候，我意识到说服母亲的努力注定徒劳无功。所以，我尝试了另一种方法，寄希望于帕姆护士，她心地善良，对母亲照护有加。帕姆让母亲放心，医生希望她能提出问题。慢慢地，我们开始一起提出问题，母亲也对我能够代表她与医生交流感到欣慰。

她说："是你让医生生气的，他们不会迁怒于我。"

慢慢地，我才明白，许多病人都有着类似的恐惧。这与文化传统的影响有关，中国传统的医患关系就像她描述的那样。另外还有代际关系的原因。我遇到过很多年长的病人，他们认为问问题意味着怀疑医生。良好的医疗照护需要医患合作，缺乏沟通可能会导致误诊和更糟糕的结果，但说服病人相信这一点并不容易。

除了谈论健康状况外，我和母亲没有谈及其他话题。我们彼此都有太多的包袱，几乎每个话题都如同地雷，随时可能爆炸。发现我放弃了博士学位时，她对我的决定深感不安。她无法理解，行医是那么光荣的职业，而我却想做政策倡导工作。她不同意我和男友约会，或者说不同意我没有专注于自己的研究。我的头发（太长）、体重（超重）和我的外表（当天喷的香水），都会成为母亲的槽点。

我不想惹她不开心，所以尽量闭嘴，在她大发雷霆的时候不作回应。很快，我们在沉默中找到了相处的方法。她在输液时读推理小说，而我则研读医学文献。很多时候，我都想问问她是如何调节个人情绪的。当她病重时，我差点就为自己曾经说过的话向她道歉，但我没有说出口，她也从未试图弥补给我造成的伤害。在彼此的沉默中，我们形成了一种默契，重新理解并接受对方。

在确诊癌症半年之后，尽管她身体虚弱，但精神却充满活力。肿瘤医生说母亲正在战胜困难，就像她一直以来所做的那样。又经过几轮治疗后，医生说，她的病情得到了缓解。母亲开始吃东西，体重也增加了。一年半之后，她又回到了学校，开始全职教学。

得知肿瘤已经缓解，我们一家四口出去庆祝。多年来，母亲一直说想要一辆"新"车。我们以前开过的所有汽车都是在废品站淘来的，父亲负责把车修好，母亲和我都碰上过不少次故障。她希望经过试驾，自己选定一辆。尽管仍然只能买辆二手车，但重要的是，它来自一家真正的商店，会有喜提新车的感觉。

我们找到一家汽车经销商，试了几辆丰田和本田。本田思域是她的最爱。办完手续，我们把车开回家，做了晚餐，租了张光盘，一起看电影。

那天晚上，我母亲转过身来对我笑了笑。她说："一切都可以回到原来的样子了。"

幸福的时光转瞬即逝。不久后的复查发现母亲的癌症复发了。接受一段时间治疗后，病情又得到了缓解。此后七年，这样的情景反复出现，母亲又经历好几轮治疗，每次都谨慎乐观地认为病情得到了控制。

在波士顿担任急诊住院医生的第二年，有一天，父亲打来了电话。

"你得回家一趟，她的眼神不一样了。"

"什么意思？"

"她的眼神不再注意我了，有些时候，我觉得她可能失明了。"

我和同事换了班，立刻飞回家。到家时，母亲似乎还是她的老样子。她正在接受又一轮的化疗，治疗对她影响很大，显而易见。她的指甲变成了黑色，吃东西也会有明显的疼痛感，但眼睛还是和以前一样明亮，炯炯有神。

洛杉矶县植物园是她最喜欢去的地方，离家不远。那是周中，安吉拉在上课，我开车到植物园，陪母亲散步。

走到小瀑布时，她想休息一下。我们坐在长椅上，她看着水流撞击岩石。我看着她，理解了父亲的意思。母亲直勾勾地看着前方，眼神空洞洞的，好像根本看不到任何东西。突然间，她开始说话。

她讲述了中国的生活和对故乡、家庭的留恋。对父母来说，远赴他乡是他们必须的选择，但放弃原有的生活也是母亲永远的遗憾。她很抱歉把我从爷爷奶奶身边带走，知道我深爱着爷爷奶奶。当时，爷爷奶奶都已先后离世，母亲想让我知道，爷爷奶奶都深爱着我。

她还讲述了与父亲的关系以及他们婚姻生活的波折，很多事情我闻所未闻。她相信自己去世后，爸爸很快就会找到新的伴侣。没有母亲的牵绊，父亲会生活得很好。

"你也会有出息的。你已经是一名医生了。很高兴你能和塞巴斯蒂安在一起，快结婚吧，开始属于你的家庭生活。不过你得保证，把安吉拉照顾好。"母亲说。

"当然，"我说，"我一定会照顾好妹妹。"

她还说，自己早前买了一份人寿保险，保险金能够负担安吉拉的大学学费。她让我保证会在经济上帮助安吉拉，直到安吉拉找到工作，自食其力。

母亲还有一个要求。她已经委托律师立了遗嘱，其中包括"不要抢救"的要求。一旦病危，她不希望采取心肺复苏或使用呼吸机等特殊措施。她指定我作为医疗照护代理人，确保她的意愿得到尊重。

她说起自己经历过的太多磨难时，眼睛依然直视着前方，呆滞茫然。她已经完成了战斗。这不算是失败，而是接受命运的安排。如果治疗能够延长生命，她会继续治疗，但如果大限将至，她希望平静地离去。

那时我已经哭了。她握着我的手，劝我不哭。"不要为我伤心，享受你的生活是对我最大的宽慰。你和安吉拉是我命之所系，为了我，你们要快乐地生活。我所付出的一切都是为了你们。"

随后几个月，我们又谈了几次，次次令人心酸。起初，我无法认同她的放弃。她还很年轻，医生对她充满希望，还有一些治疗方法可以尝试。但谈得越多，我就越觉得她已经想清楚了一切。她希望尽可能舒适地在家中死去。她签署了相关的文件，开始了居家的安宁疗护。她告诉我已经准备好了，需要我遵照她的愿望。

回想起来，这些对话成了最重要的了解母亲的窗口。她终于向我坦露了心声，而我也终于开始了解她了。

我正要完成在布莱根妇女医院急诊科的轮转，还有一周就可以回家了。我突然接到父亲的电话，母亲又被送进了医院。她本来正在家里打点滴，使用抗生素治疗肺炎。那天下午，病情恶化了。她咳得很厉害，几乎窒息，脸色铁青。父亲惊慌失措，顾不上安宁疗护的愿望，开车把她送到医院。

当我赶到时，母亲的肺炎已经发展为全面感染，扩散到全身。她血压很低，几乎不能自主呼吸，已经失去了知觉。

重症监护室的医生围在床边，准备上呼吸机。安吉拉哭着恳求他们："求求你们了，她不想这样，她签了要求放弃抢救的文件。"

"我同意妹妹的意见，"我说，"我妈妈正在接受临终关怀，她不想这样抢救。"

其中一个医生说："你们家属把病人拉到了医院，你们是她的女儿，你们想让自己的妈妈死去吗？"

另外一位大夫补充道："我们可以把您母亲抢救回来，她的生命能够再延续几个星期，或许好几个月。你是她的医疗照护代理人，你可以改变母亲原来的要求。"

母亲的收缩血压（高压）徘徊在 80 左右，血氧饱和度降到了 80 以下。监护器闪烁着发出警报声。好几位身穿手术服、戴着口罩的大夫在等待我的决定。妹妹握着母亲的手，她和我父亲都在抽泣。

母亲表达了清晰明确的愿望，毫无疑问，我应该尊重母亲的想法。然而，这也是我做过的最艰难的决定，要求所有人停止抢救，看着母亲死去。最终，医生们签署了缓和治疗的处方，让母亲可以舒适地走完生命的最后一程。我们一家整晚都守在床边。2010 年 7 月 26 日上午，我的母亲，张淑英（音），完成了最后一次呼吸，与世长辞。

国会议员伊莱贾·卡明斯是我的偶像，他总会说起，痛苦触发人的激情，激情演变为奋斗目标。尽管我一直想参与国家卫生政策改革，并从事公共卫生工作，但在母亲去世后，我感到了更为迫切的召唤。最大的动力莫过于将母亲患病的痛苦经历转化为在病人和家属最需要的时候提供的帮助。

母亲去世后不久，布莱根妇女医院的主治医生乔希·科索夫斯基（Josh Kosowsky）找到我，邀请我和他共同完成一本关于预防误诊的书。他认为，医学越来越专注于高新科技的发展，学会倾听已经成了失传的技艺，被医生们所遗忘。我从母亲的经历中深刻体会到这一点，在临床实践中也深有感触。基于病人的病史，可以诊断80％的疾病，但研究表明，在病人开始说话后的 8 到 12 秒，医生就会打断他们。

乔希是一位优秀的临床医生，也是一位杰出的诊断学家。对于如何做出更好的诊断，乔希深有见解，亟需将这些见解补充到卫生专业人员的培养过程之中。我认为应该让这本书的受众更加广泛，我想分享从母亲的照护中所学到的经验，将这本书的受众扩展到病人群体。虽然更好地倾听是医生的职责，建立更好的医患关系是医疗系统的职责，但病人也可以掌握一些技能，推动实现更好的医疗照护。

我花了两年多时间进行研究，并采访了医学专家和病人权利的倡导者。乔希和我在全国各地搜集最佳实践资料。2013 年，我们出版了《当医生没有倾听：如何避免误诊和过度检查》（*When Doctors Don't Listen：How to Avoid Misdiagnoses and Unnecessary Tests*）。其中一部分内容是为临床医生提供的指导手册，致力于提高诊断技能。另一部分是病人指南，阐述在医疗实践中与医生建立平等关系的必要性和方法。

同时，我开始与医院合作，致力于改善医疗实践体系。让病人和家属代表提出反馈意见是一个关键环节。这本是常识，却没有常规化。在与医院领导们共同召开的以病人为中心的照护研讨会上，我经常会问及参会者的构成情况。有多少行政人员？有多少医生、护士和医疗专业人士？哪几位是以病人或病人家属身份参会的？通常来说，最后一个问题没有人举手。这恰恰佐证了我想说的：如果病人都没有参加会议，如何探讨让病人参与医疗决策？

我会坦陈母亲曾经遇到的问题，从最初的误诊到遵循她的临终愿望。我还会分享那些将病人意见纳入医疗决策的医院的经验。一家医院邀请病人加入咨询委员会，结果工作人员惊讶地发现，一些他们最引以为豪的案例也只能得到病人的差评。其中一个案例是这样的，一名中年男子被送到急诊，医生诊断为心脏病发作。"进门到置入球囊的时间"——从进入医院到清除冠状动脉堵塞花了 22 分钟，远远低于 42 分钟这一全国平均水平。病人顺利康复，医院认为自己取得了巨大的成功。

然而，病人却有着完全不同的看法。他回忆说，他的衬衫和裤子都被剪掉了，没有任何人解释原因。医院不允许妻子陪同进入急诊室，几个小时后才告知家属，病人已经转入了重症监护室。他们甚至对病因一无所知，直到两天后出院时，他们才知道是心脏病发作。

就医疗管理来说，这一过程没有任何失当之处，而且可以说满足了医疗照护的每一项要求：诊断及时、治疗快速有效、康复顺利、没有后遗症。毫无疑问，每一位参与其中的医护人员都怀着治病救人的良好意愿，并尽力应对紧急情况。但是，在急于打开堵塞的心脏血管时，他们忽略了所照顾的人。

这位病人的妻子最终得以加入医院的咨询委员会。她看到医生和护士在努力改善医疗实践，对医疗照护有了新的理解，也很想为之出一份力。医院设计了新的工作流程，包括政策的调整，允许一位家属陪同病人进入抢救室，并指派一名医生向病人和家属解释每一项抢救措施。正如我和母亲所经历的，这些看似简单的措施足以使人们对医疗的看法发生巨大变化。

在全国范围内，医患共同决策和以病人为中心的照护运动方兴未艾。我兼具两种身份，既是医疗服务的提供者，也是倡导变革的病人家属，我想投身于这场变革之中。公共卫生和政策倡导仍然是我的职业目标，但需要暂时搁置一下。

那时，我的工作时间完全用于照护病人，并致力于改进以病人为中心的工作方法。我早已习惯急诊室里忙忙碌碌的工作状态，偶尔还会碰到特别危急的时刻。

2013年4月15日，星期一，下午2点50分，马萨诸塞州总医院的急诊科已经爆满。我工作的区域都是危重病人，有中风的，有心脏病发作的，还有遭遇极其严重的感染的。大厅里挤满了需要紧急治疗的病人。

扩音器里传来电话——1.5英里之外，波士顿马拉松终点附近发生了两起爆炸，伤及数人。这就是通知的全部内容。

医生、护士、技术人员开始腾出创伤区。我们尽量将病人送往医院的其他区域。

然后有了后续通知。那是一起炸弹爆炸。数人死亡，几十甚至上百人受伤。没有人知道马萨诸塞州总医院要接收多少病人。

三分钟后，伤者被送来了。担架一个接一个。有的人已经没有脉搏，没有呼吸。有的伤者腿被炸成了碎片。所有人身上都染着血，蒙着烟尘。急诊室很快就充斥着肉体烧焦的味道，每个担架上都浸着新鲜的血迹。

我接收的第一个病人昏迷不醒，血流如注。我从容应对。几分钟内，他戴上了呼吸器，扎上了两个止血带。

我的第二位病人是一位年龄与我相仿的女性，她不停尖叫、哭泣。她遭到严重烧伤，一只脚被炸飞了。她在呼唤自己的家人。丈夫在哪里？孩子在哪里？我没有答案。

尖叫声与救护车的鸣笛声此起彼伏。扩音器一次又一次地响起，通知我们要准备接收更多的病人。

手机响了。护士、外科医生和我都伸手去看自己的手机，但都不是我们的。在角落的一堆衣服里，有一条棕褐色休闲裤，声音正是从那里传来的。那条裤子属于一位刚刚被推进手术室的病人，他需要截肢。我拿起手机，看到传来的信息。亲属想知道病人怎么样，他们还对病人说"我们爱你"。

在最初极为混乱的几个小时里，马萨诸塞州总医院的急诊室总共收治了 39 位伤者。那一天的经历在我心中刻下了烙印，它体现了我所接受的医疗训练的核心要义：分类施策，抢救病人，应对危机。我站在工作的最前线，那是我心之所向的工作，实现了我为最需要帮助的人提供服务的愿望。

但与此同时，我的临床经历也让我看到了改善医疗服务的其他途径。许多善良的人致力于为病人提供妥帖的照护，但有时，包括我母亲在内的不少患者，没有得到他们应得的照顾。无论是在病人，还是在医疗服务提供者的层面上，我都希望能够推动卫生系统的改革，这就是我接下来要做的事情。

在波士顿的住院医师培训结束后，我搬到了华盛顿特区，加入了我导师马伦的团队，并在乔治·华盛顿大学的急诊医学系成立了一个研究中心，倡导以病人为中心的医疗照护模式。在《当医生没有倾听》的研究基础上，我协助病人权益团体制定有效的宣传倡导策略，并为医院提供以病人和家庭为中心的护理建议。作为急诊科的主治医生，我还将自己的所见所闻直接转化为实践，并与学生和同事交流以病人为中心的医疗照护实践。

我广泛开展调查，走访了四十八个城市，采访病人、医疗服务提供者和行政人员。我发现，当涉及医疗问题时，人们的目标完全一致：不管是穷人还是富人，不管是民主党还是共和党，也不论是小镇还是大城市，人们都想要高质量、可负担的医疗照护服务，都希望碰到值得信赖的医生，渴望交流和关怀。他们不期望效果完美，但渴望被真诚相待。他们都意识到，目前的医疗系统有问题，含蓄的说法是"不可持续"，直白地说，"已经无可救药"，人们认识到长期变革的重要性，也很愿意当下就能做点什么来帮助他们的亲人。

一路走来，我有幸结识了一些杰出的病人权利的倡导者。和我一样，他们大都有着痛苦的医疗经历，进而投身于这项工作。我向朱莉娅·哈莉赛（Julia Hallisay）学习，她的女儿凯瑟琳·艾琳（Katherine Eileen）身患癌症，医生不仅听不进问题，还犯了错误，之后她成立了"患者赋权联盟"（Empowered Patient Coalition）。因为一次不必要的脑部手术，帕蒂·什科尔尼克（Patty Skolnik）的儿子迈克尔英年早逝，她随即创办了"患者安全公民联盟"

（Citizens for Patient Safety），呼吁人们关注患者知情决策的重要性。雷吉娜·霍利迪（Regina Holliday）尊重丈夫弗雷德的遗愿，用她的艺术天赋为病人发声，她将病人的故事画在西装和夹克上，创作了"行走的画廊"（Walking Gallery），在众多医学会议上展出。

　　所有这些人都将生命中最痛苦的经历转化为自己的使命，将痛苦化为激情，将激情聚为目标。无论是自身受到过伤害，还是失去过至亲，现在的努力都无法消除伤害，减轻损失。致力于这些工作的动力在于防止其他人经历同样的悲剧。他们知道这个世界已经支离破碎，如果不竭尽所能为世界的正常发展而努力，他们就无法生活下去。无论对于他们还是对于我自己，为更好的医疗照护而奋斗的历程，也是我们个人的疗伤之旅。

　　每当我回到洛杉矶，都会去植物园走一走。坐在母亲和我交代后事的小瀑布边，凝视着层叠的水流，她的声音言犹在耳。

　　有时，父亲或安吉拉会和我一起去。母亲去世后不久，父亲就退休了。正如母亲预测的那样，他遇到了一位善良的中国人，名叫利维娅，父亲很快再婚，搬到温哥华与利维娅一起生活。

　　安吉拉如愿以偿进入了南加州大学，然后加入了美国和平队（Peace Corps），先后加入格鲁吉亚和中国项目，最终定居西雅图，从事科技行业的工作。她漂亮大方，才华横溢，有一颗善良的赤诚之心。她长大成才，我深感骄傲。

　　安吉拉每天都会想起母亲，我也一样。尽管失去母亲的痛苦已经随着时间流逝逐渐淡化，但我们每取得一点进步，念及母亲没能亲眼所见，那种心酸又会涌上心头。参加安吉拉的毕业典礼，她会多么自豪。看到我的婚礼，她会多么高兴。她多么希望看到我的孩子出生，她会多喜欢他们。

几年前，我在打扫老房子时发现了一个大盒子，上面有我的名字。里面收集了很多简报，几乎囊括了所有关于我的新闻故事，可以追溯到我的大学时代，还有一些校园通讯，一些我获奖的报道。在当时，她总说这些奖项不值一提。不知道她从哪里找来了我的毕业计划，以及一些连我都从未见过的活动照片。

　　此外，盒子里还装着她给我写的亲笔信，这些信件从未寄出。其中一封是在我大学毕业那天写的："多多，今天是我梦想成真的日子。"

　　要是能早一点看到这些该多好啊！那时我可以告诉母亲，正是因为有她，我才能够实现那些曾经遥不可及的梦想——既是我的梦，也是她的梦。

第二部分　领路

六　城市的医者

　　2014 年 11 月的一天，国会刚刚举行完中期选举，天气暖和得有点反常。我独自坐在巴尔的摩市政厅二楼，市长的行政会议室内。这是市长召集警察、消防、住房、市政、卫生、教育等各部门负责人开会的地方，他们共同管理着这个城市。我在晚间新闻里见过这个房间的样子，市长和各部门官员经常在这里举行新闻发布会。

　　市长斯蒂芬妮·罗林斯-布莱克（Stephanie Rawlings-Blake）随时可能进来。我即将面试巴尔的摩市卫生局长的职位。

　　在乔治·华盛顿大学开展的病人权益倡导工作已经实现了我所预想的目标。那是我在母亲去世之后开展的工作，既是为了告慰母亲，也是为了疗愈自己。以病人和家庭为中心的医疗照护运动在美国不断发展，能够在数年间参与并推动这一运动，我深感自豪。

　　而现在，我已经准备好重新涉足卫生政策和公共卫生的领域。

　　具体来说，我想从事基层的公共卫生工作。虽然我对卫生政策的热情是由美国医学生协会和国家层面的倡导工作所激发的，但我真正的意愿是工作于第一线，基层治理工作能够直接影响人们的生活。我希望进入市一级的政府，因为这是一个能够实实在在直接服务于市民的职位。我也愿意参与政策的制定、实施，但不想涉足众声喧哗的政治作秀。修补道路、清理垃圾这些工作并不涉及意识形态和党派政治，城市的健康安全网亦是如此。

我认为，地方政府的工作与我在急诊室的工作颇有些相似之处：我们必须照顾到每一个人，没有人会被拒绝。但在急诊室，我无法打开潘多拉的盒子，因为我对改善交通、住房或食品供应问题无能为力，但地方政府可以解决这些问题，这直接影响着病人的健康状况。在市政府，我能够打开潘多拉的盒子，或者说，我的工作就是要打开这个盒子，然后想办法解决我们所发现的弊病。

　　在牛津大学学习的第二年，我来到巴尔的摩参加住院医生面试，那是我第一次来到这座城市。那年巴尔的摩的马里兰大学和约翰斯·霍普金斯大学各有一项水平很高的急诊医学培训项目，两项面试我都参加了。我借住在医学院同事的家里，他们一家住在市中心东边的费尔角（Fell's Point），街区繁华，一条鹅卵石铺成的古朴街道通向港口。

　　同事带我游览了城市。我们驱车穿过市中心的高楼大厦，来到北巴尔的摩的富人区。市中心和富人区之间，隔着一片木板房和贫民住宅。当我们快要经过西巴尔的摩那所世界顶尖的休克及创伤医院时，同事跟我说，这里并不缺乏急救方面的培训机会：每天都有枪击事件发生，很多市民患有慢性疾病，一直没有寻求治疗。

　　在我看来，巴尔的摩和圣路易斯有不少相似之处。两个城市都面临着人口空心化的重大挑战。1950年，巴尔的摩有近100万居民，是美国人口第六多的城市。在过去的几十年里，随着几个大型制造企业相继关闭，人口急剧下降，中产阶级家庭迁往巴尔的摩县和周边郊区。这一变化削弱了城市的税收基础，房地产业萎靡、教育质量下降、失业率不断上升等遗留的结构性问题越发凸显。2008年，我初次来到巴尔的摩时，城市常住人口约65万；到我面试时的2014年，人口已下降到62万。

　　与圣路易斯一样，在巴尔的摩，少数族裔人口占比更高，非裔美国人占城市总人口的 62%。这两座城市还有一个共同的现象：仅仅相隔几英里的社区，人均预期寿命却可能相差 20 年。这与历史上住房和司法方面的歧视性政策密切相关，这些政策使几代人深陷于贫困和疾病的恶性循环之中。

当初我之所以选择在圣路易斯上学，因为其社区情况让我想起了自己儿时在洛杉矶的成长情景。当同事带我参观巴尔的摩时，我又有了同样的熟悉感和亲近感。巴尔的摩公立学校就读的儿童中，84%的学生符合获得免费或打折午餐的条件。如果没有校餐，许多人就会挨饿，就像我和我的同学们一样。上百位学龄儿童要么无家可归，要么没有稳定的居所，也像我在童年时期的经历一样。

同事还和我讲起了他接诊的一些病人，他们患病的根本原因并不在于特定的疾病，而在于他们恶劣的生活条件。我想到了所有生而贫困的孩子，想到了他们的父母，大人一定希望孩子拥有比自己更好的生活。我的父母努力拼搏，历尽艰辛，终于获得了相对稳定的工作，搬到更安全的社区，让我们接受更好的教育。但很多时候，我们其实是在走钢索，一不小心，就会坠入深渊。

正如我母亲经常说的，我们是幸运儿。我们差点就失去了移民身份，直到读医学院的时候，我才终于能够在这个一直以来被我视为归属的国家申请公民身份。我们一家曾经居无定所，千方百计维持生计。我记得在超市门口乞讨的感觉。每当我看到年轻人闲散在街角，贩毒甚至出卖身体时，我都会想到自己，自己其实很有可能会变成这样。无论是我们的家庭，还是我们在洛杉矶的邻居，我在圣路易斯结识的家庭，以及我在巴尔的摩看到的家庭，都非常相似。我和其他许多孩子没有什么不同，我就是出身于这样贫困而边缘的背景，但我不能接受家庭阶层决定下一代社会命运的说法。当时我就觉得，如果想为最需要帮助的社区服务，我可以选择来巴尔的摩履行这一义务。

但再次回到巴尔的摩，已经是几年之后了。波士顿的住院医师项目更适合我，因为我需要积累临床和研究经验，然后有机会在乔治·华盛顿大学与菲茨一起工作，那是我一直以来的愿望。不过，冥冥之中，我还是感觉到一股力量在推动着我。在华盛顿特区参与病人权利倡导工作期间，我结识了来自巴尔的摩的极为出色的社区组织者，他们为海瑞塔·拉克斯（Henrietta Lacks）的遗产权利据理力争。海瑞塔·拉克斯曾是约翰斯·霍普金斯医院的一名病人，她的宫颈癌细胞未经本人或家人允许，就被用于医学研究。

他们的活动理念是："医生和研究人员应该为病人谋福祉，而不是利用病人。"这与我们倡导病人权利的口号异曲同工："没有我们的参与，不要替我们做决定。"

我看到了巴尔的摩社区组织者的能量和活力，并惊叹于他们的执行力，他们依靠稀少的资源完成了大量的工作。其中一位组织者是德布拉·希克曼牧师（Reverend Debra Hickman），她创立了一个名为"姐妹相聚"（Sisters Together and Reaching, STAR）的组织，帮助感染艾滋病病毒的妇女。1991 年，"姐妹相聚"刚刚筹建时，她面临严重的污名，忍受着周围人的冷眼，正如她所说，"那种冷漠甚至比耻辱更为糟糕"。她为感染者提供医疗服务和艾滋病抗病毒药物，但后来发现这些妇女需要更多的支持——居所、工作和心理辅导。

在与希克曼牧师的第一次会面中，我讲述了在卢旺达向感染艾滋病病毒的妇女提供抗病毒药物的经历，感染者愿意接受治疗，但她们还有其他更为迫切的需求。她们忍饥挨饿，家人也食不果腹。她们生活在极端贫困之中，没有工作和稳定收入的来源。许多人亲眼看着丈夫和孩子被杀害，遭受了严重的心理创伤，然而寻求心理健康支持却被视为耻辱，无法实现。确实，提供抗病毒药物对他们的健康至关重要，但是，如果无法解决生活中的这些社会性问题，单单提供抗病毒药物并不足以带来改变。

听完我的讲述，希克曼牧师点了点头。她说："无论是他们，还是我们，都需要感受到爱和关怀，都需要被赋予希望。"这就是她和同事正在开展的工作。四万多名妇女、儿童及其家人受益于他们的工作，一些得到帮助的人陆续成为团队中的工作人员和志愿者。

与如此出色的人一起工作是一个多么好的机会啊！不过，当一位同事提醒我巴尔的摩市卫生局长的职位有空缺时，我的第一反应是有点打退堂鼓，开始思考所有本该具备却没有具备的资格。后来我慢慢了解到，这样的反应非常正常，是许多女性的典型反应，她们对申请更高职位的第一印象往往是"我不能，因为我只具备十项资格中的八项"。许多女同事和学妹都会这样回答。我会向她们指出那些经验少得多的男性同事会说什么——"我很有把握，因为十项资格中我已经具备了三项！"

多项研究表明，一位女性被邀请三到五次之后才会正式决定担任某一领导职务。这往往是由于成长经历和对女性的社会期望所致，因此，所有手握权力的领导者都应该鼓励妇女以及有色人种、移民和其他一直以来被边缘化的群体，让他们勇敢地站出来。

我很幸运，得到了同事的鼓励，更得到了丈夫的支持。对塞巴斯蒂安来说，这意味着生活轨迹的改变。早前，他为了我搬到波士顿，然后又搬到华盛顿。我们已经有了固定的居所，他也找到了喜欢的工作，成为 IBM 公司的顾问。他还结识了一群新朋友，并在华盛顿组建了一支板球队。应聘巴尔的摩的职位意味着我们需要再次搬家，但他仍然鼓励我，认为我是最称职的人选。

他说："这正是你一直以来想要从事的事业，你一直以来的学习奋斗，都在为这一工作做准备。"我终于可以利用自己在政策、倡导、公共卫生等方面接受培训、开展实践的经验，改善城市的卫生状况，满足城市的健康需求。这注定是我的使命。

申请过程中，我对卫生部门的工作和巴尔的摩有了更多了解。巴尔的摩市卫生局成立于两百多年前，是美国至今运转时间最长的卫生部门。尽管历史悠久，但巴尔的摩的卫生部门并不保守，在大胆且具有活力的领导下，推动创新实践，受到广泛关注。彼得·贝伦森（Peter Beilenson）和乔希·沙夫斯坦（Josh Sharfstein）是前两任卫生局长，上任时都只有三十多岁。这让我更加确信自己可以胜任这份工作。彼得和乔希发起诸多倡议，展示推动公共卫生事业的进取心和领导力，直面争议问题。20世纪90年代初，巴尔的摩是全美最早开展针具交换项目的地区之一，其结果是，因静脉注射毒品而感染艾滋病病毒的居民比例从63%下降到7%。建立在校内的健康诊所提供医疗照护服务，正在开展的全面性教育工作使青少年生育率下降了61%。

巴尔的摩市政府的组织结构和资金来源非常独特，卫生局长的决策有可能产生巨大影响。与美国其他大城市相比，巴尔的摩的市长权力更大，可以制定整个城市的预算。市议会只有削减市长预算的权力，但不能增加资金或改变资金用途。各部门负责人与市议会合作，但部门负责人只向市长述职。此外，马里兰州大多数城市的卫生局长要向州卫生部长和市政府官员报告，而巴尔的摩市的卫生局长只对市长负责。

巴尔的摩卫生部门的另一个特点在于其资金来源。在每年约1.3亿美元的预算中，市政府拨款只占不到20%。联邦和州政府的拨款占了大头，还有一些私人基金会的捐款。由于经费来源不完全依赖资金紧张的市政府，推行新项目不必等到新的财政年度，需要抓紧落实的卫生健康工作可以避免与公共安全、公共教育等需求争夺资金。换言之，只要能筹到钱，只要市长支持，卫生局长就可以带头实施新的卫生项目。先前的卫生局长正是这样做的，提供卫生服务、开展公共教育、推动政策改革，三管齐下，卫生部门的想法能够迅速产生实质性影响。

在参加遴选委员会组织的多轮面试期间，我认识了彼得和乔希、前任和在职的卫生部门工作人员、其他部门官员以及诸多社区领袖。卫生部门的两位老员工，奥利维亚·法罗（Olivia Farrow）和道恩·奥尼尔（Dawn O'Neill）对我帮助甚大。奥利维亚曾任副局长和代理局长，在30年的工作期间，她在多个不同部门任职。她最初从事卫生监督检查，之后利用下班时间修学了法学院课程，成为巴尔的摩市首个负责处理含铅涂料违规案件的检察官。在我面试时，她负责巴尔的摩市的人力资源服务部门。道恩曾是彼得的幕僚长，跟随彼得担任了几个职务，辅佐彼得参加国会竞选，在另外一座城市的卫生部门任他的副手，进而参与创立健康保险合作机构，并担任首席运营官。奥利维亚和道恩对政府运作和巴尔的摩的情况了如指掌。

通过他们的指导，我得以学习项目成功的经验，汲取失败的教训。他们还帮助我了解动物控制、餐馆卫生检查和养老中心的运作等日常工作涉及的广泛领域。他们曾经供职于政府其他部门，熟悉巴尔的摩市私营机构的合作伙伴，还提到了许多一直在卫生部门默默奉献的工作人员。如果我能够担任局长，我也想招募这些工作人员一起工作。

我开始参加社区论坛，更好地了解这座城市。有一次，我与一群8至15岁的年轻人一起开会，我本以为会议将会围绕性传播感染

（STI）、吸烟和安全套等议题，毕竟，在青少年的印象中，卫生部门是处理"虫子、毒品和性"（Bugs, Drugs and Sex）问题的机构。

然而，年轻人的发言让我既震惊又难过。他们想谈谈自己经历的最大问题：成瘾和心理健康。他们没有用这些专业的词汇，但他们表达了这样的意思。一个年仅9岁的小男孩向我讲述了他自己的故事，他将冰水浇在母亲的脸上，让烂醉如泥已经昏迷的母亲苏醒过来。一个十几岁的女孩谈到她和兄弟姐妹经常被母亲的男朋友毒打，而他们的母亲则在吸毒。其他孩子也讲述了他们所经历的创伤：他们眼睁睁地看着父亲和兄弟被枪杀，夜夜饥肠辘辘没有晚饭，所有家人都沾上了海洛因，他们是家中唯一在早上起床的人。

一位会议组织者问这些孩子，有多少人知道他们身边的人受到毒品的影响。每一个孩子都举起了手，最小的孩子才刚刚上三年级。

我知道巴尔的摩的吸毒成瘾率逐年攀升，也知道这是城市面临的一个主要问题，但我完全没想到，这个问题已经如此深刻地影响到城市生活的方方面面。

我也开始感受到社区成员对卫生部门的期待。当我访问一个老年中心，询问卫生部门还应该做些什么时，一位年长的非裔美国妇女拉着我的手说："亲爱的，我觉得你人很好，我很喜欢你的发言，我只是希望你能说到做到，言出必行，当我们过几年再次见面时，告诉我们你做到了。"

老人们说，地方官员为了自己的选票，每四年，轮到选举的时候就来嘘寒问暖，他们已经习以为常。但他们不希望只有在被需要的时候才受到关注，而是希望官员能够倾听他们的需求，兑现承诺。

他们想听到的不仅仅是对问题的阐述。卫生部门很善于摆弄数据，工作人员自豪地在社区会议上介绍这些数据，显示工作成果。一次会议上，一位流行病学家展示了一套制作精致的幻灯片，涵盖巴尔的摩各个社区的健康指标：平均预期寿命、婴儿死亡率、药物成瘾住院率、心血管疾病发病率，等等。

展示结束后，组织者向她表示感谢，顺带提出了一个问题："我只有一个问题，能不能同时在一张地图上，展现这些数字？每页PPT都有不同的颜色和代码，但其实基本上都是同一张地图。"

流行病学家又翻开了幻灯片。听众理解了组织者想表达的意思，即城市中预期寿命最低的地区婴儿死亡率最高、吸毒率最高、药物滥用率最高、心血管疾病发病率最高、枪杀率最高。这些地区也是监禁率最高、教育程度最低和最贫困的地区。巴尔的摩的健康地图显示出人群的显著差距与地区不平等，也显示出社会因素对健康的影响。

居民可能不知道确切的统计数据，但他们肯定对这些不平等的现象深有体会。数据反映了现实情况，政府却缺乏解决问题的讨论和对话，居民们已经厌倦了这样的形式。

有说服力的数据是必要的，但还远远不够。我开始基于居民的经历和诉求，制定巴尔的摩的卫生发展愿景。我注意到，他们已经厌倦了简单地看着一张又一张的健康差异地图，厌倦了他们每天都要面对的问题。我们需要理解他们的想法，然后迅速思考卫生部门可以推动哪些具体工作。面对所有的问题，我们必须找到切入点，通过与公众的持续沟通，我们会确定优先事项，并评估项目效果。这是一项艰巨的任务，我们面临种种困难，但如果我们能够有所作为，我们就能够改变许多人的生活轨迹，并为全国其他地区树立一个典型榜样。

走访的过程历时四个多月。那年11月，在行政会议室参加市长面试时，我已经通过了一家猎头公司的审查，并且得到了由知名公民领袖组成的委员会的推荐，成为最终候选人之一。

我深入了解了罗林斯-布莱克市长的情况。她出身政治世家，25岁时首次当选为市议会议员，是巴尔的摩历史上最年轻的市议员。从议员到议长，她在议会工作了近20年，在前任市长辞职时接任市长职位，然后赢得连任。在我面试的那段时间，她在全国的知名度越来越高，担任过美国市长会议的主席和民主党全国委员会的秘书。她知人善任，能够选用业务能力出众的机构负责人，并因此享有盛誉，我相信，雄心勃勃的城市卫生健康愿景符合她的领导风格和志向。

她的工作目标非常明确：扭转人口下降的趋势，吸引一万个家庭落户巴尔的摩。为了留住人口并吸引新的家庭，她需要确保城市有良好的基础教育配套、更好的治安环境和更充足的就业机会。作为一名儿科医生的女儿，她经常谈到健康是所有这些目标中不可或缺的组成部分。

面试中，我阐述了对巴尔的摩及其卫生健康问题的认识。我告诉市长，我积累的每一段工作阅历都是从事城市卫生管理工作的宝贵经验。尽管我并非土生土长的巴尔的摩人，但我的成长环境与我将要服务的社区如出一辙。尽管我没有政府工作经历，但正是在急诊室和为病人争取权益的经历，使我看到城市卫生部门工作的重要性，意识到那些需要加紧解决的问题。

接下来，我们还谈及自己的领导哲学以及如何处理具有挑战性的问题。我们的态度都是"没有最好，只有更好"。我们都明白，总有些不完美之处值得改进，社会治理需要抛开意识形态的分歧，找到各方的最大公约数，将注意力集中在共识上。她促进经济发展，鼓励公私合营，受到商业界的广泛好评。虽然我们彼此都可能在政策推行之中作出妥协，但我们都对自己秉持的信念以及诚实、忠诚等价值观感到自豪。

罗林斯-布莱克市长颇为看重我在急诊科的工作经历,她也知道我不是个纸上谈兵的空想者,我曾经出色完满地完成过多项工作,也会坚持这样的行事风格。

此前,我曾通过罗德奖学金项目认识了巴尔的摩市的前市长库尔特·施莫克(Kurt Schmoke)。他告诉我,"市长"这个词不仅仅是一个名词,它也是一个动词。"市长"意味着身体力行,并为人民服务。我对罗林斯-布莱克市长说,这也是我担任卫生局长的信念,我要尽可能地走进社区,从为期一百天的倾听之旅开始,发现并总结需要解决的关键问题。

她问我:"你需要我提供什么帮助?"

这是我可以狮子大张口的机会。周围的朋友们曾经建议我争取得到资源保证。任职几个月后,我需要提交机构预算,这是确保下一年度资金的最佳机会。还有人建议说,可以要求市长支持我在市议会或州立法机构提出的一些关键政策,由此了解市长对公共卫生领域的重视程度,如果我得到这份工作,这些承诺能够避免我出师不利。

不过,我还是表达了个人的想法:"市长女士,您经常说,这个城市最重要的资源是它的人民。我也坚信这一点。我的愿景是建立并管理一个全国最好的卫生部门,您希望我一上任就开始大刀阔斧地工作,要做到这一点,我需要留任并新招聘最优秀的人员,我最需要在这方面得到你们的支持。"

市长点了点头。她完全明白我的意思:"放心,我不是个任人唯亲的市长,我希望你拥有最适任、最出色的工作团队,就这么简单。"

我还需要再明确一点,尽管这个问题敏感,甚至有点棘手:"目前卫生部门有很多优秀的人才，有些人应该得到晋升，但也有些人可能不适合相关的工作，需要调到其他部门。"

她笑着说："这是你负责的部门，你说了算。如果你担心有议员提出不同意见，让我来协调，我支持你。"

又过了很多年，我才意识到，正是她的无条件支持让我得以顺利开展工作。能够同拥有这种理念的人一起工作非常幸运。长期以来，全国各地的市政府都被视为裙带关系和个人利益的顽固堡垒，当选的市长和议员会给捐助者安排舒适的工作，以此作为回报。我的前任们曾告诉我一些令人瞠目结舌的故事：一些不称职的雇员担任着高级职位，却因为受到一些当选官员的"保护"，可以不对工作负责。

有这样一个故事：一位代理局长觉得自己受到了议会的保护，以至于在市长任命新局长后，拒绝腾出办公室！直到这位临时局长去世，新局长才得以搬进本属于自己的办公室。其他机构的负责人也告诉我一些"柠檬舞"① 的情况：他们不得不把上头有人的雇员不断调岗，力争最大程度降低这些人对工作造成的影响，同时还能不惹到那些民选官员。

幸运的是，在罗林斯-布莱克市长的领导下，我从未遇到过这种情况。她履行了自己的承诺，从来没有给我施加任何压力，逼我安排不符合岗位要求的人。一些民选官员对我没有遵守潜规则颇有抱怨，但他们没有得到什么回应。

因此，在市长同意由我担任卫生局长至我正式开始工作的几周内，我得以评估现有卫生部门工作团队的能力和需求。工作第一天，基于对各部门的充分了解，我重组了内部机构，奥利维亚和道恩同

---

① dance of the lemons，"柠檬舞"是一个俚语，指把不适任的人调动到其他岗位，而非解雇他们。

意回到卫生部门担任我的副手。

我们一起共事了三年，直至奥利维亚从政府服务部门退休，道恩到一家地区医院担任人口健康部门的副总裁。在这三年里，他们协助我维持工作团队的稳定，我得以推进组织变革，执行重要的项目计划。一年之内，卫生部门形成了一个全新的高级团队，负责财务、行政、政策、宣传和项目执行等主要工作。有些人是部门内提拔的优秀人才；也有人来自其他城市。

克里斯汀·热茨科夫斯基（Kristin Rzeczkowski）是我早期聘用的外部人员之一。她曾供职于联邦参议院，并在奥巴马政府的管理和预算办公室工作。她很快证明了自己不可或缺的能力，并成为我的幕僚长。乔尼格·哈尔敦（Joneigh Khaldun）是我聘请的第一位首席医疗官，也是早期加入卫生部门团队的重要人员。乔尼格帮助我与当地医院建立了密切联系，辞职后，他领导了底特律的卫生部门，之后成为密歇根州的最高卫生官员。

2013 年，在为《当医生没有倾听》一书进行的巡回演讲中，我遇到了一位名叫岱雪莉（Shirli Tay）的马来西亚裔美国移民，她是一名律师助理，想从事医学事业。此后，她开始在乔治·华盛顿大学与我一起工作，同时进行医学预科学习。当我得到巴尔的摩的工作机会时，我邀请她推迟医学院的学习计划，来担任我的行政助理。这一职位既需要极高的工作能力，更需要忠于职守的履职态度，无论怎么强调这两点都不过分。当雪莉被我的母校圣路易斯华盛顿大学医学院录取时，我陪她游览圣路易斯，那是我最为骄傲的时刻之一。从见到她的那一刻起，我就知道她会成为一名富有爱心的医生，能助力她的职业发展，我深感自豪。

早期聘用的人员并非没有引发争议。那些有着丰富政府工作经验的员工不可避免地招来一些诋毁，多年的工作经历既积累着人情世故，也有摩擦和积怨。新加入的人则被埋怨说不了解这个城市。我想要快速施行的问责制改革也遭到了内部抵制。但罗林斯-布莱克市长从未动摇，她看到我和团队正在实现我们对这个城市的共同愿景。

我们不断成长，充满活力的团队吸引了更多出色的应聘者，他们愿意大幅减薪并搬迁到巴尔的摩。我很早就收到建议，应该增加用于人员招聘的时间，我确保自己亲自面试每位高级团队的成员，以及他们的直接下属。

最有趣的招聘经历是，有人在面试后给我打电话说，她认为自己不是这个职位的最佳人选，但她的丈夫是。我觉得很有意思，于是我邀请她的丈夫加布里埃尔·奥泰里（Gabriel Auteri）第二天面谈，并当场邀请他加入我们的团队。最初加布里埃尔担任我的特别助理，此后逐渐开始担任一些高级职务。

团队中还有一些来自市政府其他部门的成员。肖恩·纳伦（Sean Naron）多次为市长起草演讲稿，是一位前途无量的年轻人。我抓住机会，聘请他担任卫生部门的公共信息官。他为提升团队在巴尔的摩和全国的知名度发挥了重要作用。

我和团队还把培养公共卫生领域的领导者作为优先事项。我与一个名为"巴尔的摩社"（Baltimore Corps）的当地组织合作，该组织为新近毕业的大学生提供到社会机构、非营利组织和企业实习的机会，为期一年。一些出色的团队成员正是来自巴尔的摩社的合作项目。我们一起为巴尔的摩市政府招募罗德、马歇尔和富布赖特奖学金获得者，以及来自世界各地的一流年轻专业人才。

在团队成员逐渐就位后，我开始了为期一百天的倾听之旅，了解基层社群的关切，并与他们一起确定我们共同推动的优先事项。

我听到三个反复出现的议题。第一个是当前最主要的议题：立即关注药物成瘾和心理健康。

　　第二是儿童健康。卫生部门开展了许多直接提升儿童和青少年健康素质的项目，比如监测巴尔的摩每所公立学校的学校健康指标。这是一个充满机遇的重要领域，作为儿科医生的女儿，市长也亲自参与了此项工作。

　　第三个领域是关怀最弱势群体，这是一个涉及方方面面的项目，但也确实是社区会议上明确传达出的需求。人们明白，不仅需要改善健康的状况，还需要致力于促进平等。他们希望我们特别关注那些最需要帮助的人，并为之提供服务。

　　而且，人们原本就知道，在思考公共卫生问题时，绝不能局限于医疗照护。几乎没有人把在医院接受医疗服务作为优先重点：他们希望卫生部门关注生活中的健康决定因素。公众知道，对他们来说，对我们的城市来说，经济上的不平等决定了预期寿命的不平等。

　　我已经得到了自己希望从事的工作，我需要向巴尔的摩的居民证明，以科学事实和社区倡导为根基，以社会正义的原则为前提，公共卫生事业能够改变不平等的生存环境。

七　拯救生命

2014 年，我第一次被任命为新的"城市健康的守护者"，当年，巴尔的摩市有 303 人死于药物过量，比前一年增加了 23％。据估计，巴尔的摩市有 6 万人患有药物使用障碍。在一个拥有 62 万居民的城市中，这意味着几乎每个家庭都或多或少受到药物成瘾的影响。

巴尔的摩市的数字反映了全国日益增长的趋势。全国各地药物过量致死人数不断攀升，平均每天超过 130 人被夺去生命。与此同时，治疗的可获得性不足：美国卫生部长的报告指出，只有十分之一的成瘾者正在接受所需的治疗。巴尔的摩也是如此，大约 50000 名病人没有得到治疗。

在倾听之旅中，我一次又一次地发现成瘾与城市的其他问题相互纠缠，从失业、犯罪到代际贫困。无论是年轻人还是老年人，都告诉我成瘾影响着他们各个方面的生活。卫生部门负责监管老年中心的运行，六七十岁甚至年纪更大的老人总会跟我谈起自己没有照顾好孩子，毒品让他们无法自食其力，甚至生命垂危。我遇到一位七十二岁的老人，他告诉我他不甘心浪费余生，但他无法获得治疗。我遇到两位八十多岁的妇女，她们感到恐惧，因为毒贩子把养老服务设施作为销售毒品的庇护所。

我一次又一次地听到关于成瘾问题的各种污名。成瘾是一种疾病，可以治疗并且有可能康复，这已经成为医学界的共识，但人们对成瘾的看法与其他疾病并不相同。毕竟，对于其他任何疾病来说，如果只有十分之一的患者可以得到治疗，我们不可能觉得心安理得。试想一下，如果只有十分之一的癌症患者可以接受化疗，或者十分之一的肾衰竭患者可以进行透析，公众会发起多大规模的抗议活动？

一位母亲告诉我，他儿子因为药物过量去世了，由此带来的耻辱加深了她的悲痛。"每个人都很同情我，直到他们知道了儿子的死因。然后他们像躲避瘟疫一样躲避我，有些人甚至当面告诉我，是孩子咎由自取。如果他死于车祸，邻居们会来嘘寒问暖。成瘾被视为个人的堕落，但它本应该是一种得到人们关爱的疾病。"

住院医师培训期间，我认识了一位名叫杰西卡的病人，她二十多岁，是急诊室的常客，医生、护士和技术人员都认识她。我们甚至能记得她上次接受 CT 扫描的时间，知道她的白细胞计数总是偏高。她每次的需求都一样：治疗阿片类药物成瘾。

我多少了解些杰西卡的故事，她在大学时是一名游泳健将，做过背部手术，此后就对止痛药上了瘾。当主治医生不再给她开药时，她就去找其他医生。最后，她开始使用海洛因，海洛因更便宜，更容易获得。

我认识她时，她已经辍学，没了工作。未婚夫和她分手了，父母把她赶出了家门。用她的话说，她已经跌到了"谷底"，她总来找我，急切地想让生活回到正轨。

杰西卡知道她的药物成瘾需要帮助。我们也知道这一点。然而，每次她来的时候，我们都不得不告诉她，我们医院无法为她提供治疗。我们没有药物成瘾的治疗病房，无法收治她。她可以到门诊寻求治疗，但可能要等上几周或甚至几个月才能排上队。在那段时间里，她可能经历了戒药、复食、后悔，然后又回到急诊室。

每次她失望而归，我都会想，如果她是因为胸痛而来，会得到怎样不同的待遇。如果她是心脏病发作，没有人会让她出院并要求她等上三周。杰西卡的情况同样危急，但医疗系统没有像处理其他疾病那样满足她的就医需求。

记得有几次，杰西卡非常渴望得到照顾，甚至撒谎说她有自杀倾向。她知道，这么说能够为她争取到更多的时间——她必须接受精神科医生的诊治，而且可以在医院待一晚上。紧急的精神问题也可以使她尽快被安排到药物成瘾的治疗项目中。但是，如果病人需要撒谎才能获得他们以及医生本就知道的医疗照护，我们的医疗系统该是多么可怕啊。

有一天，杰西卡又来了，还是与以往一样的需求。一位社工为她预约了两周后的门诊。她走了，几个小时后，当我再次值班时，杰西卡又来到了医院。护士们告诉我，在急诊室门口，有人把她从车里推了出来，估计是那些不想惹上麻烦的"朋友"干的。杰西卡被抬上担架，立刻送到了创伤室。

当我看到她时，她没有反应。脸色煞白，与病床床单的颜色别无二致，嘴唇发青。她的心脏已经停跳。我们开始了心肺复苏。护士给她注射了纳洛酮（也叫耐肯），这是一种抗阿片类药物的注射剂。实习生将一根呼吸管插入她的喉咙。我们继续加大注射剂量，进行胸部按压，连上呼吸机。

但是她一直没有反应。半小时后，我签署了杰西卡的死亡证明。

这是一位几小时前刚刚走出我们急诊室的病人，现在却死于一种可以治疗的疾病。当我查看杰西卡的病历时，我发现她在这一年里，已经来过我们急诊室一百多次，平均每周两次。她每次都恳求我们进行治疗，而我们让她失望了。

在急诊室的时候，我曾感到无能为力，无法增加病人获得治疗的机会。而作为巴尔的摩的卫生局长，我可以推动变革。需要解决的主要问题是，尽管人们认识到巴尔的摩的药物成瘾问题普遍存在，但谁都不想让治疗机构设在自己身边。

开展调查期间，"不在我的后院运动"（not in my backyard, NIMBY）声势很大。门前徘徊的病人让住在美沙酮诊所附近的房主感到焦虑。小企业主则说，客户看到这些病人会避而远之。每个人都能讲出看似由诊所引发的犯罪故事，从汽车失窃到附近发生的枪击事件。

当被问及这些诊所应该设在哪里时，每个人都有相同的答案：别的地方。任何其他地方，只要不在我们附近。他们通常都会建议使用工业废弃建筑，远离人们生活和工作的区域，以至于一位治疗中心的工作人员开玩笑说，巴尔的摩的"不在我的后院运动"应该改名为"香蕉运动"，不要在任何东西附近建造任何东西（BANANA，don't build anything near anything that's near anything）。

尽管如此，我了解这些的担忧后，其实颇为理解社区成员的想法。为了留住人、延揽人，城市必须确保社区安全，对家庭有吸引力，对企业友好。如果人们在家里没有安全感，如果企业受到影响，那些有能力的人就会搬家。我可以理解为什么社区成员会在市政厅抗议，希望摆脱那些他们认为扰民的东西。从表面上看，如果人口较少的地区确实有闲置的建筑物，把病人送到那里有什么不妥呢？

只不过，需要成瘾治疗的人并不是可以随意安排的人：他们就生活在社区，是社区居民的邻居和同胞。接受美沙酮治疗的病人需要每天去诊所，许多病人需要连续服用数年，甚至终身服用。这还没有考虑到他们可能需要的其他治疗，比如心理咨询或其他身体和精神治疗。对药物成瘾的病人来说，维持工作、照顾家庭并接受日常治疗已经颇为艰辛，要求他们换好几趟车或是打车到离家很远的工业区，完全不切实际，这会给本已很难获得的治疗增加另一重障碍。

同样，许多循证研究表明，成瘾治疗实际上为社区节省了资金，并降低了犯罪率。在巴尔的摩进行的一项研究发现，与全市其他地区相比，美沙酮诊所附近的社区与便利店，犯罪发生率没有差别，甚至更低。（相比之下，酒类商店周围的犯罪率要高出30％至40％。）

但是，不管我引用了多少统计数据，也不管我请了多少专家在社区会议上发言，抵触的心态依然存在。人们可能已经抽象地认识到了成瘾治疗的迫切需求，但绝无可能在他们周围的地方开设治疗中心。

普遍的共识是，大多数人认为医院需要承担更多工作，在医院自己的设施中治疗成瘾。如果药物成瘾是一种疾病——也确实是，那么医院和诊所为什么不能像对待其他疾病那样加以处置？难道不能在现有的医疗设施中增加治疗场所吗？

我完全同意这一点。如果我们能够让杰西卡直接入院接受治疗，她的生活会有多大的变化啊！丁丙诺啡是一种用于长期成瘾治疗的药物，也叫舒倍生（Suboxone）。与需要由专门的机构进行管理的美沙酮不同，初级保健医生就具有丁丙诺啡的处方权，甚至可以在急诊室，发给那些需要长期治疗的病人。联邦法律规定，医生需要经过专项培训才能开具丁丙诺啡处方，每位医生治疗的病人也有数量限制，但可以肯定的是，通过现有的医疗系统增加对药物成瘾的治疗，有助于缓解治疗短缺的问题。

还有人认为，医生本身就是导致这种流行病的同谋，因此医疗专业人员应当承担提供成瘾治疗的责任。在我2001年开始读医学院时，"疼痛是第五大生命体征"[①] 的概念已经被广为接受。在我接受

---

① 呼吸、体温、脉搏、血压，医学上称为四大生命体征。

医学训练的时候，我明白自己的工作不仅是要弄清病人痛苦的原因，而且要立即消除他们的痛苦。病人的满意度与疼痛管理联系在一起，这进一步强调了消除疼痛本身就是目标，而不仅仅是解决造成疼痛的根源。医药代表到处鼓吹麻醉性止痛药的神奇功效，而我们医生则言听计从，消除疼痛已经成为医疗照护的标准。

现在回想起来，我给病人开了阿片类药物，缓解他们的背部疼痛或牙痛，却没有意识到药物的长期成瘾作用。虽然制药公司故意使用不符合医学伦理的销售策略误导医生，应该承担大部分责任（正如我们现在所知道的），但如果没有医疗从业者发挥的核心作用，这场危机绝不会发展到现在这个地步。

现在，医疗系统有机会纠正这一错误，向那些被他们带入成瘾之路的病人提供治疗。然而，即使他们清楚地意识到这种需求，医院和医生也不愿意带头有所行动。

我责成乔尼格·哈尔敦推动此事，与当地医院的管理人员和医生代表进行沟通。她与我一样，也是一名急诊科医生。医院的反馈令人失望，许多人对药物成瘾的认知有误。一些人更为认可"脱毒"治疗[①]，并愿意在医院开展，然而，脱毒疗法往往应用于成瘾率更高的地区，且大多数科学研究并不认可快速脱毒的疗法。此外，尽管所有主流医学协会都认可药物辅助治疗是成瘾治疗的黄金标准之一，仍有人认为美沙酮和丁丙诺啡的治疗就像"用另一种成瘾取代前一种成瘾"。（每次有人这样说，我都会反驳说，我们会认为治疗糖尿病的胰岛素是"用一种成瘾来替代另外一种成瘾吗"？显然不会。胰岛素与美沙酮和丁丙诺啡一样，只是一种治疗方法。）

乔尼格访问的每个人都希望有更多的治疗方法，毕竟，就像我

---

① 采用美沙酮等方法属于减毒治疗，即通过剂量较低、成瘾性较弱的药物替代原有的成瘾性物质。

在临床工作中看到的那样，他们也亲眼看到大量的急诊病人要求治疗，但没有人愿意站出来，承诺提供更多的治疗。他们提出了各种各样的理由，缺乏医患协议、缺乏训练有素的专家，等等。一位管理者大胆地说出了所有人的心里话：他们不想成为这个城市里招募"瘾君子"的地方。言下之意，他们不希望"某些病人"来到他们的医院。当然，如果是其他疾病，情况会有所不同：如果是成为心脏护理和癌症治疗的医学中心，医院一定会翘首企足。

医疗系统也受到了"事不关己主义"（NIMBYism）的影响，一心想着置身事外。是的，药物成瘾是一个问题。确实，越来越多的病人死于药物过量；确实，需要采取紧急行动。但需要首当其冲有所行动的应该是别人。

我和团队详细讨论了应当如何处理这个颇为复杂的问题，希望庖丁解牛。很明显，这个城市迫切需要更多的治疗机会，满足病人的需求。但同样显而易见的是，没有快刀斩乱麻的方法。主要选区强烈反对，政治诉求的关注点不在于此，如果我们不能让医院和医生加入，提供更多的治疗就会化为空谈。

我们需要自我加压，选择一个可以迅速完成的行动项目，由之扩大影响，引发关注。我们必须迅速采取行动。如果其他人不打算站出来，卫生部门需要首先站出来，先把我们能做的事情完成好。

这就是我解决药物成瘾工作的着力点，聚焦于一项主要工作：普及阿片类药物解毒剂纳洛酮的使用。在急诊科工作时，我对纳洛酮非常了解，为数百名病人开过此药。纳洛酮安全性高，起效快，对没有服用阿片类药物的人几乎没有副作用，而毒瘾发作的患者在接受治疗后 30 秒内就能正常走路和交流。我培训过几十位医学生，教授纳洛酮的使用方法，非专业人士也可以学会使用这种药物。纳洛酮有两种给药方法，一种是鼻腔喷剂，一种是自动注射器（就像肾上腺素自动注射笔那样）。无论是哪一种，都能在几分钟内学会。

纳洛酮是一种确实有效的阿片类药物过量解毒剂。如果有一种解毒剂，可以应对每年夺走一座城市三百多条生命的致命疾病，那么毫无疑问，我们应该普及这种疗法。这其实并不难实现，换个角度来想，如果有人行将死在我们面前，我们最需要做的是先拯救生命。如果有人心脏病发作，病人的心血管健康确实需要得到长期照护，并治疗糖尿病、高血压等基础性疾病，但我们首先得把病人抢救回来，否则根本无从谈起长期治疗。

从政治的角度看，推广纳洛酮还另有原因。虽然最初有一些人反对，认为纳洛酮可能反而诱导人们使用毒品，但纳洛酮终究可以挽救生命，这一结果足以反驳人们的顾虑。我觉得，纳洛酮可以让人们重新思考药物成瘾问题，并开始将之视为人人参与的必须解决的公共卫生问题，而不是事不关己的犯罪、道德败坏或社区公害，这是争议最少且最为迅速的解决问题的方法。

增加纳洛酮的使用也是我权力所及的事情，至少我是这么觉得的。巴尔的摩卫生局实施了全州范围内唯一一项针具交换项目。我们的流动卫生车每周都要去几十个地点，由外展工作人员分发干净的针头和注射器，并提供健康咨询。他们也在普及纳洛酮的知识。然而，尽管一些求诊者希望获得这种药物，但卫生部门无法提供。

这些人每天都在嗑药，极有可能吸食过量。他们还认识其他的同伴，也许能够在危急时刻救护同伴的生命。如果他们希望得到纳洛酮，为什么不能提供给他们？

负责针具交换的工作人员与我一样沮丧。"问题就在这里，"一位工作人员对我说，"我们可以提供培训，但我们不能分发药物。因此，接受培训后，他们必须去找医生，要求提供纳洛酮。而医生不一定会开具处方。即使他们得到了处方，还必须去药店配药。而药店可能没有这种药，病人也可能没有保险。"

我算了算其中的环节，忍不住感叹："哇，我们真是任重道远啊。"

"正是如此。最终，病人得到纳洛酮的机会极低。还有一个问题，如果有人吸毒过量，他们无法自救。我们还得想办法让普通人得到纳洛酮，这样他们能够抢救自己的家人或亲友，也可能帮助街上偶遇的吸毒过量的病人。"

另一位外展工作人员补充说，他和同事曾试图通过在针具交换车上配备一名医生来减少其中的环节。如果政府能够支付医生的劳务费和纳洛酮的费用，那么病人就可以在同一时间、同一地点接受培训，获得处方，并且得到药物。

"但这成本很高，而且完全没必要如此繁琐，"他继续说，"我们知道如何对患者进行培训，完全没必要配备一位医生，仅仅只是坐在旁边，写写处方。"

确实，当我第二天跟随流动服务车了解他们的工作的时候，这些外展工作者的敏锐性给我留下了深刻的印象。一些工作者本身也在康复之中，所有人都清楚地知道如何识别吸毒过量的症状，熟练掌握纳洛酮的使用方法，并将这些知识讲授给别人。他们不需要医生指导，困难在于如何将纳洛酮直接送到患者手中。

有一个能够通过立法加以解决的可行方案。几个州刚刚通过立法，允许高级卫生官员签发长期处方，这基本意味着敞开了获取纳洛酮的大门。如果巴尔的摩能够借鉴这样的经验，也就意味着外展工作人员可以开展短期培训，在卫生官员的授权下发放纳洛酮。这种统一的处方能够取代个人的处方。

如果马里兰州通过这项立法，我们就能够把纳洛酮直接送给高危人群，进而可能拯救人民的生命。不过，我们必须迅速采取行动，抓住正在召开 2015 年立法会议的时机。马里兰州议会并非常设机构，每年 1 月至 4 月召开会议，我们有几个星期的时间来确定提案人，参加委员会的听证会，得到公众支持，推动委员会和两院通过法案。

值得庆幸的是，已经有几个社会团体支持这个想法，并且开始与立法者沟通相关法案。卫生部门的立法团队与议会合作，对法案进行了整合，整理成一个综合方案。我原本希望有一个简单明了的法案，授权我发布长期命令，在城市中普及纳洛酮使用。但是，尽管纳洛酮是目前最安全的药物之一，人们仍然对这种广泛发药的形式有所担忧。州卫生部门要求进行不少于一小时的强制性培训，其他人也有不同的意见，比如增加额外的药物限制，设置开立长期处方的权限。

最终，妥协各方要求的法案得到了州长的支持，最终获得通过。我可以签发长期命令，只要有人证明高危群体接受了必要的培训，他们就可以得到纳洛酮。由此，针具交换车上的外展工作人员可以直接发放纳洛酮，所有接受过培训的公众都可以去药店，通过卫生部门签发的空白处方获得纳洛酮。此外，这项法案没有像会议通过的其他法案那样在 10 月 1 日生效，而是被标记为紧急条款，6 月 1 日即可生效。

2015 年 6 月 1 日，我与社会倡导者、卫生机构领导者以及城市官员共同举行了一次新闻发布会，正是基于几方的共同努力，这项重要的法案才得以通过。我和他们站在一起，宣布药物成瘾已经被列为巴尔的摩市的公共卫生紧急情况，并正式签署了巴尔的摩市的纳洛酮总处方。这是一个值得骄傲的时刻：这就是我致力于地方公共卫生工作的原因——直接解决公众所面临的关键问题。

在这期间，我的团队做了大量工作。需要解决诸多保障性问题，首先是如何为 62 万人开处方？解决办法是打印数百本处方笺，上面有纳洛酮的剂量信息和我的签名。送达这些处方是另一个值得骄傲的时刻，但为 60 多万人发放处方确实有点伤脑筋。

我们团队知道，仅有健全的政策是不够的，还必须提升服务的可及性。我们联系了数百个社区团体、保健中心和小企业，寻找那些有兴趣开展纳洛酮相关培训并帮助我们分发药物的机构。法案生效的第一天，针具交换车已经准备就绪，我们招募了几十个组织参与此项工作，这些组织都参与了"培训师"工作坊。6 月 1 日，面向公众的培训开始在教堂、图书馆、娱乐中心、市政场所、公共汽车候车亭、酒吧和餐馆全面铺开，哪里有人，哪里就有我们的培训项目。

我亲自主持了一些培训课程。我们会在开始时询问与会者，是否目睹过用药过量的情况，在"街头"的培训中，这个比例总是很高，有时整个小组成员都会举手。人们会讲述他们的经历，分享他们将冰袋放在药物成瘾者的腹股沟，或是将水泼在脸上的故事。这些成员参加小组活动，因为他们身边有成瘾的人，他们希望能够掌握合适的方法，让成瘾者恢复过来。一些人起初对自己能否提供医疗服务心有怀疑，但当我们展示了纳洛酮极为简单的使用方法之后，他们面露喜色。

罗林斯-布莱克市长决定让所有由她直接管理的市政官员全员接受培训。我培训了整个市政府团队，并请求巴尔的摩市议会提供让议会成员参与培训的机会。我们的目标是让每个政府工作人员都能接受培训。得益于政府官员的广泛参与，卫生部门团队得以在环卫工人、教师和公园员工的会议中讲授相关知识。

最重要也是最有挑战性的部门之一是警察部门。警察局长安东尼·巴茨（Anthony Batts）支持普及纳洛酮。不过，就地区和全国范围来看，警察部门和高危人群社群的关系仍然比较紧张，让警员接受培训，拯救生命，巴茨局长认为这一工作颇为必要，前景可期。但不是所有的警察都这样看。当我去参加培训课程并谈到使用纳洛酮时，警察们的反应就像是我在要求他们活剥并生吞一只老鼠。

"我不会碰这些人。"一位警官对我说。另一位警官索性扔下了纳洛酮药箱，直接拒绝这项工作。

通过这件事，我汲取了教训，明白了公共卫生工作的另一个关键原则：必须找到最受对方信任的信息传播者。作为一名医生，我与一线警务人员联系时，没能照顾他们的诉求。在成瘾人员的社群中，外展工作人员是最可信的沟通者，但对于警察来说并非如此。因此，我们开始在公安部门内部寻找盟友，寻找那些经历过药物成瘾事件的警官，把他们培训成推广人员。其中一位警官有一位药物成瘾的兄弟，当他谈到自己的亲兄弟因为他人携带的纳洛酮而得救时，警官们的态度完全改变了。

一个月内，四位市民因警察提供的纳洛酮而得救。到了年底，巴茨局长告诉我，警察们还会相互攀比，看看各自救了多少人。

一年后，我又参加了一项警察培训课程，我问他们，如果碰到药物使用过量的现场，他们会注意些什么。在过去，我得到的答案是"寻找吸毒用具和其他证据"。

这一次，警官们回答说，他们会"找出当事人可能服用的药物，叫救护车，并注射纳洛酮"，因为他们的职责是拯救生命。可见，可靠的沟通者极为重要。即使是一个传统规范根深蒂固、通常怀疑他人的行业，也能够迅速发生文化上的转变。

与此同时，我的团队正在努力消除获取纳洛酮的其他障碍。其中一个主要问题是，许多药店不知道我已经签发了长期处方。城市财政资金紧张，纳洛酮采购量有限，我们将这些药物分配给最高危的群体——比如需要针具交换的人群，其他人则需要自己去药店配药。我们开始向药剂师和药房员工派发传单，提供有关常备药的指导。最终，卫生部门专门聘请何塞·罗德里格斯（José Rodriguez）负责预防用药过量工作，他亲自走访了 100 多家药店，没有遗漏一家。

医疗保险的问题也需要解决。相关协议已经明确，享受医疗保险的病人只需支付 1 美元就可以获得纳洛酮，如果确实无力支付，则可以免费获得，但病人和药剂师并不清楚这项规定。有时，医疗保险还会拒绝报销。我们专门设立了一条 24 小时热线，解决任何有关纳洛酮处方的问题，确保长期处方有效运转。

鉴于各家私人保险公司保费有所区别，而且纳洛酮的配方不同，我们逐一联系了各家公司，确保他们提出最便宜的保费价格。我们还与医院合作，保证因药物成瘾来到急诊室的病人能够在出院时得到纳洛酮。

每次建立新的伙伴关系，无论是提供基层培训的社区组织或当地企业，还是保险集团，抑或是医院或药店，我们都会公开向他们表示感谢。我们召开新闻发布会，邀请媒体采访新的培训师，祝贺他们能够有机会帮助他人。得益于积极的宣传，更多的组织开始与我们合作，扩展了药物成瘾的公共教育。公众不仅了解了纳洛酮，还理解了我们希望传达的观念：成瘾是一种疾病，我们需要提供更多的治疗机会。

同时，我们团队还开发出全国首个纳洛酮在线培训项目，破除了必须开展现场培训的障碍。现在，所有人都可以在线观看视频，进行简短的测验，不出 10 分钟，人们就可以下载完成培训的证书，打印或保存在手机中，进而可以从药店领取纳洛酮。

基于这些努力，我们的工作引起了全国的关注，吸引了更多的资助。纳洛酮自动注射器的制造商捐赠了一万件产品，通过我们的社区合作伙伴迅速分发。基金会和联邦政府提供了更多急需的资金，更多的举措得以落实，比如，我们发起了一个名为"不要死去"（Don't Die）的全市性公共信息宣传活动，城市的各个角落都张贴了普及纳洛酮和药物成瘾相关知识的海报。几个月后，这项宣传活动还覆盖了全部公交车的车身广告：纳洛酮可以拯救生命；药物成瘾是一种疾病；药物成瘾可以得到治疗。

　　自签发纳洛酮长期处方时起，两年之内，"救人"的记录有近两千次；三年之内，这个数字达到了三千次。而且，这一数字可能被明显低估了，并不是每个使用纳洛酮的人都会打电话报告。

　　每年8月的最后一天是国际药物过量宣传日。我们举行活动，纪念因用药过量而逝去的生命，呼吁人们关注这一问题，参与这项工作。

　　其中一年的纪念活动令人颇为难忘。我们邀请了所有被纳洛酮救活的病人以及他们的家人。参加活动的还有医护人员、警察，参加过相关培训的社区组织成员和企业领导者。许多人都掌握施用纳洛酮的技能。

　　获得纳洛酮的人纷纷感谢参与这一生命拯救计划的工作人员。退休的执法人员眼含着热泪，商业领袖与病人亲属相拥在一起。

　　一位四十多岁的中年男子讲述了他濒临死亡的经历，并最终决定接受治疗。通过参与当地非营利机构的工作，他能够消除自己持有毒品的犯罪记录。目前，他在社区学院上夜校，兼做清洁工的工作。最重要的是，他与孩子们重新取得了联系，孩子们有生以来第一次能够与父亲建立起和谐的情感关系。

他告诉小组成员："我见过太多次死亡了，我在浪费自己的生命。但因为你们的拯救，我重新拥有了自己的生活，得以重新认识自己，服务家庭，这是一件再美好不过的事情了。谢谢你们。"

当然，我也受到了一些批评，一些人认为我不应该把主要精力放在纳洛酮上，因为这只是一个短视的权宜之计，更为重要的优先事项在于成瘾治疗。从某些角度看，这一想法完全正确，最终的落脚点在于增加治疗，我们必须着眼于导致疾病和绝望情绪的根本性原因。

但我也坚信，我们得先从力所能及的事情入手。我们必须找到着力点，认清自己的位置，处理能够解决的问题，不能指望别人投石问路。纳洛酮是一个能够获得社会关注的切入点，能够在全市激发起关注公共卫生的政治意愿。我们致力于长期的变革，但需要从此着手。而且，目前开展的工作具有更重要的价值：必须拯救今天的生命，才有机会创造一个更好的明天。

八 成瘾只是一种疾病

治疗药物成瘾显然是一项更为复杂的议题，普及纳洛酮只是应对这一问题的第一步。我和团队改变了有关药物成瘾问题的叙事，希望向公众表明，逝者并非素不相识的路人，而是我们的亲人、朋友、邻里。我们展示了拯救生命的力量，并引发了讨论，不再被"不在我的后院"的诉求牵着鼻子走。

下一步是要发现并消除病人照护的障碍，我们的理想目标是，任何想要接受成瘾治疗的病人都可以满足所需——对于任何危及生命的疾病来说，本应如此。首先需要回答一个简单的问题：如何能让公众知道开展治疗的机构？如何让病人和家属找到遍布全市的几十家治疗中心，了解其中不同的治疗方案和医疗保险方案？

前任卫生局长彼得·贝伦森一直致力于这项工作，他假扮病人，发现并解决问题。大约二十年前，他就穿上连帽衫和运动裤，去治疗中心，要求得到治疗。许多机构拒绝了他。然后，他会以真实的身份给治疗中心的主任打电话，得知这些机构其实还有相当数量的治疗名额。他建议我通过实地调查了解更多的情况。

我接受了建议，也着实发现了更多问题。我问医院的护士和社工，如何让病人参加治疗，他们提供了一份电话号码清单，他们会打电话，希望其中有人能够帮助病人转介治疗。我们的外展工作人员也有一份电话号码清单。两份清单一共有六个电话号码。

我逐一拨了过去。一个号码被挂断了。第二个要求先提供医疗保险信息，然后才会转接联系人。另外三个号码仅在白天的特定时间段内工作：一个只负责心理健康疏导，另一个针对成瘾问题，但特别强调不负责心理健康问题，而当我最终打通第三个时，才得知工作人员已经在下午一点下班了。拨通第六个号码后，对方告诉我，治疗名额要等两个月，如果我需要紧急援助，可以去看急诊。鉴于这些号码是急诊室的社工给我的，显然，他们几乎给不了病人任何帮助。

　　我越来越担心。如果即使是我，耗费如此大量的时间和资源，都无法接通电话获得治疗的协助，那么对于一个处于失控边缘、需要立即得到救助的病人来说，还有什么希望？根据我在急诊科工作的经验，对大多数与药物成瘾有关的病人来说，他们需要帮助的时间是在下班之后，他们中的许多人没有保险，或者需要额外的解释指导才能知道自己的保险类型。许多人还患有抑郁症、焦虑症等心理健康问题，这些问题可能与药物成瘾互为因果。如果真的有人想要通过这些电话号码获得帮助，很可能会撞上南墙。

　　我们需要一个任何人在一天中的任何时间都可以打通的号码。而且，药物使用和精神健康问题紧密相关，呼叫中心的工作人员需要同时具备处理这两种问题的技能。呼叫中心还应该能够检索人们的保险信息，并在必要时帮助求助者获得保险。此外，理想的呼叫中心不仅能够直接帮助病人，还应该能够指导那些试图提供帮助的人：家庭成员，医院员工，外展工作人员，所有试图提供帮助的人都可以通过呼叫中心得到支持。

　　我开始与现有的接线员、治疗中心的主任进行沟通，并与从事行为矫正、危机应对和健康保险准入的非营利组织建立了联系。所有人都支持"一站式服务"的理念，问题是如何实现这样的功能。

团队花了几个月的时间，协调联络，与三个伙伴组织并肩工作，最终推出了 24 小时"危机、干预和转介热线"。电话号码在"不要死去"的广告宣传中占据了突出位置，并印在纳洛酮的宣传材料上。号码口口相传，不出几个月，每周的呼叫量就达到了一千多次。

我们还需向接线员及时更新治疗中心的信息：每家治疗中心的治疗方法、接受的医疗保险以及治疗名额。团队和合作伙伴提出建设数据库的设想，希望能实时显示治疗中心的空缺名额。

这一模型非常完美。然而，卫生部门的首席信息官迈克·弗里德（Mike Fried）估计，这套模型需要几年的时间才能正式启动运行，之后治疗中心才能够接入数据系统。时不我待。我们现在需要竭尽所能，满足病人的需求。两位团队成员特别理解这种紧迫性。一位是我的特别助理埃文·贝勒（Evan Behrle），他是巴尔的摩社的研究员，刚从牛津大学哲学系毕业，绝顶聪明，也是罗德奖学金的获得者。另一位是马克·奥布赖恩（Mark O'Brien），预防阿片类药物过量项目的主任。几年前，马克醉酒驾驶，出了车祸，未婚妻在车祸中死亡。出狱后，他全力投身于成瘾治疗和再就业支持工作。

埃文和马克同意我的座右铭——不要让追求完美成为推动改良的绊脚石。当技术和法律团队为数据库建设制定长期计划时，埃文和马克建立了一个简单的 Excel 电子表格，每周逐一给几十家治疗中心打电话，收集必要信息，转交给电话接线员，接线员则会结合自己手头的预约情况更新电子表格。他们还会向埃文和马克提供反馈，提高信息搜集的质量。

这个系统并不理想，技术含量也不高。但在等待建成更完善的数据库的同时，我们至少能够在病人需要的时候提供更加清晰的帮助。

当我们面临芬太尼的挑战时，埃文、马克和后来的同事马修·斯特凡科（Matthew Stefanko）、何塞·罗德里格斯也采取了类似的变通办法。芬太尼是一种合成阿片类药物，药效是吗啡的一百倍，海洛因的几十倍。它比海洛因便宜，在巴尔的摩，芬太尼被掺杂在海洛因中，使用海洛因的人完全没有意识到自己服用的是更危险的混合物。还有些极端情况，成瘾者得到的全是芬太尼，甚至与可卡因和其他非阿片类药物混合在一起，而成瘾者本人毫不知情。

所以，尽管纳洛酮拯救了成千上万条生命，但药物过量的病例仍在不断增加。涉及芬太尼的死亡人数从 2013 年的 12 人增加到 2017 年的 573 人——四年内几乎增加了 50 倍。

我是马里兰州首席法医办公室委员会委员，这一机构负责进行尸检并确认死因。芬太尼的致死人数急剧增加，法医办公室处于紧急状态，人手捉襟见肘，来不及处理所有的新增死亡案例。处理数据、明确死因需要将近一年的时间，进度太慢了，完全不符合紧急公共卫生事态下快速开展干预工作的要求，无法满足防止芬太尼致死的目标。

我需要找到芬太尼过量的高发区，最好是最新的统计信息。这样，我们就可以向受影响的地区派遣外展工作小组，向人们宣传芬太尼的影响和危害。与我们开展的针具交换工作一样，重点在于减少伤害。我们并非为药物滥用开脱，更绝非提倡使用毒品，我们是在提供资源，让人们在需要的时候得到帮助，解决成瘾的问题。同时，我们的工作也是在拯救生命，防止人们因用药过量而死亡。我们在芬太尼药物流行的地区发出信息，解释其危险性，提醒人们芬太尼就在身边，说明使用药物需要有人监护，并为每个人发放纳洛酮。

根据罗林斯-布莱克市长的命令，我牵头发起了一个由市、州、联邦三级执法部门和社会服务人员组成的巴尔的摩市芬太尼紧急工作组,每月主持一次会议,与会者包括警察、消防部门、医院、州检察官办公室、总检察长办公室和联邦缉毒局的高级代表。所有这些机构都在开展芬太尼的相关研究,掌握着关键的信息。尽管根据马里兰州最新的法律规定,这些机构有权分享自己的数据,但许多机构踯躅不前,除非是诸如法医尸检情况等得到最终确认的数据,这可能意味着长达一年的信息滞后期。显然,追求完美成了改善现状的障碍,这是又一鲜明的例证。各个机构的律师纠缠于各种数据共享协议,在迈克·弗里德和加布里埃尔·奥泰里的领导下,我们的技术和法律团队努力解决这些错综复杂的跨越多部门的协议问题。

同时,埃文、马克和流行病学家们想出了一个能够更快实现的解决方法。有的机构能够掌握一些实时信息,把这些消息通过非正式的渠道告知我们。当两个街区的范围内出现多次求助消息时,消防部门会告知我们。监控急诊室空余容量的护士连续看到几个药物过量的病例时,也会告知我们。此外,外展工作小组也会提醒我们从吸毒群体那里听到的情况。当然,这些消息都没有"确认"芬太尼过量——确认需要尸检数据,而得到尸检数据需要几个月的时间,但毫无疑问,这些非正式的数据依然有所帮助,为我们提供了实时的、拯救生命的消息。

我们团队再次依赖于手头所能掌握的工具:Excel 电子表格、电话和现有的合作关系。我们依靠芬太尼特别工作组和其他地方组织提供的线索,当他们发现药物过量的高发区时,会通知我们。进而,我们通过针具交换项目、巴尔的摩行为健康系统(Behavioral Health System Baltimore,一个区域性准政府组织,我担任董事会主席)、其他社区团体的工作人员和志愿者,实时派遣现场外展干预人员,防止出现更多病例。然后,我们会向数百个相关团体发出警报,这些团体可以帮助我们宣传药物过量高发区的信息。

当埃文和马克带头采取这种低技术含量的芬太尼应对措施时，迈克·弗里德基于我们正在启动的健康科技项目（TECHealth），设计了一个更为智能的方案，将软件开发工程师、建筑师等当地企业家聚集起来，与卫生部门合作解决紧迫的挑战。我很喜欢这个项目。虽然我们现有的团队人才济济，但大家都是千头万绪，有许多优先工作需要完成，根本没有时间，也没有充足的技术人才，而社会上人力资源更丰富。私营部门的人才能力和专业知识过硬，他们的参与助力我们快速启动项目。

几周之内，开发治疗数据库的工作小组组建完成。另有一个小组致力于为刑满释放人员提供健康资源，还有一队人马为我们的食物发放和预防儿童哮喘项目设计技术解决方案。

一群高中生自愿报名，参与紧急应对芬太尼的工作。他们来自一个名为"学校代码"（Code in the Schools）的非营利组织，专门向学生讲授编程知识。学生们设计了"Bad Batch"程序，该程序与我们的现场工作相协调。注册后，一旦某地区集中出现药物过量的病例，该区域的社区工作人员就能够收到警报。这一程序还标注了附近提供纳洛酮的药店和开展实时培训课程的地点，突出显示了全天候的治疗咨询电话。

就像之前的 Excel 电子表格一样，Bad Batch 也绝非一个完美的系统。触发警报的底层数据并不完善，并未提供完整的解决方案，但无论如何，这一系统辅助了公众教育活动以及纳洛酮的普及。依赖现有资源，实现迅速反应，这是我们能够找到的最好办法。

有人批评我们在没有证据表明项目有效的情况下就启动了相关工作。但可能恰恰是这种思维方式阻碍了我们的创新。芬太尼是一个新出现的问题，确实缺乏证明项目能够奏效的证据，因为从没有人做过相关工作。我们并非刻意忽视其他的以循证为基础的方案而另辟蹊径，我们只是不愿意等待，等待他人开发项目、验证结果的时候，我们的市民正在死去。

在政府部门（也包括其他机构）工作很容易躲在官僚主义背后：障碍太多，工作无法推进；技术不成熟；法律不明确；相关部门缺乏合作意愿；人员不足，资源不够；缺乏依据；不一而足。

等待别人先干是最安全的选择。大胆创新可能丢人现眼，维持现状则不会招致惩罚和谴责。但是，如果大家为了安全、简单而明哲保身，又如何能够取得进展呢？创新必须有所源起，社会整体不仅需要包容大胆的行动，还需要积极地予以鼓励。没有失败就不会有进步。我们应该致力于生产证据，验证并完善方案，但强调证据并不意味着扼杀主动性。危机显现时，我们首先需要尽己所能，然后才是收集数据，进行迭代和改进。

尽管最初受到质疑，但全市范围内的快速、全面反应能够拯救数百人的生命。我们广泛开展的创新合作受到了全国的关注，进而又激发了全市上下对控制阿片类药物工作的支持，许多合作伙伴希望加强与我们的合作，让工作更进一步。

第一次与罗林斯-布莱克市长谈起工作设想时，我说自己想在担任卫生官员的同时继续临床工作。我喜欢临床工作，能够了解病人的需求和医疗照护系统存在的问题，而且，临床工作能够使我更富同情心，更为脚踏实地，这是我从事管理工作最为重要的基础。市长完全赞同我的想法，于是我坚持每月在一家医疗中心做一次志愿服务，那家医疗中心专门为没有保险或保险不足的病人提供医疗照护。

每一次临床工作都伴随着一个简单的梦想，循环往复。那就是，如果我们有一个专门用于成瘾和精神健康治疗的急诊室，情况会不会大为改观？许多病人都像杰西卡一样，因为药物成瘾的问题来看急诊，却得不到最合适的治疗。通常情况下，他们药瘾发作，或正在受到药瘾的影响。他们需要接受检查，排除其他方面的身体健康问题，然后需要有休息、恢复清醒的场所。最终，他们需要得到社会工作者、成瘾咨询师或个人医生的咨询，能够介入长期治疗，最好是当天就开始治疗。

但实际上，当这些病人来到急诊室时，他们通常只能坐在候诊室里，或在走廊的担架上躺几个小时。医院的社工可能忙于应付其他的工作，只能忙乱之中给一个电话号码，就让病人出院。这些病人没有得到适合自己需求的医疗照护。当急诊室忙得不可开交时（急诊室几乎无时无刻不是这样），这些病人也挤占了空间，影响了确实需要急诊室处理急症的病人。

要是有一个专门为药物成瘾和精神类病患提供照护的急诊设施该多好啊。这既有助于有需要的病人，也能减轻一般医院急诊科的压力。事实证明，在巴尔的摩，有人与我持有同样的期许。英维德·奥尔森（Yngvild Olsen）是一位药物成瘾专家，也是前任卫生局长乔希·沙夫斯坦的夫人。几年前，她写了一份关于设立"康复中心"的概念性报告，并向巴尔的摩市的州议员皮特·哈门（Pete Hammen）介绍了相关设想，从那时起，哈门就成了这一工作的重要支持者。

我想由巴尔的摩市卫生局带头实施这个项目，建立马里兰州第一个康复中心，这也将成为全国首批脱毒康复中心之一，英维德和皮特对此深感兴奋。在副局长奥利维亚·法罗的带领下，卫生团队开始全面筹备这项工作。奥利维亚具有律师背景，深谙城市复杂项目的运作规律，她找到了一栋闲置的建筑——希伯来孤儿院的旧址，并广泛协调城市规划、住房和开发商等利益相关方，将这栋闲置建筑改造为医疗用途。她还组织了竞争性投标，确定了康复中心各项工作的运营商。

团队成员参加了诸多社区会议，反复沟通，解决附近居民和企业主的担忧。筹备工作历时一年，当地选区的州立法委员和市议员给予大力支持，最终我们得到社区协会的一致许可，可以继续推进相关工作。

同时，我们与国会议员合作，确保联邦立法，向马里兰州分配1000万美元的阿片类药物控制资金，其中200万美元定向用于筹建康复中心。哈门从州立法机构获得额外的360万美元拨款。英维德则促使州政府和基层急救系统达成协议，将原本送至医院急诊室的药物成瘾病人送到康复中心。乔希的继任者谢利·卓（Shelly Choo）作为我的高级医疗顾问，与医院急诊科的负责人合作，制订将重病患者送回医院急诊室的应急计划。

历时三年多时间，团队专注尽职，不断推动日常协调工作。虽然面临许多问题，但康复中心最终于2018年4月开放。在剪彩现场，我与为了这项工作倾尽心血的工作者站在一起，通过艰辛的努力，他们把这个项目从理想主义的梦想变成现实。这是一个极其美好却又令人感伤的时刻，奥利维亚为城市服务了整整33年，正式退休。她见证了这个项目从构思到实施的每一个环节。这是她在职业生涯中做出的无数贡献之一，在巴尔的摩，我有幸与许多工作勤奋、乐于奉献的人们一起共事，奥利维亚是其中的典范。

那一天，奥利维亚和我见证着第一批病人进入康复中心。其中一位患者发现自己当天就可以得到治疗时，一脸的难以置信。他问道："我不需要走完这些手续，然后等待几周时间吗？"我们告诉他，医护人员正在等着他，他喜极而泣。

我想到了所有受到药物成瘾影响的社区成员。现在，在这座城市里，在专家的帮助下，当他们寻求医疗照护的时候，能够得到针对个体需求的悉心照护。药物成瘾终于被当作一种疾病来对待。

建立康复中心的进展推动了其他相关工作，针对成瘾的治疗进一步常规化，并逐步纳入主流卫生照护系统。2015 年初，当我们与各家医院的负责人初次会面时，没有任何一家医院的急诊科向用药过量的病人发放纳洛酮。到 2018 年，培训使用方法和发放纳洛酮已成为标准照护流程，推广至全市所有医院。六家医院的急诊科开始向病人提供丁丙诺啡，八家医院正在与我们合作试点新的策略，如设立"药物过量幸存者"项目，康复中的患者与新近发生药物过量的患者谈心，帮助他们开始治疗。

我们发现，如果一家医院内部有积极支持变革的倡导者，那家医院的进展就会颇为显著。此外，如果我们能够提供拨款等额外的激励措施，帮助医院开展试点工作，也会对推动工作有所裨益。

表彰和认可也是强有力的激励措施。罗得岛推行了极具创意的"照护水平"认证工作。医院获得创伤中心的称号：一级创伤中心可以处理最复杂的病人，其次是二级，最后是处理较轻微症状的三级中心。在成瘾和用药过量蔓延的危机时刻，当然也可以对医院的应急能力有所判定。

我们吸纳了罗得岛的经验。埃文·贝勒同意再留任一年，担任阿片类药物政策的特别顾问，这也成为他工作的重点领域之一。他和谢利·卓跑遍了市里所有的医院，并与医院合作制定了评级标准。然后，他们对每家医院进行评级，并帮助那些希望提升级别的医院改善照护工作。我们还借鉴了佛蒙特州的经验，推动实施"核心枢纽＋次级中心"的布局模式，增加社区成瘾治疗，并实施包括远程医疗在内的更为多样化的病人照护形式。

2018 年 5 月，巴尔的摩所有医院的急诊科都完成了药物成瘾的护理级别认定，成为美国首个完成这一认定的大城市，也是继罗得岛之后第二个推行这一认定的司法管辖区。在市长的会客厅，我们与所有主要医院的负责人共同宣布了这一消息。

我对新闻媒体谈到："尽管全美已经出现阿片类药物危机，但当病人希望接受成瘾治疗时，很多医院拒绝接收患者。但是，在巴尔的摩，医疗机构不会这样。巴尔的摩的医院不会把公共卫生置于次要位置，我们的医院正在引领医学共同体内部的文化变革。今天，医院的负责人们聚集在这里，对我们来说，是否开展成瘾治疗并非一种可有可无的选择，当治疗方法有效、而提供治疗的能力成为推动这一工作的唯一制约时，我们不会袖手旁观。"

这是一个历史性的时刻，在三年半之前，当我接手这项工作时，这只是遥不可及的梦想。而现在，在我的城市，为了解决阿片类药物流行问题，医疗机构已经开始承担关键的角色和责任。医院成了病人可以依赖的地方，成了病人能够接受成瘾疾病治疗的地方，院方为之自豪。同时，他们也为成为城市的典范而自豪，为巴尔的摩成为全国的典范而骄傲。

罗林斯-布莱克担任市长期间，我执掌卫生部门两年，她全力支持我的公共卫生倡议，包括抓紧应对阿片类药物流行的工作。她明白，我们所做的一切都是为了城市的居民，我们取得的每一点成功都彰显了她的领导能力。

我们关系紧密，但并不意味着我永远赞同市长的决定。我猜想，无论哪一级政府，机构成员总会在预算和资源分配方面有所分歧。作为部门的负责人，我需要争取资源，部门员工才能更好地为居民提供保障，我也明白，有些时候需要有所退让，优先满足城市治理的其他迫切需求。

不过，我始终相信，在我真正需要的时候，市长会尊重我的意见。我用尽其他方法，最终不得不直接去找她解决问题的情况并不多见，屈指可数。每一次，她都悉心听取我的想法，然后做出决定，无论她的决定是否如我所愿，她总是能有理有据地清晰阐明理由。我知道市长听取了我的意见，而我的工作就是执行她的决定。

2016 年，罗林斯-布莱克市长决定不再寻求连任，我难免感到失望和担心。我钦佩她，知道她是一个有原则的人，每天都尽心为城市发展谋利。卫生部门披荆斩棘，努力工作，但不能保证新市长会继续支持我们，对公共卫生抱有积极态度。24 名候选人参加了民主党党内初选，竞争市长的职位。一些人积极支持公共卫生工作；另一些人则持有与科学证据相悖的观点；许多人发布的施政政纲中根本找不到公共卫生的影子。

作为政府公务人员，我和团队不能支持某个特定的候选人，但我们可以做好自己的工作，以期对候选人有所启示。这种启示至关重要，因为对大多数人来说，公共卫生并非最重要的议题。所以，与其坐在那里哀叹抱怨，不如做好我们自己能够掌控的工作——我们有责任宣传卫生部门和公共卫生工作的必要性。

为了保持政治中立的立场，我们公开发布了《巴尔的摩市健康状况白皮书》，列出了居民所面临的主要健康问题，阐明我们的工作进展及工作计划。每位候选人都能够获取这份文件，许多人开始将白皮书的内容纳入他们的施政纲领和发言要点。我们举办了卫生部门开放日，每个职位的每一位候选人都能听取我们的工作介绍。

每次会议上，我总会反复强调，竞选中所涉及的就业、犯罪、住房、教育等问题都与公共卫生直接相关。我最关心的是药物成瘾问题：普及纳洛酮的工作已经为全市所知，但候选人肯定也能够听到其他不同诉求，比如"不在我的后院"的观点。我们已经完成开设康复中心、增加治疗点等诸多基础性工作，如果新任市长因社区压力而下令停止，无疑会对这项工作产生毁灭性的打击，那些压力往往来自误解和错误的信息。

2016 年 4 月，州参议员凯瑟琳·普格（Catherine Pugh）赢得民主党党内初选，将在 11 月的市长选举中赢得压倒性的胜利。我与她有过一面之缘，了解她对于公共卫生问题的看法。作为一名州参议员，她曾关注过疫苗安全问题，在竞选期间，她经常将成瘾治疗与犯罪、邻里纠纷联系起来。她的一些表态令人担忧。

但好消息是，普格参议员将自己视为健康的捍卫者。几年前，当我第一次与她在参议员办公室见面时，她给我看了她亲自编著的一套童书，内容是鼓励孩子们加强锻炼，多吃蔬菜。成为市长后，她询问卫生部门是否想购买这套书，在社区会议上分发。我以预算紧张为由拒绝了。[我根本没有料到，两年多之后，联邦对她展开受贿调查，她辞去了市长一职。难道那套《健康的霍利》（*Healthy Holly*）童书，成了她用来索贿的工具？我还保留着最初拜访她时收到的那套书。]

在她的领导下，如果卫生部门想要继续开展应对阿片类药物的工作，需要另寻他法。在州议会的交流中，我发现医学专家引用的科学研究结论并不会影响普格的立场，所以我需要找到能够说服她的可靠信使——她最重视商业界的选民，这些选民是支持她当选的基本盘。她曾是一家服装店的创始人之一，并为作为一个小企业主而自豪。她还谈到过自己如何"走街串巷"征求公众的意见。我们需要确保各类社群充分参与到药物成瘾防控的工作之中，商业界和社区领袖与我们的想法一致，进而能够向市长传递我们的信息。

初选结束后不久，我聘请了两位非常钦佩的领导者共同主持一个新的咨询小组，我们称之为"成瘾治疗普及和邻里关系工作组"（Workgroup on Drug Treatment Access and Neighborhood Relations）。一位是大巴尔的摩委员会（Greater Baltimore Committee）的首席执行官唐·弗赖伊（Don Fry），大巴尔的摩委员会是巴尔的摩地区主要企业的协会性组织。他曾担任州参议员，以温和、支持增长的政策取向而闻名。之前我曾请唐协助推动与企业的合作，在代表其组织利益的同时，他能够卓有成效地推动企业朝着全市共享的社会目标前进。另一位是巴尔的摩天主教慈善会（Catholic Charities of Baltimore）的执行董事比尔·麦卡锡（Bill McCarthy）。比尔曾是一名银行家，不过他放弃了赚钱的职业，投身于自己心之所向的事业。作为一名政治掮客，他能够游刃有余地协调两党之间的权力关系，在市、州两级都广受尊敬。他非常赞同采用公共卫生措施应对成瘾问题，天主教慈善会也是分发纳洛酮的首批合作伙伴之一。

我知道，唐和比尔深受新市长的信任，也得到卫生部门通常无法直接接触到的特定选民群体的拥护，他们俩是合适的信使人选。我们共同组建了一个多元化的工作小组，在全市举行一系列社区会议。在此后的半年时间里，我们邀请医学专家和社区领袖报告工作成效，听取各行各业社区成员的意见。小企业主和居民邻里组织的负责人表达了对治疗中心的担忧，而康复中的患者和家属则证实了社会对药物成瘾治疗的长期需求。

在听取多方的意见之后，工作组综合了这些建议，并进一步反馈社区成员，再次征求意见。之后，唐、比尔和我将多方形成共识的建议交给普格市长，许多建议针对已经开展的项目。正式征询意见的过程为我们团队提供了保护，我们公开发布的信息得以有据可查。这个过程也确保了建议能够能到社区支持，而唐和比尔居中斡旋，发挥着至关重要的作用，确保市长最终批准这些建议。

不过，我们还是遇到了一些困难。普格市长上任不久后的一天，我接到一位记者的电话，问我是否同意市长的观点——即寻求帮助的成瘾者不应该在本市接受治疗，而应该送去廷巴克图，治疗成功之前不允许返回。那天，她还接受了包括《巴尔的摩太阳报》（*Baltimore Sun*）在内的其他几家媒体的采访，并重复发表了类似的评论。

我曾无数次向当地媒体谈及自己对药物成瘾的看法，我知道记者想验证一下我会不会与普格市长划清界限。试想一下，如果卫生局长与新市长开始了公开辩论，将是一个多么有料的新闻点。成瘾治疗的倡导者发来电子邮件和短信，他们非常愤怒，希望我更进一步，谴责市长出格且充满污名化的言论。

一位倡导团体的组织者发短信质问我："你怎么能为一个会说这种话的人工作？"另一个人打电话给我，声泪俱下，她说："这违背了你自己所代表的一切立场。如果你不站出来直斥这种错误的言论，你如何面对自己？"还有两位社区领袖公开呼吁我辞职，以抗议市长的言论。

记者和这些社会团体的组织者都知道，我坚决不同意普格市长对药物成瘾的看法。但是，我也不会公开指责我的上司和正式当选的城市领导者。首先，这样做会有什么结果？这个故事会被炒作，不断放大，并会转变为内部的政治斗争，成瘾治疗的重要性会被忽视。我可能再也无法恢复市长对我的信任。无论是我个人，还是我们的团队，处理好与市长的关系是取得成功的重要保证。在她上任伊始，公开的分歧如同敲响了我的团队履行使命的丧钟。要求我辞职的想法则更为极端，我根本就没有想过。

如果我的目标是让市长改变措辞，那么还有更为行之有效的方法。皮特·哈门已经从州议会卸任，成为市长最仰仗的三名顾问之一。我们曾经有着紧密的合作关系，我和他通了电话。在接下来的几个星期里，他和我通力协作，确保市长的讲话要点直接引自我的观点——药物成瘾是一种可以治疗的疾病，需要更多的治疗资源，并向公众阐述原因。我们与市长的公关宣传团队合作，邀请她尽可能多地参加支持药物治疗的活动。在每一次活动中，我们都确保她能见到康复者，聆听康复者亲身讲述的故事。我在介绍市长时，也总会感谢她在巴尔的摩药物成瘾危机中发挥领导作用。

几个月后，普格市长和我共同撰写了一篇专栏文章，阐述药物成瘾治疗的重要性。我还为她争取到了在医学会议上发表主题演讲的机会，讲稿高度赞扬药物成瘾的治疗工作，出席会议的记者对我说，能够有这样一位思想进步、支持成瘾治疗的市长，巴尔的摩非常幸运。

很多人不同意我的策略或决定。有些人告诉我，不公开发表意见是懦弱的表现。对我来说，工作并不在于显示勇气，而是在于明智地行事，达成目标。大声地说出观点很容易，但它可能不会是最有效的方法。做出每一个决策时，我们都需要认清自己的角色，明晰最需要阐明的问题。在那段时间，在我所处的位置，我的力量应该着力于推动内部的变化。工作的策略也必须根据我们所处的情境变化而有所调整。我与罗林斯-布莱克市长可以直接打电话进行坦诚沟通，但我与普格市长的关系不同。我知道，对于普格市长来说，我的观点不会改变她对某个问题的固有看法，但我可以用其他方法来影响市长的行动。与公开攻击相比，幕后着力可能更为奏效。

这一经历使我更加坚信这样一种领导策略：无论为哪一位政府官员或哪一家政府机构工作，政策分歧总会存在。不可避免地，在某些情况下，员工需要完成一些他们并不认同的工作，为并不认可的意见辩护。就我的角色来说，我直接向市长负责，也是市政府行政团队的一员，我的工作是捍卫市长的意志并执行她的部署。无论我们之间有多大的分歧，我都会通过私下的渠道进行沟通。任何公开的意见分歧，或向媒体透露的内斗消息，只会分散城市治理的注意力，并使我们工作的机构成为滋生猜忌的温床。

我认为这是从政的必备素质，尽管肯定会有批评者觉得，我的理念等同于"出卖灵魂"。这是我在美国医学生协会任职时就听到的批评，我的反驳是：保持纯粹的意识形态是一种奢侈的理想，是我们这些一线工作人员难以承受之重。一些同事加入政府机构，支持州长推动扩大弱势家庭医保覆盖范围，希望能够冲锋陷阵。然而，他们可能并不认同州长对其他议题的看法。也许他们不同意州长在生殖健康或刑事司法方面的政策，但这并不影响他们推动扩大医疗保险的工作。他们的工作不是要谴责其他观点，而是要兑现自己的目标，在幕后推动更好的政策，关注为人民服务的大局。

这也是我对团队成员的期望。招募到优秀的团队成员令我感到自豪，他们聚焦于改善巴尔的摩的卫生状况，促进健康公平。我期望团队成员大胆创新，提出新的想法，质疑我的观点。他们不会同意我的所有主张，也不应该如此。我招募他们，因为他们有所主见，我希望听取他们的意见并从中学习。但我们是一个团队，需要保持对外的一致性：坚持我的观点，因为我是机构的负责人。

可以肯定的是，我们需要划定自己的界限。我的底线清晰明了，有三种事我不会去做。其一，我绝不会做违法的事情。其二，我永远不会公开发表与科学证据相矛盾的评论。（谁会想要一个反科学的人作为城市卫生的管理者？）其三，我绝对不会让自己的团队成员背黑锅。我知道，团队成员值得信赖，一定会支持我，他们也知道，我一定会支持他们。

随着时间的推移，普格市长开始公开支持所有针对药物过量的预防项目和成瘾治疗举措。她出席了康复中心的启动仪式，并将其誉为执政的标志性成就之一（这是理所当然的）。她在市政厅主持了医院"照护级别"评定的表彰仪式，并亲自向每家医院的负责人颁发证书。她还成为"分类执法"（Law Enforcement Assisted Diversion, LEAD）项目的主要倡导者。这一项目率先在西雅图进行试点，我们与州检察官办公室、警察部门合作将其引入巴尔的摩，项目要义在于，携带少量毒品的人被警方抓获后可以得到治疗，而不再被直接监禁。

市长的改变也反映出发生在我们周围的更广泛的文化转变。2014 年前后，无论在巴尔的摩还是全国各地，人们普遍认为，成瘾是咎由自取，意味着道德沦丧。执法部门负责处理毒品问题，而医疗系统和制药业还没有意识到自身也是这场危机的共谋。2015 年，当我第一次向国会作证时，我被问及推广纳洛酮是否是在鼓励吸毒。一位议员甚至问我，如何看待引入新加坡的死刑作为毒品问题的解决方案。

到了 2018 年，情况已经完全不同。纳洛酮已经普遍可及，几十个州签发了长期处方。警察局和检察官办公室都在推动药物成瘾治疗。疾控中心（CDC）制定了指导方案，建议审慎开具阿片类药物处方，制药业则被要求对助长药物成瘾这一流行病承担责任。越来越多的讣告明确提到用药过量这一死因，因为亲属们开始站出来与耻辱和污名抗争。那一年，我再次向国会作证时，来自两党的议员都将药物成瘾是一种疾病、需要更多治疗作为前提，他们的关注点在于最好的治疗方式以及费用。

当然，解决药物成瘾问题依然任重道远。与几年前相比，应对阿片类药物流行已经能够调动更多的资源，但这些资源远远不及需求。基层的工作人员依然感到沮丧：依靠微薄的预算，他们完成了诸多出色的工作，如果资源充足，他们可以做得更多。医药公司的赔偿金以及慈善捐赠可以弥补缺口，但根本上仍然需要联邦政府提供持续的资金支持，联邦资金应该与药物成瘾流行的严重程度相匹配，直接拨付给受影响最严重的地区。

特朗普政府刚刚执政时，人们希望这一问题被列为紧急状态，并获得相应的财政支持。紧急状态的声明发布了，但资金一共只有57000美元。对于任何紧急情况来说，这一数额都着实令人啼笑皆非；想象一下，如果一场飓风袭来，只有57000美元用于整个救援、恢复和重建工作，简直是天方夜谭。2018年，众议员伊莱贾·卡明斯和参议员伊丽莎白·沃伦（Elizabeth Warren）以成功控制了艾滋病广泛流行的瑞安·怀特法案（Ryan White Act）为蓝本，提出综合性药物成瘾应对紧急保障法案（Comprehensive Addiction Resources Emergency Act，CARE），保障药物成瘾问题得到足额拨款。现在，围绕药物成瘾问题的论调终于发生了改变，全国各地的基层领导者已经采取了行动，联邦政府需要尽到自己的责任。

而与此同时，作为一个社会整体，我们必须把药物成瘾视为一个更大问题的表征：我们必须找出成瘾的原因，解决贫穷、绝望、伤害、失业、无家可归、抑郁等诸多问题，这些问题与药物成瘾的泛滥相互关联，紧密交织在一起。

九 动荡与复苏

2015 年 4 月，在巴尔的摩，25 岁的美国黑人弗雷迪·格雷 (Freddie Gray) 被警方拘留。一周后，他在拘留所内意外身亡，颈部已经完全骨折。

4 月 27 日上午，格雷的葬礼举行。当天晚上，巴尔的摩一片狼藉——数千辆汽车着火，数百家商店被洗劫一空，愤怒的青年人群聚集在街头，城市出现骚乱，成为世界瞩目的焦点。

这场骚乱以及横扫全国的抗议活动，促使人们反思警察暴力、结构性的种族主义以及普遍存在的不平等问题，这样的反思可谓姗姗来迟。然而，对于我们这些负责城市健康和安全的公职人员来说，我们必须先要处理好眼前正在爆发的危机。

当天下午早些时候，我的团队听到一些有关全市范围内"洗劫"活动的消息——据说，激进分子在社交媒体上发起了一项行动，号召全市的年轻人通过暴力和纵火破坏城市的基础设施。媒体的报道不尽相同，不过，越来越多的消息显示，城市某些区域可能会发生暴力事件。

一家卫生部门开设的诊所正处于洗劫活动的高危区域。我们颇为担心诊所工作人员的安全和分散在全市的数百名卫生部门雇员的安全。卫生部门有近千名工作人员，大多数人不在总部工作，而是遍及 180 多所学校、12 个老年中心、3 个诊所，以及为妇女、婴儿和儿童提供服务的母婴中心。当天下午，许多人在现场工作，在患者家中提供照护，为幼儿做发育筛查，开展房屋铅含量监测，进行餐厅安全检查，并接听有关动物虐待的电话。

鉴于暴力活动的潜在风险，我们是否应该召回这些工作人员？很难确定关于洗劫活动的消息是否真实。我决定暂停可能受到洗劫活动影响地区的健康照护工作，安排病人和工作人员离开诊所。最终，事件的发展表明，诊所确实处于城市骚乱的中心。

在收到第一份暴力事件报告后不久，罗林斯-布莱克市长就启动了城市应急指挥中心（EOC）机制，要求卫生部门与消防、警察和其他主要部门共同牵头应对骚乱。要求卫生部门成为牵头部门之一，这一决策值得称赞，因为公共卫生的功能往往被人们所忽视。我知道，随着事件的恶化，卫生部门事务繁多，很多工作需要与其他机构共同协调，在混乱的时期，保持协调一致至关重要。

当务之急是维持医院运转，继续收治病人。每家医院都有应急预案，包括员工交接班、协助出院病人返家等各个环节。囿于不断变化的安全形势，实施这些计划颇为困难。傍晚时起，我每隔一小时就会召集 12 家医院的负责人与消防、警察、交通和其他机构的官员，以便能够在第一时间交换最新信息，解决医院的问题。这与我在急诊室护理重病患者时学习到的经验颇为相似：需要有集中的领导，明确职责，定期检查工作进展，确保相互协调。

与此同时，公众打来的电话让工作人员应接不暇，公众想知道第二天医生办公室是否能够正常接诊。多数人的预约可以延后几天，但对有些人来说，定期看病是攸关生死的大事。我们对不同需求进行分流，为预约了化疗和透析等最急需治疗的病人安排转运。

情况随时都在变化，许多诊所还没有决定是否开放。和我们一样，他们也在权衡员工的风险和病人的需求。

卫生部门的工作人员态度坚定，他们不希望躲在家里。我一遍又一遍听到工作人员说："我住在这个社区，病人是我的邻居，我需要为他们服务。"其他部门的工作人员也怀有同样的责任担当。第二天，很多城市公共机构正常开放，出乎公众意料。市图书馆系统的负责人卡拉·海登（Carla Hayden）（她后来被任命为国会图书馆馆长）决定继续开放所有图书馆，甚至延长开放时间。图书馆，就像我们的学校、健康诊所和老年中心一样，是许多社区居民的安全避难所。

收集有关开放和关闭的信息并不容易。危机出现时，在珍妮弗·马丁（Jennifer Martin）的带领下，卫生部门的应急小组联系所有医疗机构的办公室，反复不下几十次，终于确认了第二天医疗机构的开放情况。随后，我们需要找到公开这些信息的方法，还必须持续更新名单。

最简单的方法是在卫生部门的网站上发布信息。然而，市政府的网络服务器在夜间发生故障。有传言认为我们受到了网络攻击。后来证实，故障源于当天网站访问量过大。信息技术工程师争分夺秒地抢修服务器，其他机构也有不少紧急信息需要发布。

时不我待，我们不能坐等其他人来解决火烧眉毛的问题。我们必须利用现有的资源，推动工作。

我环顾了一下应急行动中心。已经是晚上 10 点多了，卫生部门的高级团队仍然上紧发条，协调医院、诊所和兄弟部门。他们可能会熬个通宵，既作为城市应急中心的骨干力量，又要领导卫生部门自己的应急行动。

我联系了行政助理岱雪莉，想让她负责建立网站并发布诊所的开放信息。

"你以前建过网站吗？"我问她。

"没有，但我可以用谷歌搜索一下。我会想出办法的!"她向我保证。

她确实做到了。不出一个小时，她就建立了一个网站，我们称之为"巴尔的摩医疗卫生机构接诊清单"。她与通信部门合作，在社交媒体上公布了网站链接，我也接受了四家当地电视台的采访，传播医疗机构的开诊信息。由于市政府的服务器仍然不能工作，雪莉又来到了应急中心，在她建立的网站上帮助其他机构发布消息。这只是一个入门级的网站，但它满足了关键时刻的迫切需求。

这就是我们团队的工作方式。我接受过急诊科的训练，那里尤为强调团队协作和迅速反应。我不能容忍那些推三阻四，认为"这件事不归我管"的人。在紧急情况下，需要面面俱到，成为能够应对各种情况的多面手。如果以前没有经验，那就从现在开始学习，如果不知道怎么做，那就去找找看，把问题解决。

毫无疑问，充分准备是应急反应的关键。我们为可预测的紧急情况制定了预案，有些是每年都会发生的常规事件，例如，卫生部门参与了多个与极端天气相关的应急工作。我们熟知在极端寒冷和极端高温情况下的工作流程，也了解发生雪灾时的工作职责。我们经常与社区合作伙伴一起进行大规模伤亡事件和突发事件的演习。有一次筹备会议令人非常难忘，女童子军参与了炭疽病菌扩散的演习，一盒盒的女童子军饼干成了替代抗生素的道具。

当然，无论准备得多么充分，总会有一些没有预案的突发情况。城市骚乱就是其中之一。面对这种情况时，卫生部门的作用究竟是什么？这与急诊科的工作异曲同工。你知道该如何抢救一个症状典型的病人，已经反复遇到过相同的情况，熟稔处理方法，但总有些情况特殊的病人。这种情况下，要依靠标准操作程序作为指导，统一指挥。然后，需要快速评估情况，作出相应的反应。既要敏捷应对，又要保持灵活性，尽己所能应对实时的情况。

很幸运，我与诸多同仁一起工作，基层公共卫生看似循规蹈矩，实则状况频出，在这样的环境中，我和同仁们不断磨炼成长。有一年夏天，凯瑟琳·沃伦（Katherine Warren）来到卫生部门工作，她也是罗德奖学金的获得者，利用牛津大学第一学年和第二学年之间的暑假前来实习。她本要研究一个与阿片类药物流行相关的课题，但就在入职后，巴尔的摩突然出现一个疑似麻疹病例。部门的公众沟通专家，也就是常说的公共信息官（public information officer，PIO），刚刚离职，我急需有人帮忙协调媒体宣传工作。

"凯瑟琳，你能担任我们的 PIO 吗？"收拾好文件，准备召开媒体发布会时，我问她。

"当然可以，"她毫不犹豫地回答，"不过，在我们出去之前，我可不可以冒昧地问一下，PIO 是啥？"

这就是我的核心团队成员所共有的工作态度。我们有自己的兴趣和擅长的业务领域，但我们不会拒绝新的工作，尽一切努力服务于团队的需要。

多年来，我也曾与其他人共事过，特别是刚走出校门的学生，他们并不认同这种态度。他们拒绝参与项目，拒绝接受任务，因为那些工作并不是合同上约定的内容。他们不仅拒绝为团队的工作做出贡献，其实也是拒绝挑战自我和锻炼成长的宝贵机会。我所积累的那些最为成熟的经验都来自潜心工作，无论这些工作与我最初的期望有多大的不同。

现在，雪莉和凯瑟琳都正在完成医学院的学业。在迫切需要的时候挺身而出，提供帮助，铸就了她们在卫生部门工作期间最难忘的时光。她们和同事全力以赴，从不会说"那不是我的工作"。

应对骚乱和恢复重建工作彰显了卫生部门的作用，也强化了我对城市卫生工作的愿景。负责管理城市的卫生健康工作时，所有影响公众健康的问题都是分内的工作。这些工作还包括确定卫生健康的长期需求，说服他人迅速采取行动，并持之以恒。有许多迫切问题需要处理。

骚乱发生当天，13 家药店被抢劫、烧毁，无法继续营业。我们收到报告，药店附近的居民求药无门。

一位 60 多岁的女士打来电话，一年前她犯过一次心脏病，现在降血压药用完了。她住在北大道和宾夕法尼亚大道路口的西维斯药店（CVS）对面，药店处于骚乱的中心，已经被烧毁。她问接线员，如果没有药，她还能活多久？她有胸闷的感觉，很害怕自己又要犯心脏病了。

一位中年男子，患有糖尿病，但胰岛素用完了。骚乱之后第三天，他打来电话。他已经两天没吃东西了，因为他认为在无法服用胰岛素的情况下，应该停止进食。他打电话的时候，已经视力模糊，呕吐不止。

还有一位老年妇女，她的药物也用完了。她的呼吸系统有问题，她不知道这些药叫什么，只知道她必须按时服药。在电话中，她气喘吁吁，说一个字就要喘口气。她需要一个吸入器吗？不，事实上，她需要血液稀释剂。她患有肺栓塞——一个出现在肺部的血块，如果不加以溶栓治疗，会有生命危险。

这些病人需要紧急治疗，我们派救护车把他们送到急诊室。另有许多电话求助的人，虽然不需要急诊，但也需要得到持续照护，并找到其他的药房。

当我第一次向药店负责人提出这个需求时，他们觉得并不是什么难题。他们说："巴尔的摩地区有数百家药店，病人只需要把处方转到其他药店就行了。"

对一些病人来说，这确实并非难事。但我能让一个坐在轮椅上，使用氧气瓶吸氧的病人，步行五十几个街区，找到那家最近的药店吗？此外，如果那家药店属于不同的连锁品牌，是沃尔格林（Walgreens）而不是西维斯，病人必须让医生致电药店证实处方内容，但如果医生办公室的电话没人接怎么办？

还有人说，"病人可以开车，或者可以让家属带他们来"。同样，这种假设预设了某种特权，许多居民并没有这种特权，甚至连基本的安全也得不到保证。新闻报道指出，城市正在发生骚乱，已经实施了宵禁，政府要求人们呆在自己家里。

卫生团队逐一回应每个需求。工作人员联系医生办公室，解决保险问题，开车去买药，把药送到人们的家里。应急行动小组尽量招募能够提供帮助的人们，还招募了当地医疗、护理和公共卫生学校的学生参与工作。我们设立了一条 24 小时服务热线，与 311 市民综合服务系统连通，任何人都可以打来电话，提出药物需求，我们也会与市民保持联系，帮助他们得到所需药品。

很快，所有给我们打电话的人都得到了妥善照护。我的关注点转向了那些没有打电话但也需要帮助的居民。我们已经有了一套提供药物援助的系统，我们应该着手向社区居民宣传这套系统。

我找到了加布里埃尔·奥泰里，他正在修学法学院的课程，准备律师资格考试，预计一个月之后，开始担任我的特别助理。现在，我需要额外的帮手，协调社区的宣传活动，我打电话给他，问他是否可以提前上任。

"当然可以，你尽管提出要求。"他的回答干脆利落。正是缘于这样的主动性，加布里埃尔成为仅有的几位入职第一天就进入应急指挥中心的工作人员。他帮助我组织了"敲门行动"，挨家挨户宣传药物援助计划，并和我一起到老年公寓宣讲，还走访了150多个教堂。（令我们欣慰的是，加布里埃尔在考试中取得了好成绩，通过了律师资格考试。）

我们的工作人员和志愿者处理了两百多件处方药物配送需求。在宣传的过程中，我们了解到更多问题，人们需要的不仅仅是药物，还需要食物和基本生活用品，比如婴儿用品和成人尿布。我们开始为居民联系紧急食品援助。为了方便老年人购买杂货、前往银行，市、州政府的合作伙伴帮助我们开通了班车和公交线路。

另外一项总被提及的诉求是心理健康服务。两天之内，我们就制定了一个心理健康和心理创伤应对方案。首先，我们确保全天候的危机响应机制，这样，任何有心理健康需求的人都能够立即联系到所需的援助。之后，我们与当地的行为健康倡导组织合作，为社区搭建了心理治疗平台。我们还在全市全部180所学校开展心理健康咨询。随着工作的推进，我们开始为所有一线城市工作人员提供创伤知情关怀培训，这一额外措施有助于城市尽快从骚乱中恢复。

这些工作都不属于卫生部门的常规职责。没有人将之列为我们必须完成的工作。城市里还发生了很多互帮互助的故事，市长领导了出色的应急工作，没有一位市民因为骚乱和抗议活动而死亡。兄弟部门的负责人也夜以继日辛勤工作，竭尽所能争分夺秒地提供额外的服务，保证城市的安全。

当然，我们的努力并非总能一帆风顺地推进，几乎每一项举措都遇到了诸多阻力。工作人员已经被额外的工作压得喘不过气来，几乎几天没有合眼；完全可以理解，他们不愿再承担更多的工作。我们还必须面对来自其他合作伙伴的阻力，他们的工作强度也已经到达了极限，对每项新增请求的第一反应都是拒绝：他们没有资源、人员和时间来协助新的工作了。还有一些人质疑我们是否需要如此面面俱到。对于我们这些看到了居民迫切需求的人来说，这无疑是最令人沮丧的反应。

我总是试图理解这些阻力的根源，但确保工作继续推进，了解并满足公众的需求，更是我的根本职责。如果居民的健康受到威胁，我们就是要想办法提供帮助。我的工作是要证明，公众健康不能被遗忘。

在紧张的"敲门行动"期间，有一件事让我至今难忘。在一栋老龄住户为主的公寓楼里，我和同事挨家挨户地敲门。我们身着卫生部门的衬衫，散发信息传单，宣传处方和药品协助项目。

我们经常被问及两个问题。首先，人们会问：这是为哪个候选人拉票？骚乱引燃的汽车依然在街上燃烧着，但人们却真的以为我们在竞选！或者，人们会问：这是什么调查？我们上周刚做了一份调查。

居民们并不是故意讽刺我们，或是带有什么不友好的态度。在我看来，他们是想表达，工作人员在为自己的需求服务，而不是为居民的需求服务。他们以前见过这样的情况，已经习惯于看到"三分钟的同情心"。

在弗雷迪·格雷的葬礼上，国会议员伊莱贾·卡明斯环顾四周，看到一大群人挤满了教堂，甚至排到了大街上，数以千计。他向聚集的人群发问，有多少人真的认识弗雷迪·格雷："格雷活着的时候，有人认识他吗？有人注意到他吗？有人倾听过他的声音吗？"

公共卫生肩负着某种道德义务，那就是关注那些被社会和媒体所忽视的人。当大家都在关注"骚乱中的年轻人"、穿制服的警察以及州检察官的新闻发布会时，我们把注意力转向那些基本健康需求无法得到满足的人。

我把这样的情况视为"慢性病的急性发作"。在急诊室里，患有慢性肺气肿的急性肺炎患者，其病情可能会比只得肺炎的患者严重得多。一些居民已经遭受着贫富差距和不平等，生活在食物匮乏区，交通不便，为生计而挣扎。骚乱凸显出他们的糟糕境遇，他们的迫切需求变得更加紧迫。

弗雷迪·格雷本人就是一个例子，他经历了诸多不利的因素。他是早产儿，在重症监护室呆了几个月。两岁之前，就发生了铅中毒，血液中的铅含量是可能导致永久性脑损伤标准值的七倍。他的母亲海洛因成瘾。弗雷迪成长的社区是巴尔的摩地区平均预期寿命最低的地方，失业率超过 50％，家庭年收入中位数刚刚超过 24000美元。就像我儿时曾经生活的社区一样，弗雷迪和他所在社区的儿童，在生活开始之前就被剥夺了几十年的生命。最终，不公正、残暴、不人道的行为夺走了他的性命。

骚乱过后的一段时间，我的目标从解决紧急问题转向保持这一工作模式，以改变正在发生的不平等现象。俗话说："要将危机转变成机遇。"城市的创伤已经暴露在世界面前，我们需要通过这场危机凝聚当地的能量，并引入联邦资源推动持久的转变。我们需要解决急迫的问题，也需要迅速开始疗愈潜在的慢性病。

骚乱发生后，许多机构表达了援助意愿。毫无疑问，所有的援助都是善意的，但大多数援助都给已经不堪重负的工作人员增加了工作负担。一家慈善机构援助了数千磅的食物。我们必须证实这些食物的质量和安全性，然后制定迅速分发食物的办法（并处理掉发放剩余的食物）。邻州的医生、护士和医学生了解到市民的医疗需求，与我们联系，希望提供帮助。弗吉尼亚州的团队来到巴尔的摩，希望搭建一个临时帐篷为病人看病——尽管他们并没有获得马里兰州的医疗执照，也没有病人需要在临时帐篷中得到照顾。我们颇费周章，才弄清楚他们为什么要搭一个医疗帐篷，然后告诉他们"非常感谢，但我们目前没有需要"。

各路记者涌向这座城市，阻断了交通，引起了社区的不满，居民认为（我认同居民的想法），媒体只想报道巴尔的摩的一个侧面——因骚乱而受到关注的日渐衰败的城市，而不是我们所熟悉和挚爱的那方热土，还有每天在这方热土上努力工作的出色的人们。

我们也受到了联邦政府的特别关注。奥巴马总统指示内阁成员，各部门指定专人与巴尔的摩相应部门的市政官员联系。国家层面的官员开始关注巴尔的摩，这是对我们工作最大的帮助，为推动我们的长期优先事项注入了额外动力。例如，这是推动应对阿片类药物流行的重要机遇。阿片类药物流行并不是由骚乱引起的问题，但骚乱使全国人民注意到药物成瘾造成的危害。奥巴马政府仅剩的一年半时间里，"毒品沙皇"迈克尔·博蒂切利（Michael Botticelli）三次来到巴尔的摩。美国食品药品监督管理局（FDA）专员罗伯特·卡利夫（Robert Califf）以及国家药物滥用研究所所长诺拉·沃尔科（Nora Volkow）也前来考察。他们的访问，彰显了药物成瘾阻断工作的价值，确保我们得到医院和资助者参与相关工作的承诺。

这次骚乱也使精神健康和创伤问题成为焦点。我知道，这也是一种急性发作的慢性病，需要持之以恒开展工作。美国卫生部长、我在波士顿任住院医生时就已经认识的同事维韦克·穆尔蒂（Vivek Murthy）是呼吁人们关注这一问题的不二人选。我当时的助理——医学生库珀·劳埃德（Cooper Lloyd）——促成了维韦克访问巴尔的摩，与社区和企业的主要领导人会面，讨论精神健康的重要性。他的到访推动了商业健康咨询小组（Business Advisory Group on Health）的成立，这是巴尔的摩商业界首次与卫生部门共同确定优先事项并进行公开合作。显然，奥巴马政府官员的访问为我们的工作提供了额外动力，使我们能够为正在开展的主要工作召集新的合作伙伴。

同时，罗林斯-布莱克市长与马里兰州的国会代表团合作，提出了一份巴尔的摩市资金需求清单，我也递交了自己的资金需求。我的大部分要求没有出现在最终的需求清单中，我难免失望，但像以前一样，我完全理解市长需要权衡方方面面诸多事项。最终，我们收到了近 700 万美元的拨款，用于精神健康创伤康复计划。这笔资金帮助我们将心理健康服务扩大到 120 多所学校，并开始试运行一个远程心理援助项目。

我们还收到了专门用于解决精神创伤问题的资金。工作人员召集了一次社区负责人会议，分享这一好消息，但反应平平。

一位负责人说："你们机构得到了更多资金。这对你们来说是好事，但对社区有什么好处？"

我们的工作人员尝试回应这个尖锐的问题，毕竟拨款的目的就是为了帮助社区。一位全国知名的专家将访问巴尔的摩，分享精神创伤疗愈的最佳实践。

"这个人对巴尔的摩了解吗？"有人问，"我们基层工作人员已经掌握了有效的方法，社区团体已经开展了相关工作。我们希望这一工作得到承认，得到资助，受到重视。对于巴尔的摩来说，这才是最佳的实践。"

接下来几个月里，我的团队经历了无数次这样具有挑战性的对话。我亲身参与了几次会议，感受到各方都对现状不满。显然，我们走到了转折点。骚乱已经改变了某种机制，曾经的做事方式行不通了。社区的诉求在于，他们已经厌倦了被安排工作，他们需要和我们一起共同参与某项工作。纵使我们有良好的愿望，但当前，我们需要对推进工作有新的思考。

卫生部门与社区团体合作，改变精神创伤工作补助的核算方法。社区选举产生了监督拨款的理事会。理事会决定项目目标，确定工作指标以及工作承担方。卫生部门仍然发挥着监督的作用，巴尔的摩市是国家补助金的受助者，需要确保理事会决策符合联邦规定。卫生部门提供技术支持，并提供行政支持，提交预算和拨款报告。但工作机制已经完全改变：这是一笔直接给予社区的拨款，充分尊重社区的领导、专业知识及其主体性。

　　弗雷迪·格雷事件改变了我们工作的方法和模式，关注心理健康、重新分配精神创伤补助金即为明证。我还努力强化城市中正在开展的那些鼓舞人心的工作。卫生部门开始制作工作通讯和每月播客，宣传部门和社区团体中的"公共卫生事业模范"，这些工作人员每天都在推动变革。为了改变外界对巴尔的摩的负面看法，我们通过当地和国家级媒体分享巴尔的摩的创新实践和成功案例。

　　这些努力收到了回报。首先，越来越多的优秀年轻人和我们一起工作，大多数人利用医学专业、法律专业或研究生学习的假期，还有一些人是刚毕业的学生。有的工作几个月，有的一年，还有些人一直在我的团队工作。我最初想把他们安排在专注于某个特定领域的工作小组。例如，对阿片类药物感兴趣的人可以帮助我们进行该领域的数据收集和研究，或者我们可以吸引在艾滋病或儿童健康方面有所建树的学者。

　　骚乱完全改变了工作节奏，也改变了团队成员的工作职责：现在，做研究、写论文已经退居次位，我们的首要工作是帮助城市重建。原本以为会陪同我参加社区健康会议的特别助理们，现在也开始帮助我撰写国会证词，筹备与内阁部长的会议。

　　多位政要来到巴尔的摩，提出高标准的要求，团队成员的工作职责不断扩展，比如筹备数百人参加的持续多日的活动，花费几周时间协调数百万美元的拨款申请。凯瑟琳·沃伦建立了一个非正式的指导手册，特别助理之间可以相互传阅，学习经验。最初是适用于不同工作的电子邮件模板，以及准备演讲稿的说明，之后开始涵盖他们不得不参与的其他事情，手册变得日趋详细。例如，一旦某个人参与了接待联邦官员访问的工作，他就把经验传授给其他人，这样下一位特别助理就不必从头学起了。这份鲜活的手册包含了诸多方面的内容，比如如何与第一线团队合作、发放活动邀请、预订活动场地、组织联合新闻发布会，等等。这份特别助理指南最终增加到 160 多页，团队经验得以不断传递给后来者，这也成为我们传承经验的一种方法。至关重要的是，这些程序能够改善机构的工作模式，并一直保留到我们离开之后。每个人都为提高团队能力和运转效率做出了贡献，致力于完成工作所赋予的使命。

这次骚乱打乱了我们另一项重要工作计划。我们团队本来已经开始制定巴尔的摩市的健康战略规划，我们称之为"健康巴尔的摩2020"。在规划发布前夕，我联系了卫生部门的秘书长克里斯汀·热茨科夫斯基，请她通知团队暂停手头的工作。我们用来衡量城市健康的指标是公共卫生的传统指标：预期寿命、婴幼儿死亡率、药物过量死亡数，等等。鉴于骚乱反映出的问题，我们还应该致力于传达另外一些关键目标，这既是我们的义务，也是我们变革传统健康指标的契机。我们可以提出一个以公平为中心的健康愿景。

具体来说，我认为，应该开始呼吁把种族主义作为公共卫生问题。2015 年，我第一次谈及这个问题，得到了不少积极的回应。我们可以把种族间的健康差异视为公共卫生问题，但种族主义本身是不是已经构成公共卫生问题？我通过阐述健康差异的成因来解释这一观点。例如，巴尔的摩的非裔美国人经受着心血管疾病的伤害，是这一疾病的主要受累群体，因为三分之一的非裔美国人生活在食物匮乏区，这一比例是白人群体的四倍。而非裔美国人居住的区域与历史上的种族歧视政策和"红线政策"① 所造成的住房歧视直接相关。这些政策的影响延续至今。

结构性的种族主义直接影响着公共卫生议题。骚乱发生后，我们有机会将这些差异的衡量标准纳入"健康巴尔的摩"行动计划，进而解决这一问题。

可以想见，在最后一刻改变工作重点令团队成员不太高兴。工勤人员不得不暂停印刷；宣传人员需要重新调整新闻公告；制订行动计划涉及流行病学、政策研究和规划制定等诸多领域，所有工作人员都对修改方案感到焦虑。那天上午，我召开了一次团队会议，解释了自己的想法，最初，人们难免有所抱怨，不过最终大家都理解了这一转变的重要意义。

随后的几周，团队聚集在一起，确定了每个健康指标涉及的社会平等指标。我们提出了一个雄心勃勃的目标：不能仅仅改善健康状况，必须同时增进社会平等。毕竟，我们不能让不平等成为一种零和游戏，不能为了增加某个群体的寿命而牺牲其他群体。我们致力于改善每个人的健康状况，同时也清楚地认识到，照顾最弱势的

---

① redlining，歧视性做法，抵押贷款人拒绝贷款或保险业者限制对某些地区的服务，通常是因为申请人所在社区的种族特征。划红线拒贷的做法还包括对借款人的不公平对待、滥用贷款条款、公然欺骗，以及对提前还贷的惩罚。"红线"这个词的出现是指贷款公司在地图上使用红色标记来勾勒混血人群或非裔美国人的社区。较富裕地区的居民区被认为是最值得贷款的，通常用蓝色或绿色勾勒。用黄色勾勒的街区也被认为是值得贷款的。20 世纪 30 年代，一些联邦计划，如房主贷款公司（Home Owners' Loan Corporation，创建于 1933 年）和联邦住房管理局（Federal Housing Administration，创建于 1934 年）的建立，通过鼓吹住房贷款和抵押贷款可负担来鼓励广泛的住房所有权和郊区发展。然而，混血人群或以非裔美国人为主的社区并没有从这些计划中受益，这些群体被认为信用不良。

人群至关重要。

骚乱过后，我们得以从公共卫生的角度切入，呼吁人们关注潜在的社会问题。全世界都见证了巴尔的摩的社会活动家们一直以来所表达的观点：强制逮捕和监禁的政策并不奏效，反而加剧了贫困和不公正。歧视性的住房政策和结构性的种族主义滋生了猜忌和阶级差距，破坏了发展的希望和机会，助长了伤害和骚乱。我们终于将贫穷、暴力和种族主义作为公共卫生的议题加以讨论，而公共卫生实践也终于可以成为一个强大的实现社会正义的工具，解决这些长期存在的问题。

解决种族主义这样复杂的问题需要相当长的时间，也需要开展深入坦诚的对话，对话各方可能充满分歧。当我第一次宣布阿片类药物滥用的紧急状态时，社区就出现过一些反对的声音。在一次教堂举办的活动中，一位四十多岁的男士起身质问我："医生，我实在不明白，为什么吸毒问题成了紧急情况？几十年来，一直有人死于海洛因。为什么早不叫紧急情况呢？"

我知道这个问题的根源。我解释说，他说的完全是事实。当药物成瘾影响到城市里贫困的少数族裔时，这被看作是个人选择、道德沦丧。无论成瘾者被判监禁还是最终离世，都被视为是咎由自取。但是现在，成瘾开始影响白人群体以及富裕阶层，从市内贫民区的少数族裔青年变成近郊富人区的白人大学生，成瘾开始被理解为一种疾病。

这不公平，也不公正。长期以来，人们抱着种族主义和污名的成见看待药物成瘾，这是不对的。在违背科学证据的歧视性政策的影响下，一代又一代的有色人种锒铛入狱，整个社群遭到毁灭性影响，这是不对的。我们的社会存在着结构性种族主义，也存在着根深蒂固的不平等现象，最终使我们陷入困境，我们需要为之大声疾呼。

但我们也需要抓住机会，立足当下，从现在开始，纠正过去的错误。我们必须指出过去的不公正，防止错误重演，否则新投入的资金可能再次忽略最需要帮助的人群，几十年来，这些人群一直有健康需求，但一直被忽视。

我还执意认为，我们不能沉浸于对过去的批判，而错失把握当下、做出改变的机会。是不是早就应该宣布紧急状态？我认为是的。但之前没有人那么做，所以现在我宣布了。这并非无视历史和过往的惯例，而是抓住时机，尽可能为市民服务。

我的理念是，实用主义总是强于理想主义，我服务的病人和社区指引着我前行的方向，公共卫生是他们的生命线。他们现在需要得到健康照护，等不及构建完美的政策或理想的文化环境。

因此，我对于那些重理想而轻行动的人没有什么耐心。我曾经在一次聚会中直接退场，那次会上，社会活动家们正在考虑抵制为阿片类药物成瘾治疗提供的资金，因为前期资金拨款的讨论会中，没有邀请任何一位有色人种作为证人。也许那些邀请白人作证的人知道，白人更能博得资助者的同情；也许有人明知故犯，故意忽视少数族裔，助长了长期以来的偏见；也许他们确实忽视了这一点，应该（私下）提醒他们的证人选择可能有欠妥之处。但是，无论如何，完全没有道理通过放弃资助的方式表示抗议。那些资金可以拯救我们所服务的所有人的生命，无论他们是黑人、棕色人种还是白人。

还有人对我们开展的病人宣传工作有异议，我同样不敢苟同。我曾经写过一篇文章，认为为了解决孕产妇死亡率上升的问题，女性应该主动发声，倡导更好的医疗照护。如果医生没有询问我们的想法，我们应该自己提出来。如果我们被忽视了，我们应该掌握表达诉求的方法。

一些社会人士的批评令我感到惊讶。他们认为，我的文章延续了一种早已有之的荒诞观点，暗示妇女——特别是黑人妇女——应该为孕产妇死亡问题负责。这根本不是我的意思。我在文章中特别指出了当前存在的深层次系统性问题，包括医疗系统中的种族主义和健康照护的不平等。但是，这些根深蒂固的问题需要长时间逐步加以解决。当前的病人应该得到帮助，掌握所有可能的方法，寻求最好的医疗照护。为病人赋能并不影响社会人士呼吁结构性改革，但固守着政治正确的理念，剥夺病人现成可用的方法，可能损害病人的健康。作为一名医生，我不能视而不见。

这是从骚乱中学到的另一个教训：面对紧急问题时，许多人怀有善良的初心。但也有太多时候，官僚主义的惯性、不切实际的解决方案、对纯粹理念的追求可能阻碍自己的工作。危机检验着我们的行事方式。我的团队适应，成长，随机应变，因势利导，因为我们必须这样做——正是通过这样的方式，我们为自己所服务的群体带来了变化。

十　为公共卫生代言

在卫生部门的工作越深入，我就越能了解到自己究竟想成为什么样的领导者。

三个人给予我重要的启发。第一位是罗林斯-布莱克市长，她教会我坚持立场，忠于自己的内心。她担任市长的那段时期，城市治理极具挑战性，无论做什么，都会遭到批评。有些人认为，她本可以提前调动警察增援以防止骚乱。这些批评者忘记了，骚乱的起因正在于警察的暴行，骚乱爆发的最初几个小时，谣言和猜测甚嚣尘上。如果市长动员数百名警察来应对和平抗议，可能会激起更强烈的社会舆论，导致更激烈的对峙。

还有些人认为，骚乱过后，市政府缺乏变革的行动。那些想要有所改变的人在哪？资源在哪？为什么巴尔的摩仍然在挣扎，依然深陷于骚乱之前就已经存在的问题？我亲身经历了反反复复讨论援助方案的过程，这一进程困难重重。骚乱过后，市长确实能够调动更多的政府资源和公益力量，我们也确实利用这些资源切实地改善着城市治理。然而，积弊已久，虽然骚乱激发了发现并解决问题的动力，但期望在几个月的时间内改变经年形成的不平等问题并不现实。

无论市长做了什么，她都会遭到大量的批评，纸上谈兵不费吹灰之力。确实，一些事情也许能够处理得更好，尤其在事后回顾的时候，更可能发现问题。但是，领导力是指在极具挑战性和迅速变化的局势下，当机立断，做出艰难的决策。无论是否采取行动，其本质都是一种决策。

我还觉得，如果罗林斯-布莱克市长是个男性，她至少能少受一半批评。作为一名非裔美国女性，她常常成为人们品头论足的对象，那些评论绝对带有性别歧视、种族主义的色彩，甚至两者兼有。记者们写过关于市长体重的报道，然后在她专注于健身时推测她的食谱。他们谈论市长的首饰和化妆，有人觉得她过于注重穿着打扮，有人则认为她不修边幅。

和她一起参加活动时，我已经碰上过无数次类似的情况，选民会走过来，善意地告诉她"笑一笑"。我从来没有听到过谁对男性公职人员提出过类似的建议。在她主持的会议结束后，还会有其他的评论，如果她强硬果断，会被认为盛气凌人。如果她表现得温良恭敬，则会被认为是软弱的领导者。

我太熟悉这种乱七八糟的评价了。在面试急诊科住院医生时，我曾经收到反馈说，医院对是否录取我犹豫不决，因为我给人们的印象有点"霸道"。说我霸道的人，既不了解我，也没有面试过我，但确实看过我的简历，知道我有担任领导职务的记录。值得称赞的是，住院医生培训项目的负责人问这个人，是否这样评价有同样经历的男性候选人。（我不知道答案，而且我最终也没有被那家医院录取。）

还有一次，在一个少数族裔领导力建设的会议上，我和三名男性参加了一个关于潜意识偏见的小组讨论。我们都有博士学位。主持人依次对我们讲话。三名男性先回答问题，每个人都被介绍为"某某博士"。轮到我时，主持人称呼我"Leana"。我已经习惯了这样的称呼，急诊室里，男同事通常被称为"医生"，而女同事则少有这样的称呼——尽管讨论潜意识偏见的小组出现这样的问题颇有些讽刺意味，但我和在场的女性观众确实没有躲过偏见。

我曾努力克服这些隐性的偏见，特别强调自己的医生身份。这并不是自傲，而是为了提升效率。有时，我与病人交谈良久，他们却问："医生什么时候过来？"当房间里有多位医护人员时，家属和护工总会转身去和房间里的白人男性打招呼，而这位白人男性可能还是学生，或者是位技术人员。临床工作中，我以其他少数族裔女医生为榜样，她们总是穿着白大褂，我也总是向病人明确表示，我是主治医生。

在巴尔的摩的工作也不例外。罗林斯-布莱克市长坚持让大家称呼她的头衔或称她为"市长女士"。她认识到，职场之中，如果女性想要成为被认真对待的领导者，必须付出相当的努力。她总是称我为"温医生"，这发出了一个明确的信息。当医院负责人是一位白人男性时，他们大都被称为"医生"，对我来说，为了推进工作，需要让人们了解这个城市的卫生部门负责人——一位少数族裔妇女——是一位名副其实的医生。

我还从市长那里学到了如何回应人们的期望，并表达真实的自我。和她一样，我也不断收到关于如何着装以及如何处事的"建议"。有一次，一位高级别的市政府官员告诉我，我显得"太好相处了"，需要更加严厉。此后，另一位市领导责备我在介绍他时不够"热情"。罗林斯-布莱克市长知道，她不可能满足所有人的期待，我向她学习，开始适应一个展示真实自我的公众形象。

毫无疑问，我仍然会遇到一些棘手的情况。作为一位领导者，我知道应该注意自己的面部表情，但我不知道人们如何解读这些表情，直到有一次，一位经理说她的员工在哭诉：那位员工与我在洗手间相遇，之后她就确信自己要被解雇了。显然，当她向我问好并介绍自己的工作时，我可能面无表情，甚至都没有回以微笑。

我向那位员工道歉，并告诉她一个当时几乎没人知道的秘密：我刚刚怀孕，正在洗手间里努力避免呕吐！这件事提醒了我，人们会对领导者察言观色，特别是对于女性来说，在别人的期望和真实的自我之间取得平衡极具挑战性。第二个让我学到重要领导经验的人是马里兰州国会代表团团长、参议员芭芭拉·米库尔斯基（Barbara Mikulski）。米库尔斯基参议员是第一位依靠自己的努力当选美国参议员的女性民主党人，而不是通过接替丈夫的职位。她曾是东巴尔的摩地区的一名社会工作者，后来成为市议会议员，然后在联邦参议院工作了 30 年（谈到自己的从政经历时，她说"政治是一种握有权力的社会工作"）。

她是马里兰州出身的资深参议员，我有幸与她相识，并在她退休后聘请她作为顾问和指导者。她为人直率，有着自己独特的领导风格，真诚、热情、果敢。她的格言之一是"做你擅长的事，做你最该做的事"。这也成为我生活中的一个指导原则。

在我最需要的时候，米库尔斯基参议员给了我一条重要建议。当时我已经来到巴尔的摩工作，做好了全力以赴的准备。一位前辈曾告诉我，保持清醒的能力决定着我能够完成多少工作。确实，太多工作值得开展，伴随着无数可以施展拳脚的机会。如果我再加把劲，就能多想出一个项目，多找到一位资助者，多参加一次社区活动。

工作一年来，我每天晚上和整个周末都在参加社区会议、教堂活动和基层小组讨论会。我的业余时间被会议和项目督导占满了。最初几个月，我忙于了解这个城市。弗雷迪·格雷事件引发骚乱后，需要做的事情越来越多。

那时候，塞巴斯蒂安仍然住在华盛顿。他非常理解我的工作，我们好不容易才能在晚上见上一面，但即使是在那样一晚，我也得不断回复手机上的工作消息。

问题在于，我以每小时 100 英里的速度奔跑，但看不到尽头。或者说，我在以冲刺的速度跑马拉松。虽然我对工作充满热情，却越来越疲惫，早上七点开始开会，事情一件接着一件，一不留神就到了午夜。我靠能量棒充饥，每天晚上都不能回家吃饭。我一直很注重锻炼，但在漫长的一天后，回到家时，它已经成为我最后才会想到的事情，也是我最先放弃的事情。

这样的生活方式太不健康。城市的街角宣传身体和精神健康的重要性，我知道需要保持锻炼，但就是没有时间。

有一次，塞巴斯蒂安和我去参加聚会，与其他两对夫妇共进晚餐。我突然感到非常疲惫，知道自己的状态已经逼近谷底。我借口去洗手间，却开始坐在洗手间里打盹，直到一小时后塞巴斯蒂安找到我。

我也发现，狂热的步伐意味着无法留下思考的时间。我们开展了很多项目，但资源得到了最大化的利用吗？我们的整体愿景、计划和战略是什么？

最重要的是，团队也很疲惫。他们应对了许多次危机，但仍在全速运转。他们需要时间与家人在一起，关注个人的健康。

是时候让我们所有人停下来、重新调整工作节奏了。我的核心团队已经组建完成，团队成员兢兢业业，不会为工作节奏太快、事务繁多而抱怨。他们也和我一样，尽心竭力，一心做好工作。但我也知道，必须放慢脚步，让同事也能慢下来。

米库尔斯基参议员有着不知疲倦的工作热情，并因此而闻名。有一天，她叫住我，告诉我要放慢脚步，我很惊讶，认真听取了她的建议。

她说："你得把握好自己的节奏，你要在这里长期工作。"

她给了我一些提示，告诉我如何进行时间管理。她会请同事安排好时间，尽量不要安排晚上和周末的活动。如果要去参加宴会等有食物供应的活动，她尽量在活动前吃饱。这样做更健康，也可以有更多的时间进行交流。她为生活预留了时间，陪伴家人，这对她的健康至关重要，对同事来说也颇为必要。

工作一年以后，我开始要求助理雪莉替我预留出家庭、锻炼和思考工作方略的时间。我减少了参加的活动，把更多工作委托给自己的高级团队，请他们代我发言，出席会议。我们对启动新项目更为审慎，并要求团队成员互相督促，坚持体育锻炼，保持饮食健康。我们还开始定期举行务虚会，制订更长期的计划。

起初，我担心这些变化会对工作产生负面影响，但我学到了重要的一课：减少工作时间实际上提高了我们的工作产出，留下思考的时间，使我们成为更好的领导者。由同事代表我发言，他们得到了专业发展的机会，我没有用额外的工作填满空闲的时间，团队有更多的喘息空间。我安排了一个更合理的时间表，也为其他人树立了榜样。从事有意义的工作令我们感到心满意足，但与我们所爱的人在一起也是如此。

团队想出了许多创造性解决方案，各项工作大踏步前进，效果比我们上紧发条疲于奔命要好得多。这样稳定且更为从容的步伐也在为应对危机而蓄力，使我们能够在危机发生时加快速度，就像我们以往应对危机那样。

第三位让我学到许多宝贵经验的人是国会议员伊莱贾·卡明斯。我刚工作时并不认识他，只是对他的名声有所耳闻，他受到基层社群的广泛尊敬，被诸多社群的领导者视为导师。我收到过一个有点半开玩笑的建议：可以去找卡明斯议员聊一聊，但千万不要"跟在他后面"（follow him）。

直到有一次，在西巴尔的摩的教堂，我和卡明斯议员第一次见面，我才明白那句半开玩笑的建议是什么意思。那是一场呼吁人们关注城市健康不平等的活动，特别是敦促人们行动起来，应对艾滋病的挑战。卡明斯议员开始讲话，声音越来越高亢，穿云裂石，我从未见过这样的演讲方式。他呼吁大家参与这项工作，这项工作可以成就大我。他还说，这项工作关系到下一代的成长："孩子是我们的信使，延续着我们的理想，通向我们注定难以企及的未来。"

观众们都站了起来，鼓掌，欢呼，念着阿门。然后，主持人宣布下一位发言人……新任卫生局长。大家礼貌地鼓掌。我很快就明白了为什么我这个初来乍到的新人得到了发言机会，以及为什么没有人愿意"跟在他后面"——没人愿意在他之后上台！

发言结束后，卡明斯议员把我拉到一边，递给我他的手机号码。他靠得很近，小声说："记得给我打电话，希望你取得成功，你的成功关系到人民的健康。我愿意帮助你，帮助巴尔的摩。"

他确实做到了。当联邦不再拨款，要终止母婴关怀随访项目时，他介入了。他不接受拒绝拨款的回复。当我们需要心理健康和精神创伤项目的资金时，他积极争取，帮助我们获得了资源。他最为注重"有效和高效"，随着他逐渐了解我们团队的工作，他开始告诉其他人，卫生团队工作高效，希望他人也来支持我们拯救生命的努力。我邀请他在数十个活动上发言，特别是应对阿片类药物流行的活动。我知道，他的道德权威至关重要，可以帮助我们改变文化，克服污名。他总是应邀前来。

一起参加活动时，我总能注意到议员与他人的交流方式。他总是直视对方，全神贯注，让对方觉得自己是房间里唯一的人。每次，他都会尽量与卫生团队成员交流，一些同事回来后激动得热泪盈眶，因为这位伟大的议员真正倾听了他们的声音。他们觉得自己受到了重视，得到了关心与理解。

卡明斯议员特别关心年轻人的成长，热心给予指导。他总对高中生和大学生说："希望你们有一天能够取代我。"无论多忙，他总会挤出时间，关心晚辈。每当我聘请一位新助理时，我都想以卡明斯为榜样，帮助后来者成长。我颇为幸运，总能碰到机遇，得到指导，现在轮到我有所回馈了。

有人评价卡明斯矢志于为城市服务，这种评价过于轻描淡写了。更重要的一点是，他想展示巴尔的摩的真实面貌，展示一个充满希望和机遇的城市。我从他身上学到了改变负面报道的重要性。人们对巴尔的摩的偏见，既不准确，也有损城市的形象，还阻碍了我们获得所需的资源。如果人们认定巴尔的摩在衰退，那就意味着无论增加多少投入都救不活这座城市。基于这种逻辑，巴尔的摩永远无法得到所需的资金。企业会撤资，居民会搬走。

有一次，一位高级别的国家官员来到一家老年中心。他本应感谢老年人参加志愿服务，相互照顾，但他只谈到了犯罪、积弊、市政府治理失败，以及他和州政府如何帮助我们拯救自己。他说完后，我接过话筒，花了 15 分钟时间，释放我内心中卡明斯一般的激情。我谈到自己亲眼见证了诸多鼓舞人心的工作，包括在场的老人们付出的卓绝努力。我无意挑起争端，但我认为卡明斯说的很有道理：我的工作不仅是要实施更好的项目，倡导更完善的政策，而且要为这座城市的捍卫者点亮火炬。

卡明斯议员的经历清晰地表明，城市领导者必须成为啦啦队长，带领人民为城市欢呼。我们需要利用一切机会庆祝城市的进步，讲述我们每天看到的城市复苏的故事。正如我们需要提供优质服务一样，我们也需要鼓舞市民，为城市注入活力。为了带来真正的改变，我们必须先将消极情绪转变为关于希望和乐观、活力和成长的叙事。

我从前辈和榜样那里学到的另一个经验在于，突出卫生部门的成就极为重要。团队的创造性工作逐渐得到认可，获颁美国公共卫生协会和《管理》（*Governing*）杂志的奖项。我们的机构被全国市县卫生官员协会评为"年度优秀地方卫生部门"。我为此深感自豪。

有人说，当公共卫生部门没有受到关注时，公共卫生的工作就成功了，因为我们的工作是防止坏事发生。如此说来，公共卫生鲜有抛头露面的机会。人们关注食物中毒的个案，但大家不会看到数以百万计的公众受益于卫生检查员保障食品安全的努力。人们能够看到药物过量、枪击、心脏病突发的报道，却看不到所有那些从事公共卫生工作、致力于避免这些后果的人们。

问题是，如果公共卫生事业总是无形的，就没有人会为这项工作争取资源。当决定预算的时候，它将是第一个被砍掉的项目。

我在巴尔的摩为公共卫生事业据理力争，全国的公共卫生同仁也是如此。我们不得不三番五次地为那些已经被证明有效的项目提出拨款理由，这是最令人沮丧的工作之一。在巴尔的摩，当政府资金有限时，基金会和慈善家经常倾囊相助，但私人资源不能替代政府的公共责任。私营部门可以提供帮助，但它无法填补公共部门留下的所有漏洞。

以 2015 年底的寨卡疫情为例。那是一种通过蚊子传播的病毒，如果妇女在怀孕期间感染了这一病毒，新生儿可能出现严重的出生缺陷：头部畸形，伴有相关的脑损伤，永远失去行走能力、语言能力。病毒最初在南美洲和中美洲蔓延。据估计，高峰时期，巴西有 150 万人感染了寨卡病毒，在不到一年的时间里，出现了 3500 余个婴儿小头症病例。

美国大陆也发现了携带寨卡病毒的伊蚊，包括马里兰州和最北端的马萨诸塞州。公共卫生专家敲响了警钟，需要开展寨卡病毒预防工作，减轻病毒影响。我们需要对蚊子进行监测，检测它们是否携带了寨卡病毒，喷洒灭蚊剂，消除蚊子的繁殖地，发布旅行警告，普及预防措施。不开展这些工作可能招致可怕的健康后果，甚至严重影响经济发展。根据疾控中心的测算，一位因寨卡病毒而患有严重缺陷的孩子，终其一生，照护成本可能高达 1000 万美元。

尽管疾控中心和世界卫生组织已经将寨卡病毒流行宣布为全球公共卫生紧急事件，但国会花了 10 个月时间才批准奥巴马总统应对寨卡病毒的 19 亿美元拨款。我与其他城市及各州卫生官员一起，向国会议员陈述了采取行动的紧迫性。我们指出，这种拖延毫无意义，如果 3500 名患有严重缺陷的婴儿在美国出生，国家将付出 350 亿美元的代价。更不用说这一选择背后蕴含的残酷性：如果能够早一点采取行动，就可以避免很多人终其一生的痛苦。

实际上，由于缺乏及时的行动，疾控中心不得不挪用基层公共卫生预算中其他工作的资金，补足防控寨卡病毒的支出。在巴尔的摩，如果我们没有获得额外的资源，为了支付防控寨卡病毒的费用，我们必须削减三分之一的卫生应急人员。这些工作人员是应对飓风等极端气象灾害以及生物恐怖主义的响应力量，正在第一线解决城市骚乱的问题。削减人力，减少紧急情况的响应力量，去应对另一个紧急情况，这有什么意义呢？这已经超越了健康和经济问题，还涉及公共安全和国家安全问题。

如果人们看不到公共卫生的价值，公共卫生必将失败。就在为防控寨卡病毒争取资金、呼吁行动之后的几年，我们付出了巨大的代价才学到这一点。随着新冠疫情的暴发，为公共卫生事业的斗争在更大的范围内铺陈开来，甚至带有灾难性的悲情。公共卫生领域的同仁需要证明这一事业的价值。我们必须让自己的工作为社会所见。

担任卫生官员的第一年年末，团队聚集在一起，审视工作进展和目标。我们重申了最初倾听之旅行动中的三方面承诺：药物成瘾和精神健康、青年人群的健康福祉以及关怀最弱势群体。我们还会继续致力于让公众健康受到关注，这是帮助我们实现目标的重要一环。

在接下来的几年里，我们采取了五项策略，兑现改善健康、减少差异的承诺，让每一项公共卫生措施都有迹可循。第一，我们将每一次危机视为彰显并解决现有公共卫生问题的机会。当我们收到疑似麻疹病例的报告时，我们举行了大规模的免疫接种活动，并对居民进行疫苗教育，强调其安全性和有效性。巴尔的摩很快成为公立学校学生疫苗接种率全国最高的城市之一，接种率超过 99％。当滥用合成大麻导致死亡的报道出现时，我们发起了又一场公共卫生教育运动，并使市议会通过立法，禁止在街边零售商店出售这些药物。当动物管理官员解救了几十只为斗狗而饲养的奄奄一息的小狗时，舆论的愤怒也是我们开展工作的契机，我们强化公众对虐待动物的认识，并颁布了一项取缔斗狗用具的城市法规。

对公众健康来说，这些问题都很重要，但每一个问题本身都不足以引起广泛的关注。每年卫生部门都会开展计划免疫的宣传，我们的官网信息也强调了免疫的重要性和合成药物的危险性；很多文章描述了虐待动物与对人施暴之间的联系。尽管如此，还是需要煽动性的事件吸引媒体的注意，进而吸引公众的关注。我们利用这些时机，从提供服务、公共教育和政策改革三方面共同入手，使危机得到切实解决。

第二，我们制定了长期目标，同时也注重展现短期的成果。公共卫生的进展耗时长久。衡量健康成果的典型标准是预期寿命和疾病发生率，这需要多年的时间跨度加以体现。作为科学家，我们需要关注这些指标，但我们也必须拿出更直接的、短期可见的措施，让社会有信心，支持我们的工作。"健康巴尔的摩 2020"目标设定了长期指标（以及相应的差异衡量标准），我们还规划了短期行动，以表明我们正在朝着预期目标不断取得进展。

在减少心血管疾病的同时，我们也在努力实现一个更快达成的目标，即增加巴尔的摩最弱势群体的健康食品供给。我们与街角商店合作，帮助他们获得更为健康的食品，我们还扩大了与绍普莱特连锁店的合作，直接提供食品杂货。每当有新的街角商店签约合作，或有新的老年中心、图书馆成为食品配送点时，我们都会举行社区庆祝活动，并邀请当地媒体参加。

这一"巴尔的摩市场"计划广受欢迎。解决食物匮乏问题是居民的呼声，我们听取了他们的意见，并兑现了承诺，这对市民来说意义重大。我们的健康食物供给计划甚至引起了国际关注，世界银行的卫生官员和沙特阿拉伯的代表团都前来学习，想要在其他地方复制这一项目。

第三，讨论工作时，我们以数据为基础，以故事为重点。正如参议员米库尔斯基所说，"数据能够验证工作，但不能激励工作"。数据构建了项目背景和说服力，但故事才是推动行动的动力。每当谈及某个项目时，我们都会分享一个故事，并附上一张参与者的照片。

我们开展过一项预防老年人跌倒的工作。每年，四分之一的 65 岁以上的老年人会摔倒，全国各地的急诊室有近 300 万起与跌倒有关的伤害案例，导致 80 万人住院治疗，超过 2.7 万人死亡。我曾治疗过因跌倒而臀部受伤、肋骨骨折，甚至脑出血的老人。我也见过一些原本在工作或照顾孙辈的患者，因为一次不经意的摔倒，失去行动能力和自理能力。老年群体中，跌倒也是造成社会孤立、抑郁和认知能力下降的主要原因之一。

这一项目从分析就诊数据开始，绘制出老年人跌倒的地点。发现一些容易摔倒的地点后，我们开始寻找共同点。在一栋住宅楼里，走廊的灯光无法照亮毛茸茸的地毯，许多人在同一条走廊被绊倒、摔伤。分析其他案例，我们发现了家庭中的问题：勉强才能够到的电灯开关，杂乱无章的家庭布置。我们还发现了药物相互作用导致的跌倒。

统计数据能够帮助资助者理解我们的工作及其产生的健康和经济影响。而个人的面孔和经历则能够引起人们的兴趣。当地电视台报道了老年人锻炼课程后，许多人给我们打电话，希望参加太极拳和舞蹈等有氧运动，提升灵活性。当两位老人在媒体上介绍了调整房间布局能够减少跌倒的风险时，其他几十位老人也表示需要这样的服务。数据是工作的基础，故事是工作的生命。

第四，由于人们往往忽视公共卫生事业，我们需要将公共卫生工作尽量与人们优先考虑的事项联系起来。一定程度上，我们的工作与他人的工作之间存在着隔阂，但我们必须积极主动地提出问题。如果对话围绕着教育问题，我们需要表明，哮喘之类的疾病可能导致长期缺勤，学业不佳。因此，在学校开展治疗哮喘的项目能够防止孩子因看病而旷课，避免父母或监护人因照顾孩子而请假。因此，投资学校健康事业也是投资教育的一部分。

关于公共安全、就业、住房、气候和基础设施需求，也可以提出同样的论点。它们都会受到公共卫生境况的影响，反之，生活中的一切事物也都会影响公众的健康。所以，不存在所谓的与卫生健康完全无关的部门。公共卫生领域的从业者需要不断接触各方伙伴，让他们了解我们工作的重要意义，向他们表明这一工作给他们带来的价值。在这一过程中，我们会遭遇怀疑、批评甚至针锋相对，但我们不能畏首畏尾，必须走出自己的舒适区。如果我们固守于与那些志同道合的伙伴交流想法，我们可能永远无法取得进展，推进自己所关注的优先事项。同样，我们也需要积极参与有关社区未来的战略对话。如果其他部门忽视了我们，那么我们就要自立门户，摆好自己的桌子，把其他人召集过来。

没有人告诉我或我的团队，卫生部门需要召集芬太尼特别工作组。在其他司法管辖区，负责这项工作的是执法部门。我们本可以等待别人来邀请我们，但这需要付出时间和生命的代价（如果我们干等着，可能永远不会被邀请）。此外，执法部门作为召集人会削弱卫生部门的目标，我们要让公众将药物成瘾视为一个健康问题，而不是刑事司法问题。

也没有人告诉我和团队，卫生部门需要将技术和工程公司整合在一起。我们抓住契机，启动"健康科技项目"。卫生部门不仅获得了宝贵的技术支持，还吸引了刚刚创业的企业参与其中，企业在城市的投资越来越多。没有人想到卫生部门会围绕健康优先事项将众多企业召集在一起，但在唐·弗赖伊的帮助下，当我们开展这项工作时，所有主要企业都站了出来。随着时间的推移，他们将成为"健康巴尔的摩2020"目标的主要贡献者，带头发起全市范围内的工作场所健康倡议，并组织"挑战十亿步"的健步走运动。

很难让所有的利益相关者在每个问题上都意见一致，建立伙伴关系可以尽量让这些利益相关者参与进来。我曾作为被告代理人，代表卫生部门及市政府应对天主教会就生殖权利问题提起的诉讼，但与此同时，我还与天主教慈善组织和天主教会保持着合作关系，就我们共同关心的项目开展合作：我们成功开展了倡导活动，推动马里兰州通过带薪休假立法。我们共同倡导增加儿童健康和预防暴力的投入，并合作提供心理健康和精神创伤照护。在某些领域，双方超越了意识形态的差异，促进更为广泛的共同利益。

通过发展并培养这些伙伴关系，卫生部门能够开展创新，领导合作，并证明公共卫生应该占有一席之地，而且应该在谈判桌的首位。

将自己置于解决关键问题的最前沿时，会出现一个新的情况。随着我们的工作凸显出来，人们开始要求卫生部门负责与本职工作相去甚远的事情。居民来信认为，街上的坑洞是一个公共卫生问题；我们每天都会接到询问如何处理鼠患的电话。这些都是其他机构的责任——交通部门负责填补坑洞，公共工程部门负责灭鼠计划。我们礼貌地拒绝了这些诉求，并将之转达给合作伙伴。

还有一些问题并不完全属于任何特定的机构，卫生部门本可以解决这些问题，但我们根本没有足够的资源。比如，如果换一位卫生局长，工作重点就可能聚焦于环境政策、无家可归和慢性病预防等问题上。

正如罗林斯-布莱克市长经常提醒我们的，如果所有事情都是优先事项，那么就无法突出重点。因此，我们把精力集中于社区最迫切的需求上，解决那些能产生最大影响的问题，致力于使那些被忽视的问题得到重视。我们知道，那些看似时断时续的点滴进步给我们服务的公众带来了切实而持久的变化。我们关注长远大局，但只有从现在开始积累，才能逐渐达到目标。我们从未忘记，重要的不是为什么而战，而是为谁而战。

十一 阻断暴力的循环

2016 年 7 月，夏日的早晨，还不到六点，我被办公室主任克里斯汀·热茨科夫斯基的电话吵醒。我和高级团队随时保持电话畅通，以备不时之需，除非问题紧迫，我们绝不会在下班后打电话。但是，深夜的电话仍然频繁响起。多数是反馈民选官员及选民的要求，也有时是紧急卫生事件：一名旅行者疑似感染埃博拉病毒而被隔离在医院，一家疗养院暴发了军团病，刚刚发现的斗狗团伙，等等。

"我们的机构被偷了，"克里斯汀说，"东区健康中心昨晚被盗了。"

"什么？又来了？"

我简直不敢相信。我们开设了两个综合性健康中心，东区健康中心是其中之一，提供儿童免疫接种、生殖健康照护、牙科诊疗以及艾滋病、肝炎检测治疗等多项重要服务。那个月，东区中心已经发生了两起盗窃案。第一次之后，我们请求安装治安摄像头；第二次失窃后，我们请求警察开展夜间巡逻。

"警察抓住小偷了吗？"我问克里斯汀。

"没有，警察只是来看了看，发现一扇窗户被打碎了。我们正在翻看录像，看看有没有什么有用的线索。"

"他们拿走了什么？""什么都没剩下！"第一次被盗时，窃贼偷走了候诊室的两台电视，还有笔记本电脑和一些发给低收入病人支付公交车费的硬币。第二次被盗时，窃贼的目标是药。他们拿走了所有的药物，主要包括治疗性传播疾病的抗生素和避孕药。我们的工作人员黑色幽默了一下：如果小偷真的把这些药分发出去了，也算是物尽其用，甚至也许能降低性传播疾病和意外怀孕发生率。

克里斯汀沉默了一会儿。她说："警察仍在努力寻找线索，但这次情况确实更糟。"

半小时后我赶到了诊所，瞬间就明白了她的意思。前两次，窃贼从病人护理区拿走了贵重物品。这一次，他们的目标是办公区域，妇幼保健人员和学校保健人员的办公区遭了殃。

物品散落一地。地板上到处都是毛衣、破碎的相框、笔和个人小饰品。一箱箱的绘本和洋娃娃被翻了出来，零七八碎的物品散落在房间里。警察们一边清理着蜡笔和记号笔，一边给这一地狼藉拍照。

工作人员陆续到达，一脸错愕。他们需要处理各种杂物。我让克里斯汀和副局长道恩·奥尼尔在隔壁的会议室里召集大家开会。

会议室很快就挤满了人。每个人都站着，给自己扇风，会议室唯一的空调坏掉了，但没有人想离开。第一次被盗后，我们这些人也曾聚集在那里，但这一天的情绪完全不同。

大家对盗窃的行为深感气愤。"我们是兜底的安全网啊！"一位同事明显激动起来，"这是为社区服务的地方。他们已经两次打断了我们的工作，我们不得不两次关闭。难道他们不知道自己的所作所为正在伤害儿童和孕妇吗？"

还有人迁怒于我和管理团队。他们批评我们坐视盗窃案接二连三发生，质疑管理层不关心职工的安全。"对我们来说，这次伤害太大了，"另一位工作人员说，"我们现在做这些有什么意义呢？我们清理得干干净净井井有条，只是为了让那帮人明天接着偷？"

克里斯汀、道恩以及人力资源和基础设施负责人开始介绍我们已经采取的安全措施，讨论进一步的防范措施。此前，由于我们正在着手将东区健康中心迁往新址，市政府不同意安装额外的物理防护设施。我们以员工和病人的安全为由进行反驳，最终得以在一楼的窗户上安装了新锁、治安摄像头和铁栅栏。但二楼的窗户没有安装护栏，窃贼正是从二楼的窗户进入的。

市政府还同意在工作时间安排一名警察执勤，并在下班后进行巡逻。但在那天，诊所不远处发生了一起枪击案，诊所被盗时，警力正在集中处理枪击案件。

"我知道你们一直在努力，但还不够，如果我们没有安全感，还怎么开展工作？为什么不在诊所周围建一个围栏？这样就没人能随便进来了。"有人说。

"或者至少在无障碍窗口那一侧建一堵墙，"另一个人插话道，"给所有窗户安装防盗栏也并不是什么难事。"

大家你一言我一语。他们希望楼前有警察驻点，贴出告示，说明该设施处于全天候监视之下。还需要让公众知道，健康中心完全安全。他们又想到了建设围墙的想法——如果市政府不愿意支付费用，可以让捐赠者出钱。

此时，诊所经理推开了会议室的门，她一直在和警察一起评估损失情况。

她拿着一个塑料袋说："我想给你们看点东西。"她拿出一个吃了一半的三明治和一个半空的饭盒。"这些是在办公区冰箱外面发现的。到目前为止，小偷好像只偷走了食物。"

"他们吃了我们的剩饭？"有人难以置信地说，"谁知道这些食物放了多久，他们肯定是太饿了。"

经理点了点头："到目前为止，我们没有发现小偷拿走了什么东西，他们翻箱倒柜，把物品扔得到处都是，然后吃了我们剩下的食物。从监控录像来看，似乎是几个年轻人干的。他们进来找吃的。"

房间里一片寂静。我想，这些孩子一定很绝望。他们破门而入，犯下罪行，翻遍工作人员的物品，弄得一地狼藉。他们得有多饿啊，才会在冰箱里翻找剩饭剩菜。

"这些孩子，他们也是我们的病人，是我们所服务的人。"我说。

"我们不能建围墙，"有人补充说，"建围墙会向社区发出什么样的信息？我们想要阻止的人也正是我们试图给予关怀帮助的人。"

"这不是我们第一次被抢劫，也不会是最后一次，"另一位工作人员插话说，"我们既要确保员工和病人的安全，也要让诊所继续成为社区居民的健康安全保障。"

大家纷纷点头，没有人再提建设围栏的事。相反，工作人员提出组织社区聚会的想法。我们服务的病人和社区成员都知道发生了盗窃案。他们看到了诊所周围的警戒线，在新闻上看到了入室盗窃的情况。他们想要提供帮助，而我们要让社区居民的热心有的放矢。

那周晚些时候，我们在东区健康中心举办了"服务和庆祝活动日"。员工们打扫卫生，粉刷破损的地方，用孩子们的艺术作品装饰走廊，还种植了小树。我们为社区成员准备了游戏和健康零食，还播放着音乐。他们感谢工作人员的付出。病人和家属亲口说，我们的工作对他们至关重要。

我们强调了卫生部门的一条核心理念：暴力是一个公共卫生问题，应该以公共卫生的视角加以解决。暴力可以预防，我们致力于了解其根源，推动力所能及的改变。这是又一次向公众传递信息的机会，我们培训公众使用纳洛酮，讲解安全睡眠的基本知识，进行儿童铅中毒检测，并开展其他公共卫生宣传活动。

事后，我给工作人员留言："盗窃事件令人不安，健康中心深受其害，我们已经强化了安全保障，我们必须坚持自己的目标，坚守基层，为社区服务。一些人影响了我们的正常运作，但我们继续坚持向儿童和家庭提供所需的服务。东区健康中心在社区发挥着愈发宝贵的作用，今天，居民们向你们每天所做的工作表示祝贺和感谢。"

现在，东区健康中心已经迁至新址。得益于齐心协力筹款以及社区的大力支持，诊所的服务能力进一步提升，更多的儿童和家庭可以得到健康照护。新址建有保护药品和设备的额外安全措施，但没有围墙或栅栏。健康中心仍然是社区的活动场所，大门敞开，开放怀抱，欢迎所有人。

我经常回想起那个吃了一半的三明治。那是一个重要的转折点，曾对小偷出离愤怒、严加谴责的工作人员突然把小偷看作是需要照顾的人。他们的态度完全改变了。

正如一名工作人员所说的，"受到伤害的人，才会伤害别人"。基于这一认知，我们开始为城市一线员工举办创伤知情关怀培训课程。与其把这些人视为需要处理的问题，我们能否意识到他们往往也是创伤的受害者？我们能否立足公共卫生的视角，遏制暴力延续创伤、创伤助推暴力的恶性循环？

在巴尔的摩战争纪念馆举办首批创伤培训课程时，一个流浪汉走了进来。有人请他离开，但他拒绝照做，而且变得越来越激动。他以自己有武器相威胁。工作人员只能报警。

之后，会议的组织者开始与该男子交流，了解到他有精神病史。他是一名退伍军人，曾在一个寒冷的冬日到一家专门纪念并庆祝从军经历的机构寻求庇护，极寒天气时，这类机构本就可以作为无家可归者的庇护所。但他被拦住了，从那之后，他开始变得沮丧愤怒。

起初，与会者对这位打断了会议的闯入者深感不安。但是，了解到这位老兵的故事后，他们突然醒悟，对这位闯入者另眼相看。原本埋怨我们没有尽早报警的人们开始劝警察离开。他们知道，这位流浪者不应该被戴上手铐。他需要同情、支持与关怀。组织者和与会者（他们都是城市的公职人员）一起，帮助老兵找到了庇护所，并联系了心理医生。

了解创伤和暴力之间的联系让工作人员采取了不同的工作方式。许多人开始意识到，自己在工作中经历的挫折与创伤，使得他们在一些时候无法全然理解、耐心对待需要帮助的群体。教师们谈到，那些因为饥饿、恐惧、没有固定住所的孩子无法集中注意力，指导他们颇为棘手。警察讲述了自己所处的两难境地，他们被告知要改变原有的策略，却没有新的办法，处理精神健康和无家可归问题困难重重，他们没有接受过培训，但这些问题早已成为工作的一部分。

人们总说，如果你有决心，有能力，任何事情都会迎刃而解。然而，团队工作人员有着与我在急诊室工作时相似的挫折感。他们想为公众提供更好的服务，但他们力不从心。对许多人来说，创伤培训提供了一个机会，让他们得以表达自己压抑已久的感受。这是一个可以打开潘多拉盒子的安全空间。他们必须能够谈论面对的问题，才能想出解决办法。培训还提供了解决问题的方法，帮助工作人员学会缓解冲突，充分利用现有的资源。后来，市议会通过了一项法案，要求对所有城市工作人员进行创伤知情关怀培训，巴尔的摩就此成为美国首个通过相关法案的大城市。法案被命名为《伊莱贾·卡明斯城市疗愈法案》（Elijah Cummings Healing City Act）。

同时，围绕创伤的讨论促使相关机构开展干预措施，提升工作人员的职业能力。在警察局长凯文·戴维斯（Kevin Davis）的领导下，警方成立了无家可归者工作小组，受过专门训练的警官能够回应无家可归者的报案诉求。过去，这些人可能会因为非法入侵而遭到逮捕，现在他们得到了实质性的帮助，得以解决所需。戴维斯局长也像他的前任一样，支持卫生部门的工作，把药物成瘾视为一种疾病，倡导普及纳洛酮，推动"分类执法"等分类处置措施。

我们与教育系统合作，开发侧重于心理康复的课程。正如一位精神创伤专家所说："创伤就像一根被不断拉长的橡皮筋。我们需要复原，变得更有弹性。这将有助于人们重新掌控自己的生活。"一些学校建立了疗愈小组，并开展冥想康复项目。我们获得了联邦拨款，创建了名为"学会交际"（Dating Matters）的试点项目，向学生传授如何建立健康的人际关系，促进心理康复。

当然，没有一个项目能够成为万灵药，但它们一起改变了城市的方向，使之富于同情和理解。在巴尔的摩，许多人经历过创伤和暴力，我们无法改变过去的环境，但我们可以改变面对未来和对待彼此的方式。

暴力和创伤密切相关，在我看来，它们毫无疑问都是健康问题。在成长过程中，我的家人和邻居都是暴力的受害者，他们遭受着由枪械、人身攻击带来的健康后果。我对好天气甚至带有一种矛盾的心理：阳光明媚、微风和煦往往意味着更可能发生暴力犯罪。我不知道如何形容自己心中的感受，但我完全理解创伤及其带来的后遗症。

从医期间，急诊医生需要减轻病人的痛苦，但我也逐渐明白，暴力才是造成痛苦的诱因。我熟练掌握了骨折、面部损伤、撕裂伤和刺伤的急救方法。当病人受到严重的枪击时，我对各项抢救措施烂熟于胸，知道止血、处理伤口和拯救生命的程序。

这就是我曾经的工作角色：治疗暴力造成的伤害。不过，有两件事改变了我的想法。一件是在我做住院医生的时候，佛罗里达州通过了一项法律，禁止医生询问病人的持枪情况。我通常不会问这个问题，但这个问题似乎并没有什么不妥之处，特别是在儿科，医生可以通过家长了解背景信息。毕竟，儿科医生会向父母询问孩子是否接触过药物、酒精和清洁用品等其他潜在的危险物质。政府通过这一法律，严重侵犯了医疗实践。

佛罗里达州的法律也让我想到了医生在防止枪支暴力方面可以发挥的作用。在美国，所有被枪支杀害的妇女中，有一半死于亲密伴侣之手。此外，枪械还导致了大量自杀事件。医生有责任筛查病人的暴露风险；我们的工作不也是为了促进枪支安全吗？这并不是要限制人们拥有枪支的权利，而是要通过教育倡导防止伤害和死亡。

我曾参与医院开展的"暴力阻断"试点项目，那是我第二次将暴力预防作为公共健康问题加以阐述。项目的理念是，暴力往往会进一步衍生暴力，这个想法非常类似于"受到伤害的人也会伤害他人"。今天的受害者，更有可能成为明天的施暴者。现在伤痕累累来到急诊室的病人，一旦治愈，很可能会寻求报复，或者再次受到暴力伤害。病人在急诊室时，我们可以进行干预，提供资源，防止或减少伤害事件。

这一项目令我着迷。我刚刚抢救了一个十几岁的少年，他胸部有三处枪伤。我还注意到他腹部的疤痕，几个月前，他就因为腹部中枪被送到过急诊室。我还记得另外一位病人，脸被打了一拳，等到我再次接班的时候，他又出现在急诊室，打架导致其手部骨折。如果我们像对待吸毒和药物成瘾的病人那样，考量解决创伤伤害的问题，我们是否也可以进行干预，提供防止暴力行为再次发生的"治疗"？

当我在波士顿完成住院医师培训时，这一试点项目刚刚开始。

几年后，来到巴尔的摩时，马里兰州休克及创伤医院的医生卡内尔·库珀（Carnell Cooper）已经发起了一项类似的倡议，将医院作为切入点，将社区作为开展长期干预的基地。病人还在医院的时候，会收到项目邀请。出院之后，1 对 1 的工作人员会继续帮助他们获得所需的资源，如精神健康和药物成瘾咨询、住房、就业或其他社会服务。

这个项目的服务对象是已经遭到暴力伤害的受害者，更进一步的目标是从源头上就防止伤害。我所在的卫生部门正在实施这样一个项目。研讨项目方案、与工作人员一起推进项目实施是我在巴尔的摩期间最值得珍惜的时刻。

早前，芝加哥启动了名为"治愈暴力"的项目，并形成了可供全国推广的模式，以之为范本，巴尔的摩开展了"安全街道"项目，其理念是，将暴力视为像麻疹或流感一样的在人际间传播的传染性疾病，它可以在人际之间传播，我们既可以治疗其造成的影响，也可以预防其发生。

"安全街道"不是在暴力伤害发生后才进行干预，而是通过外展工作人员和"暴力终结者"来打破暴力循环，在枪击事件出现之前就阻止其发生。项目工作人员来自他们所服务的社区，其中包括许多刑满释放不久的人员。

在弗雷迪·格雷居住的桑德镇温切斯特社区，拉蒙特·梅德利（Lamont Medley）是一名外展工作人员，该社区是我们与天主教慈善机构合作建立的"安全街道"项目点。像许多当地的同龄人一样，拉蒙特 10 岁出头就参与了帮派团伙，吸食毒品，同时需要努力养活自己的兄弟姐妹。

他对《华盛顿邮报》（*Washington Post*）的记者说："试图养活自己、满足家庭温饱并不容易。我能接触到的事情都是负面的：抢劫、偷窃、吸毒，这就是我谋生的方法。"

拉蒙特因谋杀未遂入狱 11 年，出狱后，他成为一名致力于终结暴力的社工，向社区的年轻人传递了一个信息，即枪击并不是解决问题的方法，还有其他更好的选择。

拉蒙特开展的工作行之有效，关键在于他曾经与干预对象同甘共苦，并被认为是这些边缘社群的领导者。尽管卫生部门工作人员也满怀爱心，试图在街区开展这项工作，但他们不知道从何入手。相比之下，像拉蒙特这样参与"安全街道"项目的工作人员（大多是男性），则十分了解自己的社群。他们知道谁与谁有过梁子，结过"仇"。他们和目标人群之间建立过深厚的关系，并能基于个人的信誉和他人的信任进一步拓展关系网。如果发现冲突正在酝酿，他们可以努力缓和冲突，打破暴力的恶性循环，阻止枪击等恶性事件发生。

这种循证而来的方法最终被证明确实有效。2017 年，"安全街道"项目的工作人员调解了近千起冲突。一项独立研究发现，其中80%的冲突可能或非常可能引发枪支暴力行为。在整个城市的枪支暴力死亡人数几乎翻倍的情况下，四个试点地区中，三个地区已经有一年或更长时间没有发生枪支致死事件。

在枪击事件发生后，"安全街道"项目的工作人员会组织社区成员发起抗议枪支暴力的活动，敦促改变携带和使用枪支的规范，还为高危青少年提供包括就业培训、教育、个人发展指导、住房和家庭支持等在内的各种服务。约翰斯·霍普金斯大学的研究人员认为，"安全街道"项目是过往十年最为有效的公共安全干预措施之一。

尽管取得了实证性的成效，这一项目仍然一直面临资金不稳定的挑战。与卫生部门的许多项目一样，项目最初依赖联邦拨款和私人慈善机构捐赠维持运转，如果项目被证明有效，州和地方政府作为受益的实体将持续提供财政支持。然而，2016年联邦拨款结束时，我们没有得到市政府或州政府维持项目运转的承诺。

团队一直努力宣传"安全街道"项目。我们联系当地和全国媒体的记者，跟随外展工作人员进行报道。新闻节目和纪录片团队采访了暴力事件的参与者，并传播鼓舞人心的故事。我们还提供了测算经济效益的关键数据。治疗一次枪击伤害的医疗费用至少10万美元，如果伤及脊髓，医疗费至少需要50万美元，如果导致个体死亡，经济生产力损失至少100万美元。一个"安全街道"项目点的年运营总成本仅为50万美元，但一个项目点可能防止数十起甚至上百起枪击事件发生，这无疑是一个值得投资的项目。

最终，历经激烈的唇枪舌剑，一个论点帮助我们获得了市政资金：我提出了一个令人瞠目结舌的统计数字，即城市预算中拨给卫生部门的全部资金，还不及拨给公安部门的加班费。显然，"安全街道"工作也应被视为公共安全事业的一部分，而且可以预防犯罪，颇具成本效益。

我们向州政府提出了类似的论点，经过几个月的宣传，立法机构又决定拨款100万美元弥补目前项目的缺口，并将之纳入一项总额8000万美元的总体预算。我们本认为终于可以松口气了。然而，2016年夏天，州长拉里·霍根（Larry Hogan）否决了整个项目。剩余资金仅够维持"安全街道"运转三周，如果不能得到100万美元拨款，我们将被迫关闭所有四个项目点，裁员60人。

我才明白，州长的决策方式大概与我们的外展工作人员差不多：看《巴尔的摩太阳报》，然后轻率决策，并没有经过深思熟虑。我们立即召集员工开了一次紧急会议，这也成为我参加过的最为激动人心的会议之一。一位成员讲述了他刚刚说服别人离开帮派组织的故事，另一位队员则谈及从事这项工作的意义，他得以将功赎罪，回馈曾经被他破坏的社区。

对于许多人来说，这是他们在社会中的第一份正经差事，也是唯一一份工作。他们谈到从工作中获得的社会尊严，一些人沮丧得大喊，还有人忍不住哭了起来。他们下沉到社区，从事着城市中最危险的工作，知道自己接触的人都持有武器。他们每天都冒着生命危险，推动改变——他们亲眼见证、也切身感受到社区的变化。但现在，他们可能失去工作，所有的努力都可能付之一炬。

"我们有犯罪记录，判过刑，坐过牢，我们还能找到什么工作呢？我们终于回到自己的家庭，抚养孩子，看着他们长大。现在，我们怎么跟他们交代？"一位工作人员说。

另一个人说："这不仅仅是一份糊口的工作，它正在改变社区的生活方式，发挥着重要作用。而现在，这一切都可能徒劳无功。"

那段时间，一些"安全街道"项目的干预队员受到刑事指控被捕入狱，项目受到争议，工作人员想要知道这是不是导致经费取消的原因。出现这样的争议实属意料之中——雇用有前科的工作人员确实有可能出现累犯。我们设计了严谨的预案处理这些案件，而且项目工作人员的累犯率明显低于总体有前科的人员，全国推广的"治愈暴力"项目也是如此。

几个月前，媒体上确实出现了一些负面报道，但我向他们保证，这不是取消拨款的主要原因。我也表达了自己的震惊和深深的挫败感，发誓不惜一切代价确保所需的资金。我说："我很荣幸，能与大家一起工作并争取项目。"他们每天都在冒着生命危险工作，我也要敢闯敢拼。

问题是，我的选择颇为有限。市级预算已经完成审批流程，没有人愿意重新启动程序，批复额外资金。多年来，私人资助者为"安全街道"项目提供了大量资金，也已经没有"余粮"了。一旦项目被证明有效，政府资金将代替慈善捐款，我们不能违背这一承诺。我打电话给州议员，得知他们已经试过了，他们正在着力推动重新审议 8000 万美元的整体预算，因为其他诸多迫切开展的项目也已经风雨飘摇。州长和市长之间的关系颇为微妙，罗林斯-布莱克市长的直接呼吁不会奏效。

别无选择了。我决定采取违背体制内工作原则的行动，公开谴责州长的决策。"安全街道"项目全部停摆前的两周多，我为《每日记录报》（*Daily Record*）撰写了一篇专栏文章，称霍根州长不为"安全街道"提供资金的决策"对一个拯救生命的项目判了死刑"。

"破坏这个项目向勤恳工作的外展工作人员（许多人曾经是重刑犯）发出了极不负责任的信号，这是不是在公然否认他们改善社区的工作价值，以及马里兰州支持社区工作的承诺？"我还写道，"这些工作人员本就出身于所服务的社区，值得信赖，每天都在街头冒着生命危险促进城市安全，我们难道不应该支持他们吗？"

团队将这篇署名文章发给社区伙伴和当地的商业领袖，敦促他们与州长取得联系。项目工作人员和社区活动家在巴尔的摩和安纳波利斯组织了集会。他们敦促州长前往巴尔的摩，与干预队员一起走上街头，看看项目的效果究竟如何。他们在政府外游行集会，慷慨激昂提出请求。几波报道之后，媒体凸显出公众对霍根州长终止安全街道项目的愤怒。

州长办公室迅速反击。据说州长对这些宣传颇为不满，点名指责我是这些宣传的始作俑者。我受到各式各样的批评，既包括影响了州长的连任机会，也包括泄露了州长的"私人住宅号码"，导致私人骚扰。（在一次集会上，有人说出了州长办公室电话，那是一个可供公民反映诉求的公开电话。）我受到警告，说我已经不可逆转地越过了红线，从一名医生和公务人员变成了一名政客。州长办公室打电话给市长办公室，要求我公开道歉。

所有这些都可能让我牢记一条教训，那就是做好分内之事，不要越界，不过，我确信这本就是我的分内之事：为员工和我们所服务的群体据理力争。而且，这样的坚持确实奏效了。霍根州长可能充分了解了选民意见，意识到这其实只是一个非常小的让步，却可以从长远上赢得正面的宣传。在那一周晚些时候举行的州和地方政府官员年度会议上，他的工作人员告诉我，州长准备宣布支持资助"安全街道"项目："十分钟后，他会带着媒体和记者来到这里，我们希望你能公开对他表示感谢。"

这笔资金并没有 100 万美元那么多，不足以覆盖我们的全部需求，但这意味着一次胜利，我非常诚挚地表示感谢。国会议员卡明斯与马里兰州国会代表团的其他议员合作，从联邦政府获得了资金支持，补上了缺口。"安全街道"项目又能撑过一年了，我们的工作得以继续推进，干预人员能够维持自己的工作和生计。

从那时起，我就把解决暴力作为一个公共卫生问题，发表演讲，撰写文章。毫无疑问，它就是一个健康问题，以这种视角切入，我们可以进行治疗和预防干预，打破贫穷、创伤和暴力的恶性循环。

当然，暴力不仅仅是一个公共卫生问题，阻止暴力还需要与执法部门合作。在随后的几年里，我对"解散警局"运动提出异议，因为这个名称暗示着执法部门在公共安全方面不再发挥任何作用。确实，警务实践迫切需要改革，警察暴力本身也是一个公共卫生问题，我完全支持重新审查公共安全项目预算，使之像"安全街道"和其他社区项目那样，在明确其增进整体健康和安全的价值之后，再进行资助。

然而，我也知道警察在保护公众方面发挥的巨大作用。当我们的诊所遭到破坏时，工作人员要求警察在场保护他们。当心理健康方面的外展工作人员遇到携带枪支的病人时，他们需要警察陪同一起开展工作。取消警务部门并不现实，但就像鼓励用公共卫生的方法应对公共安全问题一样，可以改善警务人员的工作实践。

此外，鉴于大规模枪击事件和其他可怕的暴力行为仍然时有发生，我们需要大力推动立法层面的工作。几十年来，联邦机构一直受到干扰，无法开展预防枪支暴力的相关研究，普及持枪人背景调查等措施建议得到广泛支持，却被枪支游说集团所阻挠，令人深感遗憾。

尽管如此，就像对待其他问题一样，我们都可以做好自己力所能及的工作。各城市、各州可以重新审视预算，以更宏观的视角理解公共安全问题。继而，诸如"安全街道"等行之有效的地方性项目可以获得所需的资金。正如在推广纳洛酮、分类执法和创伤知情关怀培训等项目中所亲眼见证的，我相信警察部门内部的文化也可以发生改变。

十二　追根溯源

　　一个炎热的夏日夜晚，威尔伯特·卡特（Wilbert Carter）喝了五杯酒，然后去接他两岁的女儿莱西亚。他把女儿抱到汽车座椅上，然后开车回家。大约午夜时分，朋友们找他去镇上玩乐，彻夜未归之后，卡特从早上 7 点一直睡到下午 4 点。当他醒来时，莱西亚的母亲问他女儿在哪里。自从接到女儿，已经过了 16 个小时，威尔伯特把女儿忘得一干二净。他走到自己的车旁，发现女儿就在车里，已经失去了知觉。送到急诊室时为时已晚，小女孩死于中暑和二级烧伤。

　　只有一岁半的扎劳伊·格雷（Zaray Gray）被送到急诊室，身上多处受伤。他母亲的男友弗朗索瓦·布朗（Francois Browne）带他出去玩，声称扎劳伊从滑板上摔了下来，撞到了脑袋和后背。在急诊室里，医生发现格雷的脸、下巴、脖子和口腔都有瘀伤，左锁骨断裂，并伴有肠道撕裂等多处内伤。这说明孩子的腹部曾遭到严重击打。

　　扎劳伊因伤势过重而死亡。弗朗索瓦被捕后，警方发现他曾因杀害另一个婴儿（他七个月大的亲生儿子）而被起诉，并被判处 15 年监禁。不过，两年零十一个月后，弗朗索瓦被释放了，扎劳伊案发生后，他在五年内第二次因虐待儿童和杀人罪被捕。每月主持一次儿童死亡审查（Child Fatality Review，CFR）委员会会议是我承担的最重要也最令人扎心的工作之一。儿童死亡审查是州立法授权开展的工作，委员会审查巴尔的摩市每一起儿童死亡事件，目的是实现机构间的数据共享。有些是意外伤害：房屋火灾、溺水、流弹。有些则是因为未尽到照护责任或故意虐待，比如受到当地媒体关注的莱西亚和扎劳伊的案件（儿童死亡事件的审查材料是保密的，本书中提供的所有细节都来自公开的新闻报道）。

儿童死亡审查会议通常从参会成员的自我介绍开始，成员来自卫生部门、社会服务部门、学校、警察、青少年服务部门、州检察官办公室、法医，以及其他可能参与儿童或家庭护理的政府机构和非营利团体。在回顾了上个月的工作之后，我依次介绍案例：孩子生前的情况，居住地，同住人，死亡当天的情况或导致死亡的原因，相关部门的报告，医疗救治情况。然后，我请与会代表发言，他们将依次提供所掌握的信息。

一个让人无法忽视的要点在于，几乎在每一个案例中，都曾有多个机构参与过对该名儿童的照护。卫生部门和我们的合作伙伴可能在母亲怀孕时就已经进行了家庭随访。孩子成长的数年间，社会服务机构可能也已经到访过这个家庭。孩子可能在学校里显露出挣扎的状态，学校的老师介入过心理疏导。父母、兄弟姐妹，甚至孩子本人，可能已经与刑事司法系统有过多次接触。

这并不是说这些机构对孩子疏于照护。儿童死亡事件调查有点类似医院讨论导致病人伤害或死亡案例的"发病和死亡"审查。令人惋惜的后果往往并不是由单一原因造成的。更有可能的情况是，若干位医护人员忽视了一系列迹象，做出了数个决策，事后看来，这些决策共同导致了大家不愿意看到的结果。这就是所谓的"瑞士奶酪效应"，病人从漏洞跌落，没有被安全网兜住。

发病和死亡审查的目的并非在于惩罚或追责，而是为了完善医疗实践；同样，儿童死亡审查的目标也是为了从这些案例中总结并学习经验，防止悲剧重演。作为委员会主席，我确保与会成员能够认真审查每一个案例，但我们不会聚焦于令人扼腕的案例情节。会议的重点在于确定具体的改善项目，明确项目的牵头实施机构。

在我担任主席期间，我们确定了几十项干预措施，防止未来的伤害。在莱西亚死亡后，我们开始实施车内高温致死的公共教育活动。我们举行了一次新闻发布会，将一辆汽车停在卫生局门前，并在车内放置温度计，展示温度上升的速度。在 70 华氏度（约 21 摄氏度）的晴天时，车内温度能够在半小时内达到 104 华氏度（约 40 摄氏度）。如果户外温度达到 100 华氏度（约 38 摄氏度），阳光直射下的汽车车内温度可以达到 172 华氏度（约 78 摄氏度）。我们发布了公共服务公告，并与当地企业合作，在特定场所张贴告示，告诫人们千万不要把孩子或宠物留在车内。由于莱西亚的死亡还与嗑药有关，我们还进一步推广了药物成瘾和精神健康 24 小时咨询热线。

通过审查儿童死亡事件，我们还发现了现有法律法规的漏洞。马里兰州的法律规定，如果有人被判定犯有谋杀儿童罪，必须通知当地官员。然而，这种通知只发给做出判罚的司法管辖区的地方官员，这意味着搬到另一个地区的犯罪者并不会被移入地的地方官员所知。倡导者和立法者共同努力纠正了这种情况：2018 年通过的一项州法律规定，如果曾被判定犯有谋杀、谋杀未遂或误杀儿童罪的人即将拥有新的孩子，司法部门应该将相关情况通知州卫生部门和社会服务机构。类似的情况能够得到关注，社会服务机构也得以预先进行家庭评估并提供相关服务。

不过，这一措施仍然无法防范扎劳伊那样的遭遇，因为他母亲的男友并不是他的亲生父亲，司法部门只能将法庭记录与出生记录相匹配。为了识别这类案件，我们启动了一项跨部门计划，分享涉嫌忽视或虐待儿童的高风险人员信息。

儿童死亡事件审查还涉及另外一个广受关注却令人心碎的议题：这些孩子在出生时就已经面临着巨大的伤害。许多人在母体内就接触过大量药物，出生时就伴有阿片类药物成瘾的症状。他们和兄弟姐妹经常流离于不同的家庭：最初他们可能和母亲在一起，母亲被认为无法承担照护责任时，他们去找祖父母，然后可能再去投靠父亲，再之后可能由于担心遭到虐待，又被从父亲身边带走，又回到祖父母身边，进而又回到母亲身边。对于学龄儿童来说，这意味着要不停地转学，学习成绩难免受到影响。许多孩子的家庭中，有多名亲属因家庭暴力指控而被捕，他们目睹了暴力、逮捕甚至死亡。孩子的直系亲属往往吸毒成瘾，伴有精神健康问题，一些孩子在很小的时候就被诊断出患有抑郁症和其他行为问题。

这些创伤性的童年事件被称为"不良童年经历"（Adverse Childhood Experiences，ACEs）。许多研究表明，不良童年经历严重的儿童，不仅患有行为障碍，而且还会出现身体健康问题。成年后，这一群体更有可能出现药物使用障碍，自杀率更高，也更有可能患有高血压、糖尿病和心脏病，预期寿命不及没有遭受类似童年创伤的同龄人。

在审查过程中，我会计算不良童年经历的比例，还会计算他们的父母以及其他照顾者是否也曾经历过类似的情况。我们无法掌握他们家庭生活的所有情况，但从我们了解的情况可以发现，这些孩子出生于非常具有挑战性的环境中，创伤代际传递——暴力、伤害、药物成瘾、精神疾病、贫困、严重的不平等等现象往复循环。

我们的工作致力于打破这些循环，并在必要时进行干预。医疗错误的"瑞士奶酪效应"涉及许多环节，病人要经过诸多系统，而这些系统本该发出预警信号。当然，我们不可能解决每一个问题，尽管我们尽了最大努力，但干预措施仍然可能不会奏效。

一则关于公共卫生的寓言故事说，三个朋友在河边散步，河道中水流湍急。一群孩子要被河水冲走了，尖叫着求救。

第一个人跳进河里，试图拯救这些孩子，他救上来几个，但很多孩子还是被冲走了。第二个人向上游的水坝跑去，开始修复水坝，减慢水流，更多的孩子获救了。第三个人跑到更远的上游。"你要去哪里？"前两个人叫道，"来帮帮我们！"

"我去看看是谁把孩子扔到河里的。"他回答。

这就是追根溯源的理念，也就是说，越是深入到根源，就越可能防止问题发生，越可能拯救更多生命。这是公共卫生的一个核心原则，也是我坚信不移的信条之一。公共卫生应该审视贫困、差异等导致健康状况不佳的原因，将我们的资源聚焦于预防，并将我们的疾病照护系统转变为健康照护系统。

但我也强烈地认为，我们也要全力解决眼前的燃眉之急。如果儿童溺水了，我们必须尝试修复水坝、拯救孩子。而当被水冲走的儿童迫切需要帮助时，我们必须尽一切努力把他们拉回岸上。

2009 年，巴尔的摩是全国婴儿死亡率最高的城市之一，死亡率堪比处于内战的国家。另一个令人震惊的统计数字是，巴尔的摩的非裔婴儿出生后一年内的死亡率是白人婴儿的五倍。

在我的前任彼得·贝伦森和乔希·沙夫斯坦的领导下，巴尔的摩的卫生部门开展了一个政府机构与私人组织的合作项目，称为"巴尔的摩婴幼儿健康计划"（B'More for Healthy Babies），该项目已经拥有 150 多个合作伙伴，覆盖医院、保险公司、邻里协会和教堂等不同机构，由多个子项目组成。其中一个重要的子项目是根据是否享受医疗保险筛查并分流孕产妇，享有保险的人数大约一半，而对于另外一部分孕产妇，项目组会评估需求，针对最需要额外帮扶的群体，护士将在整个怀孕和产后过程中上门服务。次高层次需要额外照护的群体，社会工作者或社区卫生工作者会随访健康状况，开展监测。

居家随访项目的参与者会得到具有针对性的帮助。患有先兆子痫和妊娠期糖尿病等高风险疾病的女性会接受护士的家访，定期监测血压和血糖水平。工作人员还会为孕产妇及其家庭提供照护，所以工作人员并非仅仅关注妇女的身体健康问题。当我与护士一起进行家访时，他们照顾到的诸多其他需求令我震惊。一位护士指出，家里的小孩子可能会误食房子里剥落的油漆，她给孩子们做了铅中毒测试，并让孩子的母亲加入家庭减铅计划。还有护士发现，她所随访的孕妇是家庭暴力的受害者，她要为妇女和孩子找到安全的住所。

我担任卫生局长时，与睡眠有关的婴儿死亡事件数量正在上升。其中一些案例是可怕的婴儿猝死综合征（SIDS），没有明确的致病原因。还有一些本可以预防的案例。儿童死亡审查委员会审查这些案件时，我们发现案件的共同点是不安全的睡眠环境。一名婴儿在沙发坐垫之间窒息而死，另一名婴儿死在婴儿床上，脸朝下扎在毛绒玩具里。还有一名婴儿滚到了熟睡的成年人身下，最终丧命。

我们已经建立了普及安全睡眠知识的项目：独自一人、仰卧、使用婴儿床、家人不要吸烟、婴儿床上不要放其他东西。项目内容根据国家指导纲要制定，其中的信息是我们针对巴尔的摩社区的情况专门设计的。现在我们需要找出这些指导方针没有得到有效实施的障碍。

一个明显的障碍在于公众不了解这些基础知识，而且这些指导方针经常与现有的文化实践背道而驰。比如，在我成长的中国文化中，陪婴儿一起睡是一种文化上的规范和期望。当我还是个婴儿的时候，大人们让我趴着睡觉，他们觉得如果我吐了，就会吐在床上，避免被呕吐物噎死。巴尔的摩的许多母亲都有相似的看法：母亲和孩子睡在一张床上，经常让孩子脸朝下睡。使用婴儿床的母亲经常在床上放上毛绒玩具，或是把玩具固定在婴儿床的保险杠上，这些做法都与婴儿猝死综合征有关。

卫生部门和合作伙伴已经准备了安全睡眠知识的宣传材料，并在社区开展宣传工作。但传统习俗根深蒂固，我们还需要付出更多努力。与母亲们的每一次交流都是教育和干预的机会。

巴尔的摩婴儿健康项目团队多次与产科医生、儿科医生、家庭医生和内科医生开会，我们的要求是，每个候诊室都要张贴婴儿睡眠知识的海报，医生也要向求诊者播放一段宣传视频。我们还强调，虽然这些信息与新父母和准父母最为相关，但也不能忽视对其他家庭成员的教育。祖父母常常负责照看孩子，其他亲属应该得到发言权，如果他们看到不安全的情况，可以毫不避讳地指明。

我们还与外展工作团队合作，确保每次家访都能够了解婴儿的睡眠情况，然后与所有家庭成员进行交流，晓之以理。外展工作人员涉足教堂、社区集市和邻里聚会，传播相关知识。

对病人来说，能够从不同渠道获知这些信息极为重要。一些病人可能最相信医疗工作者，其他人则可能更为相信社区的工作人员。一位孩子夭折的母亲加入了我们的工作，成为最有发言权的代言人，亲身经历激励着她劝诫其他母亲，避免犯下追悔莫及的错误，人们无不为之动容。

儿童健康是罗林斯-布莱克市长关注的优先议题之一，她发挥市长办公室的统一协调作用，要求其他部门与我们一起推广安全睡眠。海报出现在社会服务办公室、母婴健康服务点、老年中心和公园。

我们与辖区法院和巡回法庭合作，人们在等待陪审团或处理法律事务期间，可以观看婴儿安全睡眠的视频（还包括以"远离死亡"为主题的纳洛酮宣传材料——那是另一项保护社区成员生命安全的公共卫生实践）。

　　每当去看病，看到这些海报时，我都深感欣慰。在我住院分娩期间，安全睡眠的知识宣传是令我最为难忘的时刻之一。就在儿子出生前几分钟，一位护士冲进来，让我看宣传视频。她说，这是医院的规定之一，之前忘记了，并深感抱歉。她知道我很不舒服，但还是想让我尽快看，我想，她大概没有想到，我会那么积极热情地响应她的要求！

　　我们还强化了其他支持计划，指导新妈妈护佑婴幼儿健康。我后来才亲身了解到，对许多妇女来说，母乳喂养并不是一种天生的技能。我们增加了泌乳支持计划，聘请了泌乳顾问以方便公众咨询，在我儿子出生后的最初几天里，泌乳顾问对我帮助巨大。

　　我们还启动了一个提供免费婴儿床的项目，这又给我们带来了完全出乎意料的经验。在婴儿床交付后，家庭随访员做了一次调查，发现婴儿的睡眠习惯没有改变：婴儿仍然与大人同床，或处在其他不安全的环境中。婴儿床往往被堆在沙发后面或地下室里，包装完好，根本没有打开过。

　　为什么会这样？原因是，每张婴儿床都是以零件打包交付的，需要另行组装。这一问题可以解决。此后，我们提供婴儿床，也会派人上门组装。这项干预措施并不复杂，但它满足了人们的需求，并对家庭产生了很大影响。

　　这些举措效果显著：七年之内，巴尔的摩的婴儿死亡率下降了38％。换言之，与2009相比，2016年婴儿死亡数量减少了50名。与睡眠有关的婴儿死亡记录连续三年减少。

结果评估还纳入了健康公平的附加指标，以衡量种族差异的变化。我们对结果深感自豪：在同一时间内，非裔美国人婴儿死亡率和白人婴儿死亡率之间的差距缩小了一半多。

其他城市前来学习经验，了解巴尔的摩婴幼儿健康计划成功的原因。一个关键因素在于广泛凝聚合作伙伴，专注于降低婴儿死亡率这一目标。在项目开展之前，150 个合作伙伴各自为战，为自己的倡议而努力。这一项目将他们凝聚在一起，践行基于循证的策略，面向客观务实的共同目标。虽然策略是由市政府制定的，但实施者绝不仅仅是卫生部门或其他行政部门：我们期望所有的合作伙伴都能共同参与其中。

项目成功的另一个原因在于，我们建立了解决问题的程序，并在此过程中及时调整策略。最初的战略是根据既有证据制定的，但当一线工作人员发现实施过程中的障碍时，项目领导者积极进行策略调整。我们坚定秉持公共卫生原则，派遣为人信任的传播者深入公众。我们希望员工、合作伙伴以及服务的家庭能够持续关注这一项目，这样我们就可以灵活运用一切办法，实现我们的目标。

巴尔的摩婴幼儿健康计划是一个典型的早期干预案例。重点在于尽可能早地介入，在孩子出生时，甚至在孩子出生前。由此，我们试图打破贫困和健康不良的代际循环，从最开始就给每个新生儿提供各种机会。

刚担任卫生局长时，我曾与阿贝尔基金会（Abell Foundation）的负责人鲍勃·恩布里（Bob Embry）共进午餐。鲍勃已经年逾八十，是一位受人尊敬的城市领导者，从四十年前担任住建局长到退休前担任州教育委员会主席，他几乎担任过所有市府部门的领导职位。鲍勃领导的阿贝尔基金会慷慨支持卫生部门的工作，是巴尔的摩婴幼儿健康计划、各类学校健康项目以及众多公共卫生措施的主要资助者。

鲍勃声望极高，他主动要求参加午餐会，我知道他构思了新的项目计划。

我们一起来到餐桌前，还没容我落座，展开餐巾，鲍勃已经开始说话了："我们来谈谈眼镜吧。"

谈话就这样开始了。鲍勃与我分享了基金会资助的一项研究，该研究发现巴尔的摩有多达一万名应该却尚未佩戴眼镜的学龄儿童。为什么没有及时佩戴眼镜呢？马里兰州的法律要求公立学校儿童接受三次视力检查，分别在学前班、一年级和八年级。显然，中间存在很长一段空白期，也就成了积累问题的隐患。医疗保险能够支付儿童眼科检查费用，但许多家长没有带孩子进行筛查。

我亲身经历过视力问题带来的困扰。在中国时，我应该就出现了视力问题，只是没有意识到而已。四年级时，我记得自己必须眯着眼睛才能看到黑板。我的口语不好，也不想被点名回答问题，所以我只在自己擅长的数学课上坐到前排。其他课上，我努力靠听课跟上进度（而不是看黑板）。一位老师敏锐地注意到了这一点，告诉了我母亲。学习一门新语言已经很困难了，我无法想象，如果视力问题一直没有被发现，要多花多长时间才能赶上进度。

除了需要加强筛查工作，研究还发现，在那些得到检查并确认需要佩戴眼镜的学生中，只有不到20%的学生真正戴上了眼镜。报告发现了诸多影响获取眼镜的因素，包括交通不便、监护人不能离开工作岗位以及缺乏医疗保险。还有一个主要问题，由于学校无法准确掌握学生家庭的电话号码和邮寄地址，孩子的视力问题无法及时告知家长。

我颇为震惊。"这么严重！我完全支持继续开展研究，但我觉得这一问题带来的影响已经显而易见了，如果孩子们看不清，他们就无法正常学习，不能看板书，甚至可能被贴上捣乱的标签，放学后被老师留下批评。"

"他们最终可能会加入帮派，陷入困境，而通过一副眼镜就可能避免这一切。"他说。

我们明白，这些年轻人可能还面临着其他一系列困难，一副眼镜并不是万能药，但这确实是一个可以解决的问题，在我们可控的范围之内。

鲍勃说："如果你能持续推动这个项目，我会帮忙找到资金。"

那次见面后不久，弗雷迪·格雷事件发生了。我又花了几个月的时间整理手头的工作，没能全力顾及这一问题，但鲍勃的话始终萦绕在耳边，原因之一在于鲍勃活跃在巴尔的摩的各种项目之中，每次见面他都会提醒我"眼镜"。2015 年秋天，我找到了另一位杰出的合作伙伴，约翰斯·霍普金斯大学校长罗恩·丹尼尔斯（Ron Daniels），他希望能够将大学的资源整合到这项工作中。

项目开始成型。目标很简单：进行视力筛查，覆盖巴尔的摩所有公立学校、每个年级（从学前班到八年级）、全部孩子。如果筛查结果有问题，我们也将提供所需的额外检查；如果孩子需要眼镜，他们可以选择镜框，得到一副眼镜。所有这些工作都是免费的，更重要的是，巡诊车开进各所学校，学生不必耽误上课，家长和监护人也不必向单位请假。

每个新项目都需要克服一些官僚主义的积弊，眼镜项目亦不例外。卫生部门有自己的眼科医生，但也需要聘请更多的专业人员，应付巨大的工作量。巴尔的摩的人力资源部门政策古板，聘请新人并不容易。我们需要争取更多的合作伙伴提供眼科检查设备和车辆。我们还需要与医保部门和私人保险公司合作，解决报销问题，如果学生符合参保条件但尚未注册，我们还会为他们联系保险。

值得庆幸的是，全国性的非营利组织"好视力"（Vision to Learn）正在其他地区开展试点项目，应邀成为我们的合作伙伴。沃比帕克公司（Warby Parker）同意为项目提供眼镜。得益于阿贝尔基金会、安妮·E. 凯西（Annie E. Casey）基金会和约翰斯·霍普金斯大学提供的大量资助，以及我们从当地和全国性慈善组织及基金会筹集的善款，项目获得了 350 万美元启动资金。

项目启动时，加布里埃尔正好完成了"巴尔的摩社"奖学金资助的一年进修学习。我指派他负责协调各合作伙伴，确认捐赠，启动项目。他工作出色，卓有成效。一年之内，项目在十所学校开始全面运作，发放了一千副眼镜。加布里埃尔还制定法律和合作框架，着手在三年内扩大规模，确保巴尔的摩每所公立学校的每个学生接受视力检查，并根据需要得到眼镜。

加布里埃尔总是很善于调动气氛。他和我们的首席信息官迈克·弗里德集思广益，为眼镜项目征名。其中一个颇有创意的名字是"乐观的眼镜"（Glass half full），还有一个名称叫"赏心悦目"（Sight for Sore Eyes）。最终，我们确定了一个四平八稳、不那么俏皮的名字——"巴尔的摩视界"（Vision for Baltimore）。

项目的消息迅速传开，其他十几个城市也很快开展了类似的行动。全国媒体广泛报道了"巴尔的摩视界"，将其视为可供推广的公私合作项目范例，对青少年健康产生了持久影响。

最令我津津乐道的时刻是，美国公共广播公司《新闻一小时》节目组来到巴尔的摩，拍摄学生们第一次接受眼镜的情景。制片人一直在寻找突如其来的惊喜时刻，如果能捕捉到孩子们看清东西时的表情，那该多好啊！

不过，我和摄制组在一起时，一个孩子的脸色变得很难看。

当时，一个八岁的小女孩正在兴奋地试戴新的粉色镜框眼镜，那是她自己选择的颜色。

她戴上眼镜后，制片人问她是否觉得和之前有什么不一样。

镜头转向了她。也许制片人希望拍到的那一瞬间就要出现了！

然而，小女孩说没有。制片人在大约一英尺外举起一本书，让小女孩摘下眼镜读一页。女孩读得很慢，断断续续，眯起眼睛，靠近书本，然后又试了一次。

"现在你能戴上新眼镜再试一次吗？"制片人问她。

女孩戴上了眼镜，这一次，她没有停顿。

"那么，你觉得戴不戴眼镜有区别吗？"

女孩直视着镜头："没有。"

"你确定吗？"制片人坚持问，"我觉得你第二次读得更好。"

女孩耸了耸肩，不以为然。

这并不是摄制组期待的节目效果爆棚的时刻。但在镜头外的工作人员中，一名在学校卫生领域工作了二十多年的同事已经热泪盈眶。她完全理解，因为得到了一副眼镜，这个女孩享有更美好的未来。

这就是公共卫生的力量，一个小小的干预措施可能改变一个人一生的生活轨迹。它不一定是尖端科技、也不一定是最复杂的解决方案；事实上，这些成效可能唾手可得，我们能够也应该着手努力。这并非解决谁把孩子扔进河里的源头问题，而是在修复大坝，在学生被湍急的河水卷走之前放下救生筏。

我曾经参加了一个讨论小组，每个人都被问到同一个问题：如果有了几百万美元，会把这些钱投资到哪里？不需要深思熟虑，我就能够给出答案——全部投资于学校健康。

在巴尔的摩，80％以上的公立学校学生有资格享受免费午餐或优惠午餐，就像我小时候一样。对于成千上万的孩子来说，校餐是他们唯一有保障的食物来源。这也是我宣布气象灾害紧急预警时首要考虑的因素。我知道，学校一旦关闭，成千上万的孩子会挨饿。

在巴尔的摩，每一天都有数百名学生面临无家可归的境况。我有过切身的经历，当不知道晚上在哪里睡觉时，很难把注意力放在学习上。我也记得母亲说过，不少学生被其他生活问题分散了注意力，很难让他们全神贯注地上课。就像我在急诊室的感觉一样，我无法打开潘多拉的盒子，纠缠这些问题的根源。老师们也感到无助，因为他们根本没有办法帮助学生解决基本的生活需求。

加强学校健康是解决这些问题的可行方法。巴尔的摩的每所公立学校都有校内诊所，能够承担急救、健康教育等基本的卫生照护工作。卫生部门为每个诊所配备一名护士或助理护士，有十四所学校能够提供更高水平的医疗保障，配备了执业护士或医生，可以诊断并治疗常见病。

然而，学生群体仍有大量的健康需求无法得到满足。像获得眼镜这样基本的需求也还存在许多障碍，现状堪忧，不难想象学校健康还有多少漏洞亟待补足。

在巴尔的摩任职期间，我们又成立了两个建立在学校里的健康中心，提供更全面的健康服务，包括治疗哮喘和其他慢性病。我们还开展了远程医疗试点项目，尝试让校内诊所通过远程医疗获得更专业的医疗服务，尽量避免孩子们因病请假或旷课。鉴于心理健康的极端重要性，我们将心理健康服务扩大到120多所学校。

我为扩展项目、开展试点感到自豪，但也希望做得更多。想象一下，学校健康诊所能否也配备一名社会工作者帮助儿童和他们的家庭？校内的健康中心能否既为学生服务，也为整个家庭提供医疗服务？能否让每个孩子接受心理创伤筛查，并得到相应的照护，避免情况恶化直至需要更为特殊的心理健康干预？

并不是每个城市或学区都有这些需求，但在类似巴尔的摩这样的地区，改善学校健康服务可以对孩子、整个家庭以及未来几代人产生变革性的影响。然而，为这些额外的工作筹集资金颇为困难，不仅巴尔的摩如此，在全国范围内，预算优先关注终端问题，而不是上游的早期干预措施。

找到资金维持像巴尔的摩婴幼儿健康计划这样的既有项目都很困难。有一年，我们不得不挪用人员空缺产生的工资结余来填补资金缺口。还有一年，州立法机构给予了我们资金支持，但当我们准备将之用于"安全街道"项目时，州长却拒绝了这笔拨款。幸运的是，私人基金会等合作伙伴在关键时刻介入，填补了缺口。显然，这并不是一个可持续的解决方案，我经常想，如果我们有足够的资源，一定可以做更多工作，呵护孩子们健康成长。如果我们的工作人员不必花费大量时间为已经被反复证明卓有成效的项目筹款，他们一定能够推动更大的变革。

长期以来，酗酒一直危害公共健康，我到巴尔的摩任职后不久，就听说有一种名叫"酒精粉"的新物质即将上市出售。全国各地不少卫生专家敲响了警钟：这种无味的物质可以溶入酒品之中，使酒劲大增。它甚至可以被混入软饮料中，成为导致强奸的迷魂药。

我和团队召集州和地方领导人商讨对策，希望在酒精粉上市之前就禁止其在马里兰州销售。公众教育活动开展两周之后，州审计长在他职责所及的范围内支持了我们的倡议，一个月后，州立法机构也通过了一项禁止销售该物质的法案。

我们对合成大麻发出了类似的警告，合成大麻根本不是大麻，原本是一种用来喷洒植物的化学物质。我向市议会作证说："服用这些物质就像玩俄罗斯轮盘赌。"市议会最终通过投票禁止这一物质销售，保护巴尔的摩的年轻人。

我们还说服市议会通过立法，授权管理部门对玩具含铅量进行更严格的检查，并降低铅含量限额标准，保护巴尔的摩的儿童远离铅中毒。我和州卫生官员们一道，支持将合法吸烟年龄提高到 21 岁，经过几年的倡议，州立法机构通过了这一法案。

当然，我们也有折戟之时。在含糖饮料上设置警告标签是其中最为艰难的一场斗争。马里兰州儿童无糖协会、美国儿科学会等不少健康倡导群体都力主采取行动，遏制儿童肥胖症。我在临床工作中深感其必要性。过去，我只碰到过成年肥胖症，而现在，我经常碰到年龄只有八九岁体重却高达 200 磅（约 91 公斤）的儿童，以及患有高血压和 II 型糖尿病等疾病的年轻人，这些疾病本来仅常见于中老年人群体。

在巴尔的摩，三分之一的高中生患有肥胖症。四分之一的学龄儿童每天至少喝一瓶碳酸饮料，研究表明这是导致儿童肥胖症的主要原因，这一疾病是可以预防的。坚持体育活动很重要，改变食物种类很重要，但对于改善儿童健康来说，减少碳酸饮料的多余能量摄入最为重要。

2016 年，我和团队咨询了社区团体，询问什么干预措施最有助于减少碳酸饮料消费。他们建议，首先要在出售饮料的地方贴上警示标签。市政府无法直接将标签印在瓶子或罐子上，但可以要求在自动售货机和商店冰箱上贴上标签。这一工作的初衷是"鼓励"消费者做出更有利于健康的选择，旧金山市已经通过了类似的立法。

家长团体更为积极，他们要求抵制大量专门针对有色人种和贫困社区的汽水广告。对卫生部门来说，这项工作涉及公共教育，关乎社会公平。为什么孩子们只能看到体育明星和各界名人代言的碳酸饮料广告，却不能看到含糖饮料导致健康问题的事实？

一项独立研究显示，饮料行业集体出动开展游说，花费超过300万美元，反对相关法案。巴尔的摩市议会的听证会上挤满了附近百事可乐和可口可乐工厂的工人，他们声称如果该法案获得通过，自己将失去工作。说客们还声称，巴尔的摩应该专注于解决杀人等刑事问题，饮料标签法案纯属浪费时间。（这是一个典型的逃避责任的论点：不要关注这个问题，那边的问题更严重。）饮料公司联系了社区团体，并提供了可观的捐款以换取支持。他们还动员了其他当地企业，那些企业最初并不反对该法案，但后来开始提交法案影响企业效益的证词。

这是我第一次面对大型资本利益集团的游说力量。我太天真了，大大低估了对手的能量，认为我们可以获胜，因为我们有一些社区团体的支持，也因为我们掌握着非常明显的事实证据。而且，我觉得这个法案并不极端，相对温和，我们的诉求并非征税或全面禁止，而是一项公共教育活动，促进信息的可及性和信息公平，而且这一法案仅限于巴尔的摩市。我预料到，相关行业担心销量滑坡，会大力反击，但我没有料到，我们的草根性志愿教育活动面对着一场复杂、资金极其充足的游说行动。

尽管得到两千多名社区居民、公共卫生领导人和医生的大力支持，法案还是未能通过。法案甚至没有通过审查委员会。在委员会召开听证会当天，大多数委员没有露面。饮料行业做出了各种承诺，委员们尽己所能，确保法案不会被公布于众，他们也就不必在众目睽睽之下投下"反对"票，承担激怒选民的风险。我理解委员们的处境，但在这样一个事实清楚、证据确凿的问题上，他们缺乏做出变革的勇气，我仍然感到失望。

这次失败让我收获良多。两年后，卫生部门提出了另一项关于含糖饮料的法案，将餐厅菜单中的默认饮料替换为健康饮料。以前，儿童套餐的默认饮料是碳酸饮料，如果父母想让孩子喝牛奶或其他非含糖饮料，必须支付额外的费用。新法案旨在确保默认的饮料是牛奶、纯果汁或瓶装水。家长仍然可以购买碳酸饮料，但这一法案将使人们更易得到健康的选择。

这一次，我们的团队已经有所准备。凯莉·伊斯门（Kelleigh Eastman）作为新上任的特别助理和"巴尔的摩社"的成员，帮助推动了这一立法活动，并继续担任特别项目主任，领导相关工作。得益于她和卫生部门法务主管杰夫·阿莫罗斯（Jeff Amoros）的努力，在饮料行业知道这一计划之前，我们花了几个月时间妥善安排了各项事务。我们已经实施了一项"自动售货机健康销售"政策，引入零糖饮料，舆论并没有出现异议，销量也并未减少。我们还与主要的连锁餐厅和小企业合作，他们自愿调整默认饮料菜单，而销售没有受到任何负面影响，他们已经准备好作证。我们还获得了主要立法部门和社区领导人的公开承诺，市长和市议会主要成员都准备支持该法案。

这一次，法案通过了审查委员会，并经市议会表决通过，没有经历什么波折。饮料行业仍然出面反对，但他们意识到游说已经不会奏效。在法案签署仪式上，我向市长和议会表示感谢："感谢你们做出了正确的选择，这项立法关乎公众的健康，关乎下一代的成长。"

这也证实了我在巴尔的摩工作期间反复加深的认知：行政特权依然可能影响公众选择。我支持向公众赋权，所有人都是自身健康的第一责任人，但个人责任并非决定健康和福祉的唯一因素。作为政策制定者，我们负有打破系统性障碍的社会责任，提供信息和方法，保障人们都能够为自己的健康做出最佳选择。

改善儿童健康的立法、教育和服务工作佐证了地方政府不可或缺的作用：深入群众，团结社区，回应居民的诉求。年轻人不是我们需要解决的麻烦制造者，而是我们的服务对象。我们在改善上游的问题，也在中游和下游进行干预，无处不在，尽己所能。

十三　新的开始

2017 年，公共卫生的工作图景出现了三个重要变化，深入影响了卫生部门正在开展的工作。

其中之一是凯瑟琳·普格接任市长职务。我和团队很快就辨识出新市长执政的优先议题，我们集中精力阐述公共卫生与这些优先议题的关系，并寻找最合适的人选向市长报告我们的想法。我们与过渡团队密切接洽，呼吁关注公共卫生在各个领域发挥的重要作用。

我曾经以为，2016 年选举年中最重要的变化就是市长换届了，但我错了。和许多人一样，我没有料到唐纳德·特朗普（Donald J. Trump）战胜了希拉里·克林顿（Hillary Clinton），成为美国总统。我原本期待着一位从政经验丰富的女性成为美国第一位女总统，也坚信克林顿政府肯定会支持公共卫生的政策变革。

与市长交接团队积极接洽的同时，总统竞选期间，我也对城市公共卫生的需求提出了自己的看法。在民主党全国委员会起草竞选纲领的会议上，我就应对阿片类药物流行、保障母婴健康等问题作证，并且明确表示，如果得到邀请，我很乐意为任何候选人团队贡献智慧，包括在共和党全国委员会会议上作证。

我想，这才是适合我的职业角色：基于无党派的立场，了解政治格局，领导政策制定，与所有人开放合作。当特朗普赢得大选时，我仍然抱有希望，认为新政府可以被说服，更加相信基层公共卫生工作的价值。我召集了全国各地的卫生部门负责人，给总统过渡委员会写了一封信，概述了新政府应该秉持的公共卫生愿景。我们认为，公共卫生是国家安全的组成部分，从源头上投资疾病预防更具有成本效益。

这封信石沉大海，没有回复。特朗普就职后，我们亲历了他当选所带来的惊天动地的变化，一项又一项政策削减了公共卫生资金，重要的公共卫生工作无法开展，居民的健康和福祉受到了伤害。

生殖健康服务经费首先被砍掉了。政府撤销了卫生部门预防青少年怀孕项目的经费，巴尔的摩两万余名年轻人无法获得性教育。此前，我们的预防青少年怀孕项目已经成功地将青少年生育率降低了61％，降至几十年来的最低点。现在，项目的存续受到了威胁。

然后，特朗普政府调整了"Title X"项目计划。Title X是一项起步于20世纪70年代初尼克松政府时期的公共卫生项目，旨在向低收入妇女提供负担得起的生殖保健服务，如节育和巴氏涂片检查。

我所在的卫生部门负责向近二十家诊所分配Title X项目资金，包括我们自己运营的三家诊所。得知这个项目有可能被取消时，我召集当地所有受资助者聚在一起，讨论下一步的行动计划。这可能产生巨大的潜在影响：巴尔的摩三分之一的妇女依靠公共资助的医疗保健项目接受避孕和生殖保健服务。Title X项目服务的人群中，86％的人收入刚刚达到或低于联邦贫困线。

当我和团队与接受Title X项目资助的机构联系时，一些人表达了担忧：他们不想与计划生育机构一起参会。我们解释说，从全国范围内Title X项目的执行情况来看，计划生育保健中心的服务人次占比为40％；Title X的项目会议当然应该包括计划生育协会在巴尔的摩的分支机构。但是，医院系统和社区卫生中心的领导者对此表示反对。

其中一位管理者的意见颇具代表性，尽管他是一位受人尊敬的地方领导人，也支持堕胎："我们需要进行一次无党派的、不涉及政治倾向的医疗问题对话，一旦计划生育机构参会，会议会立即卷入堕胎的纷争和政治议题。"

这让人深感担忧。妇女的生殖保健问题越发成为受到争议的话题，被污名化，受到攻击，我早已为之深感不安。如果在巴尔的摩这样一个自由主义政治倾向的城市，计划生育都被认为太有争议的话，生殖健康就越来越可能隔绝于其他医疗保健服务项目。我想到了巴尔的摩的患者，以及全国各地数以百万计的妇女，她们将失去获得低成本医疗照护的机会。

还有特朗普政府的移民政策。除了针对非法移民的严厉言辞和驱逐行动，还有一套新的针对合法移民的"公共责任规则"：如果享受医疗补助、食品援助等政府资助的救济保障，则可能影响在美国的居住权。这些都是我们一家曾经依赖的救济措施，帮助我们最终自食其力，父母找到了稳定工作，妹妹和我得以继续学业。我试想过，如果童年时代遇到了这种规定，我们该怎么办。使用医疗补助可能损害我们的未来，父亲犯了出血性胃溃疡时，我们会送他去医院吗？获得救济将危及我们留在美国的机会，我们会选择挨饿，或者放弃公共教育的机会吗？我忍不住想，如果当年申请庇护的时候，家庭分离政策①已经施行，我是否会被从父母身边带走，关在笼子里，得不到基本的照顾？

2017年夏天，政府颁布了一项"良心条款"，据称是为了保护卫生专业人员的宗教自由，但其真正的效果却是允许卫生专业人员

---

① 特朗普政府时期，为打击非法移民，曾采取将儿童与父母强制分离关押的"零容忍"政策，该举措遭到各方批评。

拒绝为特定群体提供照护，如果医生对该群体抱有成见的话。如果医生对变性人心怀芥蒂，他们可以拒绝为变性者实施手术，医生也可以因为孩子成长于同性家庭而拒绝给他们接种疫苗。

这相当于为歧视提供了法律保障。我颇为担心，那些已经面临医疗障碍的人群会处于何种境地。妇女、少数族裔和 LGBTQ 群体，特别是其中那些生活在医疗服务匮乏地区的人，可能会失去唯一的医疗照护资源，被迫完全放弃医疗保健服务。

我还在反思，就医疗行业的本质来说，这些变化意味着什么。医学院教育我们，医生的首要职责是对病人负责。面临不同的选择时，医生"必须优先考虑病人的健康和权利，因为病人处于弱势地位"。我们这些医生、护士和其他卫生保健专业人员选择了医疗工作，我们的病人无法选择何时生病、生什么病，而且往往无法选择落入哪个医生的手中。照顾病人是我们的工作，也是我们的特权。我们不评判患者，不能让自己的信仰凌驾于病人的需求之上，当然，我们更不会拒绝拯救生命的医疗工作。

在医学院时，我曾与一位为监狱系统提供咨询的主治医生一起工作。狱警会送来医疗记录，由医生审查转移到专门医疗机构的申请。这种转院机会令人羡慕，医疗监管机构比监狱的限制更少，设施更好。主治医生让我先审查记录，根据实际医疗需求确定哪些囚犯应该获得更高水平的照护。

起初，我内心特别为难。记录描述了每个囚犯所犯的罪行。许多人犯有可怕的罪行，包括儿童性交易、多起谋杀案，等等。我很难从这些描述中看到医疗需求，我怎么可能对一个强奸儿童的人抱有同情心，让他转移到一个更舒适的场所中，即使他确实患有白血病或肝衰竭？

我向主治医生讲述了内心的挣扎。他问我，如果一个被定罪的杀人犯来到急诊室，我会怎么做？如果这个人即将死于心脏病，我会因为他的罪行而拒绝治疗吗？

"当然不会，"我说，"我们不会拒绝任何病人。"

"这就对了。治疗患者是我们的职责。评判患者的所作所为、分析他们的嫌疑，这些并非医生的工作，而是法庭的事。我们的职责是治疗疾病，不管患者是谁。"

这就是我所学到的行医准则，用最高的医疗标准治疗病人，无论他们是谁，来自哪里，付不付得起医药费。这份工作给予所有人尊严、同情以及人性关怀。这种医学精神正在受到威胁，我的内心无法平复。

类似的政策层出不穷，我忍不住思考自己对病人承担的义务和责任。在我从医的经历中，我坚信医生的职责不仅在于提供医疗服务，而且在于努力建立更完善的医疗体系，并曾为之奋斗。现在，我是否应该重新评估作为城市卫生官员的责任，就这些政策对社区产生的影响发表更多意见？我一直努力保持党派中立，关注政策而非政治，但如果居民健康受到党派政治的威胁，我是否应该大声疾呼？

可以肯定的是，在巴尔的摩，我一直倡导关注公共卫生问题，直言不讳。不过，此前我请公众关注的重点与现在不同，我曾倡导关注疾病导致的后果，甚至提请公众关注某些系统性问题，但没有涉及过某个特定的由政治家意识形态衍生的政策。我为"安全街道"项目发声，那是我跳出圈子涉足政治议题最深的一次。那次经历让我认识到与政客单挑的风险。确实，我的行动拯救了"安全街道"项目，但对某些人来说，我被塑造成了反对共和党州长的党徒。

我一直试图避免出现这样的状况。有人曾和我谈起一项关于医生和政治活动家可信度的研究。开始时，医生的可信度高得多。如果医生坚持在公共场合讲述事实和科学，就能够保持高可信度。一旦医生开始使用政治活动家的话语，公众信任度就会降得比政治活动家还低。这一研究结果与我作为城市卫生官员的经验相吻合。我赢得了社区的信任，因为公众认为我的初心在于生命关怀，而非政治竞选。

但是，如果特定政府的政策是导致巴尔的摩居民健康状况不佳的直接原因，我是否应该重新调整自己的做法？

在紧急医疗诊所做志愿服务时，一位病人让我坚定了想法。她已经在诊所接受了几年治疗，不过还是第一次由我接诊。

当我走进检查室时，她正在哭泣。她看到新闻报道，知道《平价医疗法案》岌岌可危，而她正是因为这一法案获得了新的保险，在巴尔的摩，还有四万人像她一样受益于这一法案。她哭诉说，正是因为有了医保，她的糖尿病终于得到控制，酗酒和抑郁问题也得到治疗。现在她找到了一份家庭保健助理的工作，能够养家糊口。

"健康保险是我的支柱，"她说，"如果取消了保险，我该怎么办？"

对她来说，党派政治让她付出了代价。对华盛顿的高官们来说，这可能只是某种政治策略，但对我所关心的人来说，这是生死攸关的大事。

我决定，不评论党派政治，但我要大声说出新政策对公众的影响，并发表自己的意见。我不打算指名道姓地谴责特朗普或抨击任何党派，但我要谈一谈政府的具体政策，如废除《平价医疗法案》会对病人产生怎样的伤害。我有从医的经验，身处城市卫生官员的有利位置，我可以做到这一点。

我开始在市政厅和集会上发言，讲述《平价医疗法案》生效之前和生效之后完全不同的行医感受。由于法案的实施，儿童得到了疫苗，妇女接受了乳腺 X 光检查。我还谈及在急诊室照顾的病人，他们曾经因为高血压、偏头痛和哮喘等"既往疾病"失去了医疗保险，但《平价医疗法案》让他们最终能够控制自己的病情。我将这些故事与政策倒退的影响联系起来，并述及其他类似政策的危害，对于一些已经面临巨大就医障碍的人来说，那些政策剥夺了他们能够得到的服务。

"获得医疗照护才能享有生命，"我说，这让我想起了在美国医学生协会工作的日子，"医疗照护必须是一项所有人都能享有的基本人权，而不仅仅是一些人的特权。"

我还与市政府的法务部门合作，采取了一项前所未有的措施：巴尔的摩市正式起诉特朗普政府"武断且毫无依据地"削减青少年预防怀孕计划的资金。令我们惊讶的是，法官作出了有利于我们的裁决，我们赢得了诉讼。项目得以继续进行，我们能够继续为全市的年轻人提供基于科学证据的健康教育服务。

对我来说，还有一个原因使得医疗保健重要性的相关讨论变得更加富有个人色彩：我怀孕了。

第一次约会时，塞巴斯蒂安和我就讨论了组建家庭的问题，我们彼此都希望能有孩子，但是出现了一个波折。在我们结婚前，我被诊断出患有早期宫颈癌。好在发现得早，尚可以治愈，但治疗对于怀孕有所影响。自然受孕失败后，我们咨询了专家，得知即使使用最先进的药物和技术，我们也很难有自己的孩子。

几年来，我们没有花太多时间考虑这个问题，因为我们都忙于自己的事业。后来，塞巴斯蒂安调到汤森路透公司美国办事处工作，来到波士顿与我住在一起，然后他又去了 IBM，忙于公司的并购业务。我则忙于病人权益的倡导工作以及巴尔的摩市的卫生管理工作。

大约一年以后，当我开始与团队规划长期优先事项时，塞巴斯蒂安和我重新叩问自己的内心：他当时已经四十多岁。我们知道，可能永远找不到两个人都觉得合适的完美时间，所以我们又认真地开始尝试要个宝宝。

2016 年圣诞节，我发现自己怀孕了。这是我们一直盼望的最好的礼物。我们迫不及待地告诉家人和朋友。然而，鉴于我的身体状况，可能还会出现什么波折，我属于高风险孕妇，我自己深知这一点。

确实，产科医生建议我每两周进行一次体检和超声检查。临近分娩时，每周检查一次。我毫不迟疑地接受了这些建议。我有完备的医疗保险，看病不需要自费，检查的费用也很低。

但是，如果我没有医疗保险，情况会怎么样？我怀孕的时候，恰逢有人试图废除《平价医疗法案》，缩减医疗补助计划，该计划使得巴尔的摩一半的孕妇得到了医疗保险。如果失去保险，只有自掏腰包才能获取服务，会发生什么情况？如果其他拥有私人保险的人不再享有生育保险，又会发生什么情况？

我算了算医疗费用的数额。平均而言，看一次产科门诊要花费 150 美元。如果做超声波检查，大约花费 400 美元。一次子宫颈涂片检查需要 53 美元，一套血液检查又需要 300 美元。总的来说，包括所有的门诊和检查费用在内，我的产前护理支出超过 10000 美元。这还不算分娩，在巴尔的摩地区，自然分娩的费用大约为 30000 美元，剖宫产则高达 50000 美元。

面对这样的天文数字，如果我没有医疗保险，是否会迫于经济压力而无法依从医生的建议？究竟是支付可能发现身体问题的超声波检查费用，还是为家人购买食物？我是否会为了支付房租而放弃抽血检测和健康监测？

我想了很多，也意识到自己是多么幸运，不必纠结于这些不敢多想的取舍。每次我去参加社区活动，人们总会谈及我腹中的孩子越来越大，我也总会想到母亲曾因为担心遭到解雇，套上父亲的大毛衣，掩盖自己怀孕的情况。每次我去看产科门诊，我也会想，母亲曾经因为不能耽误工作而错过了多少次定期检查。今天，许多女性仍然有这种担忧，这是多么令人震惊。

所有的母亲都希望让孩子得到最好的照护。政治家们都在谈论家庭价值，而社会至少可以在生命的最初阶段提供一个公平的竞争环境。未能如此的后果不仅仅在于健康影响，而且会将更高的负担转嫁给纳税人。与得到照护的产妇相比，缺乏产前护理的妇女生育早产儿和低体重婴儿的风险要高七倍，这些孩子需要更多的医疗资源。一个早产婴儿的平均医疗费用为 79000 美元，而健康新生儿的则为 1000 美元。早产儿的住院费用可能高达 50 万美元；重症监护费用可达数百万美元。与此同时，研究表明，产前护理多投入 1 美元，就可以节省近 5 美元。

怀孕提供了特殊的有利条件，我开始倡导孕产妇医疗保健服务。通过这样一种意外的方式，我成为一位更好的领导者。第一次怀孕时，我苦恼于如何告诉同事。普格市长经常谈到她决定不生孩子，以之作为服务人民、奉献城市的标志。我不想让同事们觉得我不再专注工作。我还担心缺席关键的决策会议，新市长尚未确定对公共卫生的承诺，而联邦新政可能会大大削减我们的资金。

我隐瞒了几个月才告诉团队。当我坦白时，我的副手道恩·奥尼尔、奥利维亚·法罗和谭香（Heang Tan）笑着拥抱了我，她们都已身为人母。

"我们就知道！"谭香说，"我们只是在等着你的'官宣'。"

消息其实早就传开了。或者说，我并不像自己想象的那样善于掩藏秘密。

"在一次会上，你已经表现得那么明显了，然后还跑出去吐了，"道恩说，"我们都为你感到高兴！"

其他团队成员也同样感到兴奋。当我告诉克里斯汀时，她流下了眼泪，毫不犹豫地接受了我的请求，在我产假期间接任代理卫生局长的职位。加布里埃尔的妻子也怀孕了，我们很快就开始分享初为人父人母的故事。

最令人难忘的反应来自我当时的特别助理凯瑟琳·古德温（Kathleen Goodwin）。凯瑟琳即将赴哥伦比亚大学医学院学习。与其他助理相比，她最为矜持，我对她的了解并不像对加布里埃尔、岱雪莉和凯瑟琳·沃伦那样深入。

正因如此，当她听说我怀孕的消息而情绪激动时，我感到颇为惊讶。后来，她告诉我，能够亲眼见证我同时肩负母亲和领导者的角色，对她颇为重要。像许多年轻人一样，她也憧憬着同时拥有家庭和事业，在我公布怀孕的消息并尝试适应新身份时，她与我在一起，她为此深感荣幸。

与凯瑟琳交谈时，我想起在研究生学习和住院医师培训期间，自己总会特别关注身边已经身为母亲的同事。因为我自己还没有孩子，与其说我需要她们的具体建议，不如说我想让她们放心，她们可以兼顾家庭和事业。我怀孕做了妈妈以后，会继续寻找其他职业母亲的陪伴。我们通过彼此看到了自己。即使我们几乎没有"搞清楚"（这种所谓的陪伴意味着什么），但我们所有人都有义务成为年轻女性的榜样，她们也同样想知道如何认识自己的身份、肩负自身的责任，勾画自己的未来。

儿子伊莱出生的那一刻，一切都改变了。

从所有的检测和监测来看，我的怀孕过程相当顺利。除了每次活动都会被问及，我继续着日常工作，并没有什么不同。怀孕之前，我无法想象被陌生人抚摸肚子并问一些非常私人的问题，但我很快就开始习惯通过这种特殊的方式与选民建立联系。妈妈、奶奶、姥姥们毫不吝啬地向我提供分娩和育儿建议。怀孕成了一个很好的谈话起点，我了解到不少工作、家庭和日常生活中的信息，这是以往无法企及的。怀孕也成为推广卫生部门服务的宣传广告，我利用一切机会介绍巴尔的摩婴幼儿健康计划项目及其成功经验，招募新家庭加入。

我的预产期是 2017 年 8 月底。随着天气逐渐转热，我总是确保身边有一位同事，如果我突然临产，他们可以代我参加活动。有一次，我需要在演讲之前去趟洗手间，但最近的卫生间在大楼的另一侧，还要下两层楼。当我回来的时候，活动已经开始了，而我的同事正在代我发表讲话。我们很擅长应急处置，团队合作相当完美。

就在那天晚上，我开始分娩。我们知道他是个男孩，塞巴斯蒂安和我已经选好了名字。他叫伊莱，取自我们都非常钦佩的一个人——国会议员卡明斯。我们希望伊莱勇敢、善良，为建立一个公正且富有同情心的社会而努力。

当我告诉卡明斯议员孩子的取名时，他哭了。每隔几周，我就会收到问及伊莱的短信或电话。"我的伊莱怎么样了？""他在做什么——是不是已经改变了世界？"

伊莱确实改变了我的世界。此前，我的身份一直是由职业决定的，首先想到自己是一名医生，一名公共卫生官员，但突然开始，我首先会想到自己是一名母亲。

坦白地说，一定程度上，这种令人吃惊的身份变化源于我完全不知道如何照顾新生儿。塞巴斯蒂安和我参加了医院的婴儿护理课程，练习了换尿布，学会了母乳喂养的正确姿势。孩子出生后，护士们教我们裹襁褓，并告诉我们喂奶和换尿布的频率（刚开始的时候，我们总觉得每隔一小时就要换一次）。他们还确保我们正确安装了汽车儿童座椅，可以安全地把伊莱送回家。

但我们回到家后，情况急转直下。最初，伊莱的体重下降了近20%，面黄肌瘦，几乎要重新入院治疗。显然，我在母乳喂养方面遇到了困难，这与我在分娩后不久患上的乳腺炎有关。

等到情况稳定下来，还有很多事情需要学习。我们的家人都在上千英里之外，爱莫能助。我们最初从网上寻求建议，发现了一个新妈妈博客社区，学到了很多关于婴幼儿的知识，远比在医学院学到的丰富。我还开始参加各种"妈妈和我"的社区活动，认识了不少附近的新妈妈。身为人母，我的思想和意识仿佛受到了支配，这是我在有伊莱之前无法想象的。

新的思想意识也影响了职业工作。产假期间，克里斯汀每周都会来我家几次，讨论关键决策。当她把一次用药过量的会议记录拿来时，我第一次有了身为父母的同理心，把受害者看作是某个人的孩子。当我主持儿童死亡审查会议时，我在每个案件中都仿佛能看到孩子母亲的脸，感受到她的悲伤。

这并不是说我以前没有抱有充分的同情心，只是我的世界观已经大不相同。我母亲是否也有类似的经历？我一直想念她，希望能和她讨论身为人母的经验。我相信，她一定会很爱伊莱。

观念的变化使我敏锐地意识到，需要制定工作场所的倾斜政策，更好地支持孕妇和婴幼儿父母。在我为孩子寻找日托服务之前，我并不了解晨会制度对需要照顾孩子的员工所造成的困扰。我没有体验过孩子突然发烧或大雪纷飞时，要在最后一刻找到日托保姆的恐慌。

普格市长没有孩子，她也像曾经的我一样，没有这方面的意识：她会临时安排晨会和加班，却不知道这对需要照顾孩子的父母所产生的影响。工作人员不想找麻烦，所以会尽职尽责地参加会议。与此同时，他们也要疯狂地发信息安排照看孩子，一半心思在会议上，其余的心思在担心家人。

这个问题并不难解决。我们仍会偶尔碰上一些紧急会议，或是在冲突的时间内关注某些事项，但我们可以将日常的线下例会安排在更为合理的时间，将其他会议尽量转换为电话会议。在执行助理杰基·安德森（Jacki Anderson）的支持下，我们调整了全部的高级团队会议安排，这样一来，我的副手拥有了更灵活的时间，我也向所有团队成员表明，我们保证员工与家人在一起的休息时间。

此外，母亲的身份还让我更为关注当前所需的立法改革。我无法影响联邦政府的政策，但我可以在州、市一级推动更多的工作。虽然我曾在马里兰州立法机构作证，支持带薪家庭事假，但直到伊莱出生六周后返岗工作时，我才完全理解这一政策的必要性。我的生产过程还算顺利，伊莱也很健康，我们还很幸运地找到了一位非常能干的保姆，在白天照顾伊莱。我又回到了熟悉和喜爱的工作岗位，但是，离开儿子还是让我颇为痛苦，我忍不住想他，希望能在家里多陪陪他。

尽管诸多研究表明，延长产假对母亲和婴儿都有好处，但许多女性别无选择，只能在分娩后几天就重返工作岗位。我的母亲在经历剖宫产、生下小妹妹后，不得不在两周内返岗工作，她当时几乎还不能走路。人们宣称重视妇女、儿童和家庭，却拒绝在新妈妈最脆弱的时候提供最基本的人性化的支持，这究竟是个什么样的社会？

我们团队与众多合作伙伴结成同盟，倡导带薪病假立法，州立法机构推翻了州长霍根的否决意见，法案最终在 2018 年得以生效。我们还致力于城市层面的立法，希望通过法案强制要求公共建筑和大型企业提供换尿布设施及员工母乳喂养设施。

两位新当选的市议会成员几乎与我同时有了孩子。我们共同参加有关家庭友好立法的新闻发布会，都抱着婴儿。讲话被哭声打断，还发生了几次需要换尿布的小插曲。但是，我们就是在这样"状况频发"的发布会现场宣布支持妇女、儿童和家庭的政策。这也表明，生活经历对于更好地履行领导职务至关重要。

在有关妇女议题的全国性发言中，我更加希望突出母亲的身份。我利用每一个公开的场合强调，身为人母使我更加强大，可以更好地履职。我开始谈论自己的移民经历并参加聚会，支持那些像我一样因为身份而受到攻击的人。

对我来说，2018 年的生活已经迥然不同。国家情况发生了变化，我自己的情况也发生了变化。我制定了新的工作策略，转变了自己的关注点，在当前情境中发挥更有力的倡导作用。

地方公共卫生的工作变得比以往更为重要。在 2018 年的全体工作人员会议上，我引用了卡明斯议员的话："我们的工作使命重大，意义深远，超越我们日常的所思所想。这些工作关乎我们的孩子，他们是信使，通往我们注定难以企及的未来。仅仅与其他城市做比较、弥补差距是不够的，我们需要锚定更高的目标。"

我们期望实现更大的突破：让巴尔的摩成为全国的示范和亮点。联邦政策可能已经威胁到城市的功能，但我们要继续为居民和社区服务，改善健康状况，减少健康差异，争取建立一个新的世界，在这里，公众不会因为贫穷而付出健康和生命的代价。

第三部分　转变

十四　下定决心

　　身为人母带来了很多快乐，但日常生活的挣扎也超出了我的想象。产假结束后的生活变得非常条块化，一早醒来喂孩子，白天找时间找地方给孩子挤奶，晚上一边哄孩子，一边忙手头的工作，我完全无法适应这样的新节奏。

　　一天天过得昏天黑地，我无法摆脱那种感觉，迷失了自己，稍有挫折就会泪流满面，厉声呵斥身边最亲近的人。我梦见伊莱在婴儿床里窒息而死，半夜跑到他身边看他是否还在喘气。我还反复梦到塞巴斯蒂安和我都死于车祸，伊莱成了孤儿。

　　我甚至开始酗酒。一下班回家，我就给自己倒一杯酒。晚餐时再来一杯，睡前再补一杯，好像不喝酒就熬不过晚上。我期待着周末，那是我可以早点开始喝酒的许可证，周末的两天可以想喝就喝。

　　如此生活确实有点不对劲，很长时间之后，我终于鼓起勇气给医生打电话，承认自己需要帮助。医生立刻指出了问题所在，介绍了一位专门研究产后抑郁症的精神科医生给我。第一次就诊前，我绞尽脑汁，希望隐藏自己的病人身份。即使到了医院还在想，如果有人认出我，问我来干什么，我该怎样回答。

　　我可能会说："我来和某位医生讨论下研究项目。"或者，如果熟人看到我走进了心理医生的办公室，我就说自己在研究产后抑郁症，这是巴尔的摩婴幼儿健康计划项目的一部分。

然而，我又为想出这些借口而感到内疚。我是城市卫生部门的负责人，倡导消除药物成瘾和精神疾病的耻辱和污名，像对待身体健康问题一样应对心理健康问题，既富有同情心，又有解决问题的紧迫感。为什么我不能正视产后抑郁症，坦陈自己也在接受治疗？

得益于与精神科医生和心理健康顾问的合作，我理解了自己的思想症结所在。我意识到，我的感受其实是人之常情——担心家人遭遇不幸，焦虑，疲惫，甚至产生酒精依赖。我接受了长达几个月的常规治疗，终于寻得了找回自我的方法。

大约就在这个时候，2018 年 5 月，有人介绍给我一份新工作：担任计划生育协会的新主席。我没有回应与我联系的猎头公司，这一职位的前景并不那么吸引人。我已经有了一份完美的工作，招募了一群来自全国各地的优秀人才，在巴尔的摩推动健康的共同愿景。此外，我的兴趣在于公共卫生领域，而不是生殖权利。我好不容易找到了自己的立足点，不想再经历一次重大的生活变化。

有位挚友劝我，至少可以参加一下计划生育协会主席塞西尔·理查兹（Cecile Richards）举办的读书会，试探一下自己是不是确实不感兴趣。我决定听从朋友的建议，无论如何，塞西尔即将离任，我也确实想拜会一下这位崇拜已久的人。走到一半时，我发现自己忘了带吸奶器，期待的会面已经无法成行，我在高速公路的下一个出口调头，回去照看孩子，接着工作。

也正是在这个时候，特朗普政府宣布调整 Title X 计划生育项目，巴尔的摩的诊所可能无法维系。但巴尔的摩市分管医疗健康工作的领导人仍然拒绝与计划生育协会共同参加战略讨论会，这令我深感震惊。女性生育健康服务是基本健康照护服务网络的一部分。在急诊科，我治疗过无数因为没有医疗保险而推迟预防性检查的女性。我记得一位带着三个孩子的单身母亲，把接受乳房肿块检查的时间推迟了一年多，当她来就诊时，癌症已经扩散到骨骼和肺部。不久之后，她去世了，年幼的孩子成了孤儿。

对千百万名妇女来说，计划生育协会发挥了疾病预防的作用。在不同时期，母亲、妹妹和我都接受过该组织提供的健康服务，诸如巴氏涂片检查、接受避孕指导，等等。如果在巴尔的摩这样的地区，计划生育服务都被认为过于极端化的话，那么只能说，全国范围内妇女保健的状况比我想象的更为糟糕。

有些人对与计划生育组织共同参会有所顾虑，主要原因在于不同意计划生育协会有关堕胎问题的主张。我想，有一个办法可以解决这一担忧：求同存异，搁置最具争议性的议题，从双方能够取得的共识入手。

鉴于此，我邀请不同组织的领导者共同参加一场社区论坛，讨论 Title X 项目建立的诊所在服务低收入妇女及其家庭方面发挥的重要作用，以及终止这一项目对巴尔的摩市数万人产生的影响。让这些与会者（其中一些是大医院的负责人）支持我们立场颇为重要，温和且无党派色彩的表述为此提供了基础和保障。

论坛结束后，一位非洲裔黑人牧师向我走来。她支持计划生育，但一直没有找到与信众谈论相关问题的方法："如果我在教堂里谈论堕胎，人们就不会再来了"，现在，她觉得可以"讨论妇女为什么需要保健服务，信众们会更感兴趣"。

我开始设想，能否将计划生育协会重新定位为一个主流的医疗保健组织，而不是一个激进的政治组织。如此一来，会不会有更多人公开支持组织的工作？这样的重新定位并不仅仅是文字游戏。2018 年，孕产妇死亡率甚至比上一代人更高，黑人孕产妇死亡率几乎是白人妇女的三倍。孕产妇死亡不仅仅因为分娩过程中的突发情况，还因为怀孕前健康状况不佳，一直以来的健康需求没能得到满足。

对许多病人来说，计划生育服务是他们得到医疗照护的唯一来源。为什么计划生育组织不尝试扩大其服务内容，纳入初级卫生保健和心理健康服务？计划生育组织是为数不多的在全美 50 个州都设有分支机构的健康照护提供者之一，为什么不能继续扩展其服务范围，覆盖农村以及城市服务匮乏地区的数百万妇女和家庭？

我阅读了计划生育协会的年度报告，发现它似乎正朝着相反的方向发展。《平价医疗法案》刺激了综合医疗体系的业务规模，越来越多的诊所开始开展除堕胎之外的生殖健康服务。与此同时，由于各州限制堕胎的法律，堕胎机构正在减少。因此，计划生育诊所提供的堕胎服务正在大规模增加，其他类别的健康服务则在减少。如果这一趋势延续下去，计划生育组织将会越来越紧密地与其身份中最具争议性的议题联系起来，其结果是什么？堕胎将会面临更大争议，受到更大的威胁，堕胎照护将被进一步污名化。

越是深入研究，我就越关注计划生育协会的未来发展。我确信这一机构亟待改革。尽管我既没有意愿也没有胆量亲自领导变革，但我觉得自己有义务与计划生育协会的决策层分享想法，毕竟他们决定着这一机构的未来。当猎头公司再次联系时，我决定与计划生育协会的决策层面谈，表达自己的担忧，提出愿景。

我谈到了在巴尔的摩的所见所闻，计划生育组织正在不断深陷于分裂的政治倾向。我还谈到了医疗保健业务，将服务局限于性和生殖健康领域具有风险。此外，计划生育机构往往被视为慈善机构，而不是受到病人青睐的、能够提供最优质护理的新型医疗系统。

我说："十年后，我希望计划生育协会能够成为医疗保健系统的一员，具有引领性。机构的首席执行官参加医学会议时，应该得到比肩梅奥诊所首席执行官的待遇。如果计划生育协会真正被视为一个主流的医疗实体机构，那么生殖护理服务也将常规化，成为标准的医疗保健项目。"

我相信，这种发展方略能够强化计划生育机构的公众形象，使机构接触到更广大的受众。我认为，在社会分裂的时代，不同政治立场的信息最终会相互抵消。计划生育协会越是能够发出医生、医学和科学的声音，规避党派宣传的话语，就越能有效地扩大其联盟和影响力。

决策层对我的设想很感兴趣。我也开始想象，如果这些设想能够转化为行动，将会产生怎样的影响。领导计划生育协会的想法似乎仍然有些牵强，但我的整个经历其实本就充满了机缘巧合。我热爱巴尔的摩的工作，但也许这是一个机会，可以将我的所学所想转化为一次全国性的转变。提供医疗服务并为公众获得医疗服务的权利而斗争——这是贯穿我整个职业生涯的使命。

接下来的两个月里，我与负责寻找新主席人选的遴选委员会联络频繁，与每位成员进行了单独讨论，特别是与其中各地分支机构的负责人进行了交流。计划生育协会采取联邦式的组织模式，在当时，55 个地方分支机构均为其成员，地方机构投票选举全国董事会，董事会任命计划生育协会主席。每个分支机构都有自己的负责人和董事会，规模各不相同，有的为几个小县城服务，有的服务范围跨越多个州。这些全国范围内的分支机构运营着六百多家健康服务中心，提供生殖健康保健，开展健康教育；国家一级则负责督导工作并制定愿景。

每个人都在谈话中提到了地方分支机构和国家总部之间的紧张

关系。这并不稀奇，任何联邦制系统都会存在这种情况。地方机构必须优先考虑其服务对象的利益，必然会在一定程度上偏离国家级机构的指导。在筹款和资源分配上，国家层面与地方机构也不可避免地有所分歧。

在交谈中，我能够理解这些分支机构的领导者的想法。很大程度上，我也是他们中的一员，明白医疗保健必须具有地方性，根据每个社区的需求因地制宜。如果我接任主席职务，我希望尽可能多地访问附属机构，向地方工作人员学习。

主席遴选委员会最终希望我接任主席职位，我提出了自己的要求：与全部董事会成员会面，确保我们愿景一致。遴选委员会没有同意这一要求，董事会人数太多，他们不希望走漏风声。不过，他们同意安排我与时任主席塞西尔·理查兹会面。而塞巴斯蒂安也提出了一个要求：与塞西尔的丈夫柯克（Kirk）聊一聊。

塞巴斯蒂安和我把伊莱送到了一家临时托儿所，开车去了纽约。这是伊莱第一次去托儿所，他非常认生，大哭不止，我也伤心落泪，忍不住担心。就在我要离开时，伊莱吐在了我身上。我竭尽全力，还是没能除去衣服前面的大块污渍。这着实有点尴尬，因为我们即将要见到一位致力于维护妇女权利的偶像。我只好用一条大围巾围住胸口，挡住污渍。当时是七月，我汗流浃背。

塞西尔来到约好的地方，举止优雅，非常得体。她亲切地回答了我的诸多问题。柯克也同样很有亲和力。我们还讨论了出差对家庭的影响和人身安全问题，柯克的回答打消了塞巴斯蒂安的疑虑。开车回巴尔的摩的路上，我和塞巴斯蒂安聊了很多。（伊莱顺利地度过了托儿所的一天，我们收到了他用手指创作的第一幅画，作为留念。）

遴选工作的最后，猎头公司聘请了调查人员对我进行背景调查。

他们阅读了我写的所有文章和博客，回顾了我多年以来参加的社交媒体活动。他们还找到了我职业生涯不同阶段的同事，询问了有关个人性格、管理风格、意识形态、价值观等各个方面的问题。最终，猎头公司制作了一份长达两百多页的报告。

我也接受了访问，回答了一些问题，如果我的回答被公之于众，计划生育协会可能会有些棘手。我坦承自己正在接受产后抑郁症治疗。尽管我自己感觉好多了，并对能够得到所需的帮助心怀感激，但我仍然认为抑郁症可能带来耻辱和污名。当调查人员开始关注这一问题时，我意识到真正可能惹来闲言碎语的，并不在于抑郁症这一疾病本身，而在于我自己想象中的耻辱。我决定用自己的方式讲述自己的故事，而不是让对手发现并利用这一问题来指摘我。

我在 Unidos US① 的会议上发表了关于心理健康治疗及其耻辱感的演讲。直面自己内心的挣扎是战胜污名的必要部分，我谈到了羞愧和内疚——我那么爱自己的儿子，怎么会感到抑郁呢？我也提到了社会文化在某些层面对母职的特定要求，引起了听众的共鸣。我还谈及治疗的重要性并直抒胸臆，鼓励其他人也在需要时积极寻求治疗，终结耻辱和污名。

发言之后，几十位女同胞过来感谢我，并讲述了自己的心路历程。许多人正在沉默中挣扎，有些人至今没有寻求治疗。虽然分享这些故事受到了外部因素的刺激，但我很欣慰，也很高兴能敞开心扉讲述自己正在经历的挑战。它帮助我直视过去的自己，直面因为羞愧和恐惧而深藏心底的那些故事。

在与遴选委员会的最后一次会面中，我被问及是否还有其他担

---

① 前身是拉美裔国家委员会（National Council of La Raza，NCLR），是美国最大的非营利拉丁裔美国人权益倡导组织。它主张进步的公共政策改革，包括改革移民政策、支持非法移民获得公民身份的途径，以及减少驱逐出境等。

忧。我只有一个。其实，这个问题问得并不恰当，提问的对象也不对。

我问委员会，他们是否与我抱有相同的愿景："是把计划生育协会定位于一个倡导组织，为加强影响力而提供必要的医疗服务，还是将之定位为一个医疗照护机构，把倡导作为保护权利的必要手段？"对我来说，后者才是这一机构的价值所在。其他机构可以推崇倡导和行动主义，但对于一个人们依赖的医疗服务提供者来说，其核心任务必须是为病人服务。会议结束时，委员会强烈肯定了我的愿景和为计划生育协会规划的发展方向。

不过，我还是很纠结。就工作而言，我不想离开原本热爱的工作，而且这个新角色还有诸多不确定因素。我咨询了几位一直帮助并指导我的老师，他们的意见各不相同。大多数人建议我不要接掌这个新职位，计划生育协会面临的争议太大，成为该组织的负责人可能意味着放弃公正且专业的医学观点，而那正是我安身立命的核心所在。也有人认为，围绕计划生育的争议正是我需要努力的着力点，使妇女保健不再受到政治因素的搅扰。每个人都警告我，选择这项繁重的事业可能是一场豪赌。

就个人而言，我担心这项工作会影响家庭。计划生育协会的全国总部位于纽约，在华盛顿特区、旧金山和迈阿密设有二级办事处。塞巴斯蒂安和我决定，即使我最终选择了这项工作，我们也不会搬家，他的工作位于巴尔的摩，而我大部分时间都会出差访问分支机构。然而，这仍旧是我们生活中的巨大变化。我在巴尔的摩工作繁忙，但我几乎总是能及时接伊莱回家。下班后的工作大都是参加社区活动，我可以带着伊莱一起。从每天见到儿子变成只在周末见到他，我能忍住自己的思念吗？让塞巴斯蒂安承担绝大多数照顾孩子的工作，这对他公平吗？

　　塞巴斯蒂安的心情也很复杂，主要是担心我的人身安全。提供堕胎服务的医生曾经遭到枪杀。我们知道，我将成为一个显而易见的靶子，成为抗议和死亡威胁的目标。我们反复讨论这些问题，塞巴斯蒂安很有耐心，他一直以来都是如此。最终，事情有了结果。

　　我们有一个习惯，每天下班后一起散步。社区住着许多年轻夫妇，我们用婴儿车推着伊莱，向骑着儿童车的孩子们招手。我们经常去当地幼儿园旁边的游乐场。

　　那天，我们坐在长椅上，看着伊莱爬过公园的沙箱，爬到滑梯上。他刚刚掌握了一种非常快速的爬行方法。我又一次念叨起了新工作可能给家庭带来的各种挑战。

　　刚说到一半，塞巴斯蒂安就打断了我："你知道的，我一直支持着你，我会一直如此。我们不需要再讨论这个问题了。"

　　"但这对我们来说是个重大决定，"我惊讶地说，"这是一个巨大的风险。"他握住我的手："自从我们相识以来，你从来没有逃避过风险。如果这件事不对，那就不要做。但没有必要因为害怕风险而放弃它。"

　　那天晚上，我回想起自己曾经得到的所有机会，从进入医学院到获得罗德奖学金，再到成为城市的卫生局长。我想到了所有投入时间和精力帮助过我的导师，他们相信有朝一日，我可以为那些我想服务的人做点什么。我想到了几年前因癌症去世的加西亚博士，以及他曾经对我说的话："孩子，你可以做任何想做的事。"我想到了米库尔斯基参议员的行动号召——"尽己所能，当仁不让"。我还想到了自己经常对学生们说的话——不要等待，身体力行，行动起来。如果我自己都不愿意这样做，我怎么能这样要求别人呢？

　　与塞巴斯蒂安聊完后，我给遴选委员会主席打了电话。我决定接受这项工作，全身心地投入进来。

宣布这一消息的日子已经确定：2018 年 9 月 12 日。那天早上，遴选委员会将向董事会提交我的候选资格情况，预计能够得到董事会的一致批准。《纽约时报》准备了一篇报道，将在正式投票通过后公开刊登。我只剩下一件事要做，这件事着实令人伤心，那就是告知巴尔的摩的团队。克里斯汀是唯一提前知道这一消息的人，我刚做出决定，就邀请她和我一起参与新的工作。我从遴选委员会成员那里得知，计划生育协会的总部需要进行重组，克里斯汀曾在巴尔的摩帮助我建立新的架构体系，我希望她能够再次提供帮助。如同她一直以来简单、直接、干练的性格，她说的第一句话就是："你准备怎么干，我能帮些什么？"把这个消息告诉整个团队时，我向每个人都表达了深深的谢意，并告诉他们这是一个纠结已久的困难决定。虽然我觉得自己肩负着在国家层面开展工作的义务，但离开这样一群卓尔不群的同事依然让我深感遗憾——我们一起做成了那么多事情。

然而，没有时间惆怅于原来的工作：就在董事会还在投票的时候，《纽约时报》的报道就引发了关注。董事会很快介绍我参加全美计划生育协会工作会议，然后介绍我参加与各分支机构首席执行官举行的电话会议。在这一天剩下的时间里，立法者、捐赠者和媒体的电话接连不断。数千条信息涌来，一些医生和公共卫生领导者期待着计划生育协会的新发展：毫无疑问，在一位专业医生的领导下，医疗照护是这一机构的首要使命。

这是我在这一天里不断重复的信息。我告诉董事会、工作人员和各分支机构的负责人："这是我的口头禅，大家会听很多很多次。生殖健康和妇女健康都是健康照护体系的一部分，而获得健康照护是一项基本人权。"

十五　勇于尝试

经过一个不眠之夜，我开始轮番接受媒体采访。首先是美国广播公司的《观点》（*The View*）节目，然后是美国有线电视新闻网克里斯蒂亚娜·阿曼普尔（Christiane Amanpour）的采访。

在巴尔的摩，我已经习惯于与当地媒体合作。我几乎每周都会参加几场新闻发布会，出席当地电视台的活动，接受一些广播节目的采访，谈谈高温或寒潮预警、流感或健康检查等相关问题。随着工作的推进，特别是预防阿片类药物滥用等公共项目获得广泛关注，国家级媒体来到巴尔的摩，采访我和项目团队。

不过，我确实还没有经历过上任第二天面临的这种情况：向全国观众介绍自己并阐述计划生育协会的发展理念。

我花了几个小时进行排练，想表达一个主要观点：医疗照护不应该带有政治性。获得癌症筛查和药物治疗不应该受到政治操弄。我会以医生的身份推动相关工作，将护佑病人的生命作为自己的天职。

当节目主持人乌比·戈德堡（Whoopi Goldberg）走进来时，我正在休息室里踱步，练习想要表达的关键信息。我本该在见到乌比之前就提早进入采访间，缓和好情绪，但是我实在太紧张了。好在，她很有亲和力，也很风趣，我可以感觉到她非常支持计划生育协会开展的工作。

采访长达 7 分钟，但感觉很快就结束了。能够代表计划生育系统内的医生、护士和病人发言，我感到非常自豪。我强调妇女保健是医疗保健系统不可缺少的一部分，听到了观众的欢呼和掌声，令人颇受鼓舞。这是一个重要的反馈，证明我想要传达的信息——也是我来到计划生育协会的原因——收到了公众的共鸣。我带着灿烂的笑容离开了采访室，长出一口气。

欣喜持续了不到一个小时。在去美国有线电视新闻网接受下一个采访的路上，消息纷至沓来。积极反馈占多数，但也有些消息让我措手不及。

一位董事会成员发来短信说："《观点》节目讲得很好，接受下一个采访时，你得谈到堕胎问题。"总部的两名工作人员也给我发来信息，告知我办公室很多工作人员有点担心，觉得我故意不谈堕胎，这可能是一个信号，表明我不想为堕胎服务进行辩护。

"下次，把这个词说出来吧，"其中一个人劝说道，"每次接受媒体采访时你都应该谈到堕胎问题。你是计划生育协会的主席。人们期望你这样做。"

这是出现麻烦的第一个迹象。在那之前，我一直认为，计划生育之所以被等同于堕胎而不是医疗保健服务，首要原因在于反对者不能接受堕胎服务的存在。他们越是能将计划生育协会与最有争议的服务内容联系起来，就越容易说服立法者取消资金资助。如果把炮口对准一般的医疗服务，显然不可能实现取消计划生育协会的目标，即使是那些反对堕胎的人，也不希望他们社区的妇女无法得到癌症筛查。当我看到不仅只有反对者一心想给计划生育打上堕胎标签时，我着实大吃一惊。

我试图理解关注这一问题的那些同事。有人告诉我："不说'堕胎'似乎表明你对它感到羞耻。"

还有人说:"我们许多人都会申明自己支持堕胎。我们为提供堕胎服务、发起堕胎宣传感到自豪。我们不需要用其他服务对堕胎进行'消毒'。"

我还是理解不了他们。"我当然支持提供堕胎服务,完全同意堕胎应该正规化、合法化,但这并不意味着要专门倡导堕胎。更准确地说,我们倡导综合性的生殖健康,包括生育控制、性教育,以减少对堕胎的需求,难道不该这样吗?"我回复说。

"不,这又是在试图掩盖堕胎。如果我们不公开、大声、自豪地谈论堕胎,把它作为一种正面的道德利益,那么我们就是在进一步污名化这一服务,羞辱有此需求的患者。"

从那之后,我每天都会与董事会或总部办公室的工作人员进行至少一次类似的对话。理性地说,我理解他们的立场,因为堕胎确实存在污名。我只是不同意消除污名的方法。很多人都认为,女性把堕胎作为一种生育控制方式,弥补自己粗心大意犯下的错误。有些人甚至指责计划生育协会从堕胎服务中牟利,成为"堕胎产业链"的一部分,招募妇女以实现"堕胎配额"的指标。

我担心"支持堕胎"的表述会助长反对者的声量。事实上,支持堕胎的表述也不完全符合我的实践经验。我接触过许多寻求堕胎的妇女,一些女性非常渴望怀孕,却被诊断出致命的胎儿畸形,还有一些女性在怀孕期间得了重病,堕胎是挽救她们生命的唯一办法。我也认识一些寻求堕胎的妇女,因为她们养不起孩子,因为她们已经辍学,放弃了改变自己命运的梦想,因为她们受到虐待,不忍心把孩子带到一个自己本已渴望逃离的世界。她们觉得很幸运,能够获得堕胎的医疗照护,但根本上说,她们更希望永远不要经历这些,能够拥有一个健康快乐成长的孩子。

然而，当我讲述这些病人令人心碎的决定时，有人觉得我又一次侮辱了妇女。"并不是所有经历过堕胎的妇女都有这种辛酸，对有些人来说，做出决定并不困难，堕胎是最安全的医疗程序之一，不能把它说得那么戏剧化。"

　　这些人的说法并不能反映问题的全貌。接任计划生育协会主席之后，我每天都会遇到那些讲述自己故事的堕胎女性。她们往往面临着人生中最艰难的决定，需要极大勇气与我分享那段令人不堪回首的脆弱时期，讲述其中的细节。我们怎么能无视她们的感受、省思和如此真实的生活经历？而且，直白地倡导堕胎难道不会疏远那些已经对生殖权利持观望态度的公众吗？

　　当我开始走访各地的分支机构时，我更清晰地意识到了生殖健康领域的复杂性。在艾米莉·梅迪特（Emily Mediate）的帮助下，我在 7 个月内访问了 26 家分支机构。艾米莉·梅迪特是一位杰出的年轻女性，和我一样有过在巴尔的摩的工作经历。

　　我特别想了解那些成功的创新案例，思考如何扩大对弱势妇女的医疗照护。我相信创新一定存在，因为最一线的服务人员总是充满活力和创造力。他们了解病人的需求，想尽办法施以援手。我想听听他们的故事，学习正在实施的项目经验，并找到在全国范围内进行推广的策略。

　　在每一个地方，这些分支机构都在围绕公共卫生的核心原则提供社区所需的服务。许多项目让我想起了巴尔的摩的工作经历。在俄亥俄州，"健康母亲，健康婴儿"项目通过家庭随访和公共教育降低了母婴死亡率。在科罗拉多，我与在酒吧和异装表演场所推广艾滋病病毒检测的外展工作人员进行了交谈。在纽约，我坐上了提供子宫颈涂片检查的流动车，学习他们为没有保险的病人联系医疗补助的经验。在罗得岛和康涅狄格州，我与医疗协调员交谈，他们为病人联系食物、住房，解决其他社会需求。

一些分支机构已经着手提供心理健康服务，新罕布什尔州和佛蒙特州的服务中心已经开展阿片类药物成瘾筛查和治疗转介。在加利福尼亚州和佛罗里达州，我遇到了宣传员、社区健康教育员，他们在农场、理发店、学校和超市进行宣传。

我还访问了面临特殊困难的服务点。在艾奥瓦州和达科他州之间，长达 1200 英里（约 1900 公里）的距离没有服务覆盖。南达科他州苏福尔斯的计划生育中心是整个州唯一可以获得堕胎医疗照护的地方。有需求的女性常常需要驾车四五个小时才能到达。此外，包括南达科他州在内的六个州设置了 72 小时的强制等待期，这意味着妇女必须找到托儿所照顾已有的孩子，请假，花费几个小时的单程时间进行预约，然后她不得不重复整个过程，在三天后返回进行手术。如果雇主不允许再次请假，或者遇到诸如汽车故障、家人生病等临时问题，患者则要重复一遍整个预约过程。

这个服务点的运行依赖于一位妇产科医生，她本在明尼苏达州工作，每周坐飞机两次往返苏福尔斯为病人看病。如果航班取消，或者医生临时有事，那么南达科他州的病人就根本无从得到治疗。而且，在南达科他州，限制堕胎的孕龄较早，患者下周再来时可能已经超过了允许堕胎的孕龄限制。

所有这些因素复杂地交织在一起，特别令人震惊的是，工作人员必须付出很多精力，关注其他卫生专业人员完全想象不到的各种问题。出于安全考虑，医生需要不断改签航班，以防在机场受到攻击。工作人员往往需要改变日常的计划安排，注意下班路上有没有车辆尾随，他们保留有限的社交媒体资料，特别注意保护家庭的相关信息。他们克服困难，带着坚定的信念工作：如果他们不能为这些病人服务，病人可能就得不到医疗照护了。

　　同一家分支机构还在明尼苏达州设有一家诊所，最近，该州开始要求医生阅读一份冗长的知情同意书，其中包含一些极不准确的信息，如"堕胎可能导致乳腺癌和不孕"（其实并不会）。医生们不得不宣读一些明知道违背事实的条目，这直接违反了为病人的最大利益而服务的誓言。这是政治倾向干预医学实践的典型例证。美国医学会和其他主要医学机构一致谴责这些要求，认为这些做法侮辱了医患关系。

　　诊所尽可能应付这些限制性法律的冲击。工作人员对我说："我们必须遵守法律，但我们找到了折中的方法，能够继续为妇女服务，尽最大努力维护她们的尊严。"一些医生会在宣读之前告知患者，这是一份政府编写的文件，法律要求患者阅读，所包含的医学信息并非全部准确。患者读完之后，医生会回答问题，解释正确的医学和科学知识。这样一来，医生们遵守了法律，也坚守了对病人的誓言。

　　同样，当南达科他州通过一项法律，要求病人接受超声扫描、听听胎儿的心跳时，诊所的工作人员既遵守了规定，但也给病人提供了另外的选择。一位工作人员说："如果病人愿意，我们能够为病人提供眼罩和耳塞，这样一来，女性得以做出自己的选择，而不是完全依从政府的要求。"

　　通过拜访这些分支机构，我更好地理解了计划生育协会的工作人员为何希望强调堕胎服务提供者这一身份。资金充足的反对团体每年花费数百万美元阻止妇女获得堕胎医疗服务。因此，计划生育协会不得不为这一服务辩护。正如一位分支机构的领导者告诉我的："我们的耳朵已经听出了茧子，人们总会问为什么计划生育协会不能停止堕胎。他们说，只要我们不再提供堕胎服务，就会支持我们。

但我们永远不会拿病人的权利做交易。"

我开始重构自己的谈话要点。我不再强调堕胎"只占计划生育服务量的3%",而是说我们90%以上的工作内容是预防。我也不再说自己是"堕胎支持者",不再使用政治性语言,但我会谈及缺乏安全、合法的堕胎服务可能导致产妇死亡率增加。另外,只要有机会,我就会列举分支机构探索的医疗照护创新模式。

我发起的第一个全国性倡议是"这是一家医疗照护机构"(This is Health Care),这一运动旨在展示计划生育协会提供的所有医疗服务,使全国各地分支机构的日常工作为公众所见。在得克萨斯州的一次员工会议上,一位项目负责人解释说,他不管走到哪里都会穿着印有计划生育协会标志的高尔夫球衣。

不少路人盯着他看,冷嘲热讽,表达质疑。有一次,在一家便利店里,一个身材魁梧的男人走到他面前。在确认该负责人在计划生育协会工作后,那位男子厉声问道:"那么你每天的工作就是去杀死婴儿?"

"计划生育协会确实提供堕胎服务,"项目经理回答,"但容我解释一下计划生育协会开展的其他工作。"他接着背出一大串服务项目:癌症筛查、性传播疾病、艾滋病病毒检测、避孕服务和年度体检。

负责人进一步补充说:"男性也可以在这里获得医疗保健服务,我们可以做输精管切除手术。"

"哦,我还真不知道,谢谢你告诉我。"高大的男人回复道。

负责人讲完这个故事,分支机构的工作人员鼓起掌来,争先恐后讲述了类似的经历。他们都执着地捍卫着获得安全、合法堕胎服务的机会,但他们也看到,做到这一点的最佳方式在于因地制宜,因势利导,而不是单纯地强调这一服务。越是强调所有的服务项目,就越能保护计划生育协会的生存,这恰恰也是在保护获得堕胎服务的机会。

改变一个庞大机构的公共话语非常艰难。这与在巴尔的摩的工作完全不同，在那里我代表卫生部门发言，只要征得市长的同意，我们就可以改变希望传达的信息。计划生育协会则涉及更多的利益相关者。除了所有分支机构的领导人和工作人员，还有总部董事会成员、分支机构董事会成员、总部工作人员、捐助者和合作伙伴。许多人不同意我弱化有关堕胎的表述。

在我任职的几个月后，BuzzFeed新闻网发表了一篇文章，阐述了我推动全面妇女保健事业的宏大愿景，题为"新任计划生育协会主席希望专注于堕胎以外的照护事业"。虽然标题如实地反映了我的愿望，但这篇文章引起了董事会执行委员会的不满，他们专门开会进行了讨论。

作为回应，我同意公共关系部门的工作人员通过我的个人推特账号发表声明，确认堕胎是计划生育协会的核心任务之一。这与我之前的态度大相径庭，也确实有人抓住了这一点。不希望提供堕胎服务的反对派抓住了这一社交媒体上的声明，在随后的几个月里，许多州的议案中都直接提到了我的话。工作以来，我几乎从不在与信念相冲突的关键问题上做出让步，这次算是为数不多的例外之一，我对这一决定感到后悔。

另一个日益激烈的争论焦点在于我希望让那些对堕胎问题态度模糊的中间派参与讨论。很多民意调查显示，大多数美国人对堕胎问题态度暧昧。他们认为那是自己的亲骨肉，但也认为在遭到强奸、乱伦或威胁母亲生命的情况下，不应将禁止堕胎极端化。他们可能不希望有堕胎服务存在，但也不希望家庭被迫陷入贫困的循环。他们可能认为堕胎是一场悲剧，但也认为出于安全原因，堕胎需要被赋予一定的合法性。他们可能完全反对堕胎，但支持计划生育工作，希望通过生育控制来减少堕胎。

我努力建立一个更大的同盟，将这些公众纳入其中，但这一做法引来了巨大的争议，处处是坑。有一次，我邀请了一位支持堕胎的知名公共卫生专家，他希望堕胎服务能够实现"安全、合法、最少化"的目标。但激进派把这句话视为异端。对他们来说，"最少化"的表述是对堕胎妇女的污名化；而事实上，对这位专家来说，那只是公共卫生视角下强调预防的表达方式。

只要对堕胎表示任何怀疑，都会引发争议，甚至连质疑怀孕后期因非医疗原因而进行的堕胎，也会引发争论。这样的堕胎情况确实极其罕见，并且受到绝大多数美国人的反对。支持这一做法的人很少，与完全反对堕胎的人数差不多。正如我所了解的那样，倡导团体担心堕胎权利受到影响，抵制所有针对堕胎的限制。他们觉得，如果限制孕龄超过三个月的堕胎，可能会为限制孕龄两个月的堕胎埋下伏笔，如此类推。（具有讽刺意味的是，这些团体驳回了枪支权利倡导者的诉求，后者正是使用类似的滑坡理论反对对购买枪支进行背景调查。）

我意识到，不该在任期伊始就引起这些内部的文化意识争论。计划生育协会自从成立以来一直受到攻击，因此对任何不完全赞同机构观点的人都会深感怀疑。毫无疑问，当许多人发现新任主席持有不同想法，并将其他有不同想法的人纳入同盟时，他们会感到震惊和不安。

我听说，董事会成员越发担忧。一些人从一开始就对我接任主席感到不满，认为选聘过程有问题，董事会不应该只针对单一候选人进行投票。为什么不把一个坚定、全盘延续塞西尔·理查兹政策的活动家也列入投票名单，让他们有所选择？我在洗手间的隔间里听到两位董事会成员在议论我。"我以为我们会选出一个摇滚明星，一位女众议员或参议员。""是啊，结果我们选出了一个医生。"她们表达了不满，认为尽管我能力非常有限，但我还要继续兼职为病人看病（我已经把出诊时间减少到每月仅有一个上午）。当然，我的时间最好全部用于游说立法者，并出席捐助活动。

我原以为问题在于我无法按照董事会的希望不遗余力地完全支持堕胎，或者是他们对更全面的妇女医疗保健愿景不感兴趣，但这两者都不是问题。我们都在努力寻找摩擦的根源，不过，越来越明显的是，我为机构规划的发展目标与许多人心目中的发展方向存在着很大偏差。

尽管纠缠于这些内部冲突，但是通过走访分支机构及其医疗中心，我得以继续脚踏实地开展工作。值得信任的助手促成了这些访问。艾米莉和我一起出差并协调途中的日常事务，克里斯汀则负责统筹总部办事处的工作。我还从牛津大学请来了陈莉，她是一位律师，也曾是我的同窗；此外，长期担任芭芭拉·米库尔斯基参议员办公室主任的朱利亚·弗赖菲尔德（Julia Frifield）以及几位巴尔的摩的同事都来协助我。

新团队开始了艰苦的工作，制定项目跟踪、战略规划和预算编制等各方面的工作流程。开展这些工作时，我发现了一个比改进工作流程更为根本性的重大问题。一个典型例证是，计划生育协会的网站上标有"跟踪特朗普"的标签。网页内容逐月记录了特朗普政府采取的众多行动，涉及生殖健康问题，但远不止于此。文字内容经常使用"攻击"和"袭击"等词语，似乎只有一个目标：证明特朗普极不人道，应该被罢免。

虽然我个人对网页想要表达的观点没有异议，但我也着实被其语气吓了一跳。这些内容不是专业的医学声音，而是激进的政治话语。我担心它对数百万支持特朗普总统的美国公民——其中也包括计划生育协会所服务的病人——产生影响，撕裂共识。如果他们到我们的网站上寻找健康信息，看到这种有针对性的、具有党派倾向的批评，会怎么想？这可能使公众怀疑我们所提供的医疗信息的公正性，阻碍公众到我们的诊所寻求治疗。

我还发现，针对一些似乎与医疗保健八竿子打不着的立法议题，计划生育协会也想公开表明自己的立场。房屋租金管制之类的问题，还能算是对健康问题有直接影响。但诸如网络中立性等其他议题，则很难说跟健康有什么关系。民主改革也是计划生育协会重点关注的领域之一。我能够理解计划生育组织在选民登记和人口普查中可能发挥的作用，但确实不明白为什么要参与华盛顿特区建州、扩大法院规模等公共问题的讨论。同样，取消警察经费、禁止攻击性武器、阻止特朗普建边境隔离墙等一众问题都与生殖健康保健没有直接关系。就这些热点话题亮明观点可能会疏远许多具有不同政治观点的病人和保健中心工作人员。

我逐渐明白了摩擦的根源所在。我一度以为医疗保健服务和机构宣传之间存在矛盾，但这种认知并不完全正确。无论参与以病人为中心的护理项目，还是美国医学生协会和巴尔的摩卫生部门的工作，我们都很好地开展了宣传，旨在影响公众舆论，推动立法，使医疗系统能够更好地服务于病人需求。

计划生育协会也开展了这些工作，但它还节外生枝。机构的宣传工作并没有限于生殖健康领域，这令我颇为不解：它完全追寻激进的政治宣传话语。在我接任工作的时候，计划生育协会已经牢牢扎根于民主党阵营，并将自身定位为反特朗普运动的领导者。尤其是许多年轻的工作人员，他们为自己身为组织的一员而自豪，致力于成为反特朗普运动的先锋。他们认为，性健康、生殖健康与收入不平等、环境、刑事司法改革和 LGBTQ 群体权利等他们深切关心的其他问题密不可分。

因此，我在两党合作方面的努力永远不会有什么进展。我刚刚接任工作时，试图找出诸如改善精神健康等可能吸引共和党支持的领域。正如我在巴尔的摩收获的经验，与天主教医院和宗教机构合作推动这些机构回归社会主流体系。但是，计划生育协会正处于战争之中。这是一场党派之争，共和党人四处煽风点火，发起攻击。《平价医疗法案》受到威胁，共和党领导的立法机构正以惊人的速度颁布堕胎禁令。特朗普任命了创纪录数量的反堕胎法官。现在是战斗的时候，而不是架设合作之桥的时候。

我可以从病人的利益出发，充满激情地讨论《平价医疗法案》，维护医疗保健系统。我当然也可以谈论计划生育的重要性以及禁止堕胎的医疗后果。不过，我很难将之转变为坚定的党派立场宣示，而人们则越来越期望我划清界限。我怀疑这是否是计划生育协会的正确角色。一个运营医疗中心的机构是否应该站在意识形态斗争的最前沿？从法律意义上来说，计划生育协会被分为两个实体，一个提供医疗保健，一个进行政治宣传，但大多数人可能并不知道有此区分。我很想知道，计划生育协会是否可以将医疗保健工作作为核心，将更多的政治宣传工作让给诸如美国堕胎权利联盟（NARAL Pro-Choice America）等相关的伙伴组织。我还结识了很多出色的少数族裔女性，她们创办了倡导生育正义的社会组织，成为优秀的领导者。这些机构应该得到更多关注和资金支持，我认为，如果这些组织带头开展宣传倡导，而计划生育协会更加聚焦于病人护理，将会有助于整个计划生育运动。

随着时间的推移，我对计划生育协会定位的疑问不断加深。它不可能既领导政治运动，又作为主流的医疗机构，那么，应该选择哪一个？

与此同时，塞巴斯蒂安和我正想再要个孩子。

这个时机并不理想，我本就无法陪伴伊莱成长，日程安排颇为紧张，经常在外面奔波，周日晚上离开，直到周五晚上或周六才回来。即使是在家的时候，也是一个头两个大，停不下眼前的工作，紧紧盯着手机，无法享受家庭生活。

我一直沉浸在工作中，根本无法弥补对家人的亏欠。一个周末，我在医学院的挚友蔡高平从密歇根州开车过来聚会，带着他的妻子和两个比伊莱稍大一点的女孩。孩子们玩乐高积木时，我们都围坐在一起，这时塞巴斯蒂安离开房间去拿零食。塞巴斯蒂安刚离开房间，伊莱就哭了起来。我无能为力，根本无法让伊莱平静下来。我突然意识到，自己已经成了让儿子害怕的陌生人。

进入计划生育协会工作时，伊莱刚满一岁，还在爬行阶段，除了咿呀学语，几乎不会做其他事情。现在，他已经是一个蹒跚学步的孩子，精力充沛，到处乱跑，不停地问："这是什么？"我意识到，自己错过了他从婴儿过渡到幼儿的那段时光。

我不在家的时候，塞巴斯蒂安每天晚上都想和我视频聊天。从他下班到家直到把伊莱哄睡着，我往往都在开会或参加捐助活动。我们试着找机会，用 FaceTime 视频几分钟，但这样的机会并不多见，最后塞巴斯蒂安会给我留下几条视频信息。我积累了很多这样的信息，每个深夜，在各地酒店的房间里，独自观看。

塞巴斯蒂安从未抱怨我的离开给他造成的负担。这是我们一起做出的决定，当我感到内疚的时候，他会宽慰我。直到后来，我才知道自己的工作影响了他的心理状态。他经常担心我的安全，很多个晚上，他都梦见我被枪杀了，只能独自抚养伊莱。

我们一直在讨论是不是再要一个孩子。在那时候，我们的生活状态甚至连一个孩子都照顾不好，更不用说第二个了。但我们不想再等了。我已经三十六岁，塞巴斯蒂安已经快四十五岁了。我的日程安排丝毫没有宽松下来的迹象。所以当验孕棒上出现粉红色线条时，我们都很兴奋。我开始出现熟悉的症状：恶心、腹胀、疲倦。

我们开始制订计划。一个周末，我翻出了伊莱所有的婴儿服装。我们又买了一张婴儿床，开始在网上挑选双人婴儿车。

大约也是在这个时候，2019 年 5 月，计划生育协会选举产生两位新的董事会主席。他们对我提出了明确要求：政治立场更加鲜明，越快越好。堕胎服务面临着生死存亡的考验，2020 年的大选即将到来，无党派的医学专业取向行不通了，不能再使用"这是一家医疗照护机构"那样平淡的语气了。现在需要与政治倾向一致的盟友合作，专注于堕胎宣传。

我面临着一个选择：要么改变，要么走人。董事会主席们也对我带来的团队提出了异议，团队也被纳入最后通牒：即使我留下，团队也必须要离开。我很想推动计划生育协会的工作，但我担心如果同意这些要求，接下来董事会提出更多要求。我怎么能在选择个人事业的同时，置我带来的团队于不顾呢？

当我正在纠结于这个最后通牒时，我有一种可怕的感觉，腹中的孩子已经成了死胎。症状来的突然，去的也突然。疲劳、恶心和腹胀感都没有了。不管这些症状有多么不舒服，它们消失的感觉要糟糕得多。

也许这次怀孕就是与上次不同。我疯狂地在互联网上搜索，一些孕妇也有类似症状减弱的感觉，但胎儿一切都好。我试图让自己平静下来。

但是，我的情况并不好，我有所感觉。回到巴尔的摩，我就去看了医生，做了血液检查和超声波检查，结果证实了我的怀疑。我已经流产了。

这一打击如同晴天霹雳，完全无法接受。我哭了好几个小时，还是无法平静下来。曾经，在急诊室里，我为几十位类似情况的妇女提供咨询。我试着对自己讲出经常用来宽慰病人的话："大约四分之一的怀孕会流产，早期发生的流产很可能是由于胎儿基因异常。这并不是你的错，你也没有办法防止它发生。"但我知道，压力可能是诱因之一。我不禁反思，不断升级的工作矛盾是否在某种程度上导致了流产。如果我减少出差并得到更多的休息，情况会不会有所不同？

国庆节期间，塞巴斯蒂安和我休了一周的假。这是我加入计划生育协会以来第一次休假，也是第一次能够陪着丈夫和孩子整整一周。

我们花了很多时间讨论董事会的最后通牒。怎料突起波澜，我曾向计划生育协会的朋友倾诉流产的情况，但他未经我同意就告诉了别人。人们开始建议我以此为由离开计划生育协会。从很多方面来看，我受到了冒犯和伤害，我开始写一篇关于自己流产的专栏文章，避免这种刻骨铭心的个人经历为人所利用。如果我的流产被别有用心之人利用，以实现自己的私利，我无法想象自己会受到多大的伤害。更重要的是，我必须要用自己的声音和文字来讲述自己的故事。

这篇关于流产的文章帮助我抚平了内心的动荡。它让我明白，和其他许多女性一样，我对怀孕怀有微妙而复杂的想法。我为自己的流产感到悲哀，因为失去了一个潜在的生命，但我同时也支持女性终止妊娠的决定。通过这篇文章，我表达出对女性健康的承诺，无论是出于母亲的同理心，还是对生命和个体选择的尊重，都与这一承诺相一致。

专栏文章发表后的几天里，我收到了数以千计的反馈，讲述她们流产的故事，既有陌生人，也有朋友和同事。许多人感谢我分享这些在他们看来粗粝且痛苦的经历。

这篇专栏文章也引发了很多尖锐的言论。我不理会那些反堕胎的极端分子，他们说我的遭遇纯属活该。但我很难忽视另外一些评论，有人指责我谈论流产使得堕胎蒙受耻辱。他们说，我在暗示流产值得同情，而堕胎不值得。他们质问我，如果我堕胎了，是否会如此开放地讲述个人经历。

我已经太累了，不想再打嘴仗。相反，我和塞巴斯蒂安经常出去散步，每天晚上我都会做饭，伊莱又开始叫我妈妈，并来找我求抱抱。

我要求董事会主席团给我更多的时间做决定，因为我需要康复，与家人待在一起。这一要求被拒绝了。这反而使我更加容易地做出决定，我不会为了迎合别人的喜好而改变自己。

在这段时间里，卡明斯议员的话一遍又一遍地出现在我的脑海中。有一天工作结束时，他说，你所能掌控的只是你个人的道德和诚信。你无法控制发生在自己身上的事情，但你可以选择自己想要拥有的生活。良知会指导我们的选择，而家庭永远是第一位的。

我的律师正在与对方协商离职声明，这时我听说董事会会议正在就我的离职进行表决。我从手机推送的突发新闻得知了表决结果。就像他们对我的任命一样，《纽约时报》提前准备了新闻稿，只等表决通过。

2019 年 7 月的那一周是我工作以来经历的最为糟糕的一周。我觉得自己让很多人失望了：我的团队放弃了原有的工作与我并肩战斗，现在他们也被解职了；我一路上遇到的所有与我抱有同一愿景的人；所有想要以我的经历鼓励自己的人，我是第一个领导该组织的亚裔美国人，是移民，是医生，是母亲。在此期间，许多人向我伸出援助之手，给予我力量。朋友、同事和陌生人告诉我他们失去工作的故事。在当时看来，职业风波和生活伤痛确实非常糟糕，但他们提醒我，对一个人的评价并非取决于是否遭遇某个挫折，而是取决于面对挫折时的个人品性。媒体的问题狂轰滥炸，而我没有接受任何采访。我不想被人们以为我在与组织争吵，我想以自己的方式谈论自己的选择。我决定在《纽约时报》发表声明并撰写一篇专栏文章。我想揭示出一个比这一选择本身和计划生育更重要的问题，触及弥漫在这一国家上下的分裂性言论。

"我们究竟能否抛开党派分歧，为公众提供最好的服务？是继续由政治光谱两端的少数人主导围绕社会问题的对话，还是为中立的人们提供空间，围绕共同的价值观通力合作？"

帕姆·马拉尔多（Pam Maraldo）是众多伸出援手的朋友之一，她是一名高级执业护士，曾在 20 世纪 90 年代初担任过计划生育协会主席。她告诉我，她也曾试图将该组织重新定位为主流医疗照护的提供者。确实，我找到一篇有关她接任主席的报道，题为"'超越堕胎'：计划生育协会主席帕姆·马拉尔多说，她的任务是重新强调医疗照护和生育控制"。

短暂的任期后，马拉尔多也被要求离开，正如《纽约时报》所报道的那样，她"强调将计划生育协会重塑为一个更广义的健康组织，在新的医疗管理时代参与竞争，这招致了反对，一些分支机构认为这将削弱协会作为堕胎权利倡导者的角色"。

帕姆驱车来到巴尔的摩看望我。我们谈了很久，发现尽管相隔二十多年，彼此的经历却有很多共同之处。也许对其他机构来说，我们的方法是正确的，但对计划生育协会来说则不是，当前也并非推动变革的时机。

我还了解到，董事会犯了一个关键的程序性错误，我也深陷其中。在我清晰地介绍了自己的职业经历、阐明了对计划生育协会的发展构想之后，董事会通过表决任命我为主席。我以为，这意味着我有责任对计划生育机构进行重大调整，重新加以定位。然而并非如此。选聘委员会并不能完全代表董事会的观点，董事会成员、分支机构、所有工作人员和支持者对这一机构的发展愿景、战略规划和身份定位远没有达成共识。事实上，许多人认为计划生育协会的现状很好。

我在文章中说，尽管离职令我深感痛苦，但我对所有投身计划生育工作的人员都怀有深切的同情，抱有由衷的赞赏，人们常常对我这一态度感到惊讶。实事求是地说，在那里工作期间，我遇到了最为敬业的一群人。一位分支机构的首席执行官毕生奉献于这一事业，从诊所助理一直到分支机构的管理者。一位曾经接受计划生育机构照护的病人，康复后去了护士学校，回到诊所成为一名临床主管。一位低龄生产的女孩，在计划生育项目的帮助下完成了学业，现在她和女儿都在健康中心工作。

这么多人把自己的生命献给计划生育事业。他们把自己的工作视为使命的召唤，把自己的事业看作人生的价值，视自己的同事为志趣相投的一家人。这些人不断受到攻击，背负着战斗的伤痕。很多时候，这种近乎狂热的激情是通往成功的关键因素。但同时，这也可能滋生一种狭隘性，随着外部压力的增加，这种狭隘性只会导致更加排外。

　　成立一百余年之后，计划生育协会仍然顽强存在，这证明了那些奋不顾身、践行使命的工作者的勇气、智慧和坚韧。群体产生防御心理源于一直以来的战斗状态，但这也意味着，短期而紧急的事项总会优先于可能同样重要的长期规划。对外界人士的怀疑、对新想法的不信任，可能使机构和生殖健康医疗照护长期受到孤立。

　　我想，我所付出的努力多多少少改变了工作的重点，我制定的一些规划和项目将会延续下去。一个反复出现的证据在于，机构延续了我提出的健康照护优先的话语，一些分支机构继续扩展堕胎之外的医疗服务，看到这些，我颇为欣慰。

　　计划生育协会给予了我和家人诸多关心照顾，我深为感激，没有什么能撼动这种感激之情。这是一个勇敢者组成的机构，他们在极具挑战性的情境下照护患者，拯救生命、重塑人生轨迹。他们是英雄，能与他们一起工作荣幸之至。

十六 可以预防的伤害

2019 年初，长期指导我的老师菲茨休·马伦医生被诊断出晚期肺癌。在三十多岁时，他曾患过一次转移性癌症，但他活了下来，之后四十多年里一直服务于弱势群体，培养了几代积极从事社会倡导活动的医生，促使他们为实现健康公平而奋斗。

为了表彰他的成就，乔治·华盛顿大学创建了菲茨休·马伦健康公平研究所（Fitzhugh Mullan Institute for Health Workforce Equity）。在我从计划生育协会卸任后一周，菲茨问我是否愿意加入该研究所，作为第一位杰出学者。我即将回到华盛顿大学，讲授卫生政策与公共卫生课程，并与菲茨合作，确保研究所的工作能够彰显他的价值观与精神要旨。正如菲茨所指出的，他见证了我职业生涯的起点，我目送着他职业生涯的结束。

重返教学岗位是一种莫大的幸福。这一工作意义重大，能够实现个人价值。当然，我也需要适应一下工作节奏的变化，从每小时 100 英里转变为每小时 10 英里。突然间，晚上和周末都有了自己的时间。日程表曾经以 15 分钟划分时段，充满了紧锣密鼓的会议，而现在我可以花一整天的时间开展研究，指导学生，这是我唯一的工作。我终于有时间在其他大学做客座讲座，与全国各地的同仁交流讨论。出诊的感觉也完全不同。在我担任卫生局长以及管理计划生育协会期间，我一直在一家急诊诊所定期出诊，服务于没有医疗保险的病人，但我也会一直盯着手机，以防有什么紧急情况。现在我可以百分之百地专注于自己眼前的工作。也许，最大的不同在于，我重新掌控了自己的发言权，自主决定发言的内容、方式与场合。我不必解释每一次谈话中的每一个字，也不必担心不同的利益相关者为某条推特的内容争论不休，这令我感到自在从容。针对关心的议题，我可以讲出发自肺腑的心里话：通过医学和科学的视角，为病人代言。

我终于有时间开始自己喜欢的写作，定期为《华盛顿邮报》撰写专栏，内容涉及制药公司在阿片类药物危机中发挥的作用、支付的巨额赔偿金以及如何确保资金切实用于受影响最严重的人；也会涉及全民医保这一主导民主党初选的医疗保健话题，敦促选民考虑心理健康、预防为主等其他重要的健康问题；专栏还会探讨艾滋病治疗、枪支暴力和健康差异等议题。进而，我围绕这些议题发表广播和电视评论，并开始向地方、州、联邦立法者和卫生官员提供非正式的策略建议。我觉得这就是自己得以继续发挥作用的方式，影响公众舆论，改善卫生政策。

在登机去杜克大学演讲时，我收到了《华盛顿邮报》的编辑迈克·拉勒比（Mike Larabee）的信息。

"我知道还有一篇文章没有反馈编辑意见，"他是说之前投稿的一篇文章，"但今天早上看到了冠状病毒的问题，你有什么新的视角看待这件事吗？"

那时正值 2020 年 1 月。我对出现在中国武汉的神秘呼吸系统疾病有所耳闻，这是一种尚未命名的新病毒，属于冠状病毒家族。冠状病毒可能引起普通感冒，也有更为致命的毒株，能够引起严重急性呼吸系统综合征（SARS）和中东呼吸系统综合征（MERS）。我听说新型冠状病毒已经导致四百多人感染，而且似乎正在迅速蔓延。中国政府刚刚宣布对整个武汉市及其1100万居民进行隔离，这是现代历史上最大的一次隔离行动。当时，美国只有一个人感染了这种病毒，患者有武汉旅居史。

会出现新的全球性大流行病吗？这种可能性其实一直存在。每年都有数以千计的新病毒出现，但是一种病毒感染人类并具有造成大流行的威胁，需要许多因素共同发挥作用，比如，它必须具有高度传染性，同时极易在人与人之间传播。在世界卫生组织工作时，我知道公共卫生专家对病毒开展日常监测，当时我作为全球健康专员协助安东尼·苏博士开展工作。另外，在H1N1禽流感大流行时，我正在住院部和急诊科工作，见证了传染性呼吸道疾病给医疗系统造成的巨大负担。

应对传染病是公共卫生工作的重中之重。在巴尔的摩，我们经常进行应对大规模疾病暴发的相关演习。在我任职初期，市里出现了疑似幼儿麻疹的病例。麻疹的传染性很强，平均来说，一位感染者可以传播给18—19个人。在潜伏期，这名幼儿参加了养老院的生日聚会，然后去了查克芝士餐厅和两家医院的急诊科，我们不得不在所有这些地方进行流调。这意味着要找到所有可能接触过这名幼儿的人，询问他们是否出现过症状，判断可能存在的感染风险，如果有必要，要求他们与他人隔离。仅仅这一个人，就有可能感染一百多个人。工作人员夜以继日地打电话，前往家庭和工作场所调查接触情况，核实免疫接种记录。

这些经验表明，即使在日常时期，公共卫生的应对能力也极为有限。我们整个应急团队由六个人组成，他们还同时肩负着应对极端天气状况以及阿片类药物流行的工作。一旦出现紧急情况，这些工作人员会被从其他事项中抽调出来，如果还需要额外的人手，我们则要从其他任何可能的地方抽调人员。校医、老年中心工作人员以及任何能够提供帮助的人都会被重新部署到相关工作中。极端天气事件的应对工作最多不过几周，但像寨卡这样的传染病，则需要长达几个月的准备和动员，这也意味着其他重要的健康优先事项会被搁置下来。这些都是我们被迫做出的权衡。

全国各地的卫生部门都处于资源匮乏的窘境。尽管社会面临着各种公共卫生挑战和巨大的公共卫生服务缺口，但过去20年中，地方卫生部门的工作人员减少了28％。自2010年以来，美国疾控中心对地方政府的资助减少了一半。公共卫生部门已经被边缘化，既没有工作人员，也没有应对大规模公共卫生突发事件的资源，更不用提那些需要几个月或几年时间专注精力才能处置的事件。

我回复了迈克的信息，向他提出了自己的想法：国家应对公共卫生危机的准备不足，这不仅危害公众健康，更威胁国家安全。迈克觉得这个观点太平淡了，就像告诉人们要吃蔬菜。大家都知道，需要在预防方面加大投资，但不管怎么说，美国还没有发生什么大事，这种观点似乎有点过于理论化了。

我们另辟蹊径，着眼于新的视角：公共卫生的成功取决于公众的信任。为了使应对措施收到成效，人们需要听从政府的命令，而要实现这一点，公众必须相信领导者，相信领导者思路清晰，能够审时度势，心系公众的利益。信任破裂意味着公共卫生措施的崩溃。刚果的埃博拉疫情应对即为明证，在那里，怀疑政府的人拒绝与医务人员合作，甚至攻击红十字会的志愿者，阻挠治疗中心的建设，帮助他人逃离强制隔离区。而在美国，以反疫苗运动为象征，一种反科学、反政府的情绪也在滋长。2019年，美国疾控中心监测到麻疹疫情重新出现，病例数高达1282，比2018年增加了近250％，是1993年以来的最高值。

政府对信任危机负有相当的责任。在经历了多年内战和腐败政权之后，刚果人民对统治者深感怀疑，这并不奇怪；2018 年，有指控称，执政党以埃博拉疫情为由，将反对派占优的地区排除在投票选举之外。我在《华盛顿邮报》的专栏文章中指出，美国人也面临着类似的风险。各级政府的政客们开始质疑政府专家的可信度。更糟糕的是，科学本就已经不被信任，被抹黑，被妖魔化。忧思科学家联盟（Concerned Scientists）2019 年的一份报告指出，特朗普政府在前两年的执政过程中对科学事业展开了 80 次攻击，其中包括解散科学咨询委员会，取消对研究中心的资助，终止现有研究，以及推翻联邦政府自己的科学发展报告。

　　在美国新冠肺炎病例加速增长时，围绕该疾病的科学研究也在不断取得进展。已经证实的状况令人深感担忧。病毒通过呼吸道传播：如果感染者咳嗽或打喷嚏，呼吸道滴落物落到别人的口鼻部，或者感染者擦了鼻子，其他人又摸了感染者接触过的表面，健康人就可能被感染。两个因素使病毒特别难以控制。其一，大约 50％的病毒传播可能来自无症状的感染者，他们不知道自己被感染了，因此很难识别具有传染性的人。此外，病毒不仅通过飞沫传播，通过呼吸或说话排出的气溶胶似乎也会携带病毒。

　　如果这种新型冠状病毒的致病性与导致普通感冒的四种冠状病毒一样，也不会那么糟糕。但不幸的是，这一病毒导致严重疾病，特别是对于老年人和慢性基础病患者。当时，大约 20％的新冠肺炎患者需要住院治疗，其中四分之一的患者会由于肺炎而引发严重病情，需要插管并使用呼吸机。医疗系统设备不足，无法同时照顾这么多危重病人。如果医院不堪重负，重症病例可能会被拒之门外，死在家里。不仅新冠肺炎患者会受此影响，任何患有心脏病、中风或其他疾病的人都可能遭遇医疗资源挤兑而无法获得医疗照护。

疫情早期，医疗工作者能够遵循个人防护装备（personal protective equipment，PPE）条例的最高标准，在进入患有传染性呼吸道疾病的病人房间之前，戴上 N95 口罩，穿上防护服，戴上护目镜。我们还知道使用完口罩和防护服后要处理这些医疗废物。这些都是疾控中心发布的指导方针，每家医院都遵守这一程序。但是很快，2020 年 3 月初，医院就发出了警报：物资可能耗尽，不得不改变标准操作流程。为什么？科学的标准并没有改变，但物资供应出了问题。首先，医疗机构被告知，要在照看病人时重复使用 N95 口罩。之后变成每人每周只能得到一个口罩。医生和护士不再更换防护服，而是在隔间给防护服消毒。就连基本的外科口罩也定量供应，要戴到完全湿透才更换。一些医院的口罩和手术服完全耗尽，临床医生不得不自己四处求援。

前一个月，我听说中国出现了医护人员防护装备供应问题。武汉的医院报告说，医生和护士的防护服非常短缺，他们穿着尿不湿，避免频繁换衣服。工作人员套着雨衣和垃圾袋，戴着自己制作的口罩。我当时想，这实在太悲惨了，这种事肯定不可能发生在美国。

但后来，美国的情况如出一辙。我的脸书页面充满了来自全国各地医生的求助信息。一位朋友发帖问："有人有家庭装修剩下的口罩吗？"还有人说，他跑了三家建材家装连锁商店，才买到一个电焊工人戴的面罩。这个面罩覆盖不到脸的下半部分，但总比没有好。住院医师阶段认识的同事制作了列表，不断更新各种线索：某个亚马逊卖家有可以重复使用的特卫强牌（Tyvek）防护服；某个兽医用品网站在卖手套；有人推荐了一个有口罩库存的文身店。

疾病预防控制中心开始逐步修改口罩使用指南，从重复使用口罩到建议在没有其他选择的情况下使用头巾遮住口鼻。有人拍到田纳西州的一位医院管理者在研讨会上说，没有口罩的工作人员可以在脸上裹块尿布。

物资匮乏并不仅限于个人防护设备：新冠病毒检测试剂的供应非常有限，病人即使出现了所有的症状，也无法得到检测。遏制疫情成为空谈。无论是在家里还是在养老院、监狱和无家可归者收容所等聚集场所，每当发现一个病例，几乎总会发现另外几十个甚至几百个病例。原本以为没有感染的社区，几天内就会出现成群的病例，变成全面暴发的疫情。

这种状况令人震惊：美国这一地球上最富有的国家，对大流行病完全没有准备。尽管多年以来，许多知名科学家反复警告出现传染病流行只是一个时间问题，但联邦储备中甚至没有足够的口罩。我在地方任职时所经历的——只为小范围的、短期灾难做准备——在全国其他地区也是如此。如果飓风袭击某一个地区，可以从其他地区调集物资和人员。但是，我们没有能力应对同时袭击全国各地的飓风，特别是一场不知何时停止的飓风。

冠状病毒吞噬了一个又一个地区，国家崩溃的种种早期迹象扩大为一场全面灾难：高层管理不善、协调不力、拒绝直面危害，史无前例地颠覆科学和真相，故意混淆视听，导致数百万人抵制公共卫生指导。医生、科学家和公共卫生专家发现自己肩负起特殊的职责，那就是应对错误信息和虚假信息的大流行。在当前，卫生保健专业人员应该坚持科学的真理，指导公众保护自己，并向政策制定者提供建议，做出具有挑战性的决定——何时发布居家命令、是否关闭学校、如何扩大检测规模。从长远来看，最为重要的一点是，这场恐慌暴露出公共卫生基础建设的投资需求长期被拖欠。新冠病毒撕下了健康差异的遮羞布，使人们看到关注健康公平议题的迫切需要。

对我来说，我的全部履历似乎都在为应对这样的危机做准备。我受过专业培训，有着医疗卫生领域的工作经验，也有时间和能力，可以加入到抗击新冠肺炎的斗争中，为解决可能是我们一生之中最大的一场公共卫生危机出一份力。

美国彻底失败了。死亡人数不断增加，已经给这场疫情应对行动下了裁决书。

书写这段历史时，大部分责任应该被归咎于特朗普政府的失职：始终缺乏统一、连贯且基于科学事实的应对措施。

以个人防护装备和检测试剂问题为例。生产 N95 口罩和检测试剂并不是什么尖端科学，但为如此大规模的紧急情况生产所需的口罩需要协调的、全国范围的共同努力。然而，根本没有什么协调机制。检测试剂大量生产，却遇到一个障碍：没有足够的采集样本的拭子。人们疯狂地争夺拭子，但就在医院收到货物时，各种化学试剂又用完了，实验室无法处理这些样本。然后，试剂供应跟上时，个人防护物资又出现了短缺。护士和医生必须穿上防护服进行检测，但由于防护物资奇缺，他们被要求节约个人防护装备，只对病情严重的人进行检测。国家没能未雨绸缪，超前部署，总是落后几步。

联邦政府无法提供充足的检测和个人防护设备以满足医院的需求。各州被迫在市场上购买物资。一般来说，各州之间以及与联邦政府之间存在着购买竞争关系。物资价格急剧上升，而病人仍在苦盼着接受检测，一线医疗工作者仍面临着没有防护物资的惨状。这场流行病日渐严重，由于没有充分开展检测，没有人知道疾病流行的真正规模。

荒唐的故事层出不穷，登峰造极。马里兰州州长霍根与韩国政府谈判，想要购买 50 万个检测试剂。暂且不说州长一级直接向外国政府求助能有多大效果，当试剂真的到达时，马里兰州出动国民警卫队全天候保护这些试剂，防止联邦政府将其没收用于联邦储备。最终这些试剂被证实存在技术缺陷。这种竹篮打水一场空的情况本不应该发生，本就不应该以这种方式获取医疗物资。

马萨诸塞州一家大医院的院长，在国内其他地区找到了额外的个人防护物资。他支付了比现行价格高四倍的货款，亲自到机场接收物资，同时还把牵引车伪装成食品服务车辆。但是，联邦调查局截住了他，试图扣押这些物资供联邦政府使用。在这期间，我和其他公共卫生专家一直发出警告，恳请政府帮帮一线的医疗卫生工作者。我们不能在没有盔甲的情况下派军队参战，联邦政府必须尽其职责。然而，形势依然令人绝望。今天，我们没有口罩；明天，我们就可能没有医生和护士。纽约市出现了全国第一个病毒传播高峰，个人防护物资匮乏是一个先兆：由于口罩稀缺，医院变得拥挤不堪，重症监护床位、呼吸机严重短缺，最终演变为墓地短缺。

很多时候，这感觉就像充当一个坏掉的复读机。我们还要重复多少次，说明检测是必须的？每当特朗普政府提出增加检测会导致更多感染的荒谬说法时，我就会通过广播和电视等媒体解释为什么总统的说法是错误的。检测不会造成感染；无论检不检测，感染都是已经存在的事实；检测、流调、检疫、隔离是我们控制病毒的方法。我们还要向官员们恳求多少次，说服他们不要再为缺乏检测试剂而辩解，而是应该想办法满足公众所需？即便他们还能为缺乏检测试剂辩解，怎么解释个人防护物资的匮乏？

白宫的回应总是一样的："我们希望很快得到更多的物资补充。"特朗普已经指定副总统迈克·彭斯（Mike Pence）领导联邦新冠病毒应对工作组，我经常观看工作组的新闻发布会，然后发表评论，提供医学分析。我们一次又一次地听到这个"希望"，仿佛"希望"

就是一种战略，"更多"就是一个确定的数量，"很快"是一个明确的时间点。

在这些简短的信息发布会中，给我留下最深刻印象的，就是国家领导者信誓旦旦的发言与基层现实之间的严重脱节。特朗普和彭斯坚称检测试剂和个人防护装备足够，而诊所和医院工作的卫生专业人员知道这与事实相去甚远。我只能给出两种可能的解释：要么政府不知道实情，也不想去了解物资短缺的程度，要么政府知道，但试图掩盖事实。

为了转移责任，特朗普甚至暗示，医院口罩短缺另有见不得人的原因。他说："你们应该去调查一下那些正在发生的事情。口罩去哪儿了？是不是从医院的后门出去了？"这个国家的总统实际上是在暗示，那些冒着生命危险、为拯救生命而奋斗的医护人员可能在偷窃口罩。人们正在遭受死亡的威胁，政府却在混淆视听，而我们国家的总统没有面对现实，而是选择将民众分为两派——相信他的人和不相信他的人。

由于缺乏全国统一的应对措施，新冠病毒如同一场前所未见的破坏性大海啸。能够控制新冠肺炎的国家无一例外都部署了国家性战略，而美国的应对措施如同一盘散沙。

各州在没有所需资金的情况下，只能根据自己的能力制定政策并采取行动。缺乏一致性的全国计划，最明显的例子莫过于各州步调不一的居家命令和开放命令。在第一波疫情流行高峰中，一些州很早就发布了全面的居家命令，有的州则是姗姗来迟。还有大约一半的州根本没有发布相关指令，甚至连疾病预防控制中心发布的基本社交距离准则都没有采纳。

有些人为这种一盘散沙式的防控措施辩护，认为国家统一行动、全面落实步调一致的措施有很大难度。为什么要封锁那些根本没有病例感染的地区？如果开展了充分的检测，各州能够确认没有感染病例，这种说法是有道理的。但事实并非如此。事实上，在美国各个地区，社区传播迅速出现。通常情况下，检测到的第一个病例如同矿井中的金丝雀①，是疫情即将暴发的指征：一个阳性确诊病例通常意味着许多其他病例即将出现，疫情正在飞速传播之中。

很容易理解，那些实行全国封锁、迅速加强检测、追踪接触者的国家成功地控制了病毒传播。他们没有什么神奇药丸，没有秘密疫苗和治疗药物。他们只是实施了一系列连贯、协调的措施。与美国不同，这些国家基于明确的依据，对全体国民实施了标准一致的限制。而且，与美国不同，他们的信息发布清晰明了，领导人支持公共卫生专家的工作。许多国家几乎完全抑制了新冠疫情的大规模发展。他们不只是压平了感染曲线，甚至是粉碎了那条线。

美国其实也有机会：我们本可以在第一次病例激增、许多州开始限制社交活动的时候，就抓紧时间加强公共卫生基础设施建设，增强病例发现的能力，追踪密切接触者，并对密接人群进行隔离。但这些措施并没有付诸实施。

几乎每天都有人问我关于群体免疫的问题——难道我们不能采用群体免疫策略吗？这种策略认为，如果社区中足够多的人——通常是 60％至 80％——通过接种疫苗或感染后康复产生了对某种病毒的抗体，就能够阻止病毒传播，也就实现了群体免疫。我反复解释说，在没有疫苗的情况下，寄希望于主动感染实现群体免疫是一种极其危险的主张：首先，当时并不清楚感染新冠病毒后，免疫力能

---

① the canary in the mine，直到 1980 年代，美国煤矿工人下井时还要携带金丝雀。当坑道中的有毒气体浓度达到一定程度时，金丝雀会明显表现出不安情绪；如果金丝雀暴毙，就说明井下危险气体的浓度已经达到临界值，必须迅速逃生。

够维持多久。其次，即使康复的人获得了持久的免疫力，60％的感染率也意味着近 2 亿美国人将会感染，如果以死亡率 1％ 估计，200万人会因为这样一个未经检验的理论策略被判处死刑。

还有反对升级限制措施的人指出，大多数新冠病例都是轻症。他们认为，可以让老年人待在家里，让健康的青壮年重返学校和工作岗位。这种论调可谓漏洞百出。首先，新冠绝非仅仅危害老年人。早期报告发现，五分之一需要住院治疗的患者年龄介于 24 岁至 44岁之间。三四十岁的感染者死于呼吸衰竭，甚至死于中风。此外，年轻人可能是无症状感染者，会将病毒传播给老年人。事实上，正如我们看到的，病毒的传播轨迹确实如此。青壮年人群中出现的病毒传播最终绝不仅仅局限于这一群体。

此外，任由冠状病毒肆意传播可能导致医疗资源挤兑，阻碍所有病人获得必要的治疗。有人觉得封锁和社交限制影响公众的心理和精神健康，这种担忧其实颇为伪善——那些以儿童健康、精神健康和药物成瘾率上升为由，主张迅速放开管制的立法者，正是不久前投票主张削减这些领域拨款的那些人。

在缺乏联邦统一领导的情况下，一些州长发布了居家命令，成功地遏制了病毒传播。此后，联邦政府发布了明确的指导方针，基于科学原则逐步恢复社会活动。但即使这个规划也有重大缺陷，最明显的问题仍然是检测。安全恢复社会流动的关键指标之一在于感染率呈现下降趋势。但是，如果没有大规模检测，如何判断这种趋势是真是假？对密切接触者的追踪也远远不够。在全国范围内，需要增加多达 30 万名流调人员，识别新的病例，追踪并隔离每一个密切接触者，这是一项劳动密集型工作，颇费时间，但它可以由具有基本公共卫生知识的工作人员完成。有人建议让学生和失业人员参与流调工作，波士顿和纽约等地区则搭建了新型伙伴关系，增加流调人员，巴尔的摩也在此着力，"巴尔的摩社"和卫生部门再次合作。全国统一的招聘、培训和部署工作人员计划将比50个具有不同协议和程序的州各自为战有效得多。

此外，有些州无视白宫制定的恢复社交活动标准，而联邦政府拒绝对这些州行使执法权。像其他传染病一样，新冠病例的传播表明，病毒不会被州或国家的边界所左右。某个州过早取消限制会影响到邻近的州，并引发第二次感染潮，病毒以爆炸性的速度在全国蔓延。然而，许多州大胆地取消了本就为数不多的限制，他们没有达到恢复流动的标准，也没有受到惩罚。

相比之下，其他国家在恢复流动前几乎将其病例数压制为零，即便如此，他们对于取消限制和监测结果评估仍非常谨慎。美国取得的最好成绩是将病例控制在每天新增两万人，而这仅仅是确诊病例的数量。疾病预防控制中心估计，这一数字可能被严重低估，每发现一个新病例，就可能有多达10个尚未被发现的病例。过早放开限制的后果显而易见，公共卫生领域的领导者尽力发出警报。科学原则并没有改变，在没有疫苗或治疗药物的情况下，控制传染病的唯一办法就是减少人们的社交活动。

经历了3月和4月最初一波疫情造成的破坏，我们确实收获了一点经验，那就是我们明确知道下一波疫情还会出现。我们汲取了纽约市的教训，治疗方法已经更为成熟，对病毒的科学认知更为充分。现在是执行疫情应急预案并确保物资供应的时候了。

但是联邦政府并没有鼓足干劲，准备迎接注定会到来的第二波疫情，反而浪费了所有已经取得的成果。公共卫生基础设施投资依然很少，也没有加强病例发现、流调和隔离的能力。各个医院尽力增加物资储备，并制订应对计划。许多地方和州一级的官员也在有限的预算范围内努力增加人手。然而，尽管出现了种种警告信号，白宫还是未能制定协调一致的全国性应对措施。

结果又是一场大暴发。先是在 2020 年夏天席卷"阳光地带"和南部区域，然后在秋冬季节横扫整个国家。由于多起疫情同时暴发，全国的应对能力极为吃紧。这一次，多起疫情暴发于农村社区，那里本就在勉强应付医疗资源和卫生专业人员短缺的问题，几乎没有能力照顾危重症病人。病人需要转移到城市医院，给本已人满为患的城市医院进一步增加了压力。

截至 2020 年底，冠状病毒在美国已经导致超过 33 万人死亡。如果从一开始就制定了全国性的应对框架，哪怕是在第一波疫情之后开始建立应对方案，这场灾难也可以避免。

尽管特朗普政府确实适时提出并严格实施了一些干预措施，但这些措施漏洞百出。他很早就提出要对中国实施旅行限制，希望控制进入美国的病例数量。尽管世卫组织和许多公共卫生专家表示反对，但基于特朗普的要求，美国还是实施了这些限制。然而，限制措施最终失败了，因为各地没有统一执行这一政策：在没有经过任何筛查的情况下，四万多人从中国进入美国。此外，特朗普只关注中国，而忽视了新冠病毒已经传播到包括欧洲大陆在内的许多其他国家。事实上，就纽约发生的疫情来看，流行毒株并非来自中国，而是来自欧洲。

类似的限制措施也因为缺乏检测而无法严格施行，此外，我们还未能掌握无症状感染者的传播情况。因此，在发现阳性病例之前，病毒可能已经在许多地方传播了好几周。我们不仅对入境者监控不力、缺乏协调，而且还忽视了病毒在我们眼皮底下大量传播的风险。

另一个本可能奏效的举措在于政府主导的疫苗研发工作。新冠疫情之前，开发一款疫苗最快也要四年；其他许多疫苗的开发周期长达几十年，诸如艾滋病病毒等一些病毒则至今依然没有疫苗。在一年时间内，两种新冠疫苗研发成功并具有显著效果，这是科学的胜利，也是政企合作机制的胜利。在公共卫生领域，几乎谁也没有料想到能够迅速研发出如此安全有效的疫苗。

然而，特朗普将批准疫苗与谋求连任挂钩，破坏了公众对疫苗的信任。甚至连"曲速行动"（Operation Warp Speed）这一政府疫苗研发项目的名称都引起了人们的担忧，公众怀疑政府在研发过程中偷工减料。此外，研发出疫苗本身并不是解决问题的全部答案，拯救生命需要疫苗接种，而疫苗接种又取决于疫苗分配和管理。地方和州卫生部门本来就承担着应对疫情的繁多工作，现在又需要领导美国有史以来最宏大的疫苗接种计划。他们估计至少需要 84 亿美元来完成这一任务。他们收到第一笔疫苗拨款时，所有资金加在一起一共只有大约 4 亿美元。

显然，这笔微不足道的资金根本不足以支持地方政府建立所需的基础设施。因此，"曲速行动"项目主导的药物研发速度未能转化为生产分销的速度。特朗普总统承诺 2020 年底前提供 1 亿剂疫苗，但实际上只有 1400 万剂发放到各州，其中又只有 400 万剂完成了注射。然而，联邦政府依然没有肩负起责任，拒绝制定紧急解决方案，再次对问题置之不理，把责任推卸给地方和州卫生部门。由于缺乏全国性动员，地方和州一级官员再次陷入困境，如同一盘散沙。他们既没有得到指导，也没有必要的资源，根本无力完成这一重要的公共卫生任务，结果令人震惊：数百万剂疫苗冷冻在冰箱里，而每天有成千上万的美国人死亡。

政府在疫苗问题上的最大失误在于把疫苗吹捧为万灵药。很明显，随着死亡人数的增加，白宫已经把所有鸡蛋都放在了疫苗篮子里，同时弱化了检测、戴口罩和保持社交距离等防控策略。疫苗可以挽救许多人的生命，但在疫苗研发、分发、完成注射这一相当长的空窗期内，那些患病甚至死亡的人根本指望不上疫苗。高层拒绝采取社会防控措施以及由此引发的混乱，是酿成新冠大流行惨剧的根源所在。

十七 错误信息流行病

　　白宫蓄意制造的错误信息和虚假信息是导致美国新冠肺炎灾难的罪魁祸首。

　　特朗普总统经常反驳公共卫生专家的观点，不计其数。这对其支持者的身心健康造成了直接影响。当特朗普在毫无证据的情况下宣称羟氯喹能够有效抗击病毒时，人们疯狂抢购这种药物，而真正需要该药物用来治疗狼疮或类风湿性关节炎的患者则面临着断药风险。特朗普称羟氯喹不会损害身体，很多人信以为真。然而，在亚利桑那州菲尼克斯，一对夫妻误服了另外一种专门用于清洁鱼缸的氯喹，丈夫因服用氯喹致死，妻子也被送进了重症监护室。

　　在一次新闻发布会上，特朗普谈及使用紫外线照射疗法，并考虑通过饮用漂白剂、注射消毒剂预防病毒。那时，我常参加美国有线电视新闻网的电视节目。新冠疫情流行早期，桑贾伊·古普塔博士（Dr. Sanjay Gupta）就邀请我加入他和安德森·库珀（Anderson Cooper）主持的"新冠病毒全球动态"节目。我的工作是帮助桑贾伊回答观众的问题，随着逐渐进入角色，我成为医学专业评论员，解释专业知识，提供健康政策分析，并发表评论。

　　在特朗普臆测漂白剂的功效后，我在当晚的广播节目中解释了这一想法的极端危险性。喝漂白剂可能会致命。对于数百万相信特朗普总统的公众来说，我们需要告诉他们，要听医学专家的，而不是听总统信口开河：求求你们，千万不要在这个问题上听总统的。

接下来的一个星期里，中毒预防控制中心接到了不少关于服用漂白剂的电话，此后一段时间，很多病人和观众依然向我咨询这一问题，甚至包括学龄儿童。我和桑贾伊甚至与大鸟和埃尔莫①一起出现在卡通节目《芝麻街》（Sesame Street）中，向孩子们解释为什么不应该听从总统的医学和公共卫生建议。

在戴口罩这一重要问题上，这种蓄意破坏科学事实的行为尤其有害。疫情流行初期，基于科学的指导方针要求医护人员和有症状的人佩戴口罩，没有涉及公众。随着科学认识的发展，美国疾病控制中心和世卫组织改变了指导原则，敦促每个人都戴上口罩。新的研究表明，普遍戴口罩可以减少80％的病毒传播。根据模型预测，如果95％的美国人能够在公共场合戴口罩，可能会减少数万人死亡。高盛公司的分析估计，公众普遍戴口罩可以阻止GDP下降五个百分点。

科学证据非常明确。然而，联邦政府继续抵制普遍佩戴口罩的规定，特朗普本人和许多高级官员经常不戴口罩出席活动。他们甚至嘲笑口罩的作用，各州州长也有样学样。一些州长禁止地方官员发布强制佩戴口罩的命令，亚特兰大市市长甚至因为发布了一项全市范围内佩戴口罩的规定，遭到佐治亚州州长的起诉。

在这种政治气候下，戴口罩这一至关重要的公共卫生干预措施成了一种政治象征。2020年6月，益普索公司开展的民意调查显示，65％的民主党人外出时会戴口罩，而共和党人只有35％。民主党党籍的州长和市长下令在公共场所佩戴口罩，而共和党党籍的州长则指责这侵犯了人民自由。右翼媒体散布"口罩无效"、"新冠肺

---

① Big Bird, Elmo，美国知名儿童电视节目《芝麻街》里的卡通形象。

炎被夸大"等阴谋论。得克萨斯州共和党众议员路易斯·戈默特（Louis Gohmert）确诊感染时甚至暗示，戴口罩是导致他感染病毒的原因。

无论国家领导层如何，阴谋论者都是最有可能传播错误信息的一群人。不难想见，科学怀疑论者总会纠缠于防控指南的调整，以此宣称科学家并没有什么确凿的证据。但当总统为了达到个人的政治目的、故意放大错误信息并将之作为攻击他人的武器时，反科学的边缘势力得到了信任。这进一步损害了公共卫生领导者和医生的声誉，而此时正是最需要依赖专业人士的信誉控制疫情的时候。

在一些地方，地方和州的公共卫生官员成为公众的撒气筒，在政客面临越来越大的舆论压力的时候，又成了政客的替罪羊。数十人因提供基于科学的政策建议而被迫离职。还有人在面临公众抗议、家人受到威胁的情况下辞职。卫生部门负责流行病学调查的职员受到骚扰，遭到冷眼相待，被拒之门外，无法履行保护社区的职责。

正当公共卫生工作需要强有力的领导、增强公众信任时，卫生官员却被边缘化了。早些时候，美国疾控中心每日举行新闻发布会，通报疫情最新情况和有关新型冠状病毒的最新研究进展。包括我自己在内的很多医生，都会认真收听或阅读相关信息。这些简要的信息很有帮助，能够使我们了解这种复杂而迅速演变的疾病。尽管还有很多未知因素，但这些分析依然让人感到踏实，因为它来自每天研读数百项新研究的专家。

不过，疾控中心的通报突然停止了。同一时间段变成了白宫召开的新闻发布会，新闻发布会的场景分散了人们对于当前紧急状况的注意力，根本没有提供医生和公众迫切需要的指导性信息，而是传递出令人瞠目结舌的自相矛盾的信息，总统信口开河，而公共卫生专家必须澄清总统发布的错误信息，同时又要努力不直接反驳自己的上司。

"及时、准确、可信"是突发公共卫生事件的媒体沟通准则。特朗普政府的信息发布违反了危机沟通的所有要求。通常情况下，直接向公众传播信息的是媒体，而不是顶尖科学家。然而，由于相当一部分公众并不信任传统媒体，数百万美国人无法得到客观准确的信息。相互矛盾的各种消息使人们对信息的准确性产生了严重质疑。

此外，顶尖科学家的信誉也受到了攻击，包括世界上最受尊敬的传染病专家安东尼·福奇博士（Dr. Anthony Fauci）。总统本人往往亲自煽风点火。公共卫生专家、科学家和医生感到有必要填补科学信息空白。如果国家主要卫生官员的公信力被削弱了，那么政府以外的专家就必须挺身而出，担负起相应的职责。我们有责任提高公众对疫情威胁的认识，采取切实行动遏制疫情，驳斥错误信息，坚持科学真理。

对科学的攻击颇为激烈，一波未平一波又起，回应这些攻击确实是个不小的挑战。已有大量证据证明氯喹根本无效，但之后很长一段时间，参议院仍在举行听证会，要求说明为什么氯喹没有得到更广泛的应用。一些医生被邀请作证，引用了一些病人接受治疗后症状好转的故事。（当然，故事绝非证据，病人不服药也可能好转。）这些听证会转移了人们的注意力，使人们不再关注切实的治疗方法和有益的预防措施，更重要的是，使错误信息和科学怀疑论长期存在。

更糟糕的是，这种情况助长了一种糟糕的现实情境：根本没有客观事实，诸多所谓"专家"的不同观点交替出现。这颇像是一个用来诋毁环境科学的剧本，把气候变化描述为一种观点，而不是科学事实。神经放射学家斯科特·阿特拉斯（Scott Atlas）对新冠疫情的观点并不符合科学主流，但特朗普政府引用了其观点，自此，他成为保守派新闻媒体的常客，质疑佩戴口罩，推广并不可信的群体免疫方法，并发表有关儿童为何不会患病的奇谈怪论。许多人相信公共卫生专家做出的反驳，但也有许多人认为这是专业意见的分歧，并没有科学定论。

白宫新冠疫情协调员黛博拉·伯克斯（Deborah Birx）博士及时做出说明，她向特朗普报告了相关数据，却看到总统在公众面前引用了完全不同的数字。她不知道总统从哪里得到了不同的信息，但怀疑这些消息可能来自阿特拉斯和其他想要淡化疫情严重性的人。这种倾力颠覆现实的做法几乎每天都达到新的高潮。无法基于科学指导制定政策，需要考虑其他五花八门的诸多观点，这是全世界的政策制定者每天都在面对的情况。为了达到党派目的，科学发现被压制，事实被操纵，危机已经迫在眉睫。

政府体系内的权威科学机构，特别是疾控中心和食品药品监督管理局，成为这场虚假信息运动针对的主要目标，而且恰恰发生在疫情最严重的时候。这些机构努力领导全社会走出这一场瘟疫大流行，但它们受到了压力，不得不对政治要求作出让步。这随之引发了信任危机，不仅是反科学团体，连许多以前信任这些机构的人都开始变得犹豫不定。

我从来没有想象过，人们会对美国疾控中心这一世界上最受尊敬的公共卫生机构失去信心。其他国家派遣科学家到美国疾控中心接受培训，甚至同样用"疾控中心"命名自己国内的公共卫生机构。

在担任卫生局长期间，我曾与疾控中心密切合作，疾控中心的信息发布直接、准确，我深感钦佩。综合复杂的科学信息并制定可行的操作指南是疾控中心极为重要的看家本领之一。没有任何一个地方官员有时间或人力涉足成千上万项科学研究。我们依赖疾控中心综合各种研究结果，制定国家层面的公共卫生建议。进而，市县的基层卫生部门可以为社区定制指导方案，因地制宜开展工作，帮助企业、学校和其他机构。联邦层面并不会限制地方机构开展工作，而是恰恰相反，国家层面的指导方针授权地方机构开展活动。

因此，当美国疾控中心开始就其指导意见闪烁其词，并采取与科学共识不一致的行动时，确实令人极其震惊。疾控中心的声明并未指导企业实施某些安全措施，而是包含了许多模棱两可的词语，比如"如果可能"和"如果可行"。许多模糊的建议已经失去了意义。如果保护公众健康的指南成了一些可做可不做的建议，那么颁布这些指南的意义何在？再怎么说，我们也不可能仅仅简单地建议人们系上安全带，或者说如果愿意的话，可以遵守限速规定。

疾控中心发布新指南的方式也大有问题。自从疾控中心被勒令停止召开提供最新信息的媒体吹风会之后，防控指南的更新就只能发布在其网站上，没有任何通知或解释，甚至没有人知道已经发布了新的信息。通常情况下，只有当临床医生访问网站并注意到相关变化后，更新的信息才会被发现，而这已经是信息发布若干天之后了。一旦媒体报道了新的指南，人们就会疯狂地寻找改动的原因。是完成了新的研究吗？科学认识有了进展？是不是因为资源有限，迫于物资保障压力才修改的信息？是不是因为政治干预？很多时候，没有人知道指南更新的原因，没有人解释背后的科学依据，这些变化助长了猜疑，导致更多的困惑。

有一桩令人颇为震惊的事件：疾控中心悄然改变其指导意见，建议无症状人群不需要进行检测。这是在研究已经明确证实无症状人群能够传播病毒之后。事实上，美国疾控中心的网站明确指出，50％的病毒传播是由无症状携带者造成的。新的指导方针公然违背事实和常识。当时检测试剂确实供应不足，人们有理由怀疑这是解决物资短缺的权宜之计，或许这也是保险公司逃避支付检测费用的策略之一。

这一指导意见随之引发了舆论反弹。数十家主要医学健康机构对此进行谴责，一些州的州长召开新闻发布会，表明不会遵循这样的指导方针。美国国立卫生研究院（National Institutes of Health）前院长与洛克菲勒基金会（Rockefeller Foundation）首席执行官联名在《纽约时报》发表文章，呼吁美国人民"不要相信疾控中心的信息"。州和地方卫生官员先后发布了与疾控中心意见相左的地区性指导意见，这种混乱直接影响了患者照护，有报告称，检测场所拒绝为无症状人群提供检测，许多来寻求检测的人真的是因为接触了感染者。

后来的报道证实，疾控中心只是遵从了白宫的命令。科学家反对这一策略调整，许多人甚至还不知道疾控中心发布了这样的指南。几周之后，指南又恢复了以前的要求，疾控中心和公共卫生基层组织都松了一口气。但是，几周的折腾已经造成了巨大破坏。疾控中心曾经备受尊敬，而现在人们怀疑疾控中心的信息是否公正，是否基于科学证据。州长们越来越依赖于州政府专家的二次审查，这削弱了疾控中心的专业性和影响力。美国人民又一次不知道该相信谁。

就在公众最需要食药监局提供可信的安全保证的时候，食药监局也同样受到了政治压力。首先，在特朗普鲜明地表达个人观点之后，食药监局授权紧急使用羟氯喹，然后又授权采取恢复期血浆治疗。尽管这些治疗方法完全缺乏证据，但食药监局似乎已经屈服于总统的压力。这令医学界大为错愕，最终食药监局撤回了对羟氯喹的授权，局长也撤回了有关使用恢复期血浆的声明，但这还是使得科学家更为担心食药监局决策的独立性。

在疫情之前，这样的事情完全不可想象。食药监局聘请科学家，基于科学证据审批药物，不会考虑政治上的权宜之计或党派的意识形态倾向，这样的社会信任感颇为重要。此外，鉴于很多机构正在进行疫苗研发，全社会亟待对食药监局的公正性建立信心。通过接种疫苗实现群体免疫是结束疫情的希望所在，为了实现这一目标，疫苗需要安全、有效，更需要得到信任。

保证安全是第一要务。与给病人开处方不同，疫苗是给健康人接种的，要更加严格地控制不良反应，接种收益必须远大于可能引起的实质性副作用，才能值得全社会去冒险。疫苗的接种量很大，如果数亿人注射了疫苗，那么即使严重的副作用发生概率极低，受影响的人数总量也会不少。还有有效性的问题：一种并非真正有效的疫苗只能给人虚假的慰藉。如果公众认为疫苗的安全性或有效性得不到保障，这种不信任可能导致数百万人拒绝接种疫苗，进而延长疫情造成的危害。

确实，特朗普政府推动疫苗研发的"曲速行动"避免了官僚主义的繁文缛节，并为制药商提供了联邦政府的购买担保，将疫苗研发过程缩短了数年，甚至在试验全部完成之前就开始了生产，所以在食药监局正式批准疫苗的时候，已经有数百万剂疫苗准备分发。重要的是，科学研究和严格的审批过程并没有走捷径。不过，对速度的强调还是引发了一些质疑。特朗普开始谈论在 2020 年 11 月大选之前批准疫苗，公众的担忧加剧了。皮尤中心开展的全国调查显示，2020 年 5 月，72％的美国人愿意接种新冠疫苗。到 9 月份，这一数字下降到 51％。

把科学政治化需要承担后果。说服健康的人向体内注射一种新物质已经颇具挑战，很多原因可能导致人们不相信疫苗。有些反疫苗者不给自己的孩子接种疫苗，并对科学抱有深深的成见；也有些人对研究嗤之以鼻，因为他们的族群曾经经历过不道德的实验和欺凌。即使是那些相信科学的人，也可能对疫苗产生怀疑。这些连带后果阻碍了疫情防控的进展，加重了疫情造成的持续性破坏。

要求人们改变习惯的行为方式，接受日常生活的诸多不便已经颇为不易。不幸的是，错误信息的流行让医疗卫生人员的工作变得更加困难。

塞缪尔是我的病人，他40多岁，在公共事业公司工作。同事检测出阳性，他必须确保没有被感染才能返岗上班。他的密接史非常明确：他和同事在同一辆车里坐了5个多小时，外面在下雨，车窗紧闭。尽管每人都戴着口罩，但有时会摘下来吃饭喝水。按要求，塞缪尔应该与家人隔离，但这有点站着说话不腰疼。他和4个不到10岁的孩子住在一套两居室的公寓里。妻子身体残疾，行动不便，需要他来照顾。将自己隔离14天几乎不可实现——对任何生活空间局促的人来说都绝非易事。好在塞缪尔不必担心因此失去工作，居家隔离期间，公司照发工资，但其他许多需要居家隔离的人则可能无法获得薪水，甚至被辞退。别的国家往往会提供统一的隔离设施，美国有些地方也改造了闲置的宿舍和酒店，但凤毛麟角。

医生要求求诊者一旦生病或有密接史时就进行隔离，往好了说，这是干扰生活，往坏了说，这是一厢情愿。任何情况下都很难说服别人这样做，也很难帮助他们找到所需的支持。而当人们收到本就相互矛盾的信息时，隔离的建议注定化为徒劳。有的人继续听从医生的指导，有些人则不会。他们可能会基于混杂的信息，觉得医生不食人间烟火。他们也可能听信对立的观点，为违背防疫要求的行为辩解。

人们还可能愤怒于亲眼所见的虚伪。正如塞缪尔告诉我的，很多人不遵守规则，对于那些克服诸多不便遵守规则的人来说，这犹如一记耳光。（他的检测结果为阴性，但几个月后，他又在工作中暴露于冠状病毒，最终病情严重，需要住院治疗。）

包括白宫在内，很多人不遵守规则，他们的言行举止所传达的信息可能造成严重影响。特朗普团队的核心成员感染新冠病毒后，白宫照常工作。工作人员坚信自己是不可或缺的关键人物，即使广泛接触他人，也要继续工作。如果学校或别的什么机构有数十人检测阳性，机构会被关闭，接受流调，并在获准重新开放前制定防控方案。然而，白宫自己却搞特殊，继续举办社交活动，数百人不戴口罩近距离聚集。工作人员还在有些疫情形势日渐严峻的地区举行数万人参与的大型集会。求诊者很可能会问：如果总统的团队不需要检疫和隔离，我为什么要这样做？企业可能会问同样的问题：如果白宫不需要进行流调，我们为什么要投入资源排查风险？

有线电视新闻网经常播放特朗普集会的画面，并请我和其他专家发表意见。作为一名临床医生，我对这一景象深感焦虑。我为成千上万挤在一起、不戴口罩的人担心。我还担心他们的家人，担心他们社区可能出现二代和三代感染，即使他们没有在集会上感染病毒，他们的行为方式也意味着其可能在日常生活中反复冒险。我也担心他们会成为邻居、朋友和孩子们效仿的对象。我担心已经处于崩溃边缘的医疗和公共卫生系统，这些人的行为会使整个系统更加不堪重负。

我还会想："如果不这样，情况会不会好转很多？"总统的影响力很大，如果特朗普要求人们戴上口罩，而不是对口罩嗤之以鼻，揶揄嘲讽，情况会有什么不同。如果他一直在车上举办造势活动，敦促人们保持社交距离，而不是在病例激增期间举行拥挤的集会，情况又会怎样？如果他呼吁美国人民将相互关心作为表达爱国主义的方式，不将公共卫生措施视为软弱的表现不加理会，结果又会怎样？

疫情暴发几个月后，资深记者鲍勃·伍德沃德（Bob Woodward）透露，特朗普一开始就知道新冠病毒的传染性有多强，但他故意隐瞒了风险。特朗普为自己的行为辩护说，他之所以没有昭告全国，是为了避免吓到美国人。然而，无助会加深恐惧，避免无助的窘境需要发挥人们的能动性。我们本可以采取一些具体措施，避免患病和病毒传播。想象一下飓风就要来了，我们应该告诉公众抓紧时间躲起来，提醒人们可以采取哪些措施挽救生命，完全没有道理秘而不宣，任由飓风肆虐。然而，在美国各地，这种情况每天都在发生。

特朗普感染时，我希望他能坦率地谈论自己的病情，让数百万支持者正视新冠肺炎的严重性。英国首相鲍里斯·约翰逊（Boris Johnson）就是这么做的，其他政治领导者也是如此。我希望他能说出新泽西州前州长克里斯·克里斯蒂（Chris Christie）康复后所说的话：新冠病毒绝不是玩笑，它是致命的，每个人都应该保护自己。然而，事与愿违，特朗普得寸进尺，把病毒描述得更加微不足道。他说，这和流感没有什么不同，媒体夸大了严重性，口罩想戴就戴，不想戴就不用戴，真得了病也没事，我们有办法治疗。

但事实并非如此，很多病人苦苦挣扎。由于特朗普拒绝承认新冠肺炎的严重性，临床照护受到直接影响，我亲身见证了这一点。当时，我正在开设一门线上课程，给一线医护人员讲授新冠肺炎防控的相关知识。每周六，我和同事会介绍疫情的概况，然后深入探讨某个特定的议题。全国各地的医生都会提出问题，有些问题令人震惊，凸显出混乱、虚假信息的影响。每一次都会有医生问及怎么才能让患者更严肃地对待疫情。还有些医生甚至相信了错误的信息，认为羟氯喹和恢复期血浆确实有效，不相信科学的循证性结论。

几家医疗机构坚称，新冠病毒的死亡人数实际上远低于疾控中心的官方统计数字，这一度引发了激烈的争论。他们从一些媒体网站上得知，死亡人数被夸大了，医生为了获利伪造死亡证明。事实是，法医记录了多种死亡原因，这是一种标准程序，新冠肺炎死亡结果往往有多个促成因素，但患有糖尿病等基础疾病并不意味着患者并非死于新冠肺炎。按照这些人的观点，死于车祸但同时患有癌症的人，并不能算是死于车祸。确实，接收新冠肺炎患者的医院能够获得额外补贴，这是购买个人防护装备、改造隔离室、增加人员等额外工作所必需的。然而，根本没有证据表明医生们在以某种方式伪造诊断，在医生冒着生命危险照护病人时，影射医生存在非法行为实在太龌龊了。

　　最令人不安的是，连临床医生自己都认为这可能是真的。尽管不少医生对这种观点不以为然、深感愤慨，但仍有一些医生坚持类似的观点，并否认病毒的严重性。虚假信息的波及范围如此之大，以至于那些照顾病人的医生也开始怀疑科学事实。

　　对真理的否定和颠覆已经深入社会的骨髓，一些患者甚至在临终前也不接受这一现实。正如南达科他州护士约迪·德林（Jodi Doering）向媒体讲述的那样：“他们的临终遗言是，‘这不可能，这不是真的’。在与家人视频聊天的最后时刻，他们充满了愤怒和仇恨。”

　　接二连三的虚假信息还造成了另外一种破坏性影响——构建出两极冲突的叙事。疫情早期，公共卫生措施被视为经济发展的敌人。一种流传甚广的说法是，民主党人和医生们想要关闭一切设施，摧毁经济；共和党人（以特朗普为首）想要“开放美国”，拯救经济。因此，失业的问题应该归咎于公共卫生措施，而不是病毒传播或政府缺乏应对措施。这场辩论没有可以讨论的细节，只有两个截然不同的选择：要么每个人都应该无限期地停止社会交往、居家隔离，要么就像疫情不存在，照常生活。

公共卫生与经济发展相对立的说法不但荒谬而且危险。事实上，落实公共卫生措施是安全开放社会流动的唯一途径。经济受到影响，不是因为专家们出于不可告人的秘密要关闭所有社会机构，而是因为病毒失去了控制。将公共卫生措施界定为工作和商业活动的障碍，会使这些措施被进一步政治化，让专家进一步边缘化。

同时，要么完全停止人员流动，要么视而不见，这种非此即彼的选择根本不符合事实。一些完全算不上"封控"（shutdown）程度的防控措施也被形容为封控，这是一个危险的用词，真正所谓的封控与武汉实施的措施类似。在武汉，1100万人被限制在家中数周，社区巡逻人员甚至会锁上房门。疫情流行早期，美国的防控方案宽松得多，也有部分地区发布了严格的居家命令，但算不上"封控"。

随着疫情的发展，我们认识到根本没有必要完全封锁起来。在户外，病毒传播的风险大大降低，因此公园和海滩可以保持开放。户外运动有利于身心健康，避免人们聚集在风险高得多的室内环境中。同样，在严格佩戴口罩、保持社交距离以及改善通风条件的情况下，许多企业可以安全地复工复产。

不幸的是，一旦"要么全有，要么全无"的故事陷入僵局，就很难反驳了。在这种情况下，重新开放被理解为一个开关：当事情不安全时，我们关上它，如果我们重新开放了，一切就都是安全的，可以完全回到以前的样子。情况不该如此，我们需要把重新开放理解为一个刻度盘。放松一些限制，进行一段时间的观察，确保病例不会激增。如果感染人数激增，就要再进行重新调整，恢复限制措施。

尽管我和其他专家尽了最大努力，但这样的类比没有被接受，各州重新开放时，人们完全恢复了疫情之前的各种活动，病例重新出现。那时，想要大范围重新实施限制措施的阻力太大，已不可行。只有当医院再次人满为患时，一些限制才被迫恢复，但公众大多不遵守这些限制。限制措施不足，推行太迟，未能防止大量死亡病例的发生。

鉴于许多美国人似乎已经弃公共健康指导于不顾，恢复了常规活动，一些专家开始建议采用"降低危害"的方法。这是一个我颇为熟悉的概念，该策略经常用于药物成瘾领域：停止吸毒是最理想的结果，但许多人可能还无法做到这一点。在这种情况下，针具交换减少了艾滋病病毒和肝炎传播的风险，从而减少了潜在的危害。这些项目基于这样一种现实诉求：如果某种导致危害后果的行为无论如何都会发生，就应该退而求其次，采取降低个人和周围人风险的措施（而不是强迫改变该行为）。

就其他已经采取这一策略的国家来看，降低危害并不能快速让病毒传播清零。但是，美国的疫情防控信息口径不一，无法建立全国性的、以科学为基础的防控体系，在这一情境下，降低危害的策略可以帮助美国人与病毒一起生活，同时尽可能减少病毒传播。同时，这也打破了非此即彼的认知，促成一条中间路径，它能够避免将公共卫生与经济发展相对立，而是使用公共卫生方法帮助经济复苏。如果员工必须去工作，我们可以基于研究证据，提供指导，让人们更安全地返岗工作。如果人们需要社会交往，我们也能够在尽量不影响疫情控制的情况下满足公众的需求。

各州在 2020 年 5 月陆续放开限制性措施，我加入了制定防控方案的工作组，方案内容包括健全检测体系、改善室内通风和发布安全出行指南。特定场所的风险较高，但即使人们要去那里，仍然有减少接触的指导建议以供参考。室外就餐比坐在室内要安全得多；减少用餐人数也对控制病毒传播大有裨益。理发店可以减少高风险的项目，比如长达数小时的造型，健身房也是一样，可以停止拥挤的室内健身课程。此外，需要强制佩戴口罩。

当然，这种社会性的降低危害措施与公共卫生实践中标准的个人降低危害措施之间存在着根本性区别。在这种情况下，要加强社会公众的群体风险感知，否则他们就不会为了自己和家人采取防护措施。

当然，防控倦怠确实存在，缺乏社交活动也会产生切实的负面影响，因此我们调整了指南内容，在保证安全的同时帮助人们恢复正常生活。我们没有告诫人们不要聚集，而是提供了在户外安全地进行社交活动的建议，保持至少六英尺①的安全距离，不要分享食物或共用餐具。我撰写专栏文章，在广播和电视上阐述看待风险的新视角——例如，制定新冠病毒防控预算：健康状况决定了我们要付出的预算额度，社区的感染程度决定了持续投入的时长。我的一位病人非常想回到健身房健身，我敦促他在人少的时候去，与他人保持距离，戴口罩，另外还要减少与他人在室内用餐等其他风险行为。

谈及年轻人与疾病的关系时，我敦促年轻人不要去酒吧，那种环境最为危险，并建议他们在公园或家里的后院等户外场所活动。疫情改变了约会行为，但我们提供了可供借鉴的新方法，包括与以往不同的安全性行为指南。当乔治·弗洛伊德（George Floyd）被杀案引发全国的愤怒、数百万人走上街头时，我们及时提供建议，告诉抗议者戴上口罩、自备饮料，同时避免室内集会等高风险活动，

---

① 约1.83米。

以降低感染风险，并在回家后进行自我隔离、完成一次检测。

公共卫生专家受到了严厉的批评，对伸张种族正义的抗议活动和特朗普的政治集会，专家们似乎玩起了"双标"。从纯粹控制传染病的角度来看，两场活动都不应该发生。它们之间的区别在于，大多数参加抗议活动的人认识到了危险并试图保护自己，而总体来说，那些去参加特朗普政治集会的人是在公开蔑视公共卫生的指导原则。公共卫生界确实可以做得更好些，把这一点解释清楚，说明病毒传播不分政治派别。作为卫生专业人员和科学家，我们的职责在于基于证据提供指导，满足公众的健康需求。如果我们无法阻止人们外出，就需要转而帮助人们降低感染或传播疾病的风险。

当然，在政客不断试图破坏科学认知的情况下，降低伤害的策略只能做到这些了。破坏顶级医学机构的公信力，为进一步酝酿反科学运动及阴谋论提供了温床，在未来几年内，这一影响将持续存在。公众通过边缘"新闻"获取信息，不再基于事实和共识处理问题，虚假信息的流行病可能会持续恶化。

这种境况对公众健康造成的危害性后果极其明显。全国范围内感染人数激增，不少公众试图遵循正确的防护原则，但仍然感染了病毒。他们中有核心产业的工人，尽管采取了所有降低危害的做法，但仍然在工作中受到感染。他们中也有那些几个月来一直小心谨慎的人，然而一次感恩节家庭晚宴让全家老小都染病了。一位病人告诉我，她独自居住，没有什么社交活动，只是定期出门买菜。然而，病毒传播太广了，以至于曾经的低风险活动已经风险大增，整个国家都被新冠病毒所淹没。

令人悲伤的是，情况本不该是这样的。

十八　公共卫生：看不见的手

玛丽的名字出现在我的电脑屏幕上。和许多前来求诊的病人一样，她也是第一次使用手机预约门诊服务。

她攥着手机，说话时还在颤抖："我太害怕了，躲在自己的房子里。哪也不去，谁都不见。"她所在的区域没有强制居家，但她不敢出去。她已经 60 多岁了，患有糖尿病和心脏病。她还曾经患过癌症，正在服用免疫抑制药物。

小外孙就住在附近，玛丽甚为想念小孩子，但孩子的母亲是一名助理护士，在病房里照顾新冠肺炎患者，孩子被送到了日托中心。玛丽与朋友见面的老年中心也无限期关闭了。每周，邻居会来送些日用品。其他的孩子住得很远，没法前来陪护，即使能来，也有传播病毒的风险。

"这样的情况还要持续多久？"玛丽问道。当时，疫苗似乎遥遥无期。我告诉她，我也不知道，但可能还要好几个月。泪水在她眼眶里打转，这场疫情颠覆了她的生活。

生活的方方面面都与公共卫生联系在一起，我们长期致力于这一领域的工作，新冠疫情证明了这一工作的价值。公共卫生系统崩溃所造成的灾难最终使人们看到了这只平常被忽视的手。不可否认，如果公共卫生措施得当，本可以改变大流行的轨迹。

我们知道应该开展的工作。首先应该控制疫情暴发。如果这一努力失败，社区传播范围太广、无法遏制时，应该立即将工作重点转移到缓和策略，减缓传播速度，关键是发布全国范围的居家限制政策，通过这一强制性手段，让人们保持距离，抑制人际传播。只有通过如此大规模的国家干预手段，才能压平疫情曲线。

鉴于美国没有实施这样的措施，疾病流行影响了社会的各个方面。因为公共卫生应对措施的失败，数以百万计的失业者遭受损失，大量儿童失去了数个月受教育的机会，并经受着社会交往和情感发展等问题造成的长期潜在伤害。饥饿或无家可归的人们也因为公共卫生危机付出了代价。他们的处境原本就是这场公共卫生危机的一部分：当那么多人无家可归、食不果腹时，我们怎么可能控制一种疾病的流行？

受到影响的不仅仅是身体健康。美国疾控中心的一项研究发现，40％的美国成年人经历过精神健康或精神类药物滥用问题，十分之一的人在 30 天内考虑过自杀。全国范围内，药物成瘾人群数量不断增加，减少药物过量和治疗成瘾的工作还远没有完成。成瘾是一种相对独立的疾病，治疗成瘾有赖于建立健康的人际关系。疫情流行撕破了维护人们身体健康、社交需求和情感稳定的安全网，几十年来儿童免疫和铅中毒预防等领域取得的来之不易的进展也被打断了，这些问题可能会长期影响几代人。

历史告诉我们，拯救生命的关键在于及早采取积极行动。1918年流感大流行期间，费城举行了 20 万人的游行，而圣路易斯则关闭了学校、剧院，暂停了体育比赛。最终，费城的死亡率是圣路易斯的两倍，圣路易斯市的官员大胆行动，尽管最初不受欢迎，但最终保护了人民的生命。在国家层面复制这种有魄力的行动，需要协调一致并付出艰辛的努力，克服政治上的反对，承担严峻的经济发展后果。只有一部分地方和州领导人有勇气这样要求自己的人民，他们坚信每个人的生存和福祉都与他人休戚与共。这是事实，它并非源起于新冠疫情，但新冠大流行确实彰显了这一现实。

现在，那些一直忽略公共卫生事业的人每天都亲历着公共卫生的影响。公共卫生思想渗透到许多人的决策和行动中，普通公众也成为公共卫生队伍的一员。

我们这些在急诊室工作的人总是以为自己站在保护公众健康的最前线，危机刚出现时，我们就在场。然而，从许多方面来看，我们其实是最后一道防线。当医院不堪重负时，急诊科除了抢救生命垂危的病人外，完全无法扭转局势。有时候，我们能做的只是拿着电话，听病人跟亲属做临终告别。我们无法阻止医疗资源挤兑，无法从一开始就防止病人感染病毒。这项工作——疾病预防的工作，必须落脚于基层社区。个体是健康的第一道防线，公共卫生是我们的武器，我们都是站在前线的战士。

大流行病对非白人群体产生了巨大影响，没有什么比这更能揭示公共卫生与社会因素之间复杂的相互作用。研究表明，拉丁裔和非裔美国人感染病毒的概率是白人的三倍，病死率是白人的两倍。布鲁金斯学会的研究报告指出，在某些年龄组中，非裔美国人的病死率是白人的六倍，这是多么令人吃惊的数据。其他少数族裔社群也受到了影响，与其所占人口比例并不相符，比如在新墨西哥州，原住民居民约占总人口的 11%，而新冠病例中 60% 是原住民居民。鉴于人口统计数据并不全面，这些令人痛心的数字可能仅仅是冰山一角。

如此显著的健康差异能够用医学上的一个概念加以解释，即"慢性病叠加急性病"，指长期患有慢性疾病的病人因急性疾病而导致健康状况恶化。新冠肺炎就类似这种情况，这种新的急性疾病揭开了长期存在的健康和经济不平等的遮羞布。

第一项不平等在于现有的健康状况。对有基础病的人群来说，新冠肺炎可能引发严重疾病。由于缺乏医疗服务和相关生活保障，少数族裔群体中高血压、糖尿病和其他疾病的发病率更高，因此受到新冠病毒的影响更大。在巴尔的摩，三分之一的非裔美国人缺少新鲜、丰富的食物供给，而受到这一问题影响的白人比例是二十分之一。显然，就心脏病、肥胖和糖尿病等疾病来看，非裔美国人承受着不平等的健康负担，因此更容易遭受新冠疫情的严重影响。这确实证明了正在加剧的健康差异，由于慢性的、既有的问题，急性病症引发的后果更为糟糕。

第二项不平等在于经济状况。劳动密集型产业中少数族裔占比更高，许多人生活在人群密度更大、更拥挤的条件下，这些因素扩大了潜在的健康差异。少数族裔和美国工人阶级无法在家中自我隔离，而且本就承受着更多健康问题，可以想见，这些群体中注定会出现更多的感染病例和死亡病例。

不平等问题根深蒂固，情况复杂，根本原因在于结构性的种族主义和历史遗留的不平等因素。但我们仍然可以立即推行一些具体方法和短期举措，减轻新冠肺炎对有色人种社群的影响。

围绕这一问题，我两次应邀向美国众议院作证，有机会谈及相关措施。

其一是针对少数族裔社区开展检测。在大流行早期，检测需要医生处方，这令无法获得医疗服务的人陷入了困境。检测需要对全民免费开放，不设先决条件。免下车检测服务照顾了有车一族的便利，但也必须提供可以步行前往的检测点。地方官员需要绘制弱势群体居住区的地图，并在教堂、老年中心和公共场所提供检测。

需要根据人口统计学数据追踪检测情况。世卫组织建议检测阳性百分比——即检测阳性率——应低于5％；如果高于这一比例，则意味着检测量不够，未能触及所有的感染者。想想看，这就像一张渔网：如果渔网捕到鱼的比例很高，则意味着河里有很多鱼。即使一个地区的总体检测阳性率低于5％，但如果该地区的某个人口群体的阳性率高达20％，也需要迅速扩大检测。受新冠影响更大的社群需要得到更多的资源，但如果缺少相应的数据，就无法作出决策。

此外，应该从少数族裔社区招聘工作人员，追踪密接者。找到可靠的工作人员是保障公共卫生措施行之有效的关键一环，进而可以寻找并调查有感染风险的人。可靠的工作人员应该来自社群内部，与被访者有共同的文化和语言背景。新冠疫情给少数族裔带来的经济损失更为严重，雇用少数族裔人员也将有助于减少就业差距。

加强职业防护也是可以立即采取的行动。养老院和肉类包装厂发生了几起极为严重的聚集性疫情，这些行业中，少数族裔工人占比很高，受感染的员工将疾病带回了家庭和社区。这些工作人员的职业保护措施应与医护人员的防护装备一样。杂货店收银员、公共汽车司机和疗养院服务人员等必备岗位的工作人员中，少数族裔人数占比也很高，这些行业的工作人员也应该得到保护。根据我在巴尔的摩的工作经验，开展工作场所执法检查对于督促企业遵守规定至关重要。疾病预防控制中心可以发布更多的技术指南，联邦和州监管机构也可以更加严格地督促企业执行这些保护措施。

最后，应该加强健康保险的覆盖面。疫情大流行期间，全美超过4500万人失去了工作，许多人在失去工作的同时也失去了健康保险。此外还有2700万人本就没有医疗保险。如果没有保险保障，潜在的健康问题可能被延误治疗，这增加了病情恶化的可能，也加剧了因新冠肺炎死亡的风险。没有医疗保险的人群中，少数族裔占据了相当比例，增加医疗保险能够有效遏制健康差距进一步扩大，至少应该延续《平价医疗法案》。除此之外，还应该建立额外的健康保障系统，确保所有人都能寻求医疗照护。

在这场大流行中，由健康不平等所投射出的"慢性病叠加急性病"问题反复出现。疫苗刚上市，人们把注意力集中在提高分发速度上，这无可厚非。然而，仅仅注重速度也会付出代价。想象一下，医院和诊所得到了所有最先生产的疫苗，这样分配的好处在于，医疗机构拥有感染病人的名册，许多人都会争相接种疫苗。但是这样做的后果在于，没有保险的人和没有初级保健医生的人被排除在外了。

另一个提高速度的方法是扩大接种范围，使疫苗供不应求。这样一来，疫苗资源就能够得到充分利用，不会被闲置。然而，有资格接种疫苗的人远远多于供应剂量，这有可能演变成一场自由竞争。事实上，美国一些地区正在发生类似的情况。老年人不得不通宵露宿排队，或者发动亲属反复拨打几十次热线电话，拼命争取接种机会。在这些情况下，有关系的人几乎肯定会找到插队的方法，最脆弱的人则被弃之不顾。最终决定排队位置的是获取疫苗的渠道，而不是真正的需求，一味强调分发速度可能会使既有的健康不平等持续恶化。

当然，过于注重公平的做法也有其风险。想象一下，联邦政府只把疫苗供应给少数族裔聚集的地区，即使这些地区没有那么大的需求，而周边地区本可以更快地得到疫苗。或者，少数族裔和低收入群体必须先接种完疫苗，然后才向其他人群供应。有些人主张推行这些做法，纠正历史上一直存在的种族主义和经济不平等。但这些建议会面临法律问题，几乎肯定会引发舆论反弹，反而进一步阻碍实现公平目标。一味追求公平性而放弃速度，会让人们付出生命的代价，对许多人来说，无论是推迟疫苗分发的行为，还是加剧健康不平等的策略，都同样站不住脚。

反复权衡速度和公平确实是我们面临的现实境况，但正如扩大检测、推动密接人群流调、加强工作场所的防护等工作一样，有一些方法可以在实现公平的同时，确保所有人受益，而避免形成一场零和博弈。要求公众报告人口信息是一个关键的基础性步骤，它可以帮助决策者发现疫苗接种方面的差距，并制定有针对性的解决方法。针对偏远地区，可以部署流动疫苗接种车，挨家挨户上门服务；同时，联邦政府可以在需求量最大的地区设立大规模接种点。还有更多的工作可以谋划，比如优先纳入符合双重标准的人群，即那些既来自低收入的少数族裔社区，又能够快速完成疫苗接种的人。这可能包括肉类加工厂的工人和监狱的囚犯。而且，需要采取一切措施消除疫苗接种的障碍，比如费用问题——毫无疑问，接种疫苗应该免费。

所有这些都是基于常识的行动，都具有可行性。让这些行动落实，有赖于对问题的明确认知和对公平的持续承诺。如果不能把公平作为指导原则，现状将会延续，业已存在的健康不平等的鸿沟将继续扩大。但是，既然公共卫生可以作为镜头，暴露并凸显长期存在的健康差异，它也完全可以成为改善全体公众福祉的有力工具。用小马丁·路德·金（Martin Luther King Jr.）的话说，让道德宇宙的弧线向正义弯曲。

公共卫生还在教育领域发挥着关键作用，因为它与儿童的福祉和学习能力关系甚密。在巴尔的摩监督学校卫生工作时，我切身体会到了这一真实境况，学生经常在学校接受哮喘治疗、视力保健和心理健康服务。在新冠疫情危机期间，公共卫生和学校的密切关系催生出最复杂且最具争议的挑战之一。

与其他每一个重大决定一样，是否关闭学校、是否维持线下课堂学习以及何时重新开放等一系列问题成为一场极端的、充满党派色彩的战争。保持学校开放的理由非常明确：课堂学习对儿童的认知发展很重要，特别对于年幼的儿童来说，线上教学的效果大打折扣；许多学生依赖于学校提供的食物，学校也是他们的庇护所——四分之一的儿童虐待和忽视案件是由教师或心理咨询师首先报告的。此外，成千上万的儿童缺乏接入互联网的硬件条件，因此无法加入线上教学。显然，关闭学校加剧了业已存在的教育不平等。

开放学校对经济活动也至关重要。一旦学校关闭，所有父母都会受到影响，妇女受到的影响更大，许多人不得不离开工作岗位。此外，其他国家的经验也提供了样例，它们能够维持学校开放，进行线下教学，没有暴发群体性疫情。

不过，每一条支持学校重新开放的数据、论点，都有其他数据加以同样有力的反驳。同样的研究可以有两种不同的解释。例如，韩国的一项研究发现，10岁以下儿童传播冠状病毒的可能性是成人的一半。有些人认为这是允许低龄儿童到校上学的理由，但其他人则指出，一半的传播率仍然很高。此外，尽管一般来说，儿童不会像成年人那样出现严重病情，但当他们回到家里，与父母和祖父母在一起时，就成了社区中病毒传播的媒介。当儿童中出现多系统炎症综合征这一感染新冠后的新情况、导致住院甚至死亡时，关闭学校的理由更加充分了。

就我来说，我反对仓促重新开放学校，首先且最有说服力的论点是：是否重开学校不仅仅影响到学生，学生是否去学校可以由父母自主决策，但学校还有教师，还有校医、门卫、校车司机和其他工作人员，保护他们的健康和福祉同样是社会义务。我想到了自己的母亲，她在接受化疗和放疗期间，坚持教了8年书。她完全理解应该尽可能让孩子们在课堂上学习，也希望陪在孩子们身边，但如果强迫她这样做，她可能会冒着失去生命的危险，这样做对吗？教师群体的平均年龄偏大，往往患有慢性病，凯撒基金会的一项研究发现，四分之一的教师在感染新冠后发展为重症。即使学校重新开学确实不会大幅提高社区传播率，但对于教师或工作人员来说，仍然存在着危险，因为他们必须在狭小的封闭空间内与可能已经感染的学生相处数小时。有观点认为，让学校教职员工承担起社会失效的后果并不公平，而且会危及教师、员工和家庭的生命。

最初的封控措施结束时，疾控中心发布校园防控指导意见，列出了一系列加强防护的措施：将出现症状的儿童转移到隔离舱，减少教室里的人数，改善室内通风，佩戴口罩。所有这些要求都合情合理，如果不打折扣地加以实施，能够大大减少传播风险。不幸的是，就像疾控中心发布的工作场所防护等其他诸多指导意见一样，文件中加入了"如果条件允许"等许多限定词，淡化了意见的强制性，无法发挥作用。许多学校无力推行这些防护措施，而且文件也没有要求学校在重新开放前必须采取这些措施，教师和学生还是回到了可能并不安全的环境。

当然，特朗普仍然抱怨这些准则"过于严厉"，而负责政府疫情应对工作的副总统彭斯则说，这些指导意见不应阻止学校重新开放。在这种迂腐的逻辑中，政府部门完全没有把握住问题的核心，问题并不在于指导准则，而在于学校没有能力满足这些准则的要求。最糟糕的是，疾控中心屈服于政治压力，提出了一套更加弱化的指导方针。重新发布的指南没有强调加强学校安全的措施，而更像是一篇政策解读，阐述为什么孩子们需要到校上学。

维护学校的疫情防控安全需要细致规划，投入大量资源。对于那些资源本就不足的学区来说，挑战尤其艰巨。在巴尔的摩和其他很多地方，学校的教室本就很拥挤，没有空调或暖气，如果没有联邦政府的资助，根本无力进行必要的设施改造。他们没有钱升级通风设备，没有钱雇用额外的教师和工作人员来减少班级人数，也没有钱为工作人员购买足够的个人防护设备，还有，那些买不起口罩的孩子怎么办？

降低社区感染水平、增加投入以提升检测能力、完善密接人群调查、升级学校基础设施，这些措施能够保障孩子们更快地回到课堂。我们需要一套国家标准，比如将风险水平分为三级：对于社区传播低风险地区，可以比照一个检查清单，假设包含 10 个项目，通过检查后重新开放学校；对于中风险地区，必须再额外增加 10 个项目；高风险区域需要采取特别的延缓措施。学校管理者仍然可以因地制宜对指南进行调整，但在全国范围内，这样的总体框架能够保证防控措施的明确性和一致性。

然而，像其他诸多疫情应对工作一样，政府既没有承认也没有致力于解决这些障碍，而是轻描淡写，偷工减料，并诉诸权力施压。官员们威胁说，学校必须保持完全开放，否则将撤回资金，一些州长，甚至是疫情传播最严重地区的州长，也追随特朗普的调子，强制要求全天线下教学。

像其他工作一样，因为缺乏值得信赖的国家领导，各州制定了自己的规则，进行了一场不受控制的社会性试验，学生、教师和他们的家庭成了小白鼠。传染率高的地区维持现场教学，而传染率低的地方则没有。学校教育也被党派之争所撕裂，红州开放学校，蓝州关闭学校。教育工作者感到自身根本不受重视，特别是在被疫苗接种优先名单排除在外之后。

美国应对疫情的诸多失败，历史将会作出评判，其中最严厉的评判可能就在于我们没能保护好最脆弱的儿童。国家领导者没有把儿童从洪水中解救出来，尝试修复大坝，而是把学生和学生身边的教师、家长推进了汹涌的洪水。

新冠疫情最终向人们表明公共卫生工作缘何不可或缺，它如何与社会的各个方面紧密相连。许多人依赖的邮政服务也成为一项公共卫生议题。2020 年的选举中，投票事关公共卫生安全，人们被迫在宪法规定的投票权和保障自己健康之间做出选择。

疫情大流行充分证明，公共卫生是控制疾病的关键。科学进步固然重要，但还远远不够。疫情流行期间，科研进展不可谓不快。新冠病毒的全基因组测序只用了三天时间。疫苗开发速度打破历史纪录，功效超出了许多专家最为乐观的预期，充分展示出科学界的智慧、协作和奉献精神。

美国为拥有世界上最先进的医疗系统而自豪。然而，新冠疫情的死亡人数与 1918 年流感大流行的死亡人数不相上下，美国的死亡率居全球首位。原因很简单：疫情应对失效并非在于缺乏现代医学手段，而是没有把公共卫生措施放在首位。

公共卫生工作的现实及其局限性在于，这项工作真的很难开展。按照定义，它不是单一的干预措施，也不取决于某个孤立的、突破性的科学进步。公共卫生措施是多层次、全方位的。遏制病毒传播需要许多环节，我们称之为"非药物干预"。它不仅是指检测或戴口罩，而是口罩、检测、社交距离、洗手、追踪密接人群、隔离和检疫等一系列措施的结合。1918 年，这些都是保护公众的手段，在一百多年后，这些久经考验的措施仍然可以用来应对致命病毒。

公共卫生工作之所以具有挑战性，还因为它不是一项孤立于真空之中的工作。它的推行取决于健全的政策以及协调一致的沟通策略。它以科学为基础，但也要赢得人心，让公众遵循基于科学证据的指导方针。公共卫生不应该是政治性的，当然也不应该被党派立场所绑架，但它确实又与政治、与决策密不可分。公共卫生工作还需要平衡不同的利益。这项工作千头万绪，甚是庞杂，但责任重大，不容闪失。

对当今地球上这一代人来说，新冠疫情可能是我们所能经历的唯一一场公共卫生灾难。然而，依然不能将之视为孤立的事件，因为我们忽视了公共卫生这只无形的手，全国各地的社区每天都有灾难发生，人们为之付出了健康、福祉和生命的代价。与疫情大流行中的情况一样，那些已经承受了最严重的不平等和健康差异的人们，总是受到最大影响。

十九　新冠疫情的切身影响

　　2020 年初，冬春交际，新冠疫情蔓延时，我正在经历着一件大事——我又怀孕了。

　　经历了上一次流产，我的担心近乎偏执，每一次抽筋都让我心神不定。哪怕是最轻微的反应，我也会急着去医院。真得感谢严重的晨吐反应，这表明一切都还正常。得知这次是个女孩时，我和塞巴斯蒂安都非常高兴。我们早已经给小女儿选好了名字，甚至可以追溯到结婚之前，就叫伊莎贝尔。我们迫不及待，期待她成为家庭的一员。眼看着我的肚子越来越大，伊莱也开始谈论他要教给小妹妹的各种事情。

　　疫情进入大流行时，我已经怀孕三个月了。定期产检让我亲历了医院就诊程序的变化，几乎每周都不同。首先是是否有中国旅居史；然后是体温检测；再之后限制陪同人进入门诊。到了三月底，除了临终关怀和分娩之外，完全禁止非就诊者进入医院。有传言说，可能还会有更加严格的规定出台。

　　我一直主张病人住院时应该有人陪伴。而现在，我却可能要独自分娩。当然，我理解院感控制的必要性，但还是很难想象生孩子的时候没有丈夫陪伴。我害怕出现什么意外，害怕他不在我身边。我是位医生，如果我都觉得可怕，其他病人的感觉会有多糟糕？这种情况会不会导致孕产妇死亡率上升，黑人妇女遭到的不平等待遇会不会加剧？

当时，新冠肺炎会否影响怀孕，我们知之甚少。病毒是否通过母婴传播？会在怀孕早期或中期产生什么影响？完全查不到相关信息。会不会跟流感一样，孕妇也特别易感新冠病毒？很多问题尚无定论，要么缺乏信息，要么研究结果相互矛盾。甲型 H1N1 流感暴发期间，我正在急诊科工作，看到感染病毒的孕妇病程进展很快，症状严重。我给一个怀孕三个月的妇女插过管，也抢救过最终死于并发症的孕妇。怀孕会影响个人免疫系统，从医学角度来说，孕妇应该属于免疫力低下的易感人群，但她们，应该说是我们，面对新冠病毒时究竟有多脆弱？

我还有另外的担忧。一些关于中国和意大利疫情的新闻报道说，产妇遭到医疗机构的拒诊。沃克斯（Vox）新闻网驻奥地利的记者朱莉娅·贝卢兹（Julia Belluz）写道，她决定，如果医院拥挤不堪，就进行引产。我应该考虑这种情况吗？如果婴儿出生后需要特殊护理怎么办？可能有个把月的时间不能和家人朋友见面，我担心产后抑郁症复发。

在清醒的时间，我一直追踪新冠病毒研究及疫情情况，而在晚上，我做了几次噩梦：自己感染了病毒，发着高烧，正在分娩，戴着口罩，随着宫缩努力地呼吸。伊莎贝尔一出生就被医生带走了。我不能碰她，也不能给她喂奶，我必须把奶水挤出来，交给护理人员。如果我活下来了，几周之后不再具有传染性，我才能抱到自己的小女儿。甚至在梦里，我还在担心自己会不会把病毒传给孩子，她可能会死。还有其他的场景，要么是伊莱感染了，或者是塞巴斯蒂安感染了，我左右为难，既想照顾好他们，又要避免将肚子里的伊莎贝尔置于危险之中。

对我来说，这些都是噩梦，但对其他人来说，这些可能是他们每天都要真实面对的恐怖情景。33 岁的埃里卡·贝塞拉（Erika Becerra）满怀期待，等着她的第二个孩子。怀孕八个多月时，她感染了病毒，身体状况严重恶化，医生选择了引产。孩子迭戈健康地降生了，但埃里卡从未见过他，从未抱过他。在分娩过程中，她戴上了呼吸机，再也没有恢复意识；孩子出生 18 天后，她去世了。

在美国乃至世界各地，越来越多的人失去了配偶、父母和孩子。每天晚上，我都为家人和未出生的孩子祈祷，也为所有遭受了难以置信的悲剧的家庭祈祷。

离预产期前还有几周时，我认识了米卡·布热津斯基（Mika Brzezinski），她是美国微软全国广播公司（MSNBC）《晨曦》（*Morning Joe*）节目的主持人。很长时间以来，我一直钦佩米卡为女性赋权事业所做的工作，而且我们都与伊莱贾·卡明斯有联系，卡明斯是我的挚友，也是米卡及其丈夫邀请的婚礼嘉宾。

米卡建议，将我的分娩经历制作成短视频日记。我不确定这算不算一个好主意。就我个人来说，制作这样的视频确实有不少优势，完全适任。不过我还是有点迷信，担心这样大张旗鼓会出问题，尤其是我过去参与的病人权益倡导活动总是讲述悲剧，很少谈及正常的医疗过程。

她劝我说："很多怀孕的女性都和你一样，非常焦虑，你可以利用背景优势，结合亲身经历，解释这一过程。"这一系列日记其实类似于一套公共服务信息。一旦从这个角度审视其价值，我很快就被说服了。因此，在怀孕的最后几天，我开始拍摄一分钟短视频，实时更新，介绍新冠疫情期间怀孕生产面临的特殊情况。比如，是否应该确定一个引产日期，以确保医院能够有床位？马里兰州新发布的就地管控命令对分娩有什么影响？应该在随身的包里准备些什么？

如果塞巴斯蒂安不能陪我一起去，我们要如何保持联系？

预产期已经过了。每次节目更新时，都会有人问及孩子的情况，以及我为什么还能录视频。有一天，就在我刚刚接受完采访时，宫缩出现了，我打电话给塞巴斯蒂安，告诉他孩子可能要出生了。宫缩在我出门前就结束了，但由于麦克风还处于直播状态，制片人听到了这个消息，我的电子邮箱很快就被各种祝贺邮件淹没了。我跟人们开玩笑说，宫缩可真不是时候，伊莎贝尔可是非常认真地遵守保持社交距离的要求。

我们最终决定进行引产，塞巴斯蒂安能够陪我一起去医院。为我接生的护士看起来很疲惫。她说："这是我经历的最为忙碌的一个晚上。"产房里挤满了病人，人手不足。一名护士和一名医生刚刚被检测出感染了病毒，六个人被隔离。

在做记录时，护士隔着口罩揉了揉自己的脸。她叹了口气："这是我唯一的口罩，医院给我们定量，一周一个，我得保护好它。"

"这个口罩戴了几天了？"我问。

"第三天。"她说。我注意到，口罩已经出现了磨损。

开始引产后几个小时，我就进入了分娩状态，塞巴斯蒂安负责摄像，做最后的日记记录。但很快他就把摄像机放下了，伊莎贝尔出生了！她健康、安静，直到现在还是这样。我如释重负，非常高兴，非常感激医院的工作人员：那位护士自己也有年幼的孩子，只能把孩子留在家里；其他工作人员年龄已经不小，可能有潜在的慢性基础病。他们对我关爱有加，虽然这样的工作可能将自己和家人暴露于风险之中，他们没有退缩。

出院时，护士开玩笑，如果在杂货店看到我，她会给我一个大大的拥抱，不过她还说，"但你并不认识我是谁"。这也是医学故事的一部分，而且可能很快就会成为常态。在病人经历着紧张和恐惧的时刻，医护人员陪在他们身边，然而病人无法认出他们，因为病人从未见过医生和护士的脸。

生下女儿之后，仅过了三天，我又开始上节目，发布视频日记，向其他孕妇提供建议。伊莱出生后的相当一段时间，我都没有做好返回工作岗位的准备，但这一次，我不仅准备好了，还有马上回到工作状态的迫切感，因为我曾经致力于倡导病人权益，我现在所做的，也是照护病人、从事公共卫生工作的延伸。我向公众传达可以为其所用的新闻信息，解释并影响政策。我在帮助病人，满足他们的需求，让公众明晰现有社会政策的不足之处。我迫切地想要重新担起这一使命。

整个春夏两季，"新冠病毒全球动态"节目主持人安德森·库珀和桑贾伊·古普塔采访了众多自愿参加疫苗临床试验的受试者。这些生活中的普通人谈及自己面对疫情的无力感，希望能够为这场斗争做些力所能及的实事，所以报名参加了试验。少数族裔群体尤为引人关注，他们自愿参加，保证少数族裔群体能够得到充分代表。曾几何时，不平等的医疗体系严重伤害了这一群体，因此，少数族裔的参与更加彰显出他们对医疗机构的信任，这是对疫苗怀疑论的有力回击。

这些身边的榜样激励着我也去做疫苗试验的志愿者，但没有任何一项试验招募孕妇或哺乳期妇女。在我停止哺乳的时候，辉瑞和莫德纳两家公司都发布了初步试验数据，疫苗前景可期。食品药品监督管理局尚未正式批准这些疫苗，但疫苗获批似乎已经板上钉钉了。作为医疗工作者，我本属于第一批接种者，但最初的两种疫苗并不足以满足全球的需求，迫切需要开发更多疫苗，我仍然想参加试验。此外，其他疫苗可能会带来更持久的免疫力，也可能更适合某些人群。必须开展更多的科学研究，这意味着需要更多的志愿者。

强生公司开发的候选疫苗最让我感兴趣。这是一种单剂疫苗，与其他大多数需要两剂的疫苗相比，优势明显。它可以在一般的冰箱冷藏温度下储存，更加容易运输，特别适用于低收入国家。恰好，巴尔的摩地区的一家医疗中心正在招募试验志愿者。

我在网上报名，亲身参与了这项研究。这一过程大概花了两个小时，其中包括一份评估个人暴露风险的调查问卷。我的回答中规中矩，塞巴斯蒂安和我遵循了我对病人和媒体谈到的所有预防措施。我们从未和家人、朋友在室内聚会；我们都是在户外见面，家庭之间保持着至少六英尺的距离。家里的唯一访客是我的妹妹安吉拉，她在出发前进行了自我隔离，和我们一起住了一个月。我们家和保姆家住在一个街区，她们一家人也非常小心。塞巴斯蒂安几乎完全居家工作。在日常生活中，每个人都严格遵循预防感染的要求。

疫苗试验要求随机、双盲，所以我和给我打针的人都不知道注射的究竟是疫苗还是安慰剂。由于有严重的过敏反应史（对青霉素和花生），我留观了三十分钟。一切无恙，离开时只是手臂有点酸痛。

之后几个星期，我的免疫力受到了考验。

塞巴斯蒂安全身心地投入于新公司的启动工作。疫情发生之前，他刚刚创办了一家信息技术行业咨询公司，深感对新招聘的工程师和开发人员负有责任。他们夜以继日，筹备一个特别复杂的项目，因此，疲惫和头疼并没有引起萨巴斯蒂安的注意。有一天，他长时间没有休息，非常疲惫，打了个盹，错过了一个会议。即使如此，他还是没有很在意。几年前在南非时，他患过蜱虫咬伤热。疲劳、头痛和肌肉酸痛的症状偶尔复发。他没有觉出什么异样。

直到这些症状出现五天后，我们俩才意识到有什么不对劲。那天早上，塞巴斯蒂安醒来时发烧了，全身疼痛。突然间失去了味觉和嗅觉，这是感染新冠病毒的典型症状。

我不敢相信，自己醒着的时候几乎都在思考病毒和疫情，却错过了这些指征。我怎么会没有注意到丈夫可能感染了病毒？由于根本没有考虑到患病的情况，塞巴斯蒂安并没有进行个人隔离。我们睡在同一个房间。他抱过只有八个月大的伊莎贝尔，还与三岁的伊莱一起玩耍。

塞巴斯蒂安做了检测，结果阳性。他的体温一直高于 102 华氏度（约 39 摄氏度），还一直打寒战，头痛和肌肉酸痛更加严重。只有按时服用布洛芬药物、泡温水浴能让症状稍微缓解。他非常疲劳，几乎无法进食，所有东西都味如嚼蜡。

确认塞巴斯蒂安感染了冠状病毒时，伊莱和伊莎贝尔都开始流鼻涕。之后，伊莎贝尔开始发烧、腹泻。毫无疑问，孩子们也感染了。

身边每个人都生病了，我显然不能自我隔离。塞巴斯蒂安没有能力照顾自己和两个孩子。对我来说有三种可能：（1）已经被感染，只是没有检测出阳性；（2）我打了真疫苗而不是安慰剂，所以有免疫力；（3）我还没有被感染，但如果我继续与其他人接触，仍然可能被感染。

如果他人遇到这种情况，我会建议他们尽量远离家人。家庭接触的风险很高，首先应该防止病毒继续传染他人。然而，正如临床工作的感受一样，现实世界与理想世界完全不同。在现实世界中，家人需要我。各地的人们都会做出同样的选择，即使知道自己有被感染的风险，也会把家庭放在首位。

塞巴斯蒂安的体温持续升高，开始咳嗽，出现呼吸困难的症状。

我们每天使用脉搏血氧仪定时监测血氧状况，他的血氧水平正在下降，听诊器传来的声音提示他可能已经出现肺炎。伊莎贝尔的腹泻更为严重，我得让她避免脱水。一晚接一晚，我设好闹钟，一小时叫醒我一次，给她换尿布，喂食。好在，伊莱的症状轻微。当我一边照顾其他人、一边继续工作时，史努比、小熊维尼和大鸟足以吸引他的注意力——我想，为了渡过难关，放任他多看会动画片也算是必须付出的小代价。

疫情刚流行时，塞巴斯蒂安和我就已经定好了遗嘱，讨论了可能发生的各种情况。如果我们中的一个人死了怎么办，或者某个孩子病重怎么办，诸如此类。尽管如此，我们还是觉得自己不会有事，我们采取了一切预防措施，虽然有人在注意防护的情况下仍然感染了，但这肯定不会发生在我们身上。当然，得益于我们的谨慎小心，我们熬过了疫情暴发的最初几个月，直到有了疫苗。现在，塞巴斯蒂安醒着并有精力说话时，我们再次提起这些话题，重新讨论了遗嘱。

像许多美国人一样，我们根本不知道自己究竟是怎么感染的。

从我的接触史来看，我是最有可能的传染源，但我定期接受检测，结果都是阴性。在塞巴斯蒂安生病前几周，他曾去买过一次菜，并在户外与客户进行了两次会面。最近与我们有接触的人都没有出现症状，他们的检测结果都是阴性，包括我们的保姆。我们非常关心她，因为她还照顾着自己年迈的父母。即使我们如此警惕，仍然难逃感染的命运，这再次证实了这种恶性病毒的传染力。

接下来的日子浑浑噩噩。伊莎贝尔持续发烧，腹部出现了大面积皮疹，比平时蔫了许多。我翻遍所有能找到的婴儿感染新冠病毒的案例研究，也看到了与伊莎贝尔年龄相仿的婴幼儿最终死亡的悲惨报告，这些孩子最初症状轻微，但最终死于多器官衰竭。我仔细分析这些报告，寻找细节，希望能将这些报告与伊莎贝尔的状况区分开来：病例报告的体温是不是更高，腹泻是不是更严重？是否有基础性疾病？说实话，我有些负罪感，因为我试图在令人伤心的报告中找到希望的碎片，证明自己的孩子情况不同，可以免遭厄运。

塞巴斯蒂安的状况似乎有所好转，但说完全放心还为时过早。我碰到过类似的病人，各项指标都在恢复，痊愈大有希望，但最终变得非常糟糕。有时，病情会急剧恶化，而且往往发生在稍有好转之后。为了照顾伊莎贝尔，塞巴斯蒂安和孩子换了房间，晚上我会去看他几次，检查他是否还在呼吸。我担心怀孕时令我饱受折磨的噩梦会在现实生活中重现。我祈祷着，坚守着，照顾我们的家庭，一个小时接着一个小时。

我们是幸运儿。塞巴斯蒂安的状况并未恶化到需要去医院的程度。虽然恢复缓慢，但每一天都有起色。而经过一周的煎熬之后，伊莎贝尔的腹泻停止了，皮疹消退，还退了烧。伊莱安然无恙。我担心自己在暴露于这些风险之后也会感染，坚持测量体温，但我从未发烧，之后的三次检测都是阴性。我们逃出了一场悲剧，而许多人却深陷其中。

见证了家人与冠状病毒的斗争，我对病人所面临的困难有了新的理解。许多人想做正确的事情，遵循医疗建议，但面临很多障碍。

一位四十多岁的病人告诉我，她和丈夫感染了病毒，但仍然坚持上班。她是加油站的收银员，丈夫从事园林工作。老板已经削减了她的工作时间，她担心遭到解雇，丈夫也因为同样的原因不敢停止工作。他们的行为危害公众健康，但很难不对他们的处境产生同情。病人被迫在工作保障和伤害他人的风险之间做出选择，这是社会治理的失败。

还有一位三十多岁的男子，他失去了餐馆厨师的工作。失业救济金帮助他渡过一时的难关，但他仍然对未来感到焦虑。他的妻子也被解雇了。如何养活妻子和三个孩子？他们没有存款，还面临着房租的压力。前段时间，父母也搬来和他们一起住，居住空间有限，根本不可能保持社交距离，全家都感染了。他母亲去世了，他们举行了小型葬礼，但分散在全国各地的兄弟姐妹无法到场。他说："新冠夺走了家人团聚的时光，还将夺走孩子的未来。"

　　还有一位病人，原本预约了远程问诊，但她亲自来到了医院。她没钱付通信费，也没钱付车费。大冷天里，她忍着臀部疼痛，走了将近两英里①。她儿子曾在一家餐馆工作，定期给她生活费，但现在也难以为继了，餐馆已经倒闭，所有员工都失业了。

　　还有一些病人康复了，却留下了后遗症，病毒对他们的健康产生了持久影响。一位曾经的职业运动员说，每天早上醒来时，都觉得身体像散架了一样，全身疼痛，疲惫不堪，几乎如同失能一样。一位妇女持续头痛，味觉和嗅觉一直没有恢复，作为厨师，这是她必备的谋生技能。即使遭受了这样令人难以忍受的生活障碍，与父母相比，她依然觉得自己是幸运儿：父母都因新冠肺炎而离世。

　　与此同时，我在前线的同事们也感到了徒劳无功的挫败感。他们已经竭尽所能，但无能为力。许多人考虑辞职。我有一位朋友，她是呼吸科医师，丈夫是一位护士，他们已经决定至少有一个人要放下工作，否则他们的孩子可能成为孤儿。还有一位从事护理工作的朋友，他的妻子怀孕了，他索性把床垫搬到车库，在那里独自睡了几个月。孩子出生后，他决定辞职，不想再冒着把疾病传染给家人的风险。这些担忧绝非信口开河，危险切实存在。数以万计的医

_____

　　① 约 3.2 公里。

护人员已经死亡——包括我认识的两名急诊室医生，以及巴尔的摩慈济医学中心重症监护室主任，伊莎贝尔就是在那家医院诞生的。也有社会工作人员将病毒带回了家里：一名消防员感染了病毒，并传染给了还在襁褓中的女儿，小女孩去世了。

这些损失令人难以接受，疫情带来的痛苦持续萦绕在我们身边。更令人难以接受的一点在于，这一切完全是可以避免的。

到 2020 年底，美国创造了一个令人蒙羞的记录。几乎所有新冠疫情的负面指标，美国都排第一。我们只占世界人口的 4％，却占了 25％ 的感染量。很多国家都遭受了多波疫情的袭击，但造成的危害程度远不及美国。还有一些国家成功地控制了病毒蔓延，拯救了无数生命。这些国家采取了哪些与美国不同的做法？首先，领导者坚强、勇敢、有能力，他们认识到局势的严重性，愿意投入政治资源控制危机，国家推动、集中协调疫情应对，领导者发出的信息明确、统一，与科学家和医生的建议保持一致。

第二，他们极其重视数据和检测，使得应对措施能够超前于感染曲线的发展，而美国的应对措施却一直滞后。韩国与美国同时报告了首例病例，但那之后，两国疫情的发展轨迹完全不同。我们像没头苍蝇一样乱撞，而韩国积极开展检测，进行严格的流行病学追踪。到 2020 年冬天，韩国只有几百例死亡病例，生活基本上恢复了正常。

还有一个关键因素，这些国家将公共卫生原则作为指导防控工作的核心，驳斥"公共卫生措施违背自由原则"这一错误论点。每个国家都会制定限制性规则，以保护公众的健康和安全——禁止酒后驾车就是一个例子。需要明白，我们不能为了个人的自由让他人付出牺牲，这种做法剥夺了他人的自由选择权。在一个自由社会里，个人自由并不优先于他人的健康和福祉。

有一种推进公共卫生措施的方法，那就是诉诸人们的同理心。许多人无视公共卫生指导，可能因为他们根本没有充分了解这些要求。混乱的信息会导致逆反行为；如果规则看上去非常随意，为什么要遵守它们？疫情期间，很多案例显示出个人行为对他人的影响：例如，55 名客人参加了缅因州举行的一场婚礼，这场聚会最终导致至少 177 人被感染，其中 7 人死亡，而这 7 个人根本没有参加婚礼。我相信，大多数人都不会故意对他人造成这样的伤害，因此必须让公众都能意识到这种风险。必须通过公众信任的信息来源，提供可靠的数据，发出明确、一致的信息。

公共卫生是关乎全社会福祉的集体行动。其他国家的领导人并不会利用一场大流行病制造分裂，分化人民；他们将公众团结在一起，共同对付一个共同的敌人——病毒。他们不会借机剥夺人们所享有的宪法规定的投票权，不会在人口普查中将特定群体排除在外。他们不会使用煽动性的语言，称新冠疫情为"中国病毒"或"功夫流感"（kung flu），污名化整个华裔群体，使亚裔成为种族主义攻击的目标。戴口罩并非强制执法层面的问题，而是呼吁人们承担个人责任，是一种尊重他人、热爱国家的行为。其他国家的领导者唤起人们的同理心，呼吁公众共同展现人性的光辉。

我们本来也可以这样做。我相信美国人民生性善良。如果美国从这样的同理心出发，而不是假定所有人都遵循利己主义，我们的疫情应对结果可能会完全不同。然而，美国错过了许多改变结果的机会。虽然一些地区付出了相当的努力，但许多领导者彻底背弃了防控疫情的信念，整个国家对着飘忽不定的目标盲目开火，医疗系统不堪重负，医生、护士和一线工作人员精疲力尽，领导者几乎无力挽救这些问题导致的灾难性影响。

这场疫情暴露了社会中关键的系统性缺陷，也为解决这些问题提供了动力。为什么科学必须超越政治，为什么公共卫生必须超越党派利益才能发挥效果，这场疫情已经提供了明证。公共卫生专家可能会参与宣传倡导活动，但这些活动并不带有政治倾向，而是为了教育公众，保护健康。公共卫生专业人员应该意识到，制定政策必然会牵涉政治议题，但公共卫生部门的建议永远不能被公众认为带有党派目的。

　　健康差异巨大、公共卫生基础设施严重不足，这是需要关注的关键问题，但解决这些问题需要时间，需要在推动长期系统性变革的同时，找到切实可行的短期解决方案。此外，还应该认真反思美国对简单方案的依赖。社会弥漫着急功近利、及时行乐的文化氛围，总想找到简单的出路，拒斥任务艰巨、需要持之以恒的公共卫生工作。这种价值取向摒弃社会预防，片面推崇医疗技术。这是一种"疼了就吃药"的文化。科学是我们心中的超级英雄，被寄予拯救世界的厚望。这次成功了，但下一次呢？

　　展望未来，我仍抱有希望。2020 年 11 月，拜登（Joe Biden）赢得大选，疫情应对发生了实质性变化。顶尖科学专家重新得以发声，领导防控工作。实现健康平等已经成为工作标准和工作目标的重要组成部分。领导者承诺加强公共卫生基础设施建设，着手改善影响健康的社会性因素。拜登总统及其团队似乎明白，新冠疫情的惨剧已经表明，公共卫生事业是社会运行的基础，作为一个集体，我们的命运休戚与共。

　　一些变化将会延续下去，例如远程医疗和家庭诊断。暴露出的缺陷需要资源投入，通过切实行动加以解决。例如，面对医疗保健领域确实存在的系统性种族主义，我们可以开展更多有针对性的工作，招募更多少数族裔人群，增加这些群体在卫生健康领域的代表性。此外，鉴于数以百万计的失业者已经失去了医疗保险，这也许能够赋予我们新的机遇，重新构想以雇主为基础的医疗保险体系，重新规划健康照护的整体布局，提供可获得、可负担、高质量的医疗服务。

新冠肺炎绝不会是人类遭遇的最后一场大流行病。我们不能再像这样措手不及，需要解决公共卫生基础设施长期投资不足的问题，筑牢个人和社会健康的安全网。我们不能忘记，对许多人来说，公共卫生是一条生命线，它关乎国家安全和繁荣，关乎我们的生死存亡。

在国家层面，我们必须开创新的未来图景，使公共卫生事业成为黏合剂，将社会各个方面联结在一起。公共卫生是所有社会事业的核心——必须基于这样的认知，为地方、州和联邦公共卫生事业提供资金支持。鉴于公共卫生的基础性作用，无论人们从事什么职业，都应该接受必要的培训。公共卫生需要落脚于具体实践，如果没有多少人遵循指导建议，再完美的解决方案都会化为泡影。它还需要人们的同理心，弥合那些最为尖锐的分歧，超越党派，将人们团结在一个共同的愿景之中，为所有人谋福祉。

公共卫生可以拯救你的生命，现在，这一点已经人尽皆知。

后记：生命中的重要一课

开始写这本书时，我曾以为最大的挑战在于如何阐明公共卫生对日常生活的重要影响。多少有些可悲的是，新冠疫情让这项挑战简单了不少，但同时它给这个国家带来了一场难以想象的公共卫生危机。

我很荣幸，能够站在医学的第一线，应对疫情和诸多公共卫生问题。在这期间，我遇到了诸多杰出的前辈，他们树立的榜样如同照亮我人生前路的灯塔，他们的智慧与指导让我受益匪浅。

伊莱贾·卡明斯议员说："把自身的痛苦转化为激情，把激情转变为目标。"用伤痛引导个人的目标，我第一次听到这句话时便深受触动。我经历的很多事情正是如此——面对逆境，在挣扎中寻找力量。我是移民，在贫困中长大，需要纠正口吃，这些都是莫大的耻辱，但这些因素也建构出我的核心身份，让我对病人所面临的障碍怀有深刻的同情。母亲经历过非同寻常的痛苦，促使我开始为病人发声，呼吁改革支离破碎的医疗系统。

公共卫生为我提供了施展拳脚、实现目标的理想领域，这项工作的本质是为人民和社区服务，努力改善生活，减少不平等现象，切实推动改变。它联结着诸多其他学科，是争取社会正义的有力工具。

我坚信，决定我们价值的不在于过去的社会环境，而在于我们如何应对当下的挑战。温斯顿·丘吉尔爵士（Sir Winston Churchill）曾说："成功或失败都不是终点，重要的是继续前进的勇气。"对我来说，勇气意味着即使跌倒，也要站起来，再试一次。大胆的设想并不总能变成现实，但为了可能实现的目标，值得承担失败的风险。

发出你的声音，找到能够带来改变的最佳方式。我在工作中认识到，产生影响需要尝试不同的方式，没有什么一招鲜吃遍天的办法。经过相当长时间的试验，我才摸索出倡导变革的最佳路径。我既活跃于户外集会，也从内部推动变革。在特定时刻的身份和职位决定着所要采取的产生最大影响的方法。既需要大声疾呼、挑战极限，也需要包容不同意见，建立沟通桥梁。

我非常尊重和钦佩那些以不同方式反映自身诉求的人。争取改变需要所有人共同努力。善于发动公众的活跃人士让我们保持专注；理想主义者让我们扎根于自己的价值观；实用主义者能够扎实推动工作落实。我们还需要有远见的人，能够仰望星空，着眼长久，也需要能够妥协的人，让我们一步一步脚踏实地接近目标。前行的过程中，每个人都可以发挥作用。

同理心引导着我们的工作。尽管每个人境遇不同，但社会进步需要与他人共情。然而，过去几年中，国内发生的事件加剧了一种不良倾向——不加思考，迅速否定那些背景不同、观点不同的人。极端主义主导了国家层面的话语，许多人感到他们被这个国家抛弃了。进步或保守并不意味着分裂，正如温和并不等同于缺乏勇气或想象力。

我们可以从了解彼此的性格、倾听彼此的意见开始。世界复杂多样，充满了各种细微差别。解决方案很难被归入特定的意识形态范畴，我们应该带着谦逊和同情应对共同的挑战。我相信，大多数人都享有共同的目标，心怀理想社会的雏形：它能够提供稳定的工作、负担得起的医疗保健、体面的学校、安全的社区，让我们的下一代拥有更美好的未来。为了实现这一目标，必须能够开诚布公地讨论那些棘手的争议性问题。

不要只停留在问题上，关键是要有所作为。公共卫生问题非常复杂，实现公众福祉的每一个环节都有赖于其他方面。认清问题所在是必要的，但还不够：需要快速转向行动，当前"差不多"的办法也胜过那些纸上谈兵、在真实情境中永远不会实现的解决方案。

在巴尔的摩，解决阿片类药物过量问题需要找到任何可能的切入点。仅有纳洛酮还远远不够，但我们不能等到各个系统都准备就绪之后才开始拯救生命。同样，因为想要构建一个完全准确的检测方案，应对疫情的工作延缓了，而推广廉价、快速的检测本可以发现更多的感染病例。这种方法可能会漏掉 20% 的阳性病例，但总比不进行检测、漏掉 100% 的阳性病例好。

进步需要时间，渐进主义能够不断带来变化。最理想的方案在于系统性的、长期转变，但这不应该阻止我们着眼于当前力所能及的工作。我们的目标可能是防止家庭陷入贫困，但那些处于困境的人现在就需要我们的帮助，我们必须保障他们的生命线和安全网——就像我的家庭曾经得到的一样。

矛盾的是，正如对所有问题保持同等程度的诉求可能削弱抗议活动的影响一样，想要同时处理许多事情可能会阻碍工作进展。优先考虑太多项目，轻则可能导致工作效果不佳，重则致使工作完全瘫痪。就算不能使得全部工作齐头并进，也不应该放弃从一些问题着手。我们希望做得更好，但不苛求完美。

我们要听取一线工作人员的经验。在许多领域，决策者和一线工作人员之间存在着一条鸿沟。我就亲眼见证过国家政策制定者和地方领导者，地方官员和社区成员，医院管理者和医疗工作者之间的这种鸿沟。一线的现场工作人员往往没有什么权力，意见和呼声很难被听到。然而，他们是最先看到问题的人，他们了解基层社区的需求。如果国家层面的话语和决策想要贴近公众的生活，就需要倾听基层工作者的意见。

参与基层社群的工作也是一种可以带来改变的有效方式，这一方式经常被忽视。人们往往希望竞选公职，通常来说，要实现政策变革，等同于要成为一名官员。这确实是一种可行的机制，公众需要更多地参与政治议题，但也可以通过其他的方式实现变革。每一个社区都有一些组织者或牵头人，发动有时间、愿意出力的社区志愿者，开展重要的工作。

在巴尔的摩，卫生部门经常与当地社区团体合作，邀请愿意在市议会和州立法机构作证的居民，通过媒体和公共宣传活动讲述他们的故事。这些普通居民的声音动员了更多人加入我们的工作。基层工作需要具备各种技能的志愿者，无论是会计还是营销人才，他们的帮助可以为基层组织赋能。

很多人对你有所期待。我很幸运，能够遇到自己尊敬的人。我的家庭崇尚吃苦精神，这对我日后的学习成长产生了很大影响。导师们的慷慨指导使我受益终生，碰到他们实属三生有幸。如果不是加西亚医生对我的信任，我可能永远不会想到自己能够成为一名医生。如果没有他和保尔森博士介绍结识华盛顿大学的校友，我永远不会知道那些不成文的申请医学院的规定；如果没有他们，我几乎肯定不会成为一名医生。

2019 年底，我最敬爱的两位导师，伊莱贾·卡明斯和菲茨休·马伦在一个月内相继去世。他们倡导社会正义，开创了非凡的事业，付出的努力感动了无数人。很多出席葬礼的人都将他们视为自己的人生导师和精神支柱，这着实令人震撼。包括我在内的各个时代的医生，都谈及自己紧握拳头披上白大褂的经历，以此表达对马伦的敬意，正是他为我们点燃了火花，心中的理想之光永远激励着我前行。

在卡明斯议员的葬礼上，我讲述了我们最后一次谈话的内容。那时，他已经病重。我告诉他，得到他的指导令我深感荣幸。

他说："我才是被幸运所眷顾的人，我是你生命里的一部分，你也是我生命中的一部分。"

这些言传身教、关心呵护我们的人，永远是我们生命中的一部分。当我们把火炬传给下一代，继续为我们的共同使命而拼搏、为世界的长远发展而奋斗时，他们的遗产也将永存。

致 谢

　　致谢是全书的最后一部分，从某种意义上说，也是最难完成的一部分。在学业和职业生涯中，我有幸结识了不少师友、同事，他们工作敬业，行事干练，时刻激励着我前行。

　　我与他们共事，向他们学习，这篇致谢难免挂一漏万。

　　在这本书中，我经常提到伊莱贾·卡明斯、芭芭拉·米库尔斯基和菲茨休·马伦等师长，他们是我得以仰仗的人生导师，我也提到过雷蒙德·加西亚、唐纳德·保尔森、威廉·佩克和斯蒂芬妮·罗林斯-布莱克，他们的帮助改变了我的生活轨迹。我还要感谢大卫·布朗（David Brown）、迈克尔·坎农（Michael Cannon）、道格拉斯·查尔（Douglas Char）、钟孔纳（Koong-Nah Chung）、罗伯特·格雷厄姆（Robert Graham）、桑贾伊·古普塔、吉姆·约翰逊（Jim Johnson）、莱斯利·卡尔（Leslie Kahl）、乔希·科索夫斯基、尼古拉斯·克里斯托夫、迈克·拉勒比、伯纳德·劳恩（Bernard Lown）、伦尼·马库斯（Lenny Marcus）、马克·麦克莱伦（Mark McClellan）、阿夫纳·奥费尔、阿里·拉贾（Ali Raja）、安东尼·苏、基莫·塔卡耶苏（Kimo Takayesu）和斯蒂芬·特拉赫滕贝格（Stephen Trachtenberg）等给予我的指导和帮助。

　　在圣路易斯和波士顿接受医学训练期间，我结识了许多能够引领未来医学发展的优秀人才。我与蔡高平和克里斯·麦科伊在诸多项目中通力合作，此外，我也要感谢齐奥马·阿博（Chioma Agbo）、埃里克·安东森（Erik Antonsen）、伯纳德·常（Bernard Chang）、李凯蒂（Katy Li）、格里芬·迈尔斯（Griffin Myers）、香农·奥马哈（Shannon O'Mahar）、贾斯汀·皮特曼（Justin Pittman）和乔纳森·罗格（Jonathan Rogg）。我还要感谢乔治·华盛顿大学的同事们，林恩·戈德曼（Lynn Goldman）和菲茨休共同邀请我回到乔治·华盛顿大学任教，罗伯特·谢瑟（Robert Shesser）帮助我得到了华盛顿大学的聘用。波莉·皮特曼（Polly Pittman）领导着菲茨休·马伦健康公平研究所，我很荣幸能够成为团队成员之一。波莉，菲茨休一定为你感到骄傲，你领导的团队正在实现他的愿景，追寻着你们共同的价值观。

我常常幻想，仿佛自己还在参与巴尔的摩卫生部门的工作，很大程度上是因为怀念我们那支杰出的团队。那是一个多么才华横溢、充满激情、能力超群的公共服务团队啊！感谢杰夫·阿莫罗斯、杰基·安德森、谢利·卓、奥利维亚·法罗、迈克·弗里德、玛丽·贝丝·哈勒（Mary Beth Haller）、珍妮弗·马丁、米歇尔·门德斯（Michelle Mendes）、佩里·迈尔斯（Perry Myers）、肖恩·纳伦、德保罗·尼伯（D'Paul Nibber）、道恩·奥尼尔、达西·费伦-埃姆里克（Darcy Phelan-Emrick）、莫娜·罗克（Mona Rock）、何塞·罗德里格斯、格雷格·西莱奥（Greg Sileo）、马修·斯特凡科、卡桑德拉·斯图尔特（Cassandra Stewart）和谭香。在巴尔的摩及随后的工作中，克里斯汀·热茨科夫斯基一直是我的左膀右臂，我感激不尽。

我还要感谢梅洛迪·贝利（Melody Bailey）、艾莎·伯吉斯（Aisha Burgess）、卡米尔·伯克（Camille Burke）、帕特里克·乔尔克（Patrick Chaulk）、弗朗辛·蔡尔兹（Francine Childs）、莎朗·

科尔本（Sharon Colburn）、凯西·科斯塔（Cathy Costa）、尚达·德希尔兹（Shonda DeShields）、丽贝卡·迪宁（Rebecca Dineen）、金伯利·埃施莱曼（Kimberly Eschleman）、内森·菲尔兹（Nathan Fields）、阿德纳·格林鲍姆（Adena Greenbaum）、马尔科姆·格林-海恩斯（Malcolm Green-Haynes）、乔纳森·格罗斯（Jonathan Gross）、瑞安·海明格（Ryan Hemminger）、德里克·亨特（Derrick Hunt）、威廉·凯利勃罗（William Kellibrew）、乔尼格·哈尔敦、阿曼达·拉蒂莫（Amanda Latimore）、杰弗里·朗（Jeffrey Long）、莫莉·马丁（Molly Martin）、埃路易斯·梅恩（Elouise Mayne）、安德鲁·尼克拉斯（Andrew Niklas）、马克·奥布赖恩、格伦·奥尔特霍夫（Glen Olthoff）、保罗·奥弗利（Paul Overly）、丽莎·帕克（Lisa Parker）、索尼娅·萨卡（Sonia Sarkar）、玛格丽特·修尼泽（Margaret Schnitzer）、斯泰西·塔克（Stacy Tuck）、詹姆斯·蒂姆森（James Timpson）、塔米·瓦因斯（Tammy Vines）、凯茜·沃森（Cathy Watson）和玛丽·格蕾丝·怀特（Mary Grace White），并深切缅怀丹特·巴克斯代尔（Dante Barksdale）。

我非常感谢几位特别助理——加布里埃尔·奥泰里、埃文·贝勒、卡梅隆·克拉克（Cameron Clarke）、凯莉·伊斯门、凯瑟琳·古德温、阿尼沙·古拉吉（Anisha Gururaj）、威廉·汉纳根（William Henagan）、利亚·希尔（Leah Hill）、库珀·劳埃德、纳林托恩·卢安格拉斯（Narintohn Luangrath）、艾米莉·梅迪特、凯特·穆勒斯曼（Kate Mullersman）、纳基萨·萨德吉（Nakisa Sadeghi）、岱雪莉和凯瑟琳·沃伦——并为他们的杰出工作感到自豪。与费根·哈里斯（Fagan Harris）和"巴尔的摩社"的合作是我最为珍视的伙伴关系之一，众多以目标为导向的优秀人才组成工作团队，包括上面几位特别助理以及艾米·伯克（Amy Burke）、大卫·法库勒（David Fakunle）、安贾·里斯（Anja Fries）、阿瓦·理查森（Ava Richardson）、阿尼沙·托马斯（Anisha Thomas）、莉兹·昂格尔（Lizzy Unger）、珍妮丝·威廉姆斯（Janice Williams），等等，在我们的城市以及世界各地，他们继续推动着变革。

　　巴尔的摩的领导者满怀热忱，奉献于这座令人热爱的城市。我有机会与其中一些领导者密切合作，要向他们表示衷心的感谢：海伦·阿莫斯（Helen Amos）、塞莱斯特·阿马托（Celeste Amato）、富兰克林·贝克（Franklyn Baker）、克里斯托弗·贝德福德（Christopher Bedford）、彼得·贝伦森、黛安·贝尔-麦克科伊（Diane Bell-McKoy）、里克·贝内特（Rick Bennett）、本·卡丁（Ben Cardin）、鲁迪·周（Rudy Chow）、比尔·科尔（Bill Cole）、迈克尔·克莱尔（Michael Cryor）、海蒂·丹尼尔（Heidi Daniel）、罗恩·丹尼尔斯、凯文·戴维斯、文尼·德马科（Vinny DeMarco）、鲍勃·恩布里、比尔·弗格森（Bill Ferguson）、奈尔斯·福特（Niles Ford）、布莱恩·弗洛斯（Brian Frosh）、唐·弗赖伊、马克·弗斯特（Mark Furst）、马特·加拉格尔（Matt Gallagher）、汤姆·格迪斯（Tom Geddes）、汉克·格林伯格（Hank Greenberg）、皮特·哈门、卡洛斯·哈迪（Carlos Hardy）、阿尔·哈斯韦（Al Hathaway）、卡拉·海登，萨拉·海明戈（Sarah Hemminger），霍华德·亨德森（J. Howard Henderson）、德布拉·希克曼、托米·海尔（Tomi Hiers）、桑迪·希尔曼（Sandy Hillman）、扬·豪博尔特（Jan Houbolt）、本·杰瑞丝（Ben Jealous）、乔·琼斯（Joe Jones）、马克和帕特里夏·约瑟夫夫妇（Mark and Patricia Joseph）、夏洛特·克尔（Charlotte Kerr）、特拉西·科迪克（Traci Kodeck）、乔恩·拉里娅（Jon Laria）、莱妮·莱博-赛克斯（Lainy Lebow-

Sachs）、马克和特拉西·勒纳夫妇（Mark and Traci Lerner）、罗宾·刘易斯（Robbyn Lewis）、布鲁克·利尔曼（Brooke Lierman）、安妮特·马奇-格里尔（Annette March-Grier）、比尔·麦卡锡、帕特里克·麦卡锡（Patrick McCarthy）、道格拉斯·迈尔斯（Douglas Miles）、德马恩·米勒德（Demaune Millard）、雷东达·米勒（Redonda Miller）、雷切尔·门罗（Rachel Monroe）、戴安娜·莫里斯（Diana Morris）、雪莉·内森-普利姆（Shirley Nathan-Puliam）、吉纳·奥基夫（Gena O'Keefe）、英维德·奥尔森（Yngvild Olsen）、马拉·奥罗斯（Marla Oros）、乔斯林·佩纳-麦尔尼克（Jocelyn Pena-Melnyck）、杰伊·珀曼（Jay Perman），丹尼斯·普林（Dennis Pullin），阿尔·里斯（Al Reece），卡伦·里斯（Karen Reese），简·里维兹（Jan Rivitz），南希·罗森-科恩（Nancy Rosen-Cohen），萨姆·罗斯（Sam Ross），法耶·罗亚尔-拉金（Faye Royale-Larkin），达奇·鲁珀斯伯格（Dutch Ruppersberger），博伊德·卢瑟福（Boyd Rutherford）、约翰·萨班斯（John Sarbanes）、沙内莎·索尔斯（Shanaysha Sauls）、布兰登·斯科特（Brandon Scott）、克莱尔·西格尔（Clair Segal）、库尔特·施莫克、乔希·沙夫斯坦、莫汉·桑塔（Mohan Suntha）、克里斯塔·泰勒（Crista Taylor）、克里斯托弗·托马斯卡蒂（Christopher Thomascutty）、查克和玛丽亚·蒂尔登夫妇（Chuck and Maria Tildon）、克里斯·范·霍伦（Chris Van Hollen）、维基·沃尔特斯（Vickie Walters）、大卫·沃诺克（David Warnock）、凯西·韦斯特科特（Kathy Westcoat）、米切尔·怀特曼（Mitchell Whiteman）、埃德加·威金斯（Edgar Wiggins）、汤姆·威尔考克斯（Tom Wilcox）、戴维·威尔森（David Wilson）、托尼·赖特（Tony Wright）、克里斯蒂·威斯基尔（Christy Wyskiel）和杰克·杨（Jack Young）。

还有很多医学、公共卫生以及公共政策领域的同事、朋友，很荣幸能够与他们相识，远远不止下面提到的这些人：斯蒂芬妮·阿隆森（Stephanie Aaronson）、珊塔努·阿格拉瓦尔（Shantanu Agrawal）、约翰·艾伦（John Allen）、约翰·奥尔巴赫（John Auerbach）、玛丽·巴塞特（Mary Bassett）、乔治·本杰明（Georges Benjamin）、珍妮丝·布兰查德（Janice Blanchard）、迈克尔·博蒂切利、米卡·布热津斯基、罗伯特·卡利夫、伊丽莎白·卡彭特（Elizabeth Carpenter）、坎迪斯·陈（Candice Chen）、林肯·陈（Lincoln Chen）、戴夫·乔克什（Dave Chokshi）、艾米·克里斯滕森（Amy Christensen）、帕特里克·康威（Patrick Conway）、凯伦·德萨佛（Karen DeSalvo）、马利卡·费尔（Malika Fair）、朱迪·费德（Judy Feder）、乔纳森·菲尔丁（Jonathan Fielding）、哈维·费恩伯格（Harvey Fineberg）、胡里奥·弗伦克（Julio Frenk）、朱利亚·弗赖菲尔德、菲利普·冯（Philip Fung）、埃利奥特·格尔森（Elliot Gerson）、梅尔·戈登（Merle Gordon）、佩吉·汉堡（Peggy Hamburg）、帕蒂·海耶斯（Patty Hayes）、瑞恩·亨德森（Rain Henderson）、杰伊·海厄姆（Jay Higham）、埃德·亨特（Ed Hunter）、克里斯·詹宁斯（Chris Jennings）、米奇·凯兹（Mitch Katz）、詹妮弗·李（Jennifer Lee）、维维安·李（Vivian Lee）、艾米·刘（Amy Liu）、戴维斯·刘（Davis Liu）、乔治·伦德伯格（George Lundberg）、彼得·卢里（Peter Lurie）、鲍里斯·卢希尼亚克（Boris Lushniak）、海伦·米尔比（Helen Milby）、克里斯蒂·米切尔（Kristi Mitchell）、大卫·纳什（David Nash）、鲍勃·菲利普斯（Bob Phillips）、莱斯利·波勒纳（Leslie Pollner）、卡伦·雷姆利（Karen Remley）、安东尼·罗梅罗（Anthony Romero）、乔恩·塞缪尔斯（Jon Samuels）、达沙克·桑哈维（Darshak Sanghavi）、尼

拉夫·沙阿（Nirav Shah）、乌玛尔·沙阿（Umair Shah）、史蒂夫·香农（Steve Shannon）、薇薇安·塞丝金、皮埃尔·萨维奇（Pierre Vigilance）、卡拉·奥多姆·沃克（Kara Odom Walker）、吉姆·沃利斯（Jim Wallis）、李·沃利斯（Lee Wallis）。

　　陈莉、蔡高平、亚伦·默茨以及韦娜什·皮莱（Venashri Pillay）和马修·赖特（Matthew Wright）都是我结交多年的挚友。此外，塞巴斯蒂安和我还有幸结识了诸多心地善良的朋友，如果没有你们，我们的生活将会暗淡无光。谢谢你们，里克·贝恩特（Rick Berndt）、玛丽-卡米尔·哈瓦德（Marie-Camille Havard）、玛雅·罗克摩尔·卡明斯（Maya Rockeymoore Cummings）、伊丽莎白·恩布里（Elizabeth Embry）、汤姆·霍尔（Tom Hall）和莱内尔·史密斯（Linell Smith）、法根·哈里斯（Fagan Harris）和梅里亚姆·布阿杰米（Meryam Bouadjemi）、艾伦·海勒（Ellen Heller）和希尔·斯蒂勒（Shale Stiller）、贝尔·梁-洪和肯·洪夫妇（Bel Leong-Hong and Ken Hong）、凯文和梅丽莎·林达莫德夫妇（Kevin and Melisa Lindamood）、麦吉·麦金托什（Maggie McIntosh）和黛安·斯托伦维克（Diane Stollenwerk）、艾伦·梅基（Aaron Merki）和保罗·皮诺（Paul Pineau）、道恩（Dawn）和韦斯·摩尔（Wes Moore）、艾琳·丹克瓦·马伦（Irene Dankwa Mullan）、维韦克·默希（Vivek Murthy）和爱丽丝·陈（Alice Chen）、丽莎·马斯卡廷（Lissa Muscatine）和布拉德利·格雷厄姆（Bradley Graham）、彼得·内芬格（Peter Neffenger）和盖尔·斯塔巴夫妇（Gail Staba）、盖伊·拉兹（Guy Raz）和汉娜·斯托特-巴姆斯特德（Hannah Stott-Bumsted）、史蒂夫和玛格丽特·沙夫斯坦夫妇（Steve and Margaret Sharfstein）、大卫·沃茨（David Watts）和林恩·阿纳兹（Lynn Arnaiz）。

　　如果没有经纪人杰西卡·帕宾（Jessica Papin）和编辑里瓦·霍克曼（Riva Hocherman）的帮助，这本书根本无从出版。此外，还要感谢亨利·霍尔特（Henry Holt）出版公司和大都会图书（Metropolitan Books）的整个工作团队。感谢凯文·林达莫德（Kevin Lindamood）、亚伦·默茨、莉萨·马斯卡廷（Lissa Muscatine）、肖恩·纳伦阅读了初稿；还要特别感谢纳基萨·萨德吉（Nakisa Sadeghi）和妹妹安吉拉·温，他们两人读过若干份极不成型的草稿。

　　我的家庭故事贯穿于这本书的始终。这本书要献给塞巴斯蒂安，以及我们的孩子伊莱和伊莎贝尔。感谢我的父亲小鹿（Xiaolu），塞巴斯蒂安的母亲维罗妮卡，以及安吉拉、阿拉斯泰尔、卡琳（Caryn），还有弗洛尔和乔·法雷尔夫妇（Flor and Joe Farrell）、安东尼（Anthony）、杰克（Jack）和尼尔（Neil），我们都是一家人。

　　我每天都能想起母亲桑迪·英·张（Sandy Ying Zhang），在致谢的最后，我要说出那句早该对您说的话：我想您！我爱您！

译后记

　　无论是"公共性"，还是"公共领域"，"公共"一词具有天然的感召力。没有全民健康就没有全民小康，卫生健康领域的公共性话题更受到关注，公共卫生首当其冲。有学者认为，公共卫生是一门以群体方略认识和解决医学问题的学问，即医学的群体论。这是公共卫生的学理面向。而公共卫生的社会面向，既在于任何人都牵涉其中的"开放性"，也在于通过对话、协商解决问题的"理性批判性"，还体现于谋求群体价值而非私利的"公共利益性"。

　　立足这样的公共卫生场域之中，呈现在读者面前的这部作品，既是作者个人的实践经历，也堪称一份公共卫生工作指南。作者关注并帮助弱势群体，协调各方利益相关者，在资金不足时发声，在理想主义和现实境况间取得平衡，这样的政策倡导和公共卫生的经历，也许颇能引发每一位公共卫生领域工作者的共鸣。

　　2013 年，我有幸进入中国疾病预防控制中心性病艾滋病预防控制中心工作。当时同事开玩笑问我，知道 CDC 是什么意思吗？我一脸困惑。同事说，意思是"吃得差"（Chi De Cha）。同事又问我，CDC 还有什么意思？我已经知道肯定又是什么滑稽的答案。同事说，意思是"穿得差"（Chuan De Cha）。同事还说，后来为了和其他国家的疾控中心区分，中国疾控中心的英文简写有时候会变成 CCDC（China CDC），那就是"吃穿都差"（Chi Chuan Dou Cha）。

当然，每个月发工资的时候，我都能深刻地体会到这几种 CDC 的意涵。不过，我依然对自己在 CDC 的工作经历心怀感激。对许多参与过艾滋病防控工作的人来说，艾滋病的流行是一个试验场，考验着人们的秉性、信仰和价值观，这一疾病让我们感受到爱的本质和多样性，教给我们勇气、同情和关怀。

我曾读到不少前辈有关艾滋病防控工作的著述或回忆，常常感慨前辈的开拓创新精神和责任担当。比如，20 世纪 90 年代，公共卫生工作人员为了评估推广安全套的效果，一大早去数宾馆垃圾桶里的安全套个数。我也忘不了自己调查的经历，一位面朝黄土背朝天的农妇说"这么多年药想起来就吃，想不起来就算了，过一天算一天"；一位比我还小好几岁、感染了艾滋病病毒的大一新生问及"我还能活多久"；还有我第一次战战兢兢、脸涨得通红走进"场所"去了解边缘群体。心怀这些往事，怎能不对公共卫生有更深刻地体悟？

无论是书中提到的故事，还是我经历的艾滋病叙事，背后都有着庞大的受疾病影响的人群，被研究、被述说的疾病，往往离不开这一疾病给人们带来的痛苦、死亡和哀伤。我对之心存敬畏。艾滋病通报四十多年后，最早报告病例的迈克尔·戈特里布（Michael Gottlieb）教授说，他对当时的五个病例依然记忆犹新："他们的名字、面庞、生活故事，以及他们在意识到我们对疾病知之甚少时所表现出的理解和勇气。"我时常想起工作期间结识的诸多访问对象，不知他们是否还好？

写下这篇后记时，我正和同事以及 8 位北京协和医学院 2019 级八年制临床医学生在江西省上饶市玉山县开展暑期社会实践。正如张孔来老师在序言中提到的，医学院是医学教育的圣殿，但也要有扎根基层的理念。能够和同学一起开展社会实践，亲近乡土，服务人民，关心公共事业，体悟"华佗无奈小虫何"到"六亿神州尽舜尧"的力量，是我的荣幸。这篇后记既是翻译本书的感触，也是对这次难得的社会实践的纪念。

我要诚挚感谢张孔来老师欣然作序；感谢不辞辛苦、悉心审稿的上海译文出版社的编辑老师们。此外，本书翻译过程中，曾多次向北京协和医学院的同学们请教专业词汇，他们提供了诸多帮助。能力所限，难以企及"信""达""雅"的翻译水准，不足之处全由我个人承担。

每个人都是公共卫生的一分子，可以以自己的努力，认识公共卫生，护佑群体健康。

恳请读者批评。

步　凯

2023 年 7 月

江西省上饶市玉山县

图字:09 - 2021 - 908 号

图书在版编目(CIP)数据

　　生命线/(美)温麟衍(Leana Wen)著;步凯译
. —上海:上海译文出版社,2023. 10
　　(译文纪实)
　　书名原文:Lifelines:A Doctor's Journey in
the Fight for Public Health
　　ISBN 978 - 7 - 5327 - 9341 - 9

　　Ⅰ. ①生⋯　Ⅱ. ①温⋯②步⋯　Ⅲ. ①纪实文学—美
国—现代　Ⅳ. ①I712. 55

　　中国国家版本馆 CIP 数据核字(2023)第 170536 号

生命线:一个医生的公共卫生之战
[美]温麟衍　著　步凯　译
策划编辑/张吉人　责任编辑/李欣祯　装帧设计/邵旻　观止堂_未氓

上海译文出版社有限公司出版、发行
网址:www. yiwen. com. cn
201101 上海市闵行区号景路 159 弄 B 座
上海盛通时代印刷有限公司印刷

开本 890×1240　1/32　印张 10.75　插页 2　字数 213,000
2023 年 10 月第 1 版　2023 年 10 月第 1 次印刷
印数:00,001—10,000 册

ISBN 978 - 7 - 5327 - 9341 - 9/I · 5830
定价:68. 00 元